Renate Holland-Moritz

Das Durchgangszimmer
Graffunda räumt auf
Klingenschmidts Witwen

RENATE HOLLAND-MORITZ
DAS DURCHGANGSZIMMER
GRAFFUNDA RÄUMT AUF
KLINGENSCHMIDTS WITWEN
Erzählungen
EULENSPIEGEL VERLAG BERLIN

Illustrationen von Manfred Bofinger

ISBN 3-359-00469-8

2. Auflage

Lizenz-Nr.: 540/132/90 · LSV 7001
Umschlagentwurf: Manfred Bofinger
Printed in the German Democratic Republic
Gesamtherstellung: (140) Druckerei Neues Deutschland, Berlin
620 816 5
00580

DAS DURCHGANGSZIMMER

I

Ich hatte es satt, unbeschreiblich und endgültig satt. Ich konnte sie nicht mehr sehen; diese arrogante Leidensmiene zerrte an meinen Magennerven. Wenn sie sprach, spürte ich auf meiner Haut so einen infam juckenden Schmerz, wie man ihn bei Nesselfieber hat. Diese penetranten Redensarten, die sie wie philosophische Erkenntnisse von sich gab – nein, es war unerträglich.

„Immerhin bin ich deine Mutter“, sagte sie, als ich ihr mitteilte, daß ich ausziehen würde. „Ich will nicht von der Dankbarkeit reden, die ich erwarten dürfte; dafür mangelt es dir ohnehin an innerem moralischem Halt. Wenn du dich selbständig machst, schneidest du dich ins eigene Fleisch. Erst denken, dann handeln. Manchmal kommt Einsicht auch zu spät. Im übrigen bist du volljährig, und jeder ist seines Glükkes Schmied.“

Sie fragte nicht, wo ich wohnen würde, ob ich auch Geld hätte und wie ich wohl mit dem Baby allein fertig werden wollte. Es interessierte sie nicht. Sie gab nur, herzlos, dumm wie immer, ihren Senf dazu. Wenn sie geschwiegen hätte, wenn sie dieses eine, einzige Mal ihren Mund gehalten hätte, wäre ich geblieben. Wirklich, ich hätte es nicht über mich gebracht, diese jämmerliche Frau allein zu lassen. Immerhin ist sie meine Mutter.

Mit der U-Bahn fuhr ich nach Pankow. Das Haus in der Florentiner Straße, das in der Annonce angegeben war, befand sich dicht am Bahnhof. Ich dachte, wenn sie mich nimmt, hab ich ein Heidenglück. Mit der U-Bahn sind's nur zehn Minuten bis zum Büro. Aber sie nimmt mich nicht. Ich hab nämlich nie so was wie ein Heidenglück. Die Annonce war so formuliert, daß sie sich eigentlich nur ein angetüterter Witzbold ausgedacht haben konnte: „Sonniges Berliner Mutterherz vermietet sonniges Berliner Zimmer an junges Mädchen. Nur aus Berlin. Zu erfragen bei Ww. Klucke, I Tr."

Im Treppenhaus roch es nach einer seltsamen Mischung aus billigem Bohnerwachs, Weißkohl und Klo. Ich dachte an die gepflegten, keimfreien Aufgänge des Neubaublocks, in dem ich bisher gewohnt hatte. Und plötzlich fand ich diesen Weißkohl-Klo-Mief ungeheuer angenehm. Er war wie der Körpergeruch eines Menschen, den man sehr gern mag.

Die Witwe Klucke hatte keinen Klingelknopf, sondern einen Löwenkopf mit einem Henkel unten dran. Das Ding machte einen Lärm wie ein lebendiger Löwe, den man spaßeshalber am Schwanz zieht. Jedenfalls kam es mir so vor. Hinter der Tür wurden zwei Latschen von einer nicht gerade graziösen Person fortbewegt. Sie fummelte am Spion, bedachte sich ein Weilchen und öffnete dann einen Spalt breit.

„Guten Tag", sagte ich bibbernd, „mein Name ist Platz, Brigitte Platz. Ich komme wegen der Annonce."

Bums, war die Tür wieder zu. Innen rasselte eine Kette, das Portal wurde nun ganz geöffnet, und ich sah dem sonnigen Mutterherzen zum erstenmal voll ins Auge.

„Komm rin, meine Kleene", sagte die Witwe, „wenn de zahlen kannst und dir benimmst, sind wir einig. Na?"

Ich bin sonst nicht gerade schwerfällig, aber das war zuviel. Ich heulte einfach los. Da nahm sie mich in die Arme, und ich lag an einem gewaltigen Berg Mütterlichkeit. Nachdem sie mir eine Weile den Rücken getätschelt hatte, als wollte sie ein Kotelett klopfen, sagte sie schniefelnd: „Du bist ja doof. Und jetzt laß mir Kaffee kochen."

Wir saßen in der Küche, die so vollgestopft war wie ein Gebrauchtwarenladen. Sie goß mir eine Unke voll Kaffee, an dem sie lediglich mit Wasser gespart hatte.

Dann hantierte sie herum, holte Sahne aus dem Fensterschrank, Zucker aus dem Spind. Ich saß einfach da und sah ihr zu. „Weeßt du, wo ick den Rest Reibekuchen hinjestellt habe? Ohne Kompaß bin ick in een Suchen."

„Vielleicht steht er in der Bratröhre?" mutmaßte ich.

„Stimmt", sagte sie, „hast dir schnell einjelebt."

Wir saßen einander gegenüber, als hätten wir schon hundertmal so gesessen. Der Kaffee war gut, der Kuchen ein Gedicht. Oben auf dem Spind tickte ein alter Wecker, und gelegentlich tropfte es aus dem Wasserhahn in das altmodische Ausgußbecken. Sonst war es ruhig. Sie goß mir Kaffee nach und schob mir ein neues Stück Kuchen hin. Vor einer halben Stunde hatten wir uns noch nicht gekannt. Jetzt war ich zu Hause.

2

Noch am gleichen Nachmittag holte ich meine Sachen. Obwohl ich in den neunzehn Jahren meiner Anwesenheit meine Mutter mehrmals an den Rand finanziellen Ruins getrieben hatte, wie sie nicht müde wurde zu erzählen, bestanden meine Habseligkeiten nur aus zwei Koffern mit Kleidung, einem Sahna-Karton voll Büchern und einer Stehlampe. Sie war das einzige Möbelstück, das mir gehörte; ein Geschenk von Klaus. Das Ding bedeutete mir nicht mehr als der edle Spender, und ich hätte sie eigentlich lieber zurückgelassen. Aber die Vorstellung, meine Mutter könnte vor der Lampe stehen und mitleidig oder gar bekümmert ihres mißratenen Kindes gedenken, jagte mir wahre Schauer über den Rücken.

Ich benutzte ein letztes Mal ihr Telefon, um ein Taxi zu bestellen. In einem Anfall von Boshaftigkeit legte ich zwanzig Pfennig neben den Apparat.

Es war mein einziges Abschiedszeremoniell, aber sie hatte es nicht besser verdient.

Dann klingelte ich bei Frau Müller, der Hüterin des Hausbuches. An romantische Flucht ist in unserem wohlgeordneten Staat nicht zu denken. „Guten Tag“, sagte ich so freundlich wie möglich, „ich möchte mich gern austragen.“

Frau Müller war klein, mager und etwas bucklig. Obwohl ihr das Leben nichts Wesentliches schuldig geblieben war – sie verfügte über einen netten, stattlichen Mann und zwei ebenso wohlgestaltete Söhne –, wirkte sie verbiestert und unzufrieden. Wenn ich ihr mein kummervolles Herz ausgeschüttet hätte, wäre sie vielleicht etwas zugänglicher gewesen. Aber ich dachte nicht daran.

Sie starrte mich durchdringend an und wich nicht von der Türschwelle. „Wenn Sie die Güte hätten“, sagte ich nervös, „unten wartet nämlich ein Taxi auf mich.“

„Na schön, kommen Sie ’rein“, brummte sie so herablassend, als hätte ich sie um eine milde Gabe für arbeitslose Methodistenprediger gebeten.

Während sie so tat, als könne sie das Hausbuch in ihrer penetrant ordentlichen Kredenz nicht finden, sagte sie lüstern: „Und warum wollen Sie ausziehen, wenn ich fragen darf?“

„Sie dürfen nicht.“

„Wie bitte?“

In mir begann es zu kochen. „Es handelt sich doch wohl irgendwie um meine Privatangelegenheit. Aber falls Sie im Moment nicht in der richtigen Stimmung sind, kann ich auch ein andermal vorbeikommen.“

Am liebsten hätte sie mich erschossen oder doch wenigstens mit einer ihrer kitschigen Kristallvasen erschlagen. Allein der Gedanke, ich könnte ihr ein weiteres Mal unter die galligen Augen kommen, gab ihr die Kraft, mir das Buch wortlos hinzuschieben. Als ich ging, fühlte ich mich wie nach einem Ringkampf mit einem halbgefüllten Mehlsack.

Dummerweise hatte ich vergessen, den Wohnungsschlüssel durch den Briefschlitz zu werfen. Also rannte ich wieder die Treppen hinauf. Zum allerletzten Mal, das schwor ich mir. Im Taxi ließ die Spannung nach. Es schüttelte mich ein bißchen.

„Wenn Ihnen kalt ist, kann ich das Fenster schließen“, sagte der freundliche Fahrer in den Rückspiegel.

3

Es geschieht weiß Gott selten, aber manchmal hat meine Mutter doch recht. Ich bin wirklich eine von diesen impulsiven Gänsen, die alles mit dem Gefühl machen und hinterher ein Übermaß an Verstand benötigen, um sich in der selbstverschuldeten Misere einzurichten. Da war ich nun mit fliegenden Fahnen in die mütterlichen Arme der Witwe Klucke übergelaufen, fühlte mich gerettet und entrichete dankbar die Miete im voraus. Erst nach beendeter Transaktion bemerkte ich beiläufig, wofür ich mich da blindlings entschieden hatte: für ein unglaublich lichtloses Durchgangszimmer!

Verzweifelt stand ich neben meinen Koffern in der saalartigen Höhle und starrte auf die einzige Tür, durch welche allein Witwe Klucke in ihr Gemach gelangen konnte. Die Situation war grotesk. Ich war geflohen, um in Ruhe und Abgeschlossenheit ein Baby zu kriegen. Um ein neues Leben zu beginnen, ohne Belästigung durch irgend jemanden. Und zu diesem Zweck hatte ich mich auf einem Verschiebebahnhof eingemietet. Es war zum Verrücktwerden.

Die Klucken sah meiner wachsenden Entgeisterung hilflos zu. „Ich hätte dir det wohl mußten vorher sagen", gestand sie halblaut, „aber wir werden uns schon vertragen, gloob mir det."

Sprich dich ruhig aus, du ahnungslose Schlange, dachte ich kraftlos. Was sollte ich jetzt tun? Etwa zurückgehen zu dieser Person, die meine Mutter ist? Erneut bei der buckligen Frau Müller klingeln, um ihr völlig unverdiente Freuden zu bereiten? Nie! Ich versetzte der Stehlampe einen Tritt. Dann warf ich mich aufs Bett und heulte ins Kluckesche Paradekissen.

4

Es ist geradezu unheimlich, von welch albernen Zufällen gelegentlich ein Schicksal entschieden wird. Ein Vetter meines Vaters war ein ungewöhnlich begabter Maler. Er hatte Erfolg, er hätte genügend Grund gehabt, glücklich zu sein. Daß er ein wenig klein geraten war, störte niemanden außer ihn selbst. Ihn zerstörte es. Er hatte Komplexe, die er mit Fleiß und Alkohol nährte. Besonders mit Alkohol. Nach der fünften Entziehungskur verließ er die Anstalt nicht mehr. Was hätte aus ihm werden können, wäre er lächerliche zehn Zentimeter größer gewesen! Wie liebenswürdig könnte Frau Müller sein, wäre sie nicht mit diesem Buckel auf die Welt gekommen. Und hätte sich meine Mutter nicht vor zwanzig Jahren auf der Friedrichstraße den linken Fuß gebrochen, wäre sie nie jenem motorisierten Samariter in die Hände gefallen, der sie vernichtete und mich zeugte. Was wäre uns erspart geblieben!

Natürlich ist dieses Was-wäre-wenn-Gerede Blödsinn. Aber manchmal, besonders in den letzten drei Monaten, dachte ich doch: Was wäre gewesen, wenn sie mich nach dem Abitur auf der Schauspielschule genommen hätten! Ich hätte nie einen Kursus für Stenographie und Schreibmaschine besucht und vom Deutschen Innen- und Außenhandel nicht mehr gewußt, als daß es sich um ein lebenswichtiges Institut für Satiriker handelt. So aber ist das Institut für mich lebenswichtig geworden, indem es meinen Unterhalt bestreitet. Ich bin sogar ziemlich dankbar dafür; wenn meine Karriere auch nicht gerade im Rampenlicht erfolgt, so zeigt sie doch eine aufstrebende Tendenz. Seit Menschengedenken, behaupten meine Vorgesetzen, habe es in der Lokomotiven vertreibenden Branche noch nie eine Stenotypistin in so kurzer Zeit bis zur Chefsekretärin gebracht. Gewiß hatte mir der permanente Sekretärinnenmangel ein bißchen die Wege geebnet, aber ich hatte mich doch auch sehr schnell in die Seele des Lokomotivengeschäfts eingelebt. Mein Chef, zweifellos eine handelstechnische Lokomotive, zeigte mit Recht nicht allzuviel Selbstvertrauen in seinen Erfurter Briefstil und verließ sich dankbar auf mich. Um mich seines Dankes würdig zu erweisen, war ich nicht nur mit Fleiß und Interesse bei der Sache, sondern besuchte auch die beiden Fortgeschrittenenkurse für Englisch und Russisch, die wöchentlich zweimal im Zimmer des Generaldirektors stattfanden. So habe ich die sehr reale Chance, Auslandssekretärin zu werden, obwohl mich der Parteisekretär ständig auf die Hochschule agitieren will. Aber gegen diesen Laden bin ich allergisch.

Ohne die Hochschule wäre das alles nicht passiert. Ach Gott, wieder so ein Quatsch. Aber ich werde immer nervös und ganz dumm, wenn ich auf das Thema komme. Dabei wäre ich so und so auf diesen Klaus reingefallen. Auch, wenn er in unserem Büro als Bote angefangen hätte und nicht als Hochschulabsolvent. Ich war damals in einer miserablen Stimmung; es mußte einfach passieren.

Mutter hatte eine schlimme Geschichte. Eine der HO-Verkaufsstellenleiterinnen aus ihrem Bereich hatte eine Unterschlagung begangen, und nun hing sie in der Sache drin, wegen Vernachlässigung der Aufsichtspflicht oder so. Sie tat mir aufrichtig leid, und ich hätte ihr ganz gern geholfen. Aber sie sprach nicht mit mir darüber. Sie tat im Gegenteil, als wäre ich irgendwie mitschuldig. Ihr war einfach nicht beizukommen. Außerdem nahm sie mir übel, daß ich in einem Vorzimmer gelandet war. Sie hatte Größeres von mir erwartet. Sie zeterte und tobte, aber im Grunde ging es ihr gar nicht um mich; sie mußte nur irgendwo ihre Wut abreagieren, weil sie einen Verweis bekommen hatte. Das erfuhr ich aber nicht von ihr, sondern von einem ihrer Kollegen. Sie benahm sich einfach niederträchtig. Ich konnte ja schließlich nichts für ihren Ärger.

Und dann saß mir die Sache mit der Schauspielschule in den Knochen. Ich fühlte mich dermaßen verlassen, daß dieser Klaus Schmotzki nur mit dem Finger zu schnippen brauchte.

Er ist der Typ Sonny Boy, der mich normalerweise kaltläßt. Aber ich war eben nicht normal. Morgens legte er mir sentimentale Zettelchen auf den Schreibtisch, und zum Mittagessen hielt er mir immer einen Platz frei. Wenn ich an einem Hühnerknochen nagte, spintisierte er von der nervigen Eleganz meiner Hände. Nach Büroschluß machten wir die irrsinnigsten Umwege von Friedrichstraße bis Ostbahnhof, und er rezitierte Sonette von Louise Labé. Er trug überhaupt immer ein passendes Zitat auf den Lippen, und ich dumme Gans war völlig fasziniert. Selbst seine Wirtin konnte er um den kleinen Finger wickeln. Das war mein Untergang.

Als ich ihm die Diagnose des Betriebsarztes mitteilen wollte, hatte er seine Zitierfreudigkeit weitgehend eingebüßt. Auch die langen Spaziergänge waren ihm jetzt zu anstrengend. Ich bemerkte erst nach einer Weile, daß ihn seine Wege neuerdings über den Hackeschen Markt führten. An seiner Seite schritt die rothaarige Disponentin Jutta Henning. Diesmal rezitierte er Villon ...

Ich weiß nicht, ob ich noch lange imstande gewesen wäre, vornehm zu schweigen. Aber ein gütiges Geschick zwang mich dazu. Er wurde als Delegat zu einer Handelsmission in Afrika berufen, und da in solcher Mission moralische Festigkeit aktenkundig sein muß, heiratete er kurzentschlossen die rothaarige Jutta. Er hätte in der Eile sicher auch ein glatzköpfiges Ungeheuer zum Standesamt geführt. Deshalb bin ich froh, daß er von dem Kind nichts weiß. Er wird es auch nie erfahren.

5

Es war klar, daß ich hier nicht länger bleiben konnte. Ich ging zur Anzeigenabteilung einer großen Berliner Tageszeitung und verkündete meinerseits: „Junges Berliner Mädchen sucht sonniges Zimmer. Preis Nebensache."

„‚Preis Nebensache‘ geht nicht“, sagte das Fräulein hinter dem Schalter, „ist alles gesetzlich geregelt.“

„Ich dachte nur, meine Chancen wären dann größer“, sagte ich kleinlaut.

Das Anzeigenfräulein zog geringschätzig die Augenbrauen hoch. „Ihre Aussichten sind so und so gleich Null. Aber ich will Ihnen natürlich nicht die Hoffnung nehmen.“ Ich bekäme Bescheid, falls sich jemand für meine Wünsche interessiere. Dann war ich entlassen.

Im Büro wurde mir auch nicht optimistischer zumute. Das einzige, was mich vorübergehend ablenkte, war die viele Arbeit. Die Frühjahrsmesse stand bevor. Mein Chef rannte mit aufgelösten Haaren durchs Zimmer und rief mir zu, er sei beim Generaldirektor zu finden. Das hieß also, daß er in den nächsten Stunden überhaupt nicht zu finden war, denn das Allerheiligste war für Störungen jeder Art tabu.

Ich tippte und telefonierte und tippte, und als mir – wie gewöhnlich gegen elf Uhr – ein bißchen übel wurde, kam mir meine verzweifelte Lage wieder deutlich zu Bewußtsein. Was konnte ich tun? Sollte ich mich der Kaderinstrukteurin anvertrauen? Es wäre ihres Amtes gewesen, mich zu beraten, mir zu helfen. Aber obwohl sie eine nette, verständnisvolle Frau war – sie hatte sich von ihrem nicht sehr zuverlässigen Mann scheiden lassen und lebte nun mit drei kleinen Kindern allein –, würde sie mir doch eine Menge unangenehmer Fragen stellen müssen. Wer ist der Vater des Kindes? Warum kümmert er sich nicht um Sie? Wieso wollen Sie nicht bei Ihrer Mutter bleiben?

Nein, das ging nicht. Ich mußte mir allein helfen. Wenn man wenigstens mit jemandem reden könnte, einfach reden. Dann wäre es schon leichter.

Die Tür wurde aufgerissen. Hauptreferentin Christa Blumke stürzte herein. „Wo ist Trabmann? Ist er da? Beim General ... Ich werde ohnmächtig! Wir brauchen die Akte Bialystok, sofort. Haben Sie Bialystok? Natürlich nicht, Sie haben gar nichts, nur ein dummes Gesicht.“

„Ich habe Kummer", sagte ich.

Frau Blumke kam näher und legte mir eine mitleidige Hand auf die Schulter. „Kindchen", sagte sie lieb, „Sie müssen mir alles erzählen, unbedingt. Aber nicht vor der Messe. Das wissen Sie doch selbst, vor der Messe ist hier niemand normal. Und Verrückte sind nicht gut gegen Kummer. Ob die nebenan wissen, wo Bialystok rumliegt?" Ich zuckte die Achsel, und Frau Blumke rannte wieder aufgeregt aus dem Zimmer. Nicht vor der Messe! Vor uns lag immer eine Messe; nach der Frühjahrsmesse kam die Herbstmesse, welcher die Frühjahrsmesse auf dem Fuß folgte. Ich war und blieb allein.

6

Als ich gegen sechs nach Hause kam, hörte ich schon im Korridor, daß die Klucken Besuch hatte. Ich würde mich also nicht ins Bett legen und dösen können, denn der Besuch mußte ja durch mein Zimmer gehen, um die Wohnung wieder zu verlassen. Vor Wut und Verzweiflung wurde mir immer elender zumute.

Das Zimmer sah indes angenehm verändert aus. Die Stehlampe hatte einen unverdienten Ehrenplatz in der Sesselecke am Ofen erhalten. Auf dem Tisch standen ein Kaffeegedeck und ein Tellerchen mit Käsekuchen, meinem Lieblingsgebäck. Wie hatte das die Klucken nur ahnen können? Eine gewaltige Kaffeemütze wärmte ein kleines Kännchen. Ich bediente mich, und beim Trinken sagte ich fast unbewußt: „Donnerwetter!"

Das schien das erwartete Startzeichen zu sein. Jedenfalls öffnete sich die Tür zum Kluckeschen Zimmer, und die Witwe kam mit einer älteren Dame heraus. „Wohl bekomm's", sagte die Fremde, „ich bin die gegenüberliegende Partei."

„Det is die Knattern, unse Nachberin", erklärte Frau

Klucke, „die redet immer so jeschwollen. Und det is meine Kleene, für dich immer noch Frollein Platz. Ick muß ihr een bißken bemuttern, weil sie alleene is in der Welt, und det tut junge Dinger nich jut. Wie leicht kommt da wat vor, wat besser nich vorjekommen wäre, und denn is Heulen und Zähneklappern."

„Na, ich weiß nicht, Margarete", sagte Frau Knatter, mokant lächelnd, „Fräulein Platz ist doch immerhin schon volljährig und bedarf vielleicht gar nicht deiner stiefmütterlichen Fürsorge. Verständnisvolle Freundschaft wäre da ..."

Die Klucken schoß wie eine Rakete aus dem Sessel, auf dem sie sich ungebeten breitgemacht hatte. „Dir ham se wohl jebissen, du alte Jiftnatter! Wer is hier 'ne Stiefmutter? Was mischste dir überhaupt ein? Jönnst wohl andern nich det bißken Freude, wat man an een junget, aufwachsendes Menschenkind hat. Natürlich, wer sein Wochenendspaß nur aus een Altersheim bezieht, muß ja verknöchern."

Die alte Knatter wurde blaß. „Das – das ist zuviel, Margarete", sagte sie mühsam, „bitte, Fräulein Platz, ziehen Sie keine voreiligen Schlußfolgerungen. Takt und Bildung sind nun einmal Fremdworte für Ihre Wirtin. Aber wenn Sie sich einmal wirklich von Mensch zu Mensch austauschen wollen, dann klingeln Sie ruhig bei mir." Sie warf der Klucken noch einen verachtungsvollen Blick zu und wandte sich zum Gehen.

„Mach dir bloß in deine Buchte, du olle Schrippe", wetterte Frau Klucke und knallte die Tür hinter ihrer Nachbarin zu. „Wenn ick det schon höre: von Mensch zu Mensch austauschen! Nach son Mist muß ick direkt nachspülen." Sie nahm ungeniert meine Tasse und schlürfte von ihrem erstklassigen Mokka.

Ich war müde und ein bißchen traurig. Hoffentlich, dachte ich, hoffentlich hat meine Annonce Erfolg. Mochte die Klukken nun mütterliche oder stiefmütterliche Gefühle für mich hegen, auf keinen Fall würde sie ein uneheliches Enkelkind in ihrem Durchgangszimmer akzeptieren. Und selbst wenn sie sich abfinden könnte, würde ich mich doch nie und nimmer mit dem Gedanken an ihre durchgehende Anwesenheit befreunden können. Nicht, wenn das Kind da war.

„Was die Knattern is", meditierte sie hinter meiner Kaffeetasse, „so kann sie einem ja eijentlich nur leid tun. Sie is mal son Mensch, der ohne Mann nur 'ne halbe Portion darstellt. Wie der alte Knatter jestorben ist, war se noch janz frisch und schnucklich, und da hat se sich den Hujo anjelacht, een früherer Briefträjer, der jetzt im Altersheim lebt. Wir haben damals alle jedacht, er zieht bei ihr, wat det beste jewesen wäre. Aber sie hat ja sone verrückten Ideen mit Jewohnheit der Liebe und Püschologie und die Ehe als Fessel und sone Dinger, und nu kommt Hujo seit achtzehn Jahre nur am Wochenende und is in die Knattern verknallt, als wäre se ewich wie neu." Sie trank wieder einen Schluck und blickte dabei ins Leere. „Jott, so schlecht is die Erna jar nich."

„Sicher nicht", sagte ich und gähnte, „aber jetzt muß ich ins Bett. Es war ein anstrengender Tag heute."

Die Klucken schlug sich entsetzt an die Stirn. „Ich quatsche und quatsche und reje dir uff, und du siehst schon aus wie een Weißkäse, der Wasser jezogen hat. Jetzt aber marsch ins Bette und schlaf jut." Ehe sie ihre Zimmertür hinter sich schloß, sagte sie verlegen: „Ick gloobe, ick bin wohl doch nur 'ne olle Stiefmutter." Da wurde mir wieder ein bißchen schwach, und ich mußte heulen.

7

Sonntage habe ich nie gemocht. Als unsere Familie noch komplett und ich ein Kind war, gingen wir sonntags spazieren. Meine Mutter fummelte unausgesetzt an mir herum, band hundertmal meine Haarschleifen neu und zupfte auf offener Straße an meinem Unterrock. Dafür hätte ich sie ermorden können. Ähnliche Mordgelüste bemerkte ich in den

Augen meiner Mutter, wenn sich mein Vater nach jungen Mädchen umdrehte und schamlose Pfiffe von sich gab. Dann tat sie mir leid, und ich verachtete sie gleichzeitig, weil sie sich derart behandeln ließ.

Später, als wir allein waren, blieb ich mit meiner Mutter zu Hause. Sie tat mir jetzt wirklich leid, und ich versuchte sie zu trösten, indem ich Frühstück machte, Blumen auf den Tisch stellte und irgendein Bachsches Orgelkonzert aus dem Radio holte. Ich wollte damit eine Art sonntäglichen Frieden in familiärer Harmonie herstellen. Aber alle meine Bemühungen scheiterten daran, daß meine Mutter vergnatzt und grämlich am Tisch saß und über die unmöglichen Kollegen bei der HO sprach. Sie wußte über ihre sämtlichen Vorgesetzten schauerliche Sachen zu berichten, und die ihr untergebenen Angestellten waren nichts weiter als Dorftrottel und Ignoranten. Anfangs nahm ich alles ernst und riet ihr, die Dinge nicht auf sich beruhen zu lassen, bis ich schließlich merkte, daß es nichts als bösartiges Gezänk und Klatschsucht war. Von da an blieb ich sonntags bis zum Mittagessen im Bett.

Als mein erster Sonntag bei der Witwe Klucke anbrach, befiel mich der übliche Schauer. Aber es geschah nichts, das ihn rechtfertigte. Aus halbgeschlossenen Augenlidern bemerkte ich, wie sie sich leise, behutsam zu schaffen machte. Nachdem ich geruhte, ganz zu erwachen, stand vor meinem Bett ein Teewagen, Kaffee dampfte und duftete lieblich vor sich hin, es gab frischen Käsekuchen, Eier und aufgebackene Schrippen, und in einer Kompottschale waren Stiefmütterchen nett geordnet.

„Juten Morjen", sagte die Klucken, „haste wat Schönet jeträumt? Isset dir recht, wenn wir zusammen frühstücken, oder soll ick mir verdrücken? Jut. Et is sowieso nich jut, daß der Mensch allein ißt, heißt et schon in die Bibel. Apropos Bibel, ick hab mir von die Hartmannsche det ‚Neue Deutschland' jepumpt, vielleicht willste beim Frühstück lesen."

Während sich die Klucken einen Sessel heranzog, richtete ich mich im Bett halb auf, griff zu ND und Käsekuchen und fühlte mich wohl. Aus dem Kluckeschen Gemach drangen süßliche Lehár-Weisen, die nur gelegentlich von meiner Zeitung überraschelt wurden.

„Les mir mal wat vor, Kleene, oder willste mir dusselig sterben lassen?"

„Sauregurkenzeit", sagte ich, „es ist nichts passiert. Bis auf die Frau in Texas. Sie hat sich scheiden lassen, weil sie von ihrem Mann zu gut behandelt wurde. Nicht mal Kaffee durfte sie kochen, er nahm ihr jede Arbeit ab."

Die Klucken kicherte. „Jenau wie in unsern Haus, bei die Reglers, drei Treppen. Nur, daß det da umjekehrt zujeht. Wat die Doris Regler is, die opfert sich uff für den Ollen. Jeden Handgriff nimmt sie ihm ab, und wenn det Aas wieder 'ne Latte Schulden in seine Kneipe hat, denn jeht sie allet bezahlen. Det is ebent deutsche Liebe."

„Hat Herr Regler denn keinen Beruf mit gesicherten Einnahmen?"

„Jesicherte Einnahmen hat er schon, der olle Suffkopp, seine Biereinnahmen sichert der sich immer. Det so wat ausjerechnet Zapfer von Beruf is, müßte ooch verboten sein. Wat denkste, aus wieviel HO-Lokale der schon jeflogen is wejen sein ewijet Manko. Aber der fällt immer wieder uff scine trieselijen Beene, denn erstens haben se keene Leute, und zweetens jeht et bei uns überhaupt zu menschlich zu. Wenn ick da an früher denke ..."

Sie schwelgte in Erinnerungen an eine Zeit, in der es zwar weniger menschlich, dafür aber, ihrer Ansicht nach, geordneter zugegangen war. Ich trank noch eine Tasse Kaffee und ließ ihr Geschwätz über mich hingehen wie den Radio-Lehár. Es war schön hier. Gewiß, ich konnte nicht bleiben, aber jetzt war es schön. Da klingelte es.

„Nanu", sagte die Klucken, „wer erweist uns denn am heilijen Sonntag die Ehre? Vielleicht isset die Erna Knatter und will sich für ihren Hujo 'ne Tüte Kaffee pumpen."

„Wenn Sie nachsehen, wissen Sie es sofort", empfahl ich, „aber bedenken Sie, der Durchgang ist noch nicht frei." Ich legte mich im Bett zurück und dachte darüber nach, wie ich zu einer Zigarette gelangen könnte, ohne aufzustehen. Dabei fiel mir ein, daß mir seit einiger Zeit vom Rauchen schlecht wurde.

Ungeachtet meiner Bitte kam Frau Klucke mit einer eleganten jungen Frau ins Zimmer. „Entschuldije schon", sagte die Klucken, „aber et is man nur die Frollein Maaß vom zweeten Stock. Mal mußte ihr ja doch kennenlernen, und solange wir unter uns Pastorentöchter sind, kannste ooch int Bette liejen. Also, det is Schlummermutter seine Jüngste, Frollein Platz, ebenfalls nich verheiratet und ooch sonst völlig solo."

Fräulein Maaß errötete heftig. Sie gab mir die Hand. „Es ist immer wieder erstaunlich, mit welchem Feingefühl Frau Klucke auf meine drei Söhne zu sprechen kommt."

Ich sah sie erstaunt an. Drei Söhne. Und die Klucken nannte sie Fräulein. „Nehmen Sie Platz", sagte ich ein wenig hastig, „mögen Sie einen Kaffee?" Noch ehe sie antworten konnte, sprang ich aus dem Bett, rannte in die Küche und kam mit einer Tasse zurück. Die Klucken würdigte ich keines Blickes. „Wie heißen die Kleinen und wie alt sind sie? Sie müssen mir unbedingt von ihnen erzählen, Frau Maaß."

„Sie heißen Jeannot, Lars und Abi, sieben, sechs und drei Jahre alt."

„Schwarz, blond und braun", sagte die Klucken mit Betonung. Sie stand ein wenig verloren neben meinem Bett, aber wir beachteten sie nicht. Auch als sie meine Tasse noch einmal nachfüllte, sah ich sie nicht an und bedankte mich nicht. Da ging sie geräuschlos und mit hängenden Schultern in ihr Zimmer.

„Sie müssen, bitte, entschuldigen", sagte Frau Maaß, „ich wollte Sie natürlich nicht bei Ihrem Sonntagsfrühstück stören. Wenn Frau Klucke mich nicht so dringend gebeten hätte, wäre ich gar nicht hereingekommen. Eigentlich wollte ich nur fragen, ob Mutter Klucke heute abend mal nach den Kindern sehen kann. Ich muß nämlich weggehen, und es kann länger dauern. Das hat sie schon öfter getan. Wissen Sie, sie ist nämlich gar nicht so."

„Möglich." Ich war böse. Obwohl ich die Klucken doch schon ein bißchen kannte und immer noch fest entschlossen war, ein anderes Zimmer zu finden, war ich von ihrer Reaktion seltsam enttäuscht.

8

Am Nachmittag besuchte ich Frau Maaß in ihrer Wohnung. Die Jungen waren wirklich entzückend. Jeannot sah aus wie ein Osterhäschen aus Vollmilchschokolade. Man wußte nicht, was größer war: die tiefdunklen Augen oder die bemerkenswerten Henkelohren. Ich erfuhr, daß sein Vater jetzt wieder in Afrika lebe. Leider!

Lars, der Sechsjährige, war fast zu schön, um wahr zu sein. Er schien es zu wissen und kokettierte mit mir, als sei er mindestens sechzehn. „Alter Schwede", sagte ich lachend und nahm ihn auf den Arm.

„Stimmt", sagte Frau Maaß, „aber das ist wohl nicht allzu schwer zu erraten."

Verwirrt setzte ich Lars wieder ab. Ein Blick auf den brünetten, schwarzlockigen Abi, der selbstvergessen einen Spielzeugomnibus über den Teppich sausen ließ, machte mir klar, daß seine Herkunft auf vereinigte arabische Bemühungen zurückzuführen sei. Weiß Gott, Prüderie lag mir fern, außerdem saß ich im Glashaus. Aber diese Familie war doch höchst eigenartig zusammengestellt.

„Da ich annehme, daß sie von Mutter Klucke ausgiebig mit Kaffee versorgt werden, würde ich Ihnen lieber einen Wermut anbieten", sagte Frau Maaß. Nie im Leben hatte ich einen Schluck Alkohol nötiger gebraucht als jetzt.

Wir ließen die Jungen mit Spielzeug und guten Ermahnungen im Kinderzimmer zurück und begaben uns ins Wohnzimmer. Es war ebenso elegant wie seine Bewohnerin. Selbstverständlich gab es keine Nippes wie bei der Klucken. Auch das reichhaltige Angebot an Kunstgewerbe, ohne das sonst keine moderne Wohnung auskommt, vermißte ich gern. An der weißgestrichenen Wand hing ein sehr guter Druck von Picassos „Porträt der Madame Z.". Das Zimmer war bunt von Büchern und Blumen. Frau Maaß goß den Wein ein. „Ich heiße Marina."

„Und ich Brigitte." Es war beinahe feierlich, und ich fühlte mich geehrt, daß ich eine so welterfahrene junge Frau mit dem Vornamen anreden durfte.

„Sie müssen wissen", sagte Marina, der meine wachsende Neugier nicht entgangen war, „daß ich ein großes Vorbild habe: Josefine Baker. Ich nehme an, Sie haben von ihr gehört?"

„Natürlich. Folies Bergères, Tanz mit dem Bananengürtel, wackelnde Hüften. Außerdem hat sie wohl ein Dutzend Kinder aus aller Herren Ländern adoptiert."

„Eben, das ist es. Diese Tat hat mich schon als junges Mädchen kolossal beeindruckt. Ich weiß nicht, wie Sie darüber denken, Brigitte, aber ich halte es für die einzig praktikable Möglichkeit der Völkerverständigung. Wo sonst ließe sich der Unsinn von der Rassenungleichheit besser widerlegen als in der Bakerschen Familie?"

„Es ist eine Möglichkeit", gab ich zu, „eine. Aber wer kann sie schon handhaben, wenn er nicht gerade Millionär ist?"

„Ich", sagte Marina Maaß mit fester Stimme.

An diesem Nachmittag trank ich noch allerhand Wermut. Ich will nichts gegen Marina Maaß sagen. Sie hatte wirklich viele Vorzüge, nicht nur äußere. Aber die Sache mit Josefine Baker war bei ihr einfach zum Tick geworden. Als Dolmetscherin für Englisch, Russisch und Spanisch fand sie häufig Gelegenheit, mit Ausländern über ihr Projekt zu reden. Ich weiß nicht, inwieweit der Idealismus einer unverheirateten Deutschen die Herren – denn zufällig handelte es sich jedesmal um Herren – beeindruckte, auf jeden Fall hinterließ die schöne Marina selbst regelmäßig einen großen Eindruck. Zum Beispiel bei jenem afrikanischen Journalisten. Sie verliebten sich unsterblich. Ach, hätte man den beiden die Möglichkeit gegeben zu heiraten, gäbe es gewiß keinen Lars und keinen Abi. Aber das wäre vielleicht auch wieder schade gewesen.

Als ich endlich hinunterging, hatten wir die Kinder gemeinsam zu Bett gebracht. Marina zog sich fürs Theater an, und ich versprach, nach einer Stunde noch mal ins Kinderzimmer zu schauen. „Werden Sie es bei den dreien bewenden lassen?“ fragte ich zum Abschied.

Marina lächelte mild. „Ich muß ja wohl. Die Wohnung ist zu klein.“

9

Die Florentiner Straße ist längst nicht mehr das, was sie einmal war. Helle Neubauten mit hübschen Geschäften sind mit den Jahren entstanden, und wenn die Sonne scheint und die Linden zu duften beginnen, dann laufen die Pankower etwas langsamer und lächeln. Die Veränderung ist ihnen zwar selbstverständlich, sie würden keine pathetischen Worte darüber verlieren; aber sie sind froh. Man sieht es an ihrem Lächeln. Plötzlich, inmitten der hellen Häuserzeile, erhebt sich wie ein altersschwacher Backenzahn unser Haus. Sein Abriß wäre Verschwendung gewesen, denn es ist noch intakt, von Schwamm, Feuchtigkeit und abbröckelndem Putz ist keine Rede. Und so steht es nun als ein Rudiment vergangener, unfreundlicher Zeit, ein bißchen verloren in all der modernen, nutzvollen Pracht, ein bißchen verloren und ein bißchen rührend.

Auf jeder der drei Etagen befinden sich zwei Wohnungen. Rechts eine Zweizimmerwohnung und links das, was der Berliner „Stube und Küche“ nennt, obwohl natürlich zur Zweizimmerwohnung auch eine Küche gehört. Badezimmer kennt man in unserem Haus nicht. Die einzige Form sanitärer Zivilisation ist das Holzklo mit Wasserspülung auf jedem zweiten Treppenabsatz.

Eine Attraktion besaß unser Haus allerdings, nämlich den „Salon Ellen". Er gehörte jedoch keinem Friseur, sondern der Putzmacherin Ellen Gnuschewsky, von allen liebevoll „das Gnu" genannt. Das liebenswürdige ältliche Fräulein Gnuschewsky fertigte unausgesetzt Damenhüte an, die es im Schaufenster ausstellte und die genauso versponnen und vorgestrig wirkten wie ihre Schöpferin. Natürlich konnte das Gnu mit den eleganten Pankower Hutläden nicht konkurrieren, ganz zu schweigen von der viel preiswerteren Konfektion, und ich fragte mich lange Zeit, wie die alte Dame wohl ihren Laden und sich selbst erhalten mochte. Doch der Schleier des Geheimnisses lüftete sich, als die Klucken eines Tages krank wurde und ich um einen Arzt telefonieren mußte.

„Da jehste runter bei die Gnu", schniefte meine verschnupfte und fiebernde Schlummermutter, „die hat Telefon." Ich ging, und die alte scheppernde Ladenglocke lockte das Gnu aus dem kleinen Nähstübchen.

„Oh, das freut mich aber", sagte Fräulein Gnuschewsky emphatisch, „und ich habe schon so viel von Ihnen gehört, mein liebes Fräulein Platz, natürlich nur Gutes, aber daß ich Sie so bald als Kundin begrüßen darf... Wirklich, es ist mir eine große Freude."

Es war mir peinlich, als ich ihr den wahren Grund meines Besuches nennen mußte. Aber sie blieb liebenswürdig wie zuvor, schob mir das Telefon hin, gab mir das Telefonbuch und entfernte sich diskret. Als mein Gespräch beendet war, stand sie wieder neben mir. Auf ihrem Zeigefinger thronte ein operettenhaftes Gebilde aus Stroh, Tüll und kleinen Blümchen, das sie mir strahlend vor Glück auf die zerzausten Haare drückte. Obwohl ich ziemlich albern ausgesehen haben muß, schlug sie wie ein Kind in die Hände und jubelte: „Nein, ist denn so etwas möglich! Sie haben einen ausgesprochenen

Hutkopf. Einfach bezaubernd! Da muß ich ja aufpassen, daß Sie mir die Konkurrenz nicht als Hutmannequin wegschnappt. Mein liebes Fräulein Platz, es wäre eine Sünde, wenn Sie diesen Kopf unbehütet ließen. Ich sage das nicht aus schnödem Eigennutz, sondern aus wahrhaft ehrlicher Überzeugung." Und während sie mich zum Spiegel zerrte, in den ich ziemlich verdattert sah, fügte sie schüchtern hinzu: „Sie bekommen ihn ganz billig, mein Kind. Achtzehn Mark, Vorzugspreis für Hausbewohner."

Was hätte ich tun sollen? Ich nahm den Hut. Von nun an war mein Schicksal besiegelt. Dummerweise hatte ich die Telefonnummer des Gnus an einige Kollegen und Bekannte weitergegeben, und wann immer ich angerufen wurde, kaufte ich das jeweils angepriesene Ungeheuer schon aus Dankbarkeit. Einmal hörte ich, wie das Gnu im Gemüsekonsum stolz zur Verkäuferin sagte: „Ich arbeite vornehmlich für unsere neue Mieterin, das reizende Fräulein Platz. Sie bekleidet einen hohen Posten bei der Regierung. Ja, dort weiß man eben doch, was sich schickt!"

10

Der erste Stock gehörte den Witwen Knatter, Klucke und ein bißchen auch mir. Die Einzimmerwohnung im zweiten Stock wurde bewohnt von der Familie Hartmann. Sie bestand aus Vater, Mutter und Sohn, genannt Sohni, weil er von drei Hartmannschen Sprößlingen der kleinste war. Der Tag seiner Geburt lag nun mittlerweile zweiundvierzig Jahre zurück, aber das änderte nichts daran: der jüngste Hartmann war und blieb Sohni. Im Vergleich zu Marina Maaß, die ihrer Zweizimmerwohnung keinen fünften Insassen zumuten wollte, hatten die Hartmanns eine extrem andere Einstellung zum Thema Wohnkultur.

„Hier haben wir anno 1910 geheiratet, hier ist 1913 unser

Ewald geboren, 1915 unser Karl-Gerhard und schließlich 1925 als Nachkömmling Hartmut, unser Sohni. In dieser Wohnung haben wir Freud und Leid erlebt, und es ist uns nicht sauer geworden. In der Stube wär Karl-Gerhard um ein Haar an Scharlach gestorben, und mit Gottes Hilfe haben wir ihn durchgekriegt. In der Küche hatte Vater seinen Unfall, indem er mit dem Kopp gegen die Kohlenkiste gefallen ist, und im Korridor bin ich mit Sohni niedergekommen, weil Ewald in der Stube Schularbeiten machen mußte. Hier war's schön und schlimm, und hier bleiben wir." Das erzählte Frau Hartmann jedem, der es wissen wollte. Sie erzählte es im Verlauf von fünf Jahrzehnten sogar den verschiedensten Abgesandten der verschiedensten Wohnungsämter, denn der Fall Hartmann hatte trotz der immer herrschenden Wohnungsnot selbst die Bürokratie erregt. Aber alles war vergebens. Mutter Hartmann ließ sich aus ihrer geliebten Behausung nicht vertreiben, und Vater Hartmann hatte, seit die Sache mit seinem Kopf passiert war, ohnehin nichts mehr zu sagen.

Anders lag der Fall bei Sohni, dem zweiundvierzigjährigen Nesthäkchen. Seit fünf Jahren war er nun mit der benachbarten Bäckerstochter Helga, einer superblonden und ewig neunundzwanzigjährigen Vollschlanken, verlobt. Sie war ein freundliches Mädchen, aber mit jedem neuen Jahr ihres ungewöhnlichen Brautstandes wurde ihr Gesicht verkniffener. Auch Sohni hätte für sein Leben gern geheiratet, aber Mutter Hartmann fand, er sei noch immer zu jung. Sie hatte ihre eigene Relativitätstheorie, und der labile, charakterschwache Sohni hätte als letzter gewagt, ihr zu widersprechen.

Das schlimmste waren jedoch Sohnis Nächte. Ich erfuhr zum erstenmal davon, als mich eines Morgens gegen sechs Uhr ein herzzerreißendes Stöhnen weckte. Voller Entsetzen weckte ich die Klucken. „Um Gottes willen, auf der Treppe liegt ein Verletzter, wir müssen ihm helfen!"

Ich wurde ungeheuer wütend auf die Witwe, die sich ausreichend Zeit nahm, wach zu werden, und sich dann an meiner Angst weidete. „Den Verletzten kenn ick", sagte sie und gähnte dabei, daß es ihr fast die Kinnladen sprengte, „det is Sohni Hartmann. Det kriegste als Hausmusik gratis mit zu. Weil nämlich, mußte wissen, der arme Junge uff son schmalet Plüschsoffa schläft. Damit er nich runterfällt, stellt ihm die Hartmannsche jeden Abend ihre sechs Stühle davor. Nachts kollert er nu uff die olle harte Dinger, und morjens tut ihm det Kreuze weh. Det is ebent eines harten Mannes Los, wenn er zu weich ist, seine Ollen den Stuhl vor die Düre zu setzen. Oder umjekehrt. Und nu laß mir noch 'ne Runde schlafen."

Sohni tat mir in der Seele leid. Ich nahm an, er müßte ein ähnlich inniges Verhältnis zu seiner Mutter haben wie ich zu meiner.

Als ich nach Büroschluß einkaufen ging, traf ich ihn bei Bäcker Riechert. Er stand vor der Kasse und plauderte mit seiner Braut. „Ach, Fräulein Platz", sagte er freundlich, „darf ich Sie bekannt machen? Meine Verlobte, Helga Riechert, Tochter vom Chef und Seele vom Buttergeschäft – Fräulein Brigitte, Untermieterin bei der Klucken."

Helga lächelte süßsauer und reichte mir ihre patschige Hand. „So, das Fräulein Brigitte", sagte sie spitz. „Sie scheinen sich ja schon ganz gut eingelebt zu haben in Florentiner dreiundvierzig." Sie war so offenkundig eingeschnappt, daß ich in meiner Verwirrung eine ganze Käsetorte kaufte. Aber selbst mit ihrem gut entwickelten Geschäftssinn konnte sie mich nicht riechen, denn sie gab mir keinen Karton für die Torte, sondern wickelte einfach einen Bogen Papier darum. Etwas hilflos versuchte ich, mit meiner Handtasche, einem Gemüsenetz und dem Tortenpaket den Laden zu verlassen. Da wurde der Kavalier in Sohni wach. „Moment", sagte er, „geben Sie mal die Sachen her, ich komme gleich mit nach Hause. Also Helga, bis um acht vorm Tivoli!"

„Guten Heimweg", rief die blonde Bäckerstochter hochroten Kopfes hinter uns her, „und vielleicht gehste überhaupt lieber mit deiner Brigitte ins Kino."

Sohni drehte sich nicht um, obwohl ich ihm versicherte, daß ich seiner Hilfe keineswegs bedürfe. „Die mit ihrer Eifersucht macht mich noch mal wahnsinnig. Dabei ist alles nur Mutterns Schuld. Wenn sie uns endlich heiraten ließe, wäre Helga sofort vernünftig. Sie ist nämlich ein sehr patentes Mädchen."

„Ich bitte Sie, Herr Hartmann, warum lassen Sie sich das gefallen? Schließlich ist es Ihr Leben, und Ihre Mutter hat kein Recht, es kaputt zu machen."

Sohni sah mich ernst an. „So können Sie das nicht sagen, Fräulein Platz. Sehen Sie mal, meine Mutter hat ihr Leben lang für uns Jungens geschuftet. Nun sind die beiden Großen weg, und sie hat nur noch mich. Wenn wenigstens Vater nicht so klapprig wäre. Aber so... Nee, nee, solange Mutter noch lebt, kann ich nicht weg. Das würde ihr das Herz brechen. Und wenn Helga das nicht einsieht, dann ist sie eben nicht die Richtige."

So einfach war das für diesen alten, kleinen Sohni. Ich dachte an meine Mutter und genierte mich ein bißchen. Aber gleichzeitig kam mir das alles verrückt und unnatürlich vor. Wenn er schon so ein treuer Sohn war, dann durfte seine Mutter ein solches Opfer nicht annehmen. Schließlich würde sie ihren Jüngsten, der ständig zwischen Braut und Mutter hin und her gerissen wurde, noch zum Weiberfeind machen.

„Mögen Sie Flundern?" fragte Sohni, während er mir die Haustür öffnete. Ich nickte verständnislos. „Dann kommen Sie doch mit nach oben", bat er, „meine Mutter brät zum Abendbrot Flundern, das kann niemand so gut wie sie, und sie würde sich bestimmt freuen."

„Das wird nicht gehen", sagte ich verlegen. „Frau Klucke wartet mit dem Abendessen auf mich, und wenn ich nicht da bin, stirbt sie lieber Hungers."

Sohni lachte. „Sehen Sie, Sie können einer alten Frau auch nicht weh tun, typischer Fall von Mutterkomplex. Aber bei der Klucken gibt's ja doch nur Stullen, vom Flundernbraten hat die nämlich keine Ahnung. Wie ist es, Sie könnten doch Sitzung haben?"

Wir grinsten uns an wie Verschwörer und schlichen uns an

der Kluckeschen Tür vorbei, als befände sich dahinter eine feindliche Macht. Sohni freute sich wie Bolle. Er wurde wirklich wieder zum kleinen Jungen, als er mit der Torte und dem Gemüsenetz in der einen und mir an der anderen Hand die Treppe hinaufrannte und an der Klingel unter dem verschnörkelten Schild „Wilh. Hartmann“ Sturm läutete.

Die Tür wurde geöffnet, und heraus kam eine Wolke Fischbratendunst. „Tag, Mutter, ich bring Besuch mit“, sagte Sohni atemlos.

„Is recht, mein Junge, freut mich, daß Fräulein Brigitte mal den Weg in unser Heim findet. Also, denn wären wir ja komplett.“ Frau Hartmann schob uns in ihre Wohnküche, in der neben Herrn Hartmann auf der Kohlenkiste, die seit jenem Unfall sein Stammplatz geworden war, meine Klucken hockte. Sohni und ich brachen in schallendes Gelächter aus.

Die Klucken sah uns erstaunt an. „Wat jibt's denn da zu lachen? Ick hab dir doch extra een Zettel jeschrieben, wo ick zu finden bin. Meine Kleene ißt nämlich keen Happen ohne Muttern, und da sollte se sich keene Sorjen machen“, fügte sie für die anderen erklärend hinzu.

Frau Hartmann wischte mir einen Küchenstuhl mit der Schürze ab, wendete die Flundern in der Pfanne und streichelte beiläufig ihrem Sohni über den Kopf, als sei er wochenlang von ihr getrennt gewesen. „Nu bleibt ihr ooch hier“, sagte sie energisch zur Klucken, „wenn euch schon der herrliche Duft nich lockt, denn soll es wenigstens der Zufall jewesen sind, der euch mal an meinen Tisch bringt.“ Es wurde ein gemütlicher Abend. Obwohl wir fünf kaum Platz an dem kleinen Küchentisch hatten, fühlten wir uns wohl. Frau Hartmanns Flundern schmeckten wirklich wunderbar. Schließlich, um halb acht, erhob sich Sohni, um sich umzukleiden. Mutter Hartmann wurde ein bißchen nervös. „Komm bloß nicht so spät nach Hause, Sohni, und nimm deinen Schal, abends isses schon kühl. Und grüß Helga. Aber sie soll vernünftig sein. Haste deinen Schlüssel? Na, macht nischt, ich bin ja auf, bis du wieder da bist." Sohni hörte sich das Gebrabbel geduldig an, verabschiedete sich schnell und ging.

Wenn man bedachte, daß Sohni alias Hartmut Hartmann ein mehr als erwachsener Mann war, der schon längst selbst Familienvater sein sollte, wirkte die Szene etwas lächerlich. Und trotzdem mochte ich Frau Hartmann gern.

II

Im dritten Stock lebte ein menschgewordenes Bierfaß. Herr Regler konnte seinen Beruf wahrhaftig nicht verleugnen, und er wollte es auch gar nicht. Über seinem Sofa prangte ein kalligraphisches Kunststückchen: „Bier – das war sein letztes Wort, dann trugen ihn die Englein fort." „Die Englein" waren jedoch nur ein Singular, und der hieß Doris Regler. Frau Regler liebte ihren Mann mit geradezu notorischer Inbrunst. Es gab nichts, was sie ihm nicht verziehen hätte. Wenn sie ihren Dienst als Serviererin beendet hatte, ging sie ihren Mann suchen. Seine Route war immer die gleiche, von den Stehtischen in der Maximilianstraße bis Pankow Kirche. Oder er stand in einer dieser Kneipen am Zapfhahn. Und dann unterschied sich seine Tätigkeit von der am Stehtisch nur dadurch, daß er gelegentlich auch für einen anderen Gast ein Bier ausschenkte.

Rein äußerlich waren die Reglers ein seltsames Paar. Sie war klein, zierlich, blond und rehäugig, und obwohl sie die Dreißig schon seit einigen kurzen Jährchen überschritten hatte, drehten sich auf der Straße sämtliche jungen Männer zwischen sechzehn und fünfundzwanzig nach ihr um. Doris bemerkte nichts von alledem. Sie verrenkte sich den Hals, um zu ihrem angetrauten Koloß aufzusehen, der gut und gern drei Köpfe größer war als sie und über ein Nettogewicht von zweihundertdreißig Pfund verfügte. Joachim Regler erwiderte die hingebungsvolle Liebe seiner Frau herablassend und im

Zustand der Volltrunkenheit, in dem er sich nicht allzu selten befand, sogar mit ausgesuchter Unhöflichkeit. Doch das änderte nichts. Doris löste ihren Dicken in sämtlichen Pankower Kneipen aus, sie verhandelte mit den Wirten, wenn sie sich ihres trunksüchtigen Zapfers wieder einmal entledigen wollten, und sie war sogar schon bis zur obersten Direktion der HO-Gaststätten vorgedrungen, um seine endgültige Entlassung aus der Gastronomie zu verhindern.

Wenn die tüchtige, hübsche Doris nicht überall so beliebt und deshalb erfolgreich gewesen wäre, hätte ihr Mann gezwungenermaßen doch Vernunft annehmen müssen, wer weiß.

In unserem Haus wurde Joachim Regler zwar mit allen Bannflüchen der biblischen Geschichte bedacht, aber trotzdem mochten alle das Unikum gern. Er war niemals schlechter Laune, immer hilfsbereit und verständnisvoll. Einmal hatte er die Knattern, als sie keuchend auf dem ersten Treppenabsatz haltmachte, auf seinen starken Armen hinaufgetragen, und als ihr Altersheim-Hugo die Tür öffnete, hatte er der Witwe einen schallenden Kuß auf die Wange gedrückt. Meine Klucken wußte zu berichten, wie Herr Regler beim Tode ihres Mannes unter Tränen ein Faß Bier angerollt hatte, um die trauernde Verwandtschaft aufzumuntern. Und Frau Hartmann gar nannte den Dicken achtungsvoll einen Feinschmecker, weil niemand mehr von ihren gebratenen Flundern verdrücken konnte als er. Ich kannte die Reglers vom Sehen im Treppenhaus. Als mir eines Abends die Zigaretten ausgegangen waren, lernte ich Herrn Regler an seiner derzeitigen Wirkungsstätte kennen. Er begrüßte mich mit Hallo und erklärte lautstark, ich sei Lokomotivenverkäuferin, was ein schwerer Beruf sei, weil sich die Dinger so schwer einwikkeln ließen. Mir war das sehr peinlich, denn alle starrten mich an und kicherten. Aber Joachim Regler war Herr der Situation. Er ließ seinen Zapfhahn los, goß zwei Schnapsgläser voll und komplimentierte mich an einen Tisch. Dann ratterte er, schnaufend wie eine altersschwache Lokomotive, zu mir heran. Nun lachten alle über ihn, aber es war ein freundliches Lachen.

„Prost, Frollein Platz", sagte er, „das Signal steht auf Fahrt, also runter mit die Dinger!" Ich erhob mein Glas. „Vielleicht wern Sie sich wundern, det der Schnaps nich bis an Eichstrich jeht, aber det muß ick aus Rücksicht auf die verehrte Jesundheit von die Jäste so machen. Weil nämlich sonst der Schnaps nach Farbe schmeckt!" Ich lobte ihn sehr für seine treue Fürsorge. Herr Regler winkte dem Wirt, der seinen Platz am Zapfhahn eingenommen hatte, und rief: „Orje, lang mal zwee große Polen untern Tresen vor, die Dame wünscht mir bei sich zu behalten."

Gott sei Dank kam Doris Regler nach einer halben Stunde. Obwohl sie sehr abgespannt und müde aussah, begrüßte sie mich besonders freundlich und bestellte nun ihrerseits eine Lage polnischen Wodka. Mir war schon etwas trieselig im Kopf, und ich machte mir Vorwürfe wegen des Babys. Aber ein noch schlechteres Gewissen hatte ich wegen der Klucken. Sie saß zu Hause und wartete auf mich, und ich ging saufen wie ein alter Rollkutscher. „Ick gloobe, wir jehn jetzt liebers", sagte Herr Regler, „die Kleene sieht schon janz käsig aus."

„Donnerwetter", sagte Doris, „Sie sollten öfter in Achims Kneipe kommen, dann kriege ich den Lümmel wenigstens pünktlich ins Bette." Aber das hatte ich selbst viel nötiger. Als wir auf der Straße standen, hatte ich das Gefühl, meine Beine wären aus Blei. Herr Regler merkte sofort, was mit mir los war, und ehe ich protestieren konnte, nahm er mich huckepack. Ich zappelte verzweifelt und verlangte dringend, auf eigenen Füßen zu stehen. Aber das Bierfaß war unerbittlich und schleppte mich bis vor unser Haus.

Da war ich schlagartig nüchtern. Die Haustür wurde gerade von einem jungen Mann geöffnet, dem ich einmal flüchtig begegnet war. Er hieß Wolfgang Engel, war einundzwanzig Jahre alt, Medizinstudent im dritten Semester und wohnte mit seiner Mutter im dritten Stock. Diese Weisheiten hatte ich von der Klucken. Wolfgang Engel also sperrte die Tür auf und sah uns entgeistert an. Ich hing verzweifelt auf Joachim Reglers Rücken und wünschte mich tief unter die Erde. „Setzen Sie mich sofort ab“, sagte ich leise in das riesige Ohr vor mir, „wenn Sie mich nicht augenblicklich absetzen, beiße ich Ihnen die Halsschlagader durch.“ Herr Regler mußte wohl begriffen haben, daß es mir todernst war, und obwohl er sicher keine Angst um sein Leben hatte, ließ er mich sanft zu Boden schweben. Hochroten Kopfes rannte ich wortlos und grußlos an den dreien vorbei. Noch im Bett zitterte ich vor Scham und Wut. Wenn mich das feine Fräulein Gnuschewsky so gesehen hätte, es wäre mir weniger peinlich gewesen.

12

Ich kannte nun alle Bewohner unseres Hauses. Die unauffälligste von allen war Frau Engel, Wolfgangs Mutter. Sie arbeitete bei einem Dienstleistungskombinat als Kunststopferin. Eigentlich bemerkten wir sie nur, wenn sie an jedem zweiten Freitag klingelte, um die schmutzige Wäsche abzuholen. Die nahm sie mit und brachte sie schrankfertig zurück. Dann ging jedesmal der Kampf um das Trinkgeld los, das sie nicht annehmen wollte. „Wirklich, ich habe es nicht nötig“, sagte sie, „ich verdiene gut, und mein Sohn kriegt ein hohes Stipendium. Weil er ein Arbeiterjunge ist und weil er anständig lernt, geben sie ihm über dreihundert Mark. Ich kann es einfach nicht begreifen. Und eines Tages ist er ein Doktor! Das wollte mein Mann immer werden, aber er ist noch in den allerletzten Kriegstagen als Sanitäter gefallen. Fürs Doktorstudium hatten seine Eltern kein Geld. Aber unser Wolfgang kann studieren und noch seine alte Mutter unterstützen. Es ist nicht zu fassen.“

Dieses Thema füllte das Leben der Frau Engel aus bis zum Rande. Sie war so voll Dankbarkeit für dieses unermeßliche

Glück, das ihrem Einzigen widerfuhr, daß sie einfach das Bedürfnis hatte, anderen Gutes zu tun. Aber sie tat es ohne Aufhebens. Sie hätte nicht etwa eine Verpflichtung abgegeben, daß sie sich zu Ehren irgendeines Feiertages um die Wäscheversorgung der Hausgemeinschaft kümmern wolle. Sie kümmerte sich eben. Und nahm kein Trinkgeld. Vielleicht war dies der Grund, daß ich mich in unserem Haus so wohl fühlte: Es gab darin so viele Mütter. Nicht nur Frauen, die Kinder geboren hatten, richtige Mütter. Selbst für mich hatte ich eine gefunden, denn ich hieß schon überall „Kluckens Jüngste". Aber all diese Mütter hatten die überkommenen Moralvorstellungen ihrer Zeit. Marina Maaß zum Beispiel war für sie eine ständige Quelle bösartigen Klatsches. Eine anständige Frau heiratet, bevor sie Kinder bekommt!

In fünf Monaten würden sie auch über mich den Stab brechen. Was sollte ich tun? Ich hatte meine Annonce in der „Berliner Zeitung" schon zum dritten Mal aufgegeben, immer ohne Erfolg. Manchmal war ich beinahe froh darüber. Aber dann packte mich wieder die Angst. All ihre Freundlichkeit, ihre Sympathie würde mit einem Schlage aufhören. Und dieser Tag war nicht mehr fern, denn ich wurde schon ein wenig rundlich, und die Klucken beobachtete interessiert meine ständig wachsende Gefräßigkeit. Eitel, wie sie war, sah sie in diesem Umstand den Lohn für ihre gute Küche. Wie aber, wenn sie bemerken mußte, daß es sich um ganz andere Umstände handelte?

In der U-Bahn saß ich bedrückt auf einem der Plätze, die für Schwerbeschädigte, werdende Mütter und Fahrgäste mit Kleinkindern reserviert sind. Schließlich hatte ich ein Recht darauf. Ich müßte mit jemandem reden, dachte ich zum hundertsten Mal, mit jemandem, der mir wirklich raten kann. Mit wem nur?

Im Büro hatte ich viel zu tun, wir bereiteten die Messe in Poznań vor. Da rief die Kollegin Meisgeier an, Sekretärin in der Kaderabteilung. „Sie möchten zur Frau Fröhlich kommen", sagte sie, „wenn's geht, sofort." Seit meiner Kindheit wird mir blümerant, wenn ich zu einem Vorgesetzten bestellt werde. Schon in der Schule hatte ich ein konstant schlechtes Gewissen, und es genügte, daß mich ein Lehrer scharf ansah, damit ich reumütig alle Sünden eingestand. „Hab ich was verbrochen?“ fragte ich die Meisgeier zaghaft. Sie lachte. „Ich glaube nicht. Jedenfalls hat meine Chefin nicht die Tauchsieder-Arie gesungen.“

„Wie bitte?“

„Wenn sie wütend ist, erklärt sie mir regelmäßig, daß das Benutzen von Tauchsiedern in Büros verboten ist. Und eben hat sie ausdrücklich einen Kaffee bestellt. Sie können also beruhigt sein.“

Die Kaderinstrukteurin Fröhlich empfing mich besonders liebenswürdig. Sie kam sogar hinter ihrem gewaltigen Schreibtisch hervor und nötigte mich in ihre gemütliche Sesselecke. Also konnte es sich um nichts Amtliches handeln. Ich holte meine Zigaretten heraus, und sie bediente sich. „Daß Sie so viel rauchen“, sagte sie, „gefällt mir gar nicht.“ Ich wurde knallrot. Es war ja wirklich nicht gut für das Baby. Sie lachte und paffte wie eine gutgehende Lokomotive. „Na, na, das war ja schließlich kein Verweis. Wie geht's Ihnen übrigens? Wie fühlen Sie sich?“

Mir ging ein Seifensieder auf. Sie wußte also Bescheid. Aber woher nur? Ich hatte doch mit niemandem im Büro darüber gesprochen. Da Frau Fröhlich selbst dreifache Mutter war, mochte sie vielleicht einen sicheren Blick für dergleichen Situationen haben. Und als Kaderinstrukteurin gehörte ja Psychologie gewissermaßen zu ihrem Handwerkszeug. „Gott“, sagte ich ein wenig verlegen, „wie soll ich mich fühlen. Ich bin eben allein, und da ist das alles nicht so einfach.“ Sehr geistreich kam ich mir nicht vor.

Frau Fröhlich wurde sehr eifrig. „Sie machen mir Kummer, Brigitte. Schließlich brauchten Sie es nicht zu sein. Ich weiß, ich weiß, einer allein ist an solchen Dingen nie schuld. Aber das läßt sich doch alles einrenken.“

Ich stand auf. „Nein, es hat gar keinen Zweck. Die Sache

ist erledigt, daran ist nichts mehr zu ändern. Alles hat seine Grenzen, und wenn die erreicht sind, dann muß man eben konsequent sein. Ich werd's schon schaffen, irgendwie werde ich's jedenfalls schaffen."

Frau Fröhlich lächelte sehr lieb und sehr mütterlich. „Kindchen, Sie sind jetzt neunzehn, reden Sie also nicht wie ein alter Haudegen, der das Leben kennt. Was wissen Sie denn schon von den Schwierigkeiten, denen ein junges Mädchen gegenüberstehen kann. Da kann wahrhaftig allerhand schiefgehen."

„Schiefgegangen ist ja nun grade genug", sagte ich niedergeschlagen.

„Eben. Und deshalb sollten Sie vernünftig werden, ehe es zu spät ist. Sehen Sie, so leicht ist das auch wieder nicht, als alleinstehende Frau ein Kind großzuziehen. Das können Sie mir glauben, in diesem Punkt bin ich nämlich kompetent."

Ich hätte heulen mögen. Gewiß, sie war kompetent. Und ausgerechnet sie redete mir zu, zurückzugehen zu einem Mann, der es nicht verdiente, Vater zu werden. Abgesehen davon, daß es gar nicht mehr möglich wäre, selbst wenn ich gewollt hätte.

„Sehen Sie, Brigitte, ich will nicht in Sie dringen, schließlich sind Sie erwachsen und müssen Ihre Entscheidungen selbst treffen. Aber vielleicht sprechen Sie noch einmal mit ihr. Manchmal wirkt ein klärendes Gespräch Wunder."

„Mit ihr?"

„Warum sollten Sie nicht mit Ihrer Mutter sprechen? Lesen Sie diesen Brief. Er ist zwar nicht für Sie bestimmt, aber ich glaube, wir begehen damit keine Indiskretion."

Mir fiel es wie Schuppen von den Augen. Natürlich hatte Frau Fröhlich nichts von dem Baby gewußt. Meine Mutter hatte einen Brief an die Kaderabteilung geschrieben, weil sie meine neue Adresse nicht kannte. „Werte Kollegen", schrieb sie, „es ist mir peinlich, Sie mit einer Angelegenheit behelligen zu müssen, die eigentlich nur mich und meine Tochter angeht. Aber ich weiß mir keinen Rat mehr. Meine Tochter hat es für sinnvoll gehalten, ihr Elternhaus zu verlassen, und ich habe keine Ahnung, wo und wie sie nun lebt. Sie werden verstehen, daß mich diese ihre leichtfertige Handlungsweise schmerzlich getroffen hat, zumal ich geschieden bin und meine ganze Sorge immer meinem einzigen Kind angedeihen ließ. Leider ist Brigitte ein leicht beeinflußbarer Mensch, der dringend des moralischen und ideologischen Beistandes bedarf, um nicht vom rechten Weg abzukommen. Ich bitte Sie also herzlich, eingedenk unser aller Verantwortung für ein junges Menschenkind, mir baldigst ihre neue Adresse zur Kenntnis zu geben. Mit sozialistischem Gruß, Elfriede Platz."

Welche Infamie! Warum schrieb sie nicht gleich: „Meine Tochter erwartet ein uneheliches Kind"? Nein, so dumm war sie wieder nicht, denn niemand außer ihr selbst hätte darin ein Verbrechen gesehen.

„Was haben Sie denn, Brigitte, Sie sind ja ganz blaß. Können Sie Ihre Mutter denn so wenig verstehen?"

Frau Fröhlich war ernstlich besorgt. Sollte ich ihr alles erzählen? Wenn sie mir genügend Zeit ließ, würde sie begreifen, daß ich so und nicht anders handeln mußte. „Die Dinge sind etwas komplizierter", sagte ich zaghaft, „ich habe den Entschluß, meine Mutter zu verlassen, bestimmt nicht leichtfertig gefaßt."

„Gewiß nicht", sagte Frau Fröhlich und sah auf ihre Armbanduhr, „davon bin ich überzeugt. Aber wäre es nicht am besten, Sie würden sich mit Ihrer Mutter darüber aussprechen? Ich habe Sie zu mir gebeten, weil ich Sie ernst nehme. Und deshalb möchte ich auch, daß Sie auf den Brief Ihrer Mutter antworten, in dieser oder jener Form. Ich glaube, das ist für alle Beteiligten das beste." Sie stand auf. „Gibt's noch irgend etwas Wichtiges? Sie können mir selbstverständlich alles sagen, was Sie auf dem Herzen haben, aber ich muß um zehn Uhr zu einer Besprechung. Wollen wir so verbleiben? Sie bringen die Sache mit Ihrer Mutter in Ordnung. Sie überprüfen noch einmal, ob Ihre Haltung richtig war, und wenn Sie Schwierigkeiten haben, bin ich jederzeit für Sie da."

Ich stand auf. Mein Kopf war leer und gefühllos wie ein Luftballon. „Sie brauchen sich keine Sorgen zu machen“, sagte ich und ging hinaus.

13

Es war August und schrecklich heiß. Mir war nicht mehr so oft übel, aber jetzt bekam ich leicht Rückenschmerzen. Das spürte ich besonders, als ich an meinem freien Sonnabend auf dem Hof stand, um den Kluckeschen Läufer zu klopfen. Nach sieben Schlägen mußte ich mir jedesmal eine kleine Ruhepause gönnen. Ich lehnte mich an die Mülltonne und schimpfte mit meinem Sohn, der mir solche Scherereien machte. Er bewegte sich jetzt schon manchmal ein bißchen. Das war ein wunderbares Gefühl. Mathias sollte er heißen oder Daniel. Für ein Mädchen hatte ich mir nichts ausgedacht. Ich wußte genau, daß es ein Sohn werden würde.

Ein junger Mann kam mit einem Mülleimer auf den Hof. Es war Wolfgang Engel, dem ich zum letztenmal begegnet war, als ich auf Herrn Reglers Rücken hing. Mir wurde ganz schwach vor Verlegenheit. Ich erwiderte seinen Gruß stumm nickend und fiel wieder über den Läufer her. Während er den Mülleimer in die Tonne auskippte, sah er mir zu. „Geben Sie mal her“, sagte er und nahm mir den Klopfer ab. Nach fünf Minuten entwich dem geprügelten Stück kein Staubkörnchen mehr.

„Haben Sie noch mehr davon?“ fragte Wolfgang, und der Schweiß lief ihm übers Gesicht. „Von den kleinen Dingern nicht“, sagte ich lachend, „aber in meinem Zimmer liegt noch ein Monstrum aus Mutter Kluckens Jugendzeit. Der könnte auch mal frische Luft vertragen.“

„Na los, holen wir uns das gute Stück!“

„Um Gottes willen, so war's doch nicht gemeint. Der Teppich ist viel zu schwer. Ich mach das schon mit dem Staubsauger.“

„Sie haben selbst gesagt, er braucht frische Luft. Und für mich ist das der notwendige Ausgleichssport, verbunden mit Nachbarschaftshilfe für männerlosen Haushalt."

Wir rannten die Treppe hinauf wie Kinder, die Einkriegezeck spielen. Ich hatte plötzlich kein dringenderes Bedürfnis, als Möbel zu rücken, den riesigen Teppich einzurollen und auf den Hof zu schleppen. Meinen Rücken spürte ich überhaupt nicht mehr. Es war ein ziemliches Stück Arbeit, obwohl Wolfgang Engel darauf bestand, die große Rolle allein hinunterzutragen. Bis wir den Teppich auf die Klopfstange bugsiert hatten, verging eine ganze Weile. Aber wir waren dabei so ausgelassen und fröhlich, als handle es sich um ein herrliches Spiel. Trotz meiner Bitten ließ mich Wolfgang nicht klopfen. Ich durfte nur die Ecken festhalten. Als wir fertig waren, schleppte er mir den Teppich wieder nach oben und half mir beim Ausrollen. Ich merkte, daß er doch ziemlich erschöpft war.

„Setzen Sie sich doch erst einmal hin", sagte ich, „darf ich Ihnen etwas zu trinken anbieten?"

„Wenn Sie vielleicht einen Eimer Wasser hätten, wäre ich nicht abgeneigt."

Jetzt war ich doch froh, daß ich neulich im Kunstgewerbeladen – „for nischt und wieder nischt", wie die Klucken sagte – das Limonadenservice gekauft hatte. Ich machte die große Kanne voll Zitronensaft und richtete dabei eine unheimliche Schweinerei auf dem Küchentisch an. Aber das war mir egal. Dann saßen wir gemütlich in der Sesselecke, und Wolfgang erzählte von der Universität. Er hatte ursprünglich Zahnmedizin studiert, aber als bei ihm selbst eine Kieferoperation notwendig wurde, war er auf Humanmedizin umgestiegen. Zahnmediziner rechnete er neuerdings zu den Barbaren.

Während unserer angeregten Unterhaltung hatten wir gar nicht bemerkt, daß die Klucken nach Hause gekommen war. Sie stand plötzlich im Zimmer, stemmte die Arme in die Hüften und sagte mit gespielter Entrüstung: „Det laß ick mir jefallen, kaum is Muttern arbeeten, hat die Jöre een Bräutjam zu Jast. Tach, Schwiejersohn, een Jlück, det ick dir schon länger kenne."

Wolfgang stieß vor Schreck seinen Limonadenbecher um. Er war dunkelrot. „Entschuldigen Sie, Frau Klucke", stotterte er, „ich wollte nicht stören. Ich habe auch gar keine Zeit mehr. Bitte, entschuldigen Sie." Und er rannte hinaus, als wäre der Teufel hinter ihm her.

Mir war hundeelend zumute, und ich empfand in diesem Moment für die Klucken die gleichen Gefühle wie für meine Mutter. Am liebsten hätte ich das Geschirr an die Wand geschmissen. „Ihre Taktlosigkeit läßt wirklich nichts zu wünschen übrig", sagte ich so beherrscht wie möglich, „nehmen Sie bitte zur Kenntnis, daß es für den Besuch eines jungen Mannes auch andere Motive gibt, als Sie sich offenbar vorstellen können. Er hat sich nämlich erlaubt, Ihren mistigen Teppich zu klopfen, der in diesem Durchgangskorridor ja wahrhaftig allerhand Strapazen ausgesetzt ist." Nun saßen mir die Tränen doch im Hals, und der Rücken tat mir so weh wie noch nie zuvor.

Die Klucken starrte mich ratlos an. „Aber Kleene, so hab ick's doch jar nich jemeint! Ick weeß ja, daß du ein anständijes Meedel bist, und der Wolfgang is ooch tipp-topp. War doch bloß een Witz, vielleicht keen juter, aber deshalb brauchste doch nich gleich so krötig werden. Komm, sei wieder jut mit Muttern!" Sie sah mich geradezu flehentlich an, aber ich heulte und heulte und wußte schließlich überhaupt nicht mehr, warum.

14

Marina Maaß war in einer großen Verlegenheit. Sie mußte übers Wochenende nach Dresden, um auf irgendeiner Konferenz für einige kubanische Gäste zu dolmetschen. Leider war die Freundin, die ihr sonst in solchen Fällen die Kinder abnahm, verreist, und sie wußte nun nicht, wohin mit Jeannot, Lars und Abi. Ich erbot mich, die drei von Sonnabend bis Sonntagabend zu behüten.

Marina war hocherfreut. „Würden Sie das wirklich tun? Das wäre ja wunderbar, aber ich sage Ihnen gleich, es sind schlimme Rabauken. Man muß sie dauernd im Auge behalten, und Sie haben vielleicht am Wochenende was Besseres vor. Nein? Ich bin Ihnen so dankbar, Brigitte. Außer Ihnen gibt es niemanden in diesem Haus, der so freundlich wäre. Ich bringe Lars und Abi Sonnabend früh noch in den Kindergarten, wo Sie sie mittags abholen müßten. Jeannot kommt von selbst aus dem Schulhort. Gegessen haben dann schon alle, Sie brauchten ihnen nur Abendbrot zu machen. Und pünktlich nach dem Sandmännchen müssen die drei ins Bett. Am besten wäre, Sie würden auch oben schlafen, in meinem Bett, damit die Lauseköppe wirklich nichts anstellen."

„Sie brauchen keinerlei Befürchtungen zu haben", sagte ich, „wir werden uns schon vertragen." Sie gab mir noch ein Dutzend gute Ratschläge, daß ich schon beinahe gekränkt war. Aber schließlich beruhigte sie sich doch. „Es ist eine erste Vorübung für später", sagte sie lachend beim Abschied.

Natürlich muffelte und zeterte die Klucken, als ich mich Sonnabend mittag in Marsch setzte. „Det hab ick jerne, aus Quatsch und Dollerei drei Kinder in die Welt setzen und denn andere Leute damit belästjen. Soll se doch nich sone Uffträje annehmen, wo se in die Weltjeschichte rumreisen muß. Wat jeht dich denn überhaupt Frollein Maaß an?"

„Frau Maaß, wenn ich bitten darf. Immerhin hat sie ja wohl schon mehrfach bewiesen, daß sie eine Frau ist. Wollen Sie etwa behaupten, sie wäre eine schlechte Mutter, nur weil sie einmal übers Wochenende berufliche Verpflichtungen hat? Und was ich in meiner Freizeit mache, ist ja wohl immer noch mir überlassen."

Die Klucken zog ein Gesicht, als hätte sie essigsaure Tonerde getrunken. „Na, denn mach man, jeht mir ja nischt an. Aber denn beklag dir nich, wenn et sich die Maaßen zur lieben Jewohnheit werden läßt. Hat se nu endlich een Dußlijen jefunden. Mir soll et recht sind.“ Es war ihr gar nicht recht, aber das kümmerte mich nicht weiter.

Im Kindergarten empfingen mich Lars und Abi mit großem Hallo. „Tante Brigitte, kaufst du uns ein Eis? Gehen wir nachher ins Freibad? Bleibst du immerzu bei uns, die ganze Nacht? Und immer und immer? Dürfen wir uns Meister Nadelöhr angucken? Marion und Ralph gehen mit ihrer Mutti ins Puppentheater. Wollen wir auch?“

Ich mußte lachen über die ausgekochten Burschen. „Jetzt gehen wir erst einmal nach Hause und warten auf Jeannot. Bis dahin könnt ihr versuchen, euch anständig zu benehmen. Dann sehen wir weiter.“ Unterwegs zogen mich die beiden natürlich in eine Eisdiele, und ich merkte zum erstenmal, wieviel Kraft in zwei Kinderärmchen steckt. Ich war gar nicht mehr so sicher, daß ich noch lange eine Autorität für sie sein würde.

Der Nachmittag bestätigte meine Befürchtungen. Nachdem alle sechs Händchen blitzsauber gewaschen waren, sahen wir uns gemeinsam Meister Nadelöhr an. Plötzlich tuschelten und kicherten Lars und Jeannot, obwohl der Märchenerzähler gar keinen zwingenden Anlaß bot. „Abi hat eingepullert“, klärte mich Jeannot endlich auf, „der rote Sessel ist schon ganz naß.“ Ich rannte ins Kinderzimmer und holte ein frisches Höschen. Als ich den Jungen wieder auf dem Trocknen hatte, suchte ich in der ganzen Wohnung nach Schaumreiniger, um den schönen Sessel in Ordnung zu bringen. Inzwischen hatte sich Lars über ein Bücherregal hergemacht und die Vorsatzblätter vom gesammelten Heine mit surrealistischen Kreisen und Dreiecken bemalt. Mir brach langsam der Schweiß aus.

„Wißt ihr was“, sagte ich, um die Trabanten abzulenken und gleichzeitig bei Stimmung zu halten, „jetzt gehen wir im Bürgerpark spazieren.“

„Au fein“, jubelten sie, „und da essen wir für hundert Mark Eis.“

„Eis gibt's heute nicht mehr, sonst wird euch schlecht, und dann ist eure Mutti mit mir böse."

„Aber mir wird nicht schlecht", maulte Jeannot, „ich hab ja heute noch kein Eis gegessen." Also mußte ich für alle drei Eis kaufen, damit keine Revolte ausbrach. Jeannot pochte auf gerechte Verteilung und verlangte eine doppelte Portion. Ich war schon ganz konfus, vor allem wegen der Leute. Es gab kaum einen, der uns nicht mehr oder weniger verstohlen nachblickte, und besonders die älteren Damen konnten es sich nicht verkneifen, in die Hände zu klatschen und entzückt zu jubeln: „Nein, is der Kleene süß, der Wuschelkopp! Und die Augen von dem Neger! Haste schon mal sone Augen gesehn? Der Blonde scheint ja ein Deutscher zu sein. Was meinste?" Die Kinder kümmerten sich nicht darum. Sie waren offenbar dergleichen Vorstellungen gewöhnt.

Es war schon halb sieben, als wir zu Hause ankamen. Lars war gestolpert und hatte sich die Knie ein bißchen aufgeschlagen. Aufgeregt suchte ich die Jodflasche und zwei Mullbinden, und als ich sie gefunden hatte, suchte ich Lars. Er wußte, was ihm bevorstand, und hatte sich vorsichtshalber unter der Couch versteckt. „Nun wird Abendbrot gegessen, Kinder", sagte ich, so fröhlich ich eben noch konnte.

„Jetzt nicht", brüllte Jeannot, „jetzt gibt's gleich Sandmännchen, und Sandmännchen müssen wir sehen."

Also schaltete ich den Fernsehapparat ein und setzte die drei davor. Dann verschwand ich in der Küche. „Kinder", rief ich nach etwa zehn Minuten, „der Tisch ist gedeckt, kommt essen!" Niemand kam. Ahnungsvoll rannte ich ins Wohnzimmer, aber außer der Fernsehansagerin war kein Mensch anwesend. Mir wurde ganz übel vor Angst. Hoffentlich waren sie nicht aus dem Haus gelaufen, bei dem Verkehr auf der Florentiner Straße.

Auf der Treppe kam mir Sohni Hartmann entgegen. „Ihr Schwede ißt bei uns Flundern", sagte er, „haben Sie auch Appetit?" Mir war nach allem anderen als nach Essen zumute. „Wo sind Jeannot und Abi?" schnauzte ich Lars an, der es sich am Hartmannschen Küchentisch gemütlich gemacht hatte. „Die sind bei Tante Klucke, weil sie keinen Fisch mögen."

Neben der Klucken residierte Frau Knatter, und beide überwachten die futternden Ausreißer. Sie aßen brav und ordentlich, weil ihnen Altersheim-Hugo ein Märchen vorlas. „Da kiekste", sagte die Klucken triumphierend, „mit Kindern muß man eben umzujehn verstehn. Na, wat is, ihr Aasbande, noch 'n Schluck Kakau?" Ich hatte keine Kraft mehr, auf ihre fragwürdigen kollektiven Erziehungsmethoden hinzuweisen. Ich setzte mich an den Tisch, ließ mir von der Klucken eine Käsestulle schmieren und lauschte der Geschichte vom gestiefelten Kater. „Und morgen kommt ihr alle zu uns Mittag essen", sagte Frau Knatter, „es gibt Brühreis mit Hühnchen."

Der Sonntag verging wie im Fluge, vor allem, weil Joachim Regler auf dem Hof eine Rollerwettfahrt arrangierte. Als Marina Maaß gegen Abend zurückkam, hatte sie es schwer, ihre Jungen einzusammeln. „Du kannst ruhig wieder verreisen", erklärte Abi, „wir bleiben jetzt immer bei Tante Brigitte. Dann spielen alle Tanten und Onkel im ganzen Haus mit uns."

Die Klucken strahlte übers ganze Gesicht, als die drei endlich reihum gute Nacht gesagt hatten. „Süß sind sie ja doch, die ollen Lauseköppe", sagte sie und legte ihren mütterlichen Arm um mich.

15

Es war Oktober geworden. Gelbe Blätter segelten von den Linden auf die Straße, und die milde Herbstsonne bemühte sich, uns für einen Sommer zu entschädigen, der wie alljährlich fast spurlos vorübergegangen war. Selbst unser Zillescher Hinterhof mit seinen Müllkästen und der Klopfstange bekam ein paar Strahlen ab und wirkte irgendwie gemütlich.

Ich sah aus dem Küchenfenster, zupfte vertrocknete Geranienblüten ab und beobachtete Doris Regler, die eine Wäscheleine über den Hof spannte, um die frischgewaschenen Riesenhemden ihres Mannes aufzuhängen. Als sie mich bemerkte, winkte sie heftig.

„Fürs Zugucken müssen Billetts an der Kasse gelöst werden! Also kommen Sie lieber runter und greifen Sie mir mit ein paar Klammern unter die Arme."

Ich lachte und winkte zurück. Die Klucken schlief, und da ich gerade nichts Besseres vorhatte, ging ich hinunter. Wir hatten noch kaum das erste Hemd auf die Leine befördert, da kam Erna Knatter mit ihrem Altersheim-Hugo auf den Hof. Die beiden hatten sich untergehakt und wirkten so ausgelassen wie ein junges Liebespaar. Als sie näher kamen, sahen wir, daß sie nicht mehr so ganz nüchtern waren. Hugo zog eine kleine Flasche aus der Hosentasche.

„Ein Schlückchen in Ehren kann niemand verwehren", sagte er kichernd, „besonders dann nicht, wenn der edle Spender langsam erwachsen wird. Meine Dame, trinken Sie auf meinen fünfundsiebzigsten!"

„Das darf doch nicht wahr sein", entrüstete sich Doris Regler. „Sie werden fünfundsiebzig und sagen kein Wort? Da hätten wir Ihnen doch ein Ständchen bringen müssen und Blumen. Frau Knatter, das verzeih ich Ihnen nie!"

„Na, nun wissen Sie's ja", sagte die Knattern, „er ist ja noch 'n ganzes Jahr fünfundsiebzig, also für die Blumen wär noch Zeit. Und das Ständchen haben se ihm schon im Altersheim gebracht."

„Trotzdem." Frau Reglers Ehrgefühl war angestachelt. „Setzen Sie sich mal 'n Moment auf die Banke, ich bin gleich wieder da." Doris rannte ins Haus. Ich wollte mich wieder an die Reglerschen Hemden machen, aber Hugo bestand auf einem Schlückchen zu seiner Ehre. Um ihn nicht zu kränken, brachte ich einen langen Trinkspruch aus und nippte an der Flasche.

Doris Regler kam atemlos zurück. Sie schwenkte eine Flasche Sekt wie eine Fanfare. „Bitte schön", sagte sie stolz, „und ich gratulier auch schön. Es ist sowjetischer, ich hatte ihn für einen feierlichen Anlaß versteckt. Den hätten wir ja nun."

Hugo und die Knattern waren sehr gerührt und verlangten nachdrücklich, die Flasche sofort zu öffnen. Diesmal machte ich mich auf den Weg nach oben, um Sektgläser zu holen. Im Flur traf ich das Gnu. Ich teilte ihr mit, daß ein Jubilar unter der Klopfstange hofhielte. Sie war ganz verzweifelt, weil sie kein passendes Geschenk hatte, versprach aber, sich zur Gratulationscour zu begeben.

Meine Klucken war inzwischen wach geworden und schmierte die Abendbrotstullen. „Keine Zeit", sagte ich, während ich ihre feinen Sektgläser aus dem Schrank räumte, „man wird schließlich nur einmal fünfundsiebzig, und das auch nur selten." Bevor sie losschimpfen konnte, zog ich sie ans Fenster, und wir beguckten uns die lustige Gesellschaft, zu der das Gnu und Sohni Hartmann hinzugekommen waren. „Is jut", sagte die Klucken, „denn mach ick een paar Stullen mehr."

Beladen mit einem riesigen Stullenteller und einem Tablett voll Sektgläsern, kamen wir auf den Hof. Das Gnu war doch nicht ohne Geschenk erschienen; sie hatte ein buntes Sträußchen Filzblumen arrangiert. Ferner hielt der glückstrahlende Hugo einen Gutschein über einen Herrenhut aus dem Salon Ellen in der Hand. Sohni hatte – der Himmel weiß woher – ein paar alte Girlanden und Lampions aufgetrieben, die er an die Reglersche Wäscheleine baumelte. Das einzige Hemd, das Doris und ich aufgehängt hatten, wirkte wie ein freundliches Gespenst.

Die Knattern hatte offenbar ziemlich tief in die kostbare Sektflasche geguckt und war in bedrohlicher Weise lustig. Sie schwenkte ihren Hugo über den Hof und verlangte dringend nach einem Leierkasten. Ein solcher erschien zwar nicht, dafür aber Wolfgang Engel, der mit einem Kofferradio aushelfen konnte. Sohni studierte mit meiner Klucken einen Letkiss ein, der die Mülltonnen erzittern ließ. Die Klucken verfügte nicht gerade über die Grazie einer Balletteuse, aber sie war doch mit so viel Begeisterung und Schwung bei der Sache, die sie für ihre alltäglichen Verrichtungen nie aufgebracht hätte.

Doris Regler hatte die Organisation des improvisierten Festes völlig an sich gerissen. Aus dem Keller schleppte sie einen alten Gartentisch in den Hof, und dann holte sie mit dem Gnu sämtliche Stühle aus deren Nähstübchen. Wolfgang Engel bat seine Mutter, die ihr Goldstück zum Abendbrot abholen wollte, um eine Tischdecke. Als wir alle an der gemütlichen Tafel Platz genommen hatten, war Doris schon wieder verschwunden. Aber es dauerte nicht lange, da kam sie, ihren Dicken im Schlepptau, zurück. Joachim Regler ächzte und stöhnte, denn er brachte ein sehr gewichtiges Geschenk mit: ein kleines Faß Bier. „Das war die einzige Möglichkeit, ihn aus der Kneipe zu locken", erklärte Doris, „aber dieses Bier ist ja schließlich für 'ne gute Sache." Das fanden die andern auch, und Joachim wurde für sein beinahe selbstloses Zapfen sehr gelobt.

Um sieben Uhr waren die Hausbewohner komplett auf dem Hof versammelt. Auch Jeannot, Lars und Abi gaben eine kurze Gastvorstellung, die mit einem Mißton endete. Ein solcher war es allerdings nur in den Ohren der gestrengen Mutter Marina Maaß. Abi, aufgefordert, für Opa Hugo ein kleines Verslein aus seinem Kindergartenrepertoire aufzusagen, rezitierte stolz: „Du armes Schwein, du tust mir leid, du lebst ja nur noch kurze Zeit." Wir waren alle nach diesem ebenso ernsthaft wie naiv vorgetragenen Kunstwerk in großartiger Stimmung. Besonders Altersheim-Hugo wußte sich vor Entzücken nicht zu lassen. Lediglich Frau Maaß mangelte es am nötigen Humor, aber das konnte auch daran liegen, daß sie noch keinen einzigen Schluck aus Joachims Bierfaß abgekriegt hatte. Sie trieb ihre unbotmäßige Brut unter allerlei unpädagogischen Verwünschungen ins Haus und kam nach einer halben Stunde mit zwei Flaschen Wermut und wiederhergestellter Laune zurück.

Der Rundfunk schien unsere Festlichkeit tatkräftig unterstützen zu wollen, denn ein Schlager nach dem anderen drang aus Wolfgangs Kofferradio. Alle schunkelten und tanzten, und Altersheim-Hugo bemerkte, man müsse erst fünfundsiebzig werden, um festzustellen, was für eine Gottesgabe zwei Tanzbeine seien. Sodann erklärte er Marina, Doris und mir, wir seien zwar enorm „schnucklije Puppen", aber seine Erna sei doch die Beste, und es wäre eigentlich an der Zeit, nach achtzehnjähriger Brautschaft einen zünftigen Polterabend einzuläuten. Es war wohl die Klucken, die ihm diese feine Idee mit einem langen psychologischen Vortrag ausredete. Vielleicht war es ein wenig Eifersucht, weil sie niemand um die Beendigung ihres Witwenstandes gebeten hatte, vielleicht fürchtete sie aber auch nur um ihre schönen Sektgläser, die einen richtigen Polterabend bestimmt nicht überlebt hätten.

In all der Fröhlichkeit tauchte plötzlich ein fremder, nüchterner Mann auf. Ich saß gerade mit Herrn Hartmann senior auf der Bank und aß die letzten gebratenen Flundern, die Frau Hartmann zur Feier beigesteuert hatte. Alle anderen tanzten oder standen ungeduldig am Bierfaß Schlange, das der unermüdliche Zapfer Regler bediente. Deshalb wandte sich der Fremde an uns. „Entschuldigen Sie, meine Name ist Leonhardt, ich bin hier der Straßenvertrauensmann. Kann ich wohl einen Augenblick mit Ihnen reden?"

„Männekin, det – det machen Sie ja schon", lallte Vater Hartmann, der schon des öfteren den Weg zum Bierfaß unternommen hatte. Herr Leonhardt merkte, daß er mit diesem Hausbewohner in kein ernsthaftes Gespräch kommen würde. Deshalb konzentrierte er sich notgedrungen auf mich.

„Sind Sie vielleicht einer der Hauptmieter des Hauses dreiundvierzig?"

„Tut mir leid", sagte ich, „ich bin nur Untermieterin bei Frau Klucke."

„Ach Gott, ach Gott." Herr Leonhardt war verzweifelt. „Sie müssen nämlich wissen, die Dreiundvierzig ist mein Sorgenkind. Es ist das einzige Haus in meinem WBA, das noch keine HGL hat."

„Wie bitte?“ Ich hatte wirklich kein Wort verstanden.

Herr Leonhardt seufzte. „Sehen Sie, nicht einmal unsere Terminologie ist den Mietern hier geläufig. Und ich krieg dauernd Ärger. Hier muß eine Hausgemeinschaft gegründet werden. Im ganzen Wirkungsbereich existieren Hausgemeinschaftsleitungen, nur an der Dreiundvierzig beiß ich mir die Zähne aus. Seit Jahren rede ich mir den Mund fusselig, aber niemand will verantwortlich sein. Dabei wäre es nur im Interesse der Mieter, wenn endlich eine Hausgemeinschaft zustande käme. Sehen Sie mal, die Selbsthilfe bei der komplexen Instandsetzung, die Nachbarschaftshilfe ...“

Nun hatte auch Sohni Hartmann Herrn Leonhardt bemerkt. „Tach, Meister, was gibt's Neues an der Nationalen Front?“

„Guten Tag, Herr Hartmann, ich komme wieder einmal wegen der Gründung einer Hausgemeinschaftsleitung. Sehen Sie mal, es würde doch nun wirklich hohe Zeit, zumal Ihr Haus das einzige im ganzen Dreh ist, das noch keine hat. Wie wär's denn mit Ihnen? Sie sind doch ein junger, aufgeschlossener Mensch, der die Dinge gewiß in die Hand nehmen könnte.“

„Ganz recht, könnte ich, und deshalb hab ich es auch schon gemacht, zusammen mit all den ulkigen Figuren, die Sie hier herumhopsen sehn. Aber jetzt nehme ich mal was anderes in die Hand, nämlich dieses Glas, um Ihnen ein schönes Bier zu besorgen. Inzwischen könnten Sie ja unserem Jubilar gratulieren, der viele Jahre lang eine Stütze des sozialistischen Postzustelldienstes war.“

Herr Leonhardt ließ eine feierliche Gratulationsrede vom Stapel. Er wünschte Altersheim-Hugo noch viele Jahre „ungebrochener Schaffenskraft“, worüber sich die Witwe Knatter ausschütten wollte vor Lachen, was wiederum Herr Leonhardt ebenso unbegreiflich wie unfein fand. Aber so genau war er eben mit den Dingen im Hause dreiundvierzig, das sein Alpdruck war, auch nicht vertraut.

Er probierte sein Sprüchlein noch bei Herrn Regler, Wolfgang Engel und Marina Maaß aus, aber die einzige faßbare Antwort, die er jedesmal erhielt, war ein frisches Glas Bier. Schließlich resignierte er und gab sich dem fröhlichen Treiben hin. Herr Leonhardt befand sich unter den letzten schwankenden Gestalten, die unseren Hof verließen. Und noch beim Hinausgehen murmelte er: „Die Gründung einer Hausgemeinschaft ist oberstes Gebot. Davon dürfen wir uns auch nicht durch das spontane Feiern von Festen abbringen lassen."

16

Mein körperlicher Zustand hatte sich sehr verbessert. Ich wurde zwar von Tag zu Tag rundlicher, verspürte aber kaum noch Übelkeit, sondern fühlte mich im Gegenteil frischer und ausgeglichener als je zuvor. Theoretisch war die Ankunft des Babys vorbereitet: Ich hatte mich im Krankenhaus Friedrichshain angemeldet, wurde von der Schwangerenfürsorge betreut und erhielt eine Bescheinigung über hundert Mark. „Das Geld bekommen Sie in Ihrem Betrieb, Frau Platz", sagte die freundliche Fürsorgerin, „und die restlichen vierhundert gibt's dann in weiteren Raten nach der Entbindung."

Das war nun das Ende aller Heimlichtuerei. Die hochwillkommene staatliche Unterstützung zwang mich, Farbe zu bekennen. Aber die Angelegenheit verlief unkomplizierter, als ich gedacht hatte. Frau Drabeck, eine ältere, immer gutgelaunte Kollegin aus der Abteilung Arbeit, zahlte mir das Geld aus. „Wie weit sind Sie denn?" fragte sie anteilnehmend, ohne eine Spur penetranter Neugier.

„Im vierten Monat, das heißt, nächste Woche bin ich schon im fünften." Außer bei der Schwangerenfürsorge hatte ich noch niemals eine so sachliche Angabe über meinen Zustand gemacht, und es war mir seltsamerweise gar nicht unangenehm oder gar peinlich.

„Na, da wünsch ich Ihnen viel Glück, und haben Sie nur ja keine Angst vor der Entbindung. Meine Tochter hat diesen Kursus für Atemtechnik mitgemacht, das ist eine ganz fabelhafte Sache. Die Hauptsache ist, Sie verkrampfen sich nicht." Ich war Frau Drabeck sehr dankbar für ihre unpathetischen, beruhigenden Worte. Sie stellte keine überflüssigen Fragen, kein Wort fiel über den Vater des Kindes. Und dennoch, zu Hause würde die Angelegenheit nicht so sachlich behandelt werden.

Wenige Tage später mußte ich schon wieder zur Fürsorge, weil mich der Gynäkologe noch einmal untersuchen wollte. Als ich das Krankenhausgebäude verließ, traf ich ausgerechnet Helga Riechert, Sohnis Braut. Sie hatte ohne jeden Zweifel gesehen, daß ich aus dem Kellergeschoß mit der deutlichen Aufschrift „Schwangerenberatungsstelle Friedrichshain" gekommen war. Also half kein Leugnen. Ich wollte auch gar nicht mehr.

Helga hatte nie besondere Sympathie für mich gezeigt, aber die empfand sie wohl für kein weibliches Wesen, dem ihr Bräutigam freundlich begegnete. Deshalb wunderte ich mich, daß sie mich so besonders herzlich begrüßte. „Ich komme gerade aus der Poliklinik", sagte sie, „meine Galle macht mir nämlich zu schaffen. Und Sie erwarten in Kürze Nachwuchs?"

Auch Helga empfand meinen Zustand nicht als Sensation. Das machte mir Mut. „So sehr in Kürze nun auch wieder nicht, fünf Monate wird's noch dauern. Ein bißchen mies ist mir ja."

Sie guckte teilnahmsvoll. „Geht's Ihnen gesundheitlich schlecht?"

„Das nicht. Aber ich habe Angst vor meinen Leuten im Haus. Sie kennen ja die Klucken, von den andern ganz zu schweigen. Und wie das in dem Durchgangszimmer werden soll, wenn das Baby erst da ist, macht mir die größten Sorgen. Leider ist es mir nicht gelungen, ein anderes Zimmer zu finden."

„Warum denn auch?“ fragte Helga erstaunt. „Die Klucken ist doch ein vernünftiger Mensch, das läßt sich schon irgendwie regeln. Und was die anderen betrifft – du lieber Gott, es ist doch Ihr Kind, Sie müssen doch damit fertig werden. Die sollen sich man bloß nicht moralisch aufpusten, so piekobello sind die alle nicht. Wissen Sie, ich bin direkt ein bißchen neidisch auf Sie. Manchmal hab ich schon gedacht, wenn ich ein Kind bekäme, würde Mutter Hartmann vielleicht doch vernünftig. Denn ehe sie sich ein uneheliches Enkelkind gefallen ließe, würde sie uns doch endlich ihren Segen geben.“

Ich wurde wieder kleinlaut. „Sie sagen es selbst, Fräulein Helga, ein uneheliches Kind würde Frau Hartmann schockieren, und nicht nur sie. Bedenken Sie nur, wie man über Frau Maaß spricht.“

„Aber das ist doch was anderes“, erregte sich Helga, „die Maaß spinnt doch! Eines Tages überrascht die uns noch mit einem Chinesen. Ich will um Himmels willen nichts gegen Chinesen sagen, aber die Frau denkt doch gar nicht an später. Was soll denn aus den Kindern werden? Die sind immer Außenseiter, werden angestaunt und bewundert, und so normal ist das doch nun auch wieder nicht, wenn ein kleiner Mulatte berlinert wie ein Droschkenkutscher aus der Ackerstraße. Damit können Sie Ihren Fall doch gar nicht vergleichen. Und geben Sie bloß nichts auf das Gequatsche der Leute!“

Irgendwie taten mir Helgas Worte gut. „Trotzdem wäre ich Ihnen dankbar, wenn Sie vorläufig darüber schweigen würden. Lange läßt es sich sowieso nicht mehr verbergen, aber im Moment ist mir nicht nach lästigen Diskussionen zumute.“

Helga lächelte verständnisvoll. „Es ist ja Ihre Sache, und ich werd auch bestimmt nichts sagen. Aber ich an Ihrer Stelle wäre stolz. Es ist nämlich viel leichter, ein Kind nicht zu kriegen. Und wenn Sie trotzdem den Mut haben, dann können Sie doch allen Leuten ins Gesicht sehen.“

Von der Seite hatte ich die Dinge noch gar nicht betrachtet. Ich kam mir plötzlich ganz blöd neben dieser Bäckerstochter vor, die alles viel nüchterner und klarer sah und mich keineswegs für zweifelhaft oder gar bedauernswert hielt. Ein seltsam leichtes und fröhliches Gefühl durchdrang mich.

Wir fuhren gemeinsam mit der Straßenbahn nach Hause, Helga begleitete mich, denn sie war bei Hartmanns zum Abendessen eingeladen. Aus irgendeinem nicht klar ersichtlichen Grund hatte ich kein Bedürfnis, jetzt in mein Zimmer zu gehen und der Klucken wie üblich über mein Tagewerk Bericht zu erstatten. Sie hätte natürlich wissen wollen, wo ich mich nach Dienstschluß rumgetrieben hatte. Es wäre mir nicht schwergefallen, eine Ausrede zu gebrauchen, aber ich mochte nicht. Helga war mir plötzlich der nächste Mensch. Mit ihr konnte ich reden, weil das Wesentliche schon gesagt war. Und nichts wollte ich lieber, als über mein Baby reden, über meinen Zustand, die Zukunft, über alles, womit ich mehr als vier Monate allein fertig werden mußte. Ich war beinahe erlöst, als Helga sagte: „Wollen Sie nicht noch ein halbes Stündchen mit nach oben kommen?"

Bei Hartmanns war die ganze winzige Wohnung von Fischgeruch erfüllt. Es war mir schleierhaft, wo Frau Hartmann ständig die frischen Flundern herbekam und daß ihr diese Leibspeise niemals über wurde. Ich hatte während unserer verhältnismäßig kurzen Bekanntschaft schon so viel Flundern bei ihr gegessen, daß ich die Dinger einfach nicht mehr sehen konnte. Wir setzten uns an den Küchentisch, und Frau Hartmann schob wie üblich jedem einen Teller und zwei Gabeln hin.

„Nehmen Sie es mir nicht übel", sagte ich so vorsichtig wie möglich, „aber ich habe heute überhaupt keinen Appetit."

„Also, weißte, Mama, deine ewigen Flundern können einen aber auch wirklich schwach machen", sagte Helga, „und gerade in Brigittes Zustand..." Sie schlug sich entsetzt auf den Mund. „Ach Gott, entschuldigen Sie, das ist mir einfach rausgerutscht. Seien Sie mir bloß nicht böse. Aber mal müssen es die andern ja doch erfahren, und ob das nun heute oder morgen ist..."

Sie war sehr verwirrt. Ich saß versteinert auf meinem Stuhl

und starrte Frau Hartmann an. Die Verblüffung hatte die redselige Person für einen Moment stumm gemacht. Dann aber ging es los. „Hab ich mir doch schon lange so was gedacht! Guck einer an, unser Brigittchen, kriegt ein Kind und sagt nischt! Wilhelm, was sagst du dazu? Also, etwas Kleines erwarten Sie, na ja, der Rock spannt schon ganz schön. Dritter Monat ist es bestimmt. Was, gleich der fünfte? Ich weiß nicht, früher sind die Frauen doller aus dem Leim gegangen. Na ja, die heutige Jugend pflegt sich eben. Und was ist mit dem Herrn Papa? Will er nicht heiraten? Oder isser schon? Oder wie?“

Ehe ich auf den Wortschwall reagieren konnte, meldete sich völlig unerwartet Vater Hartmann, der wie üblich auf der historischen Kohlenkiste saß. „Quatsch nicht so viel, Mutter, gib Fräulein Platz lieber was von meinem Hühnerfrikassee. Das ist ’ne gute Schwangerenkost, und ich kann mir ja ausnahmsweise auch mal ’ne Flunder runterekeln.“

Frau Hartmann war so überrascht von dieser langen Rede ihres sonst so schweigsamen Ehekrüppels, daß sie vergaß, gekränkt zu sein. „Hast ja recht, Wilhelm!“ Sie rückte den Topf mit dem Hühnerfrikassee auf die Gasflamme und setzte sich zu uns an den Tisch. Meine Verlegenheit war wie weggeblasen. „Nein, ich will nicht heiraten. Der Vater meines Kindes weiß nichts von dem Baby, und ich lege nicht den leisesten Wert darauf, daß er es jemals erfährt.“

„Aber Sie könnten ihn ja auf der Straße treffen“, wandte Frau Hartmann ein.

Ich mußte lächeln. „Das wird innerhalb der nächsten zwei Jahre kaum passieren, denn da geht er höchstens in Afrika spazieren.“

„In Afrika?“ fragte Frau Hartmann zaghaft. „Also – also wieder was Schwarzes?“

„Nein, nein“, sagte ich, „er ist dort bei unserer Handelsmission beschäftigt. Seine Heimatstadt ist Leipzig.“

Frau Hartmann atmete hörbar auf. „Also ’n Sachse. Ein Berliner wäre zwar besser gewesen, aber der Dialekt ist ja

Gott sei Dank nicht erblich. Na, denn machen Sie sich mal an das Frikassee. Es ist sehr pikant zubereitet, mit Kapern und Zitrone. Wehe, wenn's Ihnen nicht schmeckt!"

Es schmeckte wundervoll. Ich war so froh, daß ich jetzt sogar Flundern gegessen hätte. Helga und die Hartmanns – was waren das für großartige Menschen! Wegen Sohni brauchte ich schon keine Bedenken zu haben. Das Leben war schön. Auch, wenn man es mit einer Miniaturfamilie in einem Durchgangszimmer führen mußte.

Oje, die Klucken! Meine Hochstimmung war im Nu wieder verflogen. Das dicke Ende stand mir noch bevor. „Bitte", sagte ich zu Frau Hartmann, „sprechen Sie noch nicht darüber. Die Klucken reißt mir den Kopf ab. Ich muß selbst versuchen, es ihr schonend beizubringen. Und schlimmstenfalls muß ich in meinem Betrieb bitten, mir zu einem anderen Zimmer zu verhelfen."

„Das wäre ja noch schöner!" entrüstete sich Frau Hartmann und sah sich mit gefurchter Stirn in ihrer kleinen Küche um. Offenbar überlegte sie, wie sie mich im Ernstfall mit samt Baby in ihrer Einzimmerwohnung unterbringen konnte, die nun weiß Gott von den drei Hartmanns voll belegt war.

Helga hatte den suchenden Blick ihrer potentiellen Schwiegermutter ebenfalls richtig gedeutet, und in ihr war für eine Zehntelsekunde wieder etwas von der alten Aversion gegen mich. Aber länger hielt sie es wohl doch nicht für möglich, daß ich ihrem geliebten Sohni so dicht auf den Pelz rücken würde. „Wenn es nicht anders geht, könnte Brigitte auch zu uns ziehen. Die alte Mädchenkammer brauchte nur renoviert zu werden."

„Blödsinn", brummte Vater Hartmann von seiner Kohlenkiste, „die Kleene bleibt zu Hause."

Ich hätte den Alten küssen können. Zu Hause! Ja, hier war mein Zuhause, nicht bei meiner Mutter, deren ekelhaften Brief ich noch nicht beantwortet hatte. Und obwohl ich eben noch so glücklich gewesen war, konnte ich mich nicht mehr beherrschen. Ich legte den Kopf auf die Arme und weinte.

17

„Mistvieh, Dreckding, Spitzenungeheuer!“ Ich war allein in der Kluckeschen Küche und plättete. Die Verbalinjurien galten einer weißen Popelinebluse, die unsinnigerweise mit zarten Spitzen besetzt war. Ich haßte das Ding, seit es mir meine Mutter zur Jugendweihe geschenkt hatte. Das schicke anthrazitfarbene Wollkleid aus dem Kaufhaus am Alex war ihr nicht feierlich genug gewesen, nein, es mußte ein schwarzer Taftrock und diese unsägliche Bluse sein.

Dummerweise ging das Scheusal nicht kaputt, dafür war aber jedesmal, wenn ich es anzog, sofort ein Fleck drauf. Dann buddelte ich die Bluse in die untersten Tiefen des Schmutzwäschekorbes, denn es ließ sich zu allem Überfluß schrecklich schwer waschen. Aber eine wahre Katastrophe war das Plätten. Trotzdem schmiß ich die spitzige Plage nicht weg. Das waren die Früchte von Mutters urdeutscher Erziehungsarbeit.

Im Grunde fluchte ich nur deshalb, weil ich nicht wußte, wie ich mit der Klucken ins reine kommen sollte. Aber bei der probeweisen Formulierung meines moralischen Offenbarungseides schweiften meine Gedanken immer wieder ab. Sie beschäftigten sich mit Wolfgang Engel. In meinem Kopf überschlugen sich die positiven Adjektive, die alle auf ihn paßten, und das waren eine Menge. Aber ich fühlte mich kein bißchen froh. Wenn ich diesem dreimal verfluchten Schmotzki niemals begegnet wäre, hätte mir Wolfgang gefallen können. Unsinn, er gefiel mir ja auch so. Und das eben war mein Kummer. Ich mußte jede Hoffnung auf einen netten jungen Mann begraben, denn ich bekam ein Kind. Damit war meine männerlose Zukunft besiegelt. Vielleicht später, dachte ich. Aber dann würde Wolfgang Engel längst vergeben sein und für die Produktion seiner Kinder selbst sorgen.

Ich war nicht direkt traurig, nur wütend. Meine Kleider paßten mir nicht mehr, ich hatte nicht mit der Klucken gesprochen, ich würde mit der Stehlampe in ein anderes Domizil übersiedeln müssen, das ich noch gar nicht besaß, ich war wütend auf meine Mutter und auf diesen Schmotzki, ich hatte Heißhunger auf Sprotten, und es gab keine, und einen Mann bekam ich auch nicht mehr. Jedenfalls nicht Wolfgang Engel. Da klingelte es.

Vor der Tür stand Wolfgang.

„Blödsinn", sagte ich entgeistert.

„Was ist denn das für eine Begrüßung? Ist Frau Klucke da?"

Ich schüttelte den Kopf.

„Prima", sagte er, „dann kann ich ja reinkommen."

Ich lief wie auf Watte und guckte wie ein Kalb. Wolfgang kam mit in die Küche und lachte. „Hausarbeit scheint Sie nicht gerade zu beflügeln."

„Warum?" fragte ich dämlich und wurde vor Wut auf mich ganz kribbelig.

Wolfgang hatte nun auch seine Sicherheit verloren. „Es ist nämlich so, heute abend findet ein Medizinerball im Gesellschaftshaus Grünau statt, und es ist bei Todesstrafe verpönt, nicht zu erscheinen. Aber niemand kommt allein. Ich wüßte also nun nicht recht – das heißt, ich dachte, weil Sie auch nie weggehen ... also, wenn Sie vielleicht mitkommen würden ..."

„Sie haben im Moment niemanden zur Verfügung, und ich soll als Lückenbüßer..." Mein Gott, so ein Quatsch. Ich hätte mich ohrfeigen können.

Wolfgang Engel wurde knallrot. Besonders seine Ohren leuchteten wie zwei Backbord-Positionslampen. „Es war ja nur eine Frage. Eigentlich habe ich auch gar keine Zeit."

Ich drückte das Bügeleisen mit aller Kraft auf die scheußliche weiße Bluse. „Es riecht so sengerig", sagte Wolfgang. Die Bluse war hinüber. Den Rücken zierte ein brauner Abdruck des Bügeleisens. Ich mußte dermaßen lachen, daß Wolfgang davon angesteckt wurde. „Ich danke Ihnen", sagte ich feierlich. „Sie haben mir geholfen, ein Stück meiner Vergangenheit zu bewältigen. Darauf hätte ich auch allein kommen können." Entzückt warf ich die versengte Geschmacklosigkeit in den Mülleimer.

„Wenn Sie Wert darauf legen, würde ich übrigens ganz gern mitkommen heute abend."

Wolfgang reichte mir strahlend die Hand. „Abgemacht! Ich hole Sie um halb sieben ab." Und weg war er.

Die Klucken kam nach Hause. „Mutterken", rief ich und fiel ihr um den Hals, „du mußt mir helfen. An den Trägern von meinem schwarzen Cocktailkleid fehlen zwei Riegel, damit der Büstenhalter nicht wegrutscht. Bitte, bitte, näh sie mir an. Ich geh nämlich aus!" Ich hüpfte durch die Wohnung und suchte meine schwarzen Wildlederschuhe, die ich erst zweimal angehabt hatte. „Mutter Klucke, wo ist mein kleines Abendtäschchen? Hast du es verbummelt?"

„Mädel", sagte die Klucken, die sich noch keinen Schritt fortbewegt hatte, „du bist ja außer Rand und Band. Wo jehste denn hin?"

„Zum Medizinerball", brüllte ich, als müßte es ganz Pankow erfahren.

Sie holte das Abendtäschchen mit sicherem Griff aus dem Wäscheschrank, legte mir ein frisches Taschentuch heraus und begann, die Riegel an das Kleid zu nähen.

Ich hatte mich ein bißchen beruhigt und sah ihr beim Nähen zu. „Das ist aber lieb von Ihnen, Mutter Klucke."

Sie ließ ruckartig die Hände sinken. „Entweder Mutter und du, oder du nähst dir deinen Dreck alleene!" Ihr Gesicht zuckte. Ich umschlang ihre Schultern und gab ihr einen Kuß auf die Wange. „Liebe, liebe Mutter Klucke, sei doch nicht böse, ich hab mich doch nur nicht richtig getraut. Du bist ja so gut zu mir!"

Sie schob mich brüsk weg, aber nur, um in ihrer unergründlichen Schürzentasche ein Taschentuch zu suchen. Dann schnaubte sie lange und ausführlich, bis sie ihre Rührung untergebracht hatte. „Quatsch nich so ville", sagte sie, „fädel mir lieber den dußligen Faden neu ein. Übahaupt, mit wem jehste denn uffen Medizinerball?"

Ich konzentrierte mich auf das Nadelöhr und sagte beiläufig: „Mit Wolfgang Engel."

„Kiek eener an, also wird er doch mein Schwiejersohn. Da hättet ihr neulich brauchten ooch nich so krötig werden. Aber mits Heiraten laß dir man noch Zeit, Mädel, für den Ärjer biste mir noch zu jung."

„Gottverdammich, es gibt überhaupt keinen Schwiegersohn, weder jetzt noch später. Und Herr Engel wird es schon gar nicht." Wütend knallte ich das Kleid auf den Sessel. Aber der Klucken konnte nichts ihre gute Laune verderben. „So wat kommt manchmal schneller, wie man denkt. Aber bitte, ick misch mir nich ein. Bloß mach mir nich so bald zur Oma."

Jetzt hätte ich reden müssen. Jetzt oder nie. Es war beinahe unanständig, ihr nichts zu sagen. Aber die Kehle war mir wie zugeschnürt. Wenn sie wenigstens nicht vom Heiraten gesprochen hätte. Morgen, dachte ich, ich sag's ihr morgen. Diesen Abend wollte ich mir nicht verderben lassen.

Wolfgang holte mich pünktlich ab. Wir starrten uns einen Augenblick wortlos an, so überwältigt waren wir beide vom feinen Habitus des anderen. Wolfgang trug seinen dunklen Anzug mit einer Sicherheit, als liefe er nie in Kordhosen und Lederjacke herum.

Wir fuhren mit der S-Bahn nach Grünau, und unterwegs erzählte mir Wolfgang von den Kommilitonen, die ich kennenlernen würde. Er war ungeheuer aufgedreht, und ich dachte, daß er mir als der einfache, freundliche Junge aus der Florentiner Straße doch besser gefiele. Aber dieses Gefühl verschwand genauso schnell wieder, wie es gekommen war.

Als wir den Saal des Gesellschaftshauses betraten, sah er sich suchend um. In der hintersten Ecke winkte jemand, und Wolfgang nahm mich bei der Hand und steuerte zielstrebig auf den Tisch zu. „Grüß Gott, liebe Gemeinde, erhebet euch von den Plätzen! Den Müttern dieser Schäflein hat es in ihrem unerforschlichen Ratschluß gefallen, dieselben unter den Namen Annette, Marion, Silke eintragen zu lassen, wohingegen ihre jeweiligen Jünger auf Bernd, Michael und Karsten hören, falls sie hören. Das reizende Lämmchen an meiner Seite heißt Brigitte Platz. Auf ihren schönen Schultern ruht der Außenhandel der Deutschen Demokratischen Republik.“

Alle lachten und gaben mir freundlich die Hand. Ich hatte ein komisches Gefühl in der Magengrube und setzte mich hin. Allmächtiger Vater, das also war Wolfgang Engel! Verkrampft, albern, ohne eine Spur von Natürlichkeit. Seinetwegen hatte ich vor wenigen Stunden Höllenqualen ausgestanden. Bei diesem Gedanken wurde ich beinahe wieder froh. Was war mir schon entgangen! Vielen Dank, dachte ich, vielen Dank, mein Sohn, daß du mich vor diesem Affen bewahrt hast!

„Der Ober kommt“, sagte die junge Dame, die den seltsamen Namen Silke trug.

Der blondgelockte Karsten erhob sich und stolzierte wie ein Gockel um den Tisch. „Seht euch meine Hosen an, Kinderchen, was hat Vater heute für Hosen an?“

„Spendierhosen!“ riefen die Mädchen begeistert.

„Er macht wieder den Kunden“, flüsterte mir Wolfgang ins Ohr, „sein alter Herr ist nämlich Professor und Chefarzt. Aber sonst ist Karsten ganz vernünftig.“

Der Chefarztsohn verlangte vier Flaschen Lindenblättrigen, und Annette stellte mit einem ehrfürchtigen Blick auf die Weinkarte fest, daß er sich wirklich nicht habe lumpen lassen. Kunststück, bei dem Taschengeld, das er von seinem Vater bekam. Inzwischen hatte sich die Kapelle in Bewegung gesetzt und eröffnete die Lustbarkeit mit einem flotten Shake. Karsten nickte Marion, dem hübschesten der drei Mädchen, zu, und die beiden begaben sich als erstes Paar auf die Tanzfläche. Als nächste verschwanden Bernd und Silke sowie Michael und Annette von unserem Tisch. In Wolfgangs Gesicht war nichts mehr von Angebersucht und hektischer Betriebsamkeit. Er wirkte im Gegenteil ein wenig unglücklich und drehte nervös sein Weinglas in den Händen. Fast tat er mir leid

„Wollen wir nicht auch tanzen?“ fragte ich.

„Wenn Sie mit mir vorliebnehmen wollen", antwortete Wolfgang verlegen. Ich mußte lachen. Schließlich saßen wir allein am Tisch, und weit und breit ließ sich kein anderer Verehrer erblicken. „Ich kann nämlich diese hochmodischen Sachen nicht", fügte er hinzu, „wenn ich so mit den Ellbogen rudern und mit den Beinen zucken soll, komm ich mir dermaßen blöd vor, daß ich mir dauernd selbst auf die Füße trete."

„Ich wußte gar nicht, daß Sie solche Anfälle von Geschmack haben", sagte ich boshaft.

Wolfgang wurde rot und erhob sich schnell. „Also los, tanzen wir wie unsere Altvordern einen schlichten Foxtrott." Er tanzte sehr gut. Nach den ersten fünf Schritten wich seine Verklemmung, und wir drehten uns an den hampelnden Paaren vorbei, als ginge es um einen Turniersieg. Gesprochen wurde nicht. Ich hielt mich an seiner linken Hand und seiner rechten Schulter fest und schielte gelegentlich in sein Gesicht, das gesammelten Ernst und beinahe Würde ausstrahlte. Da verzieh ich ihm seine aufgedrehte Albernheit von vorhin. Ich begann sogar, ihn zu begreifen. Er war als einziger nicht mit einer Kommilitonin, sondern mit einem wildfremden Mädchen erschienen. Vielleicht hatte er befürchtet, seine Freunde könnten mich nicht als gleichberechtigt in ihrem erlauchten Kreis aufnehmen.

Der Tanz war zu Ende, und Wolfgang machte keine Anstalten, mich an den Tisch zurückzubringen. „Wollen wir nicht mal an die Bar gehen? Ich hab zwar keine Professorenrente in der Brieftasche, aber mein Stipendium ermöglicht mir auch gelegentlich ein frohes Jugendleben." Also Komplexe. Er fühlte sich dem finanziell privilegierten Karsten nicht gewachsen und kompensierte diesen Mangel mit selbstbewußtem Stolz auf seine guten Leistungen, die ihm der Staat honorierte.

Als ich auf den Barhocker kletterte, machte mein Sohn eine unwillige Bewegung. „Lausekopp", murmelte ich in der Klukkeschen Terminologie. Wolfgang bezog den liebevollen Fluch auf sich und legte strahlend den Arm um meine Schultern.

„Zwei Gin Fizz“, rief er der Barfrau zu. „Sie mögen doch Gin Fizz, Brigitte?“

Ich mochte. Ich mochte plötzlich alles, auch diesen Arm, den ich eigentlich hätte abschütteln müssen. Wir tranken beide hastig, und er wiederholte seine Bestellung. Aus Gründen der Gleichberechtigung bestand ich darauf, den dritten Gin Fizz selber zu bezahlen. Wir hatten eine lange und alberne Diskussion über die emanzipierte Frau, die ein völlig neues Bargefühl entwickelt habe. Aber bei Wolfgang war nichts mehr von der peinlichen Albernheit zu spüren, mit der er mich vor einer Stunde schockiert hatte. Um neuen Bargästen die Hocker zu überlassen, begaben wir uns endlich wieder auf unsere angestammten Plätze. Die drei hinterbliebenen Pärchen hatten doch wahrhaftig den ganzen Lindenblättrigen verputzt und nicht einmal halt vor den Neigen in unseren Gläsern gemacht! Sie waren schon ganz schön aufgekratzt. „Wie geht's dem Fräulein Braut?“ rief Bernd, dem der Wein die Schüchternheit genommen hatte. „Gnädiges Fräulein sind ein bißchen blaß.“ Mir war wirklich nicht gut. Schließlich ist Gin Fizz nicht gerade eine Schwangerendiät. „Wollen wir einen Moment an die frische Luft gehen?“ fragte Wolfgang besorgt. Dankbar erhob ich mich wieder. „Aber laß die Dame nicht in die Dahme fallen“, kicherte Silke.

Draußen wurde mir sofort besser. Wir liefen ganz langsam zum Wasser, und ich legte im schummrigen Licht der Gartenlaternen die Hand auf die Stelle, wo ich ein kleines Beinchen fühlte. Wolfgang merkte gottlob nichts. Er sah versunken auf das Spiel der Lichtreflexe im Fluß und zog mich an sich. Vorsichtig machte ich mich frei und setzte mich auf einen Gartenstuhl dicht am Ufer. „Offen gesagt“, sinnierte er, „zuerst hatte ich Angst. Aber jetzt wächst sich das langsam zum schönsten Abend meines Lebens aus.“

Ich zuckte zusammen. „Sie übertreiben. Es ist doch gar nichts Besonderes geschehen.“

„Noch nicht“, flüsterte Wolfgang. Ich weiß nicht mehr genau, wie es dazu kam, ob ich selbst aufstand oder ob er mich von meinem Stuhl zog, jedenfalls lag ich plötzlich in seinen Armen und ließ mich küssen. Wie lang dauert die Ewigkeit? Eine Stunde? Fünf Minuten? Oder so lange, wie ein Stein braucht, um im Wasser zu versinken?

Ohne zu denken, riß ich mich los und rannte ins Haus. Im Laufen kramte ich die Garderobenmarke aus dem Täschchen, ließ mir meinen Mantel geben und stand schon wieder auf der Straße. Zum Glück kam die Straßenbahn sofort. Als ich bezahlt hatte und auf der Bank saß, kam ich langsam zu mir. Da fiel mir auf, daß ich in Richtung Köpenick fuhr, obwohl ich mit der S-Bahn von Grünau schneller nach Hause gekommen wäre. Nun erst wurde mir bewußt, was in den letzten Minuten geschehen war. Wolfgang hatte sich verliebt, ich hatte es provoziert und mich küssen lassen. Mein Gott, das war ja heller Wahnsinn! In ein paar Monaten bekam ich ein Kind, und kurz vorher weckte ich in diesem netten Jungen Hoffnungen, die ich nie erfüllen konnte.

Die Wirkung des Gin Fizz war verflogen. Ich war so nüchtern, daß ich überhaupt nicht begriff, wie ich diese Einladung hatte annehmen können. Entschuldige, mein Sohn, dachte ich pathetisch, deine Mutter wird sich nie wieder so pflichtvergessen benehmen. Wolfgang Engel war mir plötzlich gleichgültig.

18

An den Freitagen vor den langen Wochenenden war in den Geschäften die Hölle los. Ich hatte buchstäblich eine Stunde anstehen müssen, um ein Brot zu kaufen. Natürlich hätte ich von meinem Schwangerenausweis Gebrauch machen können, aber die allgemeine gereizte Stimmung ließ mich davon absehen. Weiß der Himmel, wie lange so eine positive Sache wie der freie Sonnabend braucht, um ihre negativen Begleiterscheinungen zu verlieren. Jedenfalls war ich auch nicht gerade rosigster Laune, als ich endlich die Haustür hinter mir zumachte.

Vom ersten Treppenabsatz hörte ich Stimmen. Ein etwas trunkener Baß und die aufgeregte Altweiberstimme kamen mir bekannt vor. Sieh da, die Klatschtante Hartmann hatte bei den Reglers offene Ohren gefunden! Doch kaum wurden die drei meiner ansichtig, da rannte Frau Hartmann wie von Furien gehetzt die Treppe hinauf und verschwand in ihrer Wohnung. Nun war mir alles klar.

Doris Regler kam mir freudestrahlend einen Schritt entgegen. „Brigitte, ist es denn die Möglichkeit! Sie wollen uns einen neuen Mieter ins Haus schummeln, und man erfährt's nur durch die stille Post. Das grenzt ja an geheime Verschlußsachen."

„Wirste woll die Klappe halten", schnauzte Joachim in seiner charmanten Art, „det nennst du nu Siejel der Verschwiejenheit!"

„Ach, quatsch nich, Krause! Kinderkriegen gehört nun mal zu den Sachen, die nicht ohne öffentliche Anteilnahme abgehen. Und warum soll ich mich denn nicht mitfreuen, wenn wir schon nicht dieses Glück haben?"

Es wird immer besser, dachte ich befreit, und ich dachte es durchaus im Wortsinne. Joachim Regler reichte mir die Hand. „Nachdem meine Jattin nu mal ihr jottloses Maul nich halten konnte, möchte auch ick meiner Freude Ausdruck jeben. Wann isset denn soweit? Und wie soll er heißen? Ick möchte mal sagen, wenn et een Mädel is, schmeißen Sie's einfach weg."

Doris verpaßte ihrem Süßen einen Klaps auf das gewaltige Hinterteil. „Der spinnt wieder 'ne Naht zusammen! Nischt wird weggeschmissen. Wenn Sie es nicht gebrauchen können, denn legen Sie's lieber vor unsere Tür."

„Eigentlich wollte ich mich selbst mit der Aufzucht meiner Erben beschäftigen", sagte ich lachend.

„Aber nur unter der Bedingung, det Sie mir als Patenonkel anerkennen", verlangte Joachim.

Doris nickte begeistert. „Das möchte ich mir auch ausgebeten haben. Aber müssen wir das auf der Treppe besprechen? Kommen Sie doch auf einen Sprung mit zu uns! Bei so einschneidenden Veränderungen in unserem Familienleben will man ja auch noch Einzelheiten wissen!"

Ich hatte nichts dagegen, zumal ich seit Tagen ungern nach Hause kam. Die Klucken wußte immer noch nichts, und die Abende waren für mich lang und quälend.

Das Reglersche Wohnzimmer war sehr gemütlich. Doris kochte in Rekordgeschwindigkeit Kaffee, und Joachim deckte den Tisch. „Fräulein Brigitte hat eine ausgesprochen veredelnde Wirkung auf dich. So was läßt er mich nämlich sonst alleine machen", erklärte sie.

Dann saßen wir um den kleinen Kacheltisch, tranken Kaffee, und ich mußte Auskunft geben über den mutmaßlichen Tag der Entbindung, den Verlauf der Schwangerschaft, wie das Kind heißen solle und ob ich Heiratspläne hätte. „Das machen Sie genau richtig", sagte Doris, als ich Rede und Antwort gestanden hatte, „keine Ehe ist für so ein Würmchen immer noch besser als 'ne schlechte Ehe."

Mein Herz war voll Dankbarkeit für diese vernünftige und lebenskluge Frau.

„Ick will nich hoffen, det dieses Ding uff mich jezielt war", sagte Joachim, „und überhaupt sollten wir jetzt uff dieses große Ereignis anstoßen." Er holte aus seiner Aktentasche eine Flasche Kognak und aus dem Schrank drei Gläser.

Doris machte große Augen. „Du Himmelhund! Was hättest du denn mit der Pulle gemacht, wenn Brigitte nicht mitgekommen wäre?"

„Ausjesoffen", sagte Joachim mit entwaffnender Ehrlichkeit.

Ich war sehr vorsichtig und nippte nur ein wenig an meinem Glas. Der Abend im Gesellschaftshaus war mir eine Warnung gewesen. Trotzdem war die Flasche nach anderthalb Stunden leer und Joachim voll. Aber ihm als geübtem Trinker merkte man die Wirkung kaum an. Als er den letzten Tropfen in sein Glas geschüttet hatte, stand er auf und erklärte feierlich: „Hiermit versichere ich an Eides Statt, daß der kleene Platz mein Patenkind werden soll sowie auch das von meine liebe Frau Doris. Ick verpflichte mir fernerhin, für dasselbe eine Wieje zu bauen, damit es gleich richtig lernt, sich ins Leben rinzuschaukeln. Dies ist mein vorläufig letzter Wille, gezeichnet: Joachim Regler." „Du hast je 'ne Meise, Vater", sagte Doris, „moderne Babys liegen doch im Körbchen, jedenfalls in den ersten drei Monaten."

„Mein Patenkind nich!" donnerte Joachim. „Der liecht inne Wieje, die von mir eijenhändig jezimmert und mit Rosen bemalt wird. Körbchen! Det wär ja noch schöner. Jewogen wird er, verstanden!"

„Nu isser blau", konstatierte Doris sachlich. „Aber lassen Sie ihn ruhig machen, Brigitte, Hauptsache, er vergißt es nicht. Darin ist er nämlich groß."

Diese Schmähung war Joachim Regler zum Glück entgangen, denn er hatte sich auf der Couch lang gemacht und schnarchte im gleichen Augenblick wie eine verrostete Kreissäge. „Da haben wir's wieder", sagte Doris, „jetzt schläft er hier die ganze Nacht, und morgen früh fühlt er sich elend, weil er nicht aus den Sachen rausgekommen ist."

Ich verabschiedete mich, und sie trug mir noch dringend auf, mich vorzusehen und im Bedarfsfall immer auf ihre Hilfe zu rechnen.

Als ich hinunterkam, schlief die Klucken schon. Mein Abendbrot stand auf dem kleinen Tischchen in der Sesselecke. Heiter und ausgeglichen ging ich an diesem Abend ins Bett.

19

Auf unserem Hof ging es wieder einmal laut her. Aber diesmal wurde nicht gefeiert, sondern etwas gebaut. Schon lange hatten wir uns über die häßlichen, klappernden Mülltonnen geärgert, die nach jeder Benutzung in einer Aschewolke verschwanden. „Ein Müllhaus muß her“, stellte die Klucken fest.

„Fabelhafte Idee“, sagte Frau Maaß, „und woher nehmen wir die Handwerker?“ Dabei blieb es, denn niemand konnte diese Frage beantworten. Aber eines Tages ging Sohni Hartmann von Tür zu Tür und zeigte stolz einen Plan, den er selbst gemacht hatte. Den Plan für ein Müllhaus, das wir uns allein bauen wollten. Er hatte sogar eine PGH gefunden, die uns Steine und Mörtel liefern würde. Die Arbeit konnte losgehen.

An einem Sonntagmorgen ging sie wirklich los. Sohni Hartmann hatte gewissermaßen die Bauleitung inne, denn von ihm kamen nicht nur Plan, Material und Initiative, sondern auch ein Fachmann. Sein Freund Jürgen, Maurer von Beruf, stand uns mit Rat und Maurerkelle zur Seite.

Als ich in einem alten Trainingsanzug zum Arbeitseinsatz anrückte, waren außer Sohni und Jürgen die beiden Reglers sowie Frau Engel und Wolfgang erschienen. Mir war nicht ganz wohl in meiner Haut, denn Wolfgang Engel hatte sich seit jenem Abend in Grünau deutlich von mir zurückgezogen. Er wurde zwar noch jedesmal rot, wenn er mich traf, aber es konnte auch vor Ärger darüber sein, daß er mich überhaupt traf. Zuerst war ich ganz froh darüber, denn nichts fürchtete ich mehr als eine Aussprache. Aber mit der Zeit kränkte mich sein Verhalten. Zu allen anderen Leuten im Haus hatte ich die besten nachbarschaftlichen Beziehungen, und wenn auch aus Wolfgang und mir kein Paar werden konnte, so hätte er doch wenigstens den alten Status beibehalten können. Aber er schnitt mich so deutlich, daß es jeder bemerken mußte. Und ich verspürte durchaus keine Lust, irgendwelche Erklärungen über den Grund unseres Zerwürfnisses abzugeben. Nur der Klucken hatte ich auf ihre dringlichen Fragen geantwortet, dieser junge Mann sei mir einfach zu stürmisch, und wenn er unbedingt eine Freundin brauche, dann solle er es doch an der Universität versuchen.

Sohni und sein Freund Jürgen hatten schon angefangen zu mauern, Wolfgang schleppte Steine, und wir Frauen waren mit allgemeinen Aufräumungsarbeiten beschäftigt. Ich überlegte die ganze Zeit, wie ich mich unauffällig wieder verdrükken könnte, denn Wolfgang war so sichtbar böse auf mich, daß es ein Blinder mit dem Krückstock sehen mußte. Aber mir fiel einfach keine passende Ausrede ein. Gemeinsam mit Frau Engel schleppte ich die alte Bank weg. Joachim Regler, der sich mit Hobel und Malerutensilien bewaffnet hatte, dirigierte uns an einen günstigeren Platz. Er wollte das gute Stück aufpolieren, damit sie im Frühjahr eine wirkliche Zierde für unseren Hof sein konnte. Doris Regler harkte inzwischen das Asternrondell, das sie selbst angelegt und seither in persönliche Pflege übernommen hatte. „Du machst mir Spaß", schnauzte sie ihren Mann an, „die Frauen müssen sich mit der schweren Bank abzappeln, und du markierst den Verkehrspolizisten."

„Mir macht das nichts aus", sagte Frau Engel, „aber für Fräulein Brigitte ist das bestimmt nicht gut." Wolfgang kam gerade mit einem Eimer Mörtel über den Hof und blieb in unserer Nähe stehen, um sich zu verschnaufen. Er sah mich nicht an, aber ich spürte seine gespannte Aufmerksamkeit. Ein heftiges Ziehen im Rücken machte mir bewußt, daß ich für körperliche Arbeiten dieser Art wohl doch nicht mehr recht geeignet war. Ich reckte mich ein bißchen, um den Schmerz vorübergehen zu lassen. Frau Engel sah mich besorgt an. „Hoffentlich haben Sie sich nicht überanstrengt. Bewegung kann nichts schaden, aber Schweres heben sollten Sie möglichst nicht."

Wolfgangs Ohren nahmen eine sanfte Färbung an. Er steckte sich eine Zigarette in den Mund und suchte verdächtig lange nach Streichhölzern. „Sie hören jetzt uff", sagte Herr Regler energisch, „sonst krieg ick noch den Mutterschutz uffen Hals."

Frau Engel hielt mir ein Tütchen Bonbons hin. „Im fünften Monat sind Sie jetzt? Da müßten Sie ja im Februar niederkommen. Na, hoffentlich haben wir dann nicht so ekliges Matschwetter. Ich sag immer, ein paar Grad Kälte sind besser als diese Nässe. Auch für so ein Neugeborenes..."

Ich achtete nicht mehr auf ihr Gerede, denn Wolfgang hatte plötzlich seine Zigarette hingeschmissen und trat sie mit dem Fuß aus.

„Was ist denn los, mein Junge?" fragte Frau Engel.

„Was soll los sein? Die Verhütung von Haus-, Hof- und Waldbränden ist das Gebot der Stunde. Das Verhüten ist überhaupt eine der vornehmsten Aufgaben, die es für aufgeklärte Bürger gibt. Wir haben zwar eine Menge Hüter der Ordnung, aber noch entschieden zuwenig Verhüter der Unordnung. Womit ich Ihren gesegneten Zustand durchaus nicht als unordentlich bezeichnet haben will, verehrtes Fräulein Platz!"

„Wolfgang!" schrie Frau Engel. Sie war ganz blaß geworden. „Dein Benehmen ist unglaublich. Wenn das dein Vater erlebt hätte! Sofort entschuldigst du dich, ich bestehe darauf!"

„Wieso denn? Bin ich vielleicht der Vater?"

Herr Regler krempelte sich die Ärmel auf und kam langsam und bedrohlich auf Wolfgang zu. „Jut, denn hältste det Maul. Und nu jehste janz schnell nach oben und steckst deinen dämlichen Kopp in die Doktorbücher. Sonst könnte et nämlich passieren, det ick son Flejel wie dir meine Steuerjroschen entziehe."

Stumm, mit gespielter Lässigkeit, verließ Wolfgang den Hof. Obwohl niemand mehr den peinlichen Zwischenfall erwähnte, fühlte ich mich so elend und niedergeschlagen wie noch nie zuvor.

20

In unserem sonst so lustigen Haus herrschte Trauer. Altersheim-Hugo war gestorben. Wir fühlten mit der Knattern, die der Kummer stumm gemacht hatte. Bleich und eingefallen schlurfte sie in ihrem schwarzen Kleid herum, plötzlich eine alte Frau, die nicht mehr dazugehörte. Diese lange, ungewöhnliche Liebesgeschichte zweier betagter Leute hatte manchen Anlaß zu freundlichem Spott gegeben. Und nun merkten wir, daß im Grunde wir lächerlich waren, denn hier hatte sich eine Liebe zugetragen, von der andere nur träumten, die unter tausend richtigen alten Ehepaaren vielleicht einmal vorkam.

So originell und fröhlich, wie Altersheim-Hugo gelebt hatte, war er auch gestorben. Seine letzten Gedanken galten Erna Knatter. Er wollte sie wie üblich am Sonnabend besuchen, um das Wochenende mit ihr zu verbringen. Und wie seit nunmehr beinahe neunzehn Jahren wollte er ihr ein paar Blümchen mitbringen. Aber im November hatten die Pankower Blumenläden nichts zu bieten, was einem verliebten alten Jüngling recht gewesen wäre. Erna Knatter mochte keine Blumentöpfe, und Schnittblumen waren eben nicht vorhanden. Aber Hugo wußte einen Garten, in dem die herrlichsten Chrysanthemen blühten. Er war sonst ein ehrlicher Mann, doch ohne Blumen konnte er seiner Erna nicht unter die Augen treten. Also stand er lange vor den Chrysanthemen, blickte sich ängstlich um, denn er wollte natürlich keine Scherereien mit den Gartenbesitzern oder gar mit der Polizei haben, und als er sich sicher glaubte, kletterte er über den Zaun. Er muß am Stacheldraht hängengeblieben sein, oder irgend etwas hatte ihn erschreckt, jedenfalls war er gefallen, hatte sich die Hose zerrissen und sich zu Tode erschrocken. Wirklich zu Tode, denn der Schreck ließ sein altersschwaches Herz stehenbleiben.

„Herzschlag beim Blumenklauen", sagte Joachim Regler, als

er uns die traurige Botschaft überbrachte. Die Tränen standen ihm in den Augen, und er fühlte sich gar nicht zum Scherzen aufgelegt.

„Wenigstens een schönen Tod hat er jehabt, unser Hujo", schluchzte die Klucken, „wenn ick da an meinen Selijen denke, wie der mit sein Magenkrebs jelitten hat, bis er endlich die Oogen zumachen durfte..."

Beim Fallen hatte Hugo einen Gartenzwerg zu fassen gekriegt, den seine erstarrten Hände noch umklammerten, als man ihn fand. Für die Knattern war der lächerliche Zwerg zum Symbol des Todes an ihrem Liebsten geworden. Sie, die immer eine besondere Vorliebe für Kitsch gehabt hatte, wurde plötzlich zur Fanatikerin. Schmerzgebeugt ging sie durch ihre Wohnung, riß die Bilder mit den schwebenden Engelchen von den Wänden, räumte rauchverzehrende Hirsche und pausbäckige Porzellanmädchen von der Kredenz und warf alles in den Müll. Ihr stummer Ausbruch beeindruckte uns mehr, als es lautes Wehklagen vermocht hätte.

Ich bemerkte, daß die schrecklichen Nippfiguren auch aus dem Kluckeschen Wohnzimmer verschwanden. Der kleine Lars schenkte einem Nachbarkind sein neues Fernsehsandmännchen. Es sah ja wirklich aus wie ein Gartenzwerg...

Die Beerdigung wurde zu einer richtigen Wallfahrt. Niemand aus unserem Haus fehlte, und auch die Altersheiminsassen waren vollzählig erschienen. Ein alter Genosse von der Volkssolidarität, der Hugo viele Jahre gekannt hatte, hielt die Trauerrede. Und auch ein Postinspektor, der sich an Hugo noch aus früherer gemeinsamer Tätigkeit erinnerte, sprach einige zu Herzen gehende Worte.

Die entsetzliche Starrheit der Knattern wich endlich einem nahezu unversiegbaren Tränenstrom. Und dabei fand sie für ihr Teil wieder ins Leben zurück. Sie spürte plötzlich, welche Anerkennung und Sympathie ihrem Hugo zuteil geworden war, und bedauerte nur, daß er das selbst nicht mehr erleben konnte. Ihr Leben ging weiter, und obwohl sie nun allein war, fühlte sie sich nicht einsam.

21

Wir hatten Gewerkschaftsversammlung gehabt. Der BGL-Vorsitzende, ein sonst einsilbiger, etwas gehemmter Mann, hielt das Referat. Er holte weit aus, bis er endlich nach zwanzigminütigem Gerede auf das zu sprechen kam, was für uns interessant war: das Ergebnis einer Solidaritätsaktion, die Erfolge der Konfliktkommission, die Renovierung unseres Ferienheims an der Ostsee und die Einstellung einer neuen Verkäuferin in unsere Betriebs-HO. „Kutte macht's wieder mal spannend“, flüsterte mir Horst Beier, unser neuer Hochschulabsolvent, zu, „vom Urschleim bis zum Volkskommissar!“

Ich sah ihn böse von der Seite an, aber es war wohl weniger wegen seiner blöden Bemerkung. Ich konnte einfach keinen Hochschulabsolventen ausstehen; Klaus Schmotzki hatte mich um jede Objektivität im Urteil gebracht. Außerdem hörte ich sowieso nicht richtig zu, weil mir meine eigenen Probleme über den Kopf wuchsen. Die Kaderinstrukteurin Fröhlich hatte mich gefragt, ob ich schon mit meiner Mutter gesprochen hätte. Ich sagte, ich wäre dabei, ihr einen langen Brief zu schreiben, weil dies die einzige Möglichkeit sei, mich ihr wirklich verständlich zu machen. Aber der Brief war noch nicht einmal konzipiert. Ich hatte mir zwar schon allerhand ausgedacht, aber ich verwarf jede Idee, weil allein die Anrede jedesmal entweder zu freundlich oder zu grob war. Noch auf dem Heimweg probierte ich, leise vor mich hin murmelnd, die verschiedensten Formulierungen aus.

Als ich zu Hause die Korridortür abschloß, spürte ich sofort, daß etwas geschehen war. Die Klucken kam mir nicht wie üblich entgegen, sondern hantierte in der Küche. Auch auf den freundlichen Gruß, den ich ihr zurief, reagierte sie nicht. Gegen meine Gewohnheit ging ich nicht zu ihr, sondern begab mich gleich in mein Zimmer. Ich war unfähig, mich auch nur hinzusetzen. Die Atmosphäre war geladen wie vor einem Gewitter. Nach fünf endlosen Minuten kam sie endlich herein.

Sie sah entsetzlich aus. Ihre Augen waren rot und verquollen, ihr Gesicht war bleich, und die Hände verkrampften sich ineinander. Ich stand wie gelähmt und brachte kein Wort heraus. Sie sah mich an, als wäre ich ihr ärgster Feind. Endlich brach der Sturm los. „Det ist jut, det jefällt mir. Jetzt stehste da wiet Kind beim Dreck. Sonst immer Fröhlichsein und singen, und Mutterken hier und Mutterken da. Und im Grunde haste jedacht, die Alte is ja doof, soll die mir bekochen und beflicken, sagen tu ick ihr noch lange nischt. Mit meine richtijen Jeschichten jeh ick bei andere Leute, die dämliche Klukken halt ick mir bloß für den Kleenkram. Aber da haste dir jeschnitten, mein Joldkind! Wenn de dir einbildest, die Olle stell ick vor vollendete Tatsachen, die wird schon spuren, da haste dir schwer geirrt. So bescheuert bin ick noch lange nich. Dir wer ick wat vorn Koffer husten!"

Ihre Stimme überschlug sich, sie wußte nicht mehr, was sie sagte. Mit letzter Kraft schleppte sie sich zu einem Sessel und sank schluchzend in sich zusammen. Nun war es auch mit meiner Fassung vorbei. „Wie hat euer Lenin jesagt?" rief sie mit tränenerstickter Stimme. „Vertrauen is jut, Kontrolle ist besser. Recht hat er jehabt, der Mann. Ick hatte immer nur Vertrauen zu dir, ick hab mir jedacht, det Mädel steht alleene in der Welt, und dazu isse zu jung, det darf man als Mutter nich zulassen, und wenn det schon ihre eijene Mutter nich weeß, denn muß ick eben einspringen. Und ick hab et jerne jemacht, und ick hab mir jedacht, später wird et dir mal jelohnt, da biste denn ooch nich alleene, da kriegste vielleicht noch 'n netten Schwiejersohn zu und een paar niedliche kleene Enkelchen, und da kannste dir wieder kümmern und weeßt, wo du uff deine alten Tage hinjehörst. Aber kontrolliert hab ick dir nie, weil ick jedacht habe, det is 'ne Sache für die Politik. Und nu hab ick jemerkt, det is janischt Politischet, det is wat Menschlichet, und det Vertrauen is eben ausjestorben, nur ick Dussel bin noch druff rinjefallen. Aber bei mir nich mehr, bei mir nich mehr!"

Ihr Taschentuch war schon ganz naß, und sie schnaubte ungeniert in ihre Schürze. Im gleichen Ausmaß, wie ihre Erregung zunahm, wurde ich ruhiger. Schließlich erhob ich mich vom Bett, brachte mein verheultes Gesicht in Ordnung und setzte mich in den Sessel ihr gegenüber. „Ich begreife Ihren Zorn, Frau Klucke", sagte ich und mußte mich mehrmals räuspern, weil meine Stimme noch nicht recht normal klang, „ich begreife Sie wirklich, das müssen Sie mir glauben. Ich bin nur nicht sicher, daß Sie mich begreifen, aber das kann ich auch gar nicht erwarten. Als ich zu Ihnen kam, wußte ich schon, daß ich ein Baby haben würde. Das war überhaupt der Grund, weshalb ich von meiner Mutter wegging. Sie hat genauso geschrien mit mir wie Sie, aber es ging ihr weniger um Vertrauen als vielmehr um die Schande, die ich ihr gemacht hätte. Ich war ihr einfach peinlich. Deshalb wollte ich allein sein. Nein, bei Ihnen war ich nicht allein. Und das lag nicht nur an diesem Durchgangszimmer. Ich fühlte mich wirklich wie neugeboren, ich hatte plötzlich ein Zuhause und eine Mutter, eine richtige Mutter. Trotzdem wollte ich wieder weggehen, denn ich hatte Angst davor, Sie zu enttäuschen. Nun ist es doch passiert, ich kann es nicht mehr ändern. Aber machen Sie sich keine Sorgen, ich werde Ihnen nicht länger zur Last fallen. Ich habe schon ein anderes Zimmer, und ich werde..."

„Nischt wirste!" Die Klucken brüllte, daß die Fensterscheiben zitterten. „Jar nischt wirste, und vor allem wirste sofort mit diese blöde Siezerei uffhörn. 'ne Mutter, 'ne richtije Mutter – sagt man zu 'ne richtije Mutter Sie, du Kamel? Also! Und wat heißt hier, zur Last fallen! Du bist mir nie zu Last jefallen, und du wirst mir nich zur Last fallen, und wenn et Drillinge werden. Aber daß du mir in Unkenntnis jehalten hast, wo et schon die Spatzen in die janze Florentiner von die Dächer pfeifen, det verzeih ick dir nie. Zu deine eijene Mutter, die weiß Jott keenen Schuß Pulver wert is, zu die haste

Vertrauen jehabt, mit die haste jeredet. Aber ick muß mir erst von die Klatschweiber im Haus darüber uffklären lassen, wat in meine Familie los is. Det hätteste mir dürfen nich antun, det nich!"

Ich gab ihr ein frisches Taschentuch aus meinem Schrank. Sie nahm es und sah mich nicht an. Nach einer Weile brauchte ich selbst ein neues Taschentuch. „Überhaupt", fragte sie endlich mit veränderter, fester Stimme, „wie haste dir denn det allet jedacht? Willste det Würmchen in die Krippe stecken?"

„Es bleibt mir gar nichts anderes übrig. Das heißt, wenn ich das Glück habe, einen Krippenplatz zu kriegen."

„Kommt jar nich in Frage! Denn kündije ick eben meine Uffwartestelle, und du mußt mir mehr Kostjeld abjeben. Det schaukeln wir schon. In die Krippe kommt det Kleene jedenfalls nich. Jeden Schnuppen, den eener vorbeiträgt, bringt et denn mit nach Hause, det wär ja noch schöner. Wie steht's denn mit die Aussteuer? Haste die etwa bei die Hartmanns versteckt?"

„Ich habe noch gar nicht... Ich dachte, das hätte noch Zeit."

Sie war wieder völlig in ihrem Element. „Da ham wir's. Wenn Kinder Kinder kriejen, wissen se nich mal, wat se dazu für Jelumpe brauchen. Morjen jehn wir einkaufen, zwee Dutzend Windeln, zwee Dutzend Unterlagen, sechs Wickeltücher..."

Ich ging zu ihr und hockte mich neben den Sessel. Sie zog meinen Kopf an Ihre Brust und streichelte mich, und es war fast wie an dem Tag, als ich bei ihr eingezogen war, nur daß inzwischen sehr viel geschehen war und niemand das Gefühl hatte, unsere Familienbande seien erst vor einem Vierteljahr geknüpft worden.

„Und du willst den Kerl wirklich nich heiraten?" fragte sie hinter meinem Rücken. „Na, is ooch besser so. Ick mach ja allerhand mit, aber uff 'ne Scheidung bin ick eijentlich nich scharf." Nun mußte ich doch lachen, und auch sie hatte genug von Tränen und Rührseligkeit. Schließlich erhob sie sich energisch. „Ende der Vorrede. Jetzt hilf mir umräumen!"

„Umräumen?"

„Det Durchjangszimmer haste mir nu lange jenuch uff die Stulle jeschmiert. Und son Säugling braucht ja wahrhaftig seine Ruhe. Also ziehst du nach hinten und ick nach vorn, janz einfach. Erst räumen wir mal den Schrank aus."

Es war schon fast Mitternacht, als wir die leichtbewegliche Habe von einem Zimmer ins andere gebracht hatten. „Det Bette und die Sessel kann uns Sohni morjen rüberschleppen. Und nu marsch, in die Falle!"

Sie setzte sich später noch einen Moment auf meinen Bettrand, sah mich liebevoll an und drückte mir einen Kuß auf die Stirn. „Dumme Jöre", sagte sie beim Hinausgehen, „und det et mir ein Junge wird!"

22

In unserem Büro war eine Reinigungskraft beschäftigt, welche die innere Verwaltung vor ein nahezu unlösbares Problem stellte. Frau Schulzendorf, eine tüchtige, schlagfertige Berlinerin Anfang der Fünfzig, hatte überhaupt nur positive Eigenschaften. Sie war pünktlich, fleißig, sauber und immer guter Laune. Sie verdiente nicht mehr als andere Reinigungskräfte auch, also wenig. Aber sie arbeitete nicht wegen des Geldes. Ihr Mann, ein vielgefragter Klempnermeister, setzte sie in den Stand, ihren Neigungen nachzugehen. Und ihr höchstes Glück war es nun einmal, in der Abteilung Lokomotiven sauberzumachen. Aber Frau Schulzendorf wollte nicht einfach ein anonymes Heinzelmännchen sein, sondern ihren Kindern – so nannte sie sämtliche Angestellte ihrer Etage – Gutes tun. Sie wußte bald, daß die Hauptsachbearbeiterin Inge Grütz eine Rosenfreundin war. Also stellte sie ihr allwöchentlich eine frische Rose auf den Schreibtisch. Die Beschenkte war ratlos. Sie versuchte nun, Frau Schulzendorf klarzumachen, daß sie dergleichen nicht annehmen konnte. Aber in diesem Punkt war die Schulzendorf komisch. Sie heulte jämmerlich und behauptete, Frau Grütz wolle sie absichtlich verletzen. Es war nichts gegen sie zu machen.

Gisela Berger, eine etwas anämische Stenotypistin aus der Absatzabteilung, fand jeden Morgen frisches Obst an ihrem Platz. Frau Schulzendorf meinte, das arme Kind brauche mehr Vitamine. Und ihr mache es eben Freude, für die Gesundheit der kleinen Gisela zu sorgen. Mein Chef, ein starker Raucher, bekam immer mal eine Packung guter Zigaretten. „Ich werde mir das Rauchen abgewöhnen", stöhnte er an diesen Tagen, „das Frauenzimmer gibt jedesmal sieben Mark für mich aus. Wie soll ich mit diesem Schuldkomplex noch Spaß am Rauchen haben?"

Es waren schon ein Dutzend Aussprachen mit Frau Schulzendorf geführt worden – ergebnislos. Sie begriff gar nicht, was man von ihr wollte, sondern erklärte eingeschnappt: „Sie können mich alle nicht leiden. Sie wollen mich kränken." Die Kaderinstrukteurin Fröhlich verschwendete eine ganze Stunde ihrer kostbaren Zeit, um Frau Schulzendorf das Unmögliche ihrer Handlungsweise begreiflich zu machen. Es half nichts. Wir kamen schließlich auf die Idee, uns zu revanchieren, und beschenkten Frau Schulzendorf, daß sich die Tische bogen. Sie war sehr glücklich, fühlte sich geliebt und verdoppelte ihre Gaben.

Noch bevor mein Zustand im Büro ruchbar geworden war, fand ich eines Morgens neben meiner Schreibmaschine ein kleines Päckchen. Es enthielt ein Paar Babyschuhe. Zuerst war ich gerührt, aber dann dachte ich voll Entsetzen, daß mir die gute Seele nun peu à peu eine ganze Babyausstattung auf den Tisch legen würde. Ich sah keinen anderen Ausweg, als mich meinen Kolleginnen anzuvertrauen. Sie nahmen die Meldung teils gelassen, teils begierig auf. Über den Vater meines Kindes gab ich allerdings keine Auskunft. Ich schwor lediglich, daß mein Chef mit der Angelegenheit nichts zu tun habe. Was die Schulzendorf betraf, beschlossen wir, das Gerücht auszustreuen, ich hätte bei dem Preisausschreiben einer Frauenzeitschrift einen Kinderwagen samt Babyausstattung gewonnen.

Am gleichen Nachmittag zitierte mich mein Chef in sein Zimmer. Er habe von der erfreulichen Neuigkeit gehört und wolle sich nach dem werten Befinden erkundigen. Vor allem, ob ich nach der Entbindung bei ihm zu bleiben gedenke. Nach einer Weile merkte ich aber, daß er sich in erster Linie für den anderen Elternteil meines Kindes interessierte. Offenbar fürchtete er, ich hätte mich einem seiner ausländischen Lokomotivkunden in unlauterer Weise genähert. Insgeheim mußte ich lachen über die taktvolle Wachsamkeit, die der Alte walten ließ. Ich beruhigte ihn und erklärte, es handle sich um einen alten Schulfreund, dessen Name ihm unbekannt sei und der mit unserem Hause ebensowenig zu tun habe wie mit sämtlichen in- und ausländischen Lokomotiven der Welt. Er atmete hörbar auf. Sein Interesse erlosch beinahe schlagartig, und als nach einer Weile Frau Fröhlich ins Zimmer kam, war ihm völlig entfallen, daß er sie selbst zu dieser hochwichtigen Unterredung gebeten hatte.

„Liebe, liebe Brigitte", sagte Frau Fröhlich herzlich, „warum haben Sie sich mir nicht anvertraut? Jetzt wird mir auch klar, warum Sie bei unserem Gespräch neulich so merkwürdig waren. Mein Gott, was müssen Sie durchgemacht haben! Allein in einem möblierten Zimmer, ohne Mutter, die Ihnen raten und zur Seite stehen könnte – nein, wirklich, Sie hätten mir etwas sagen müssen."

„Ihre Sorge ist völlig unbegründet."

„Die Sorge um den Menschen ist nie unbegründet", dozierte mein Chef und zündete sich schuldbewußt eine der Schulzendorfschen Zigaretten an, „weil nämlich der Mensch im Mittelpunkt steht, und dann kommen erst die Lokomotiven."

Frau Fröhlich achtete nicht auf ihn. „Können wir Ihnen irgendwie helfen? Als alleinstehende Frau müssen Sie bei der

Krippeneinweisung bevorzugt werden, wir könnten uns da einschalten."

„Danke, nicht nötig", sagte ich froh, „meine Wirtin wird den Kleinen betreuen."

„Hoffentlich ist die Frau auch zuverlässig! In unserer Betriebskrippe könnten Sie da ganz beruhigt sein. Es erfolgt alles nach modernsten medizinischen und pädagogischen Erkenntnissen. Ich würde das für Sie in die Wege leiten."

„Hören Sie auf die Kollegin Fröhlich", sagte mein Chef, der sich schon wieder an einer Akte zu schaffen machte, „sie als geschulte Kaderleiterin und mehrfache Mutter weiß höchstwahrscheinlich besser als Ihre alte Zimmervermieterin, was für Sie und Ihr Kind gut ist."

Ich hatte genug von dem Gerede. „Es bleibt dabei, das Kind kommt zu meiner Wirtin. Kümmern Sie sich bitte nicht länger darum. Übrigens habe ich das Schreiben an die Schweizer Bundesbahn noch einmal überarbeitet. Wenn Sie es sich bitte ansehen wollen? Ich glaube, so ist unser Standpunkt eindeutig dargelegt, und die empfindlichen Herren können uns keinen Formfehler nachsagen."

Mein Chef wurde rot und steckte seine Nase in das Schriftstück.

Frau Fröhlich war ungehalten. „Aber Brigitte, nun seien Sie doch nicht so bockbeinig. Schließlich stehen Sie allein da, und wir könnten Ihnen wirklich helfen."

„Sie irren sich", sagte ich beim Hinausgehen, „ich bin keineswegs allein. Ich habe nämlich eine große Familie."

Marina Maaß hatte mit ihren drei Söhnen einen Wochenendausflug gemacht und erst am Sonntagabend von der Neuigkeit erfahren, die seit einiger Zeit unser Haus beschäftigte. Sie läutete an unserer Korridortür Sturm und war ganz verdattert, als sie von der Klucken nicht gleich eingelassen wurde.

„Ist denn Brigitte nicht zu Hause?" fragte sie pikiert.

„Natürlich isse", erklärte die Klucken, „aber ick bin ooch zu Hause, wie Sie sehen, und mir wollen Sie ja nich besuchen."

Mißmutig rückte die Klucken ein Stück zur Seite und ließ den ungebetenen Gast eintreten.

„Ick komm mir schon vor wie'n Pförtner inne Fabrik. Demnächst nehme ick Abnutzungsjebühr für mein Teppich und jebe Passierscheine aus. Dieset dauernde Rin- und Rausjeloofe jeht mir langsam uffen Wecker. Schließlich sind die Menschen, die im Durchjangszimmer wohnen, ooch Menschen."

Frau Maaß lachte, als sie unsere veränderten Wohnverhältnisse zur Kenntnis genommen hatte. „Sie Ärmste! Nun haben Sie ja wohl gemerkt, wie unangenehm das für Fräulein Platz gewesen sein muß. Aber ich finde es wirklich sehr lieb von Ihnen, daß Sie ihr gerade jetzt dieses Opfer bringen, sehr, sehr lieb."

„Nu ist jut", brummte die Klucken sauer, „verkneifen Sie sich Ihre jeschwollenen Kommentare. Und halten Sie die Kleene nich so lange uff. Det müßten Sie ja noch wissen, det 'ne Frau in den Zustand vor allem Schlaf braucht."

Marina umarmte mich herzlich. „Ach, Brigitte, Sie ahnen ja gar nicht, wie ich mich über diese Nachricht gefreut habe! Ich wußte ja gleich, daß zwischen uns beiden Seelenverwandtschaft besteht."

„Na, diese Seelenverwandtschaft besteht ja nicht nur zwischen uns beiden. So was dürfte ja schon ein paar hunderttausend Frauen passiert sein."

Marinas Hochstimmung war nicht zu trüben. „Da ist wohl noch ein Unterschied. Haben Sie sich schon für einen Namen entschieden? Wie wär's mit Yasmina oder Tamira? Aber ich seh's schon kommen, es wird wieder ein Junge. Dabei sind solche Mädchen viel entzückender."

„Die Klucken besteht auf einem Jungen. Ebenso der potentielle Patenonkel Joachim Regler."

Marina legte den Finger auf die Nasenspitze und dachte nach. „Männliche Namen hören sich immer so bombastisch an. Trotzdem, Mohammed gefällt mir immer noch am besten. Ich konnte mich nur nie dazu entschließen."

„Vielleicht ergibt sich's noch mal", sagte ich unbeabsichtigt scharf. „Entschuldigen Sie schon, aber Mohammed Platz – ich will doch mein Kind nicht lächerlich machen."

Sie wurde rot. „Mit solchen Vorurteilen hätten Sie überhaupt die Finger von dem Herrn lassen sollen. Sie können doch ein dunkelhäutiges Kind nicht gut Thomas oder Michael nennen, ich bitte Sie!"

Für den Augenblick war ich starr, aber dann mußte ich lachen. Ich konnte überhaupt nicht wieder aufhören; erst als Frau Maaß aufstand und zur Tür ging, zwang ich mich zur Ruhe. „Es tut mir ja so leid", sagte ich ehrlich zerknirscht und wischte mir die Lachtränen aus den Augen, „aber der Vater meines Kindes ist ein ganz gewöhnlicher Deutscher aus Leipzig. Nehmen Sie es mir nicht übel, Marina, aber meine Neigungen fürs Exotische sind mehr platonischer Natur."

Sie hielt die Klinke in der Hand und bemühte sich um Fassung. „Es tut mir leid, es war ein Mißverständnis. Nichts für ungut, entschuldigen Sie. Gute Nacht." Sie rannte hinaus. Eine Zehntelsekunde später steckte sie ihren Kopf wieder durch die Tür. „Wenn es Ihnen recht ist, suche ich die Jäckchen und Strampelhosen zusammen, die ich noch von Abi habe. Es ist ja nicht nötig, daß Sie alles neu kaufen." Nun war sie endgültig verschwunden. Ich ging ihr nach, um abzuschließen.

„Habt ihr euch jut amüsiert?" fragte die Klucken, die gerade gähnend ins Bett kroch. „Vielleicht kannste in Zukunft deinen Besucherstrom uffen Nachmittag umleiten, man is ja nich immer in Stimmung für Stripties."

„Laß man gut sein", sagte ich beruhigend, „jetzt waren ja alle hier. Wenn der blöde Schmotzki in Weißensee wohnen würde, wären die Leute nicht so nervös."

24

Geruhsame Nervosität – gibt's das? Mir schien es, als liefen an diesem Tage lauter glückliche Halbirre durch die Florentiner Straße. Alle waren eilig, schleppten sich mit Riesenpaketen, drängelten in den Geschäften, in der Straßenbahn, rempelten einander an und waren freundlich. Jedenfalls war kein böses Wort zu hören, kein vergnatztes Gesicht zu sehen. Wir hatten den vierundzwanzigsten Dezember.

Ich war schon früh aus dem Büro nach Hause gekommen. Das Lokomotivengeschäft wurde an diesem Tag nicht mit dem üblichen Eifer betrieben, denn das Fest der Liebe hatte die Liebe zum Beruf vorübergehend matt gesetzt. Die Kollegen zeigten sich untereinander die Geschenke, die sie in letzter Minute noch besorgt hatten. Nicht einmal unsere Betretenheit über die Schulzendorfschen Liebesgaben, die heute reichhaltiger waren als je zuvor, konnte unsere Feststimmung trüben. Mein Chef hatte zu den kostbaren Zigaretten ein weniger kostbares, aber dafür kitschiges Eloxaletui erhalten, bot großzügig daraus an und versicherte, er werde das Ding noch gleichen Abends seinem Schwager vermachen. Mir war ein Babylätzchen zuteil geworden, das irgendeine weltfremde Kunstgewerblerin mit Rüschen und dem perlgarngestickten Spruch „Dem braven Kinde" versehen hatte.

Zu Hause wirtschaftete die Klucken rum, als gäbe sie abends einen Empfang. Mein Zimmer war abgeschlossen und das Schlüsselloch mit Lametta zugestopft. Das gefiel mir gar nicht, denn ich hätte mich gern noch ein bißchen hingelegt. „Leg dir uff mein Bette", sagte sie strahlend, „nebenan is der Weihnachtsmann, den dürfen kleene Kinder nich stören." Dann rannte sie wieder in die Küche, um die Gans zu begießen.

Meine Ruhe war hin, aber mein Herz war nicht schwer. Ich setzte mich auf einen Küchenstuhl und sah meiner geschäftigen Schlummermutter zu. Helfen durfte ich ihr nicht, denn sie behauptete seit einigen Wochen, ich würde sowieso alles, was ich mit den Händen aufgebaut hätte, mit dem Bauch wieder einreißen. Meine Tätigkeit bestand darin, alle paar Minuten einen Pfefferkuchen, ein Stückchen Stolle oder einen Kostehappen von der Gans zu begutachten.

„Um Gottes willen, Mutter Klucke, für wen machst du das alles? Davon leben wir ja noch bis Ostern!"

Sie lachte. „Schadet nischt, Kleene. Außerdem muß sich een anständijer Mensch Weihnachten überfressen, damit die Natronhersteller ooch zu wat kommen. Und nu paß uff: In eener Stunde jibt's Jänsebraten, und wenn dir davon richtig schlecht is, kommt die Bescherung. Bis dahin jehste mir aus die Oogen."

„Rabenmutter! Wenn du mich verstößt, lasse ich mich von Marina Maaß adoptieren. Wo hast du die Autos und die Bilderbücher für die Jungens hingelegt?"

„Uffn Hängeboden. Aber daß du mir pünktlich zum Essen da bist." Sie häufte noch einen bunten Pappteller voll Kekse, Schokolade und Apfelsinen und reichte ihn mir. „Sagste, det hat der Weihnachtsmann uff die Treppe jelegt." Ehe sie die Korridortür hinter mir schloß, fing sie an zu kichern. „Ein schönet Bild! Wenn man dir so sieht, möchte man direkt det alte Weihnachtslied anstimmen: Alle Jahre wieder kommt das Christkind nieder, hihi!"

Jeannot, Lars und Abi saßen schon unter dem Lichterbaum, verfolgten mit einem Auge Sandmännchens Fernsehbescherung und bewunderten mit dem anderen ihre eigene.

„Fröhliche Weihnachten", sagte ich, „hier kommt das dickste Christkind der Welt."

„Du wirst ja wieder dünne", beruhigte mich Jeannot, „soll ich dir meine Feuerwehr zeigen?"

Wir spielten eine Weile mit all den neuen Autos, Marina traktierte mich mit ihrem unvermeidlichen Wermut, den ich aber standhaft ablehnte, überreichte mir ein großes Paket Babywäsche und erklärte, mein Kind würde gewiß sehr niedlich und intelligent, obwohl es sich um ein rein deutsches Produkt handle. Dann verabschiedete ich mich, um der Klucken die Freude nicht zu verderben.

Dieser Weihnachtsabend war der schönste seit dem Ende meiner Kindheit. Am Baum brannten die Kerzen, im Radio sangen die Knaben vom Dresdner Kreuzchor das Lied von der Stillen Nacht. Ich stand und starrte, und etwas kroch in mir hoch, das mehr war als deutsche Sentimentalität. Dieses große Maß an Herzlichkeit, die Freude der Klucken, wenn sie mich erfreuen konnte – das war ja nicht auf diesen Tag beschränkt. Vielleicht stimmt es, wenn man sagte, das höchste Glück der Deutschen sei ihr trautes Heim, aber in dieses traute Heim war ich als eine Fremde gekommen, und statt spießiger Abgeschiedenheit hatte ich Herzenswärme gefunden, einfache Menschlichkeit.

„Ick wer verrückt, jetzt troppt det Biest uff deinen neuen Pullover", polterte sie in meine Rührung. Sie rannte zum Baum und pustete eine Kerze aus. „Een Glück, det se heutzutage allet in dieset künstliche Zillefan verpacken." Sie zog einen schicken weißen Pullover aus einem Perfolbeutel und hielt ihn mir hin. „Jefällt er dir? Wenn du erst wieder Hosen anziehen kannst, siehste bestimmt affig damit aus. Die Olle in die HO hat jesagt, es wäre eijentlich Exquisit, aber irjendein Weihnachtsmann hat det verschusselt, und da isset zu einem jewöhnlichen Preis in een jewöhnlichen Laden jeraten. Na, mir soll et recht sein, und nu zieh det Ding an, du Exquisit-Pummel!"

„Moment mal, wenn ich Modenschau machen soll, dann mußt du auch." Ich holte aus meinem Schrank die Pakete, die ich für die Klucken versteckt hatte, und reichte ihr zunächst das größte.

„Det sollste doch nich, Mädel, du brauchst doch dein Jeld jetzt für wat anderes", meckerte sie, aber dabei knüpfte sie in fliegender Hast die gelbe Schleife ab. Ich hatte ihr ebenfalls einen Pullover gekauft, allerdings einen schwarzen, und der war wirklich aus dem Exquisitladen. Als sie das wunderschöne Stück in Händen hielt, fing sie an zu schniefeln. „Ick werde wahnsinnig. Du bist total plemplem, also, det is die Höhe. Meine Fresse, is der schnieke, so wat Schönet hab ick noch nie besessen. Wat det wieder jekostet hat, kann ick mir an fünf Finger abklavieren. Wie kommste denn jrade uff een Pullover, wo ick dir schon eenen jekooft habe? Zwei Seelen und een Jedanke!" Sie brabbelte und brabbelte, umarmte mich, streichelte abwechselnd mich und den Pullover. Dann wickelte sie die anderen Geschenke aus, ein paar Bücher, eine hübsche Blumenvase, Aschenbecher und ähnliche Kleinigkeiten, und tanzte wie ein Kind um den wackligen Weihnachtsbaum.

Endlich hielt sie inne. „Ick hab ja ooch noch wat für dich, das heißt, mehr für den Kronsohn. Na, wie findste det?" Sie reichte mir etwas Dunkelbraunes hin, und ich dachte, mich träfe der Schlag. Es war eine Lederhose. Minutenlang konnte ich überhaupt nichts sagen. Ich war jetzt im siebenten Monat, und nach meinem Umfang zu urteilen, würde es bestimmt ein kräftiges Kind werden. Falls es wirklich ein Junge werden sollte, konnte er die Lederhose frühestens in drei bis vier Jahren tragen. „Mutter Klucke", prustete ich, und das Gelächter schüttelte mich durch und durch, „wie kannst du nur so kurzsichtig sein? Du hättest ihm doch noch eine Schulmappe kaufen müssen und eine elektrische Eisenbahn, und an den Anzug für die Jugendweihe hast duch auch nicht gedacht. Mein Gott, wenn wir das Zeug nur rechtzeitig zusammenkriegen!"

„Du bist ja doof", sagte die Klucken, „det is doch ganz wat andert. Schulmappen und Anzüje jibt et immer, aber Lederhosen sind nun mal knapp, da mußte gleich zugreifen. Außerdem frißt se ja keen Brot, und den Motten schmeckt se ooch nich. Also reg dir nich uff, nur weil ick 'ne weitblickende Oma bin. Du bist et ja nich, die sich nachher hinstellt und jeden Tag 'ne Hose wäscht. Und ick rationalisiere ebent schon im voraus."

„Es hat geklingelt. Vielleicht kommt noch einer und bringt einen Hirschfänger, damit der ungeborene Seppel komplett ausgestattet ist."

Die Klucken stand auf, um zu öffnen. „Sei artig, sonst kriegt der Bengel zwee Köppe!"

Die Reglers waren gekommen. Sie brachten einen kleinen Jungen mit, den Doris noch verliebter ansah als ihren dicken Joachim. Der Kleine hieß Frank und war ein Bewohner des Kinderheims in der Königsheide. Doris Regler hatte ihrem Mann schon vor längerer Zeit vorgeschlagen, ein Waisenkind, wenn schon nicht zu adoptieren, so doch wenigstens über die Wochenenden und Feiertage einzuladen. Bisher war Joachim nie einverstanden gewesen. Aber während er an den Abenden treu und brav die versprochene Wiege für mein Baby zimmerte, hatte er plötzlich selbst von dem Sonntagskind zu sprechen begonnen. Die beiden waren in die Königsheide gefahren, und Doris Regler bat den Heimleiter um ein elternloses kleines Mädchen, wenn möglich, blondgelockt und blauäugig. Er führte die beiden ins Spielzimmer und empfahl, die Kinder erst einmal anzusehen und danach die Wahl zu treffen. Nachdem sie das Zimmer betreten hatten, kam der kleine Frank auf sie zu und sagte: „Das ist aber fein, daß ihr mich abholen kommt." Und zu den anderen Kindern gewandt, erklärte er: „Das sind nämlich meine Eltern, die geh ich jetzt immer besuchen." So wurde das Reglersche Sonntagskind geboren, und Joachim war seither wie umgewandelt. Dieser Wandel war allerdings nicht allein auf den kleinen Frank zurückzuführen. Höhere Mächte hatten eingegriffen, genauer gesagt, die Direktion der HO-Gaststätten. In Joachims letzter Wirkungsstätte, dem Bierlokal „Zur runden Ecke", war es zu einer Schlägerei zwischen zwei volltrunkenen Kohlenträgern gekommen. Joachim Regler, immer bedacht auf Ruf und Mobiliar des Hauses, mischte sich mit seiner gewaltigen Schlagkraft in den Kampf ein und entschied diesen zuungunsten beider Parteien: Die Kohlenträger mußten per Funkwagen ins Krankenhaus gebracht werden. Joachim dagegen landete geradenwegs auf dem Revier. Es dauerte länger als die halbe Nacht, bis er den erzürnten Polizisten klargemacht hatte, daß er nicht als Schläger, sondern als Schlichter in Aktion getreten sei. Leider aber war der Alkoholgehalt seines Blutes wieder einmal beträchtlich und die Körperverletzung an den Kohlenträgern nicht zu bestreiten. Die Angelegenheit ging gnadenhalber vor die Konfliktkommission, welche über den trinkfesten Kollegen Regler nicht zum erstenmal zu befinden hatte. Nach aufregenden Diskussionen wurde endlich ein Modus vivendi gefunden: Joachim Regler erhielt einen Verweis sowie einen neuen Arbeitsplatz, und zwar hinter dem Büfett einer alkoholfreien Gaststätte. Natürlich machte diese segensreiche Entscheidung noch keinen Abstinenzler aus ihm, dazu hatte er einfach zu viele alte Bekannte in den umliegenden Kneipen. Aber es blieb doch alles in vertretbaren Grenzen, und ab Freitag war er sowieso solide. Da freute er sich nämlich wie ein Kind auf den nächsten Tag, an dem er seinen Franki abholen ging.

Natürlich befand sich Frank auch über die Weihnachtsfeiertage im Schoße seiner neuerworbenen Familie. „Franki wollte ja lieber noch auf seinem neuen Bambirad fahren", sagte Doris Regler, „aber Achim konnte es nicht mehr aushalten. Er wollte Ihnen unbedingt vorführen, wie weit sein Kunstwerk bis jetzt gediehen ist."

Joachim hatte doch wahrhaftig die Wiege mitgebracht, die schon fertig gezimmert, aber noch nicht bemalt war.

„Hinten und vorne kommen Rosen druff", erklärte er, „aber ick habe noch nicht die richtijen Farben. Am liebsten würde ick ja den Namen schon ruffmalen, wat meinen Sie, Brijitte? Wenn ick nu hinschreibe ‚Michael' und et wird denn doch 'ne Jöre, denn können wir immer noch een a ranmalen. Oder sagen wir mal ‚Andrea', denn fehlt im Glücksfall nur det s. Mit Ulrich und Ulrike jinge et natürlich ooch zu machen."

„Ich werd noch verrückt", stöhnte Doris, „seit Tagen überlegt er sich solche Kombinationen. Neulich war er schon bei Thomas und Tomate angelangt. Ich hab ihm schon ein paarmal gesagt, daß die Mutter den Namen des Kindes bestimmt, aber der Bengel hört ja nicht."

„Frank is aber artig, nich, Mutti?" vergewisserte sich der

Kleine. Doris nahm ihren Liebling auf den Arm und versicherte ihm, er sei sehr, sehr artig, und deshalb hätte ihm der Weihnachtsmann auch die vielen schönen Sachen gebracht.

Da entdeckte er die Lederhose. „Guck mal, Mutti", jubelte er, „die is aber fein, so eine hat Ralph auch und Jürgen und Mario, nur ich hab keine, und nu hab ich auch eine."

Doris wurde rot. „Aber Franki, die ist doch nicht für dich, die hat der Weihnachtsmann für einen anderen kleinen Jungen gebracht. Für wen denn eigentlich, Brigitte?"

Ich mußte schon wieder lachen, aber ehe ich antworten konnte, kam mir die Klucken dazwischen. „Die hat er für jar keenen andern Jungen jebracht, die is jenau für dich, Franki. Zieh se gleich mal über, ob se dir ooch paßt, sonst is der Weihnachtsmann traurig." Sie paßte wie angegossen, und Frank weigerte sich, das schöne Stück wieder auszuziehen. Er wollte sogar damit ins Bett gehen, um dem Weihnachtsmann eine Freude zu machen. Die Reglers bedankten sich noch tausendmal, ehe sie mit ihrem stolzen kleinen Tiroler und der namenlosen Wiege wieder abzogen.

„Kiek nich so albern", brummte die Klucken, verlegen lächelnd, „bis unser Junge jroß is, jibt's immer Lederhosen!"

25

Etwas Welterschütterndes war geschehen: Frau Hartmann hatte ihre Einwilligung zur Hochzeit von Sohni und Helga Riechert gegeben. „Das hab ich nur Ihnen zu verdanken", flüsterte mir Helga zu, als sie uns glückstrahlend die Nachricht überbrachte. Mein Zustand und die Vorfreude der Klucken hatten in Frau Hartmann so gewaltige Großmüttersehnsüchte geweckt, daß sie die beiden gar nicht schnell genug auf dem Standesamt sehen konnte. Allerdings stellte sie eine Bedingung: Die Hochzeit mußte in der Hartmannschen Einzimmerwohnung gefeiert werden. Und alle Hausbewohner wurden eingeladen.

Helga rechnete. „Selbst wenn die Maaß-Kinder und Franki Regler nicht mitkommen, sind das neun Personen. Dazu meine Leute, macht, knapp gerechnet, siebzehn, meine beiden Schwäger mit Frauen, sind einundzwanzig, meine Schwiegereltern, Hartmut und ich, macht genau fünfundzwanzig. Und alle in dem kleinen Zimmer, allmächtiger Vater!“

Dennoch war sie so glücklich, den Stand der ewigen Verlobten mit dem einer rechtmäßigen Ehefrau zu tauschen, daß sie ihre Hochzeit auch in einer Konservendose gefeiert hätte. Die standesamtliche Zeremonie war schon am Dreiundzwanzigsten vollzogen worden, aber die Festlichkeit fand auf allgemeinen Wunsch am zweiten Weihnachtsfeiertag statt.

Das ganze Haus war geschmückt. Tannengirlanden zogen sich durch das Treppengeländer bis zur Hartmannschen Wohnung, deren Tür, ebenfalls feierlich bekränzt, überhaupt nicht geschlossen werden konnte. Außer den offiziell geladenen Gästen kamen immerzu Gratulanten – Kunden von Bäkker Riechert, Kollegen von Sohni –, die aus Platzmangel außerhalb der Wohnung bewirtet werden mußten. Aber gerade diese ungewöhnliche äußere Form gab dem Ereignis sein besonderes Gepräge. Auf jeder Treppenstufe standen Platten mit Salaten, Aufschnitt, Gebäck, kaltem Geflügel und allerhand Näschereien. Auf den Fensterbänken waren Miniaturbars improvisiert. Joachim Regler hatte sich selbst zum Barkeeper ernannt, aber er versah diesen Posten weniger egoistisch als sonst, denn er mußte ständig ein wachsames Auge auf seinen Franki haben, der von den Treppenhausgästen mit Süßigkeiten vollgestopft wurde. Da auch noch die drei Maaß-Söhne treppauf, treppab hüpften, war für allgemeine Fröhlichkeit gesorgt.

Die Klucken bestand darauf, daß ich mich nach dem Mittagessen eine Stunde hinlegte, um für die eigentliche Feier am Abend fit zu sein. An Schlaf war jedoch bei dem unerhörten Lärm nicht zu denken. Also begaben wir uns schon am Nachmittag nach oben, um erst einmal unser Geschenk loszuwerden. Sohni und Helga hatten schon immer von meiner dreiarmigen Stehlampe geschwärmt, die ich nicht ausstehen konnte. Sie waren sogar durch alle Pankower Lampenläden gerannt, um eine solche Lampe für ihren späteren Hausstand aufzutreiben, aber es mußte sich wohl um eine Sonderanfertigung handeln. Nun war die Gelegenheit gekommen, dem jungen Paar und mir eine wirkliche Freude zu bereiten.

Sohni und Helga zierten sich fürchterlich und wollten das „Opfer" nicht annehmen, und erst als die Klucken sagte: „Jut, denn schaffen wir det Ding ebent ins Müllhaus", riß Helga die Lampe an sich und wies uns den Ehrenplatz auf Sohnis Plüschsofa zu. Neben uns saßen Karl-Gerhard Hartmann mit Gemahlin Ehrentraut, die zur Feier des Tages extra aus Coburg angereist waren. Alle spürten sofort, daß die beiden überhaupt nicht in diesen Kreis ausgelassener Leute paßten. Madame Ehrentraut saß steif in ihre Nerzstola gehüllt und preßte ihre Krokodilledertasche an sich. Aber das tat sie weniger aus Furcht vor Diebstahl als vielmehr davor, jemand könne ihren wertvollen Besitz nicht zur Kenntnis nehmen. Gelegentlich öffnete sie ihr Täschchen, zog eine Luxuspakkung „Muratti" heraus und bediente sich. Sie bot niemandem etwas an, ja sie ließ sich von diesen obskuren Ostmenschen nicht einmal Feuer geben, sondern wartete, bis ihr Mann sein vergoldetes Feuerzeug zückte. Wenn sie sprach, dann von ihrem eleganten Eigenheim, das sie in Coburg bewohnten, oder von ihrem neuen Auto, selbstverständlich einem Citroën. „Für uns sind solche Wagen ja eine Selbstverständlichkeit", flötete sie gespreizt, „aber Sie hätten bei der Grenzüberfahrt die mitteldeutschen Bürger sehen sollen! Die starrten uns an, als hätten sie noch nie ein Auto gesehen."

Alle sahen sich betreten an, und Sohni, der heute gewiß mit keinem Menschen auf der Welt hätte tauschen mögen, begann zu kochen. Helga streichelte ihm beruhigend die Hand. In das allgemeine Schweigen hüstelte Vater Hartmann, den bis dahin keiner bemerkt hatte. „Wenn die armen mitteldeutschen Bürger gewußt hätten, was ihr für dieses Auto gelitten habt, hätten sie sicher noch größere Augen gemacht", sagte er in seiner bedächtigen Art. „Unser gutes Trautchen hat ihrem Mann nämlich zwei Jahre lang nur Tütensuppen vorgesetzt, damit sie die Autoraten abzahlen konnte."

Ehrentraut Hartmann sah aus, als wollte sie ihren Schwiegervater ermorden. Aber sie hatte nicht einmal die Möglichkeit, aufzustehen und das Zimmer zu verlassen, jeder Quadratzentimeter des kleinen Raumes war besetzt. Also mußte sie ihre Blamage coram publico auskosten, was seltsamerweise die Laune ihres Mannes beträchtlich hob.

Frau Hartmann kam mit einer großen Kaffeekanne herein. „Kinder, ist hier eine Luft", schrie sie, „mach doch mal einer das Fenster auf!" Das war leichter gesagt als getan, denn auf dem Fensterbrett saß Wolfgang Engel, und vor ihm hockte auf einer Fußbank Doris Regler. Wenn diese aber aufstehen wollte, mußte sich erst Frau Engel entfernen, die sich auf ihrem eigenen Klappstühlchen niedergelassen hatte. Es ging nicht anders, die Brauteltern Riechert erhoben sich und balancierten mit ihren Stühlen aus dem Chaos, Frau Engel klappte ihr Stühlchen zusammen und wurde samt diesem von Joachim Regler auf den Schoß genommen, der mit seiner breiten Sitzfläche ein halbes Hartmannsches Bett besetzt hielt; Doris preßte sich wie eine Flunder an die Wand, und nun konnte Wolfgang das Fenster öffnen. Dieser Vorgang wiederholte sich im Laufe des Abends mehrmals, so daß das Öffnen des Fensters die einzige größere Bewegung in der vollgestopften Stube verursachte.

Wolfgang Engel hatte seinen unbequemen Platz auf dem Fensterbrett offenbar mit Bedacht gewählt, denn es war die am weitesten von mir entfernte Stelle. Er sah mich nicht ein einziges Mal an. Seit dem Zwischenfall auf dem Hof war er mir aus dem Weg gegangen. Er benahm sich wie ein betrogener Liebhaber, was mir zunächst äußerst lächerlich vorkam. Aber heute abend kränkte es mich doch. Er hätte genügend Zeit gehabt, um sich an meinen Zustand zu gewöhnen, so wie ich mich daran gewöhnt hatte. Daß er die Rolle der beleidigten Leberwurst konsequent weiterspielte, hätte mich ehren können, aber in diesem Kreise angeheiterter Hochzeitsgäste war mir weniger nach anstrengenden Ehrungen als vielmehr nach ein wenig Freundlichkeit zumute.

Die wurde mir jedoch in reichem Maße von allen anderen zuteil. Da die bedrückende Enge keinen Raum für Gesellschaftsspiele, geschweige denn für ein allgemeines Tanzvergnügen ließ, blieb nichts anderes übrig, als zu essen, zu trinken und sich zu unterhalten. Und da über alle abwesenden Bekannten, besonders über den in Kanada lebenden dritten Hartmann-Sproß Ewald schon ausführlich gesprochen worden war, blieb ich der einzige interessante Gesprächsstoff. Alle erklärten, wie bewundernswert sie meine Einstellung fänden, wie mutig und modern. „So hätte man es machen sollen, jawoll, genau so“, sagte Frau Bäckermeister Riechert und sah scheelen Blicks auf ihren Mann, der, ein stets gefülltes Wodkaglas in der Hand, ziemlich unfromme Lieder vor sich hin lallte.

Frau Hartmann, die noch ein Plätzchen auf einem der beiden Betten gefunden hatte, war stolz, besonders gut informiert zu sein. „Unser Brigittchen ist jedenfalls schlau genug, auf den Richtigen zu warten. Deshalb hat sie ja auch dafür gesorgt, daß der Vater von dem Kind in die Weltgeschichte geschickt wurde, damit sie nur ja nicht in Versuchung kommt.“

„Aber Frau Hartmann“, sagte ich verlegen, „Sie überschätzen meine Möglichkeiten, damit habe ich doch nichts zu tun. Geheiratet hätte ich ihn übrigens auch nicht, wenn er in der Florentiner Straße wohnen würde.“

Am Fenster war eine Bewegung entstanden. „Paß doch auf, Junge“, schnauzte Doris Regler, „die unteren sind meine Füße.“

Wolfgang Engel hatte knallrote Ohren. Er entschuldigte sich und tat so, als müsse er aus zwingenden Gründen mal eben das Zimmer verlassen.

„Da Sie gerade hinaus wollen“, sagte die feine Dame Ehrentraut aus Coburg, „können wir uns ja gleich anschließen. Komm, Karl-Gerhard, wir müssen ins Hotel!“ Der ältere Hartmann hatte die Klucken in ein Gespräch über alte Pankower Bekannte verwickelt und zeigte durchaus keine Lust, jetzt schon aufzubrechen. Aber der eisige Blick aus der Nerzstola war stärker als sein eigener Wille. Es erfolgte eine langwierige Abschiedszeremonie, und Mutter Hartmann erklärte immer wieder, es sei ja wahnsinnig, so ein teures Hotelzimmer zu bewohnen, wo ihre lieben Kinder doch ebensogut im Elternhaus schlafen könnten. Diese Vorstellung war nun selbst dem kummergewohnten Karl-Gerhard zuviel, und er floh, mit dem Versprechen, man sähe sich ja am nächsten Tag beim Mittagessen wieder.

Während des allgemeinen Stühlerückens und Händeschüttelns war die Aufmerksamkeit gottlob von Wolfgang Engel abgelenkt worden. Und so war niemandem außer mir aufgefallen, daß er das Zimmer gar nicht verlassen hatte. Er saß plötzlich neben mir auf dem Plüschsofa und hatte glänzende Augen. „Wie wär's mit einem Glas Sekt?“ fragte er leise. „Das schadet dem Baby bestimmt nicht.“

26

Ein naßkalter Februarwind rüttelte an den Fenstern. Ich war allein in der Wohnung, kuschelte mich an den warmen Kachelofen und wartete. Die Klucken war zu ihrer Professorenfamilie nach Niederschönhausen gefahren, für die sie dreimal in der Woche saubermachte und der sie demnächst kündigen würde. Die Ärmsten, dachte ich, eine solche Perle werden sie so bald nicht wieder finden. Aber ich eben auch nicht.

Wenn sich der Fürsorgearzt nicht verrechnet hatte, mußte es in sieben Tagen soweit sein. Ich war auf das Ereignis vorbereitet wie auf eine Prüfung. Die Atemtechnik, die mir die

Hebamme im Kursus für schmerzarme Entbindung beigebracht hatte, beherrschte ich tadellos. Eine große Reisetasche, Leihgabe von Marina Maaß, stand bereit. Sie enthielt alle notwendigen Utensilien für Mutter und Kind. Das Glanzstück war eine Ausfahrgarnitur aus weicher, weißer Wolle, von der Klucken eigenhändig gehäkelt. Ich sah mir alles noch einmal an, die winzigen Hemdchen und Jäckchen, die schneeweißen Windeln und Wickeltücher, die ich auf Geheiß der Klucken hatte kochen müssen, um die „Bazüllen" abzutöten.

In einer Woche war mein Junggesellenleben beendet, ein wenig anders zwar, als ich mir das noch vor einem Jahr vorgestellt hatte, aber daran war nun nichts mehr zu ändern. Ich freute mich sehr auf das Kind, es gehörte schon zu meinem Leben. Aber es ging ja nicht nur darum, daß ich es möglichst schmerzarm zur Welt brachte. Die Schwierigkeiten würden erst danach beginnen. Woher sollte ich wissen, wie man aus einem kleinen, hilflosen Wesen einen Menschen machte, ehrlich, tüchtig, selbstbewußt, ohne Komplexe und Hochmut? Von meiner Mutter hatte ich es nicht erfahren können; denn mochte sie auch in ihrem Beruf qualifiziert sein, als Mutter war sie es nicht. Aber war ich es denn?

In einem Monat wurde ich zwanzig. Als ich geboren wurde, war meine Mutter einundzwanzig. Sicher hatte auch sie den besten Willen gehabt, aus mir einen brauchbaren Menschen zu machen. Und ich war wenigstens nicht mit der Sorge um einen Mann belastet, der mir das Leben schwer machen konnte.

Plötzlich empfand ich für sie wie für eine Schwester. Sie wurde mir dadurch nicht wesentlich sympathischer, aber ich glaubte sie besser zu verstehen. Sie hatte es viel schwerer gehabt als ich und das Ziel der Klasse nicht erreicht. Nun war sie allein, verlassen von denen, die sie enttäuscht hatte. Aber sie war doch auch enttäuscht worden! Armes Luder, dachte ich, arme Mutter.

Ich fröstelte, obwohl es warm in der Stube war. In der Nähe des Ofens stand die Wiege, rosenbekränzt von der Hand des

Amateurmalers Joachim Regler. Als er mir das Prachtstück freudestrahlend überreichte, war er bereits zum zweitenmal völlig überraschend Vater geworden. Franki, das Sonntagskind aus der Königsheide, hatte eines Tages darauf bestanden, daß auch sein kleiner Bruder mit nach Hause käme. Die verwirrten Reglers sprachen mit dem Heimleiter und erfuhren, daß Franki keinerlei Angehörige hätte. Er war als nahezu einzige Hinterlassenschaft eines republikflüchtigen Ehepaares in der Wohnung „vergessen" worden. Mitleidige Nachbarn hatten das jämmerlich weinende Baby aus der unverschlossenen Wohnung geholt und der Polizei übergeben. Seine asozialen Eltern, in der Gegend seit langem unrühmlich bekannt, waren längst über alle Berge. Andere Verwandte gab es nicht. So kam der Kleine in die Königsheide, erholte sich, wuchs heran und behauptete plötzlich, einen Bruder zu haben. Das ließ er sich von niemandem ausreden. „Wo ist denn dein Bruder?" fragte die praktische Doris Regler. „Im Spielzimmer", antwortete Frank, „kommt mal mit."

Reglers und der Heimleiter folgten dem Kleinen ins Spielzimmer. In einer Ecke saß ein ebenfalls vierjähriger Junge und weinte. Frank ging zielstrebig auf ihn zu und zog ihn hoch. „Das ist mein Bruder", erklärte er kategorisch, „und er heißt Dirk. Hör auf zu heulen, sonst darfste nicht mit nach Hause." So kamen die Reglers binnen weniger Wochen zu zwei Kindern, die sie nicht geboren hatten und die keine Geschwister waren. Ihr Leben hatte sich mit einem Schlag verändert, und sie waren glücklich, ohne sich unnötig den Kopf zu zerbrechen.

Ich schaukelte die Wiege und strich die Decken glatt, die die Klucken hineingelegt hatte. Es würde schon alles gut gehen, warum sollte ich es nicht schaffen, wenn es selbst dem Trunkenbold Regler gelungen war, ein neuer Mensch zu werden. Und ich hatte schließlich meine Klucken und ein ganzes Haus voller Freunde. Nur der Einsame ist verloren.

Mir fiel ein, daß ich meiner Mutter noch immer einen Brief schuldig war. Ich holte Papier und einen Füllhalter und begann ohne große Überlegung zu schreiben. „Liebe Mutter, Du hast lange nichts von mir gehört, und das war bestimmt besser so für uns beide. Wir hatten Zeit genug, uns an den neuen Zustand zu gewöhnen. Deine Sorge um mich war unbegründet, ich habe ein schönes Zimmer gefunden und Menschen, die sich um mich kümmern…" Die Feder verklemmte sich, ich hatte wohl zu stark aufgedrückt. Ich überlas das Geschriebene noch einmal: „Menschen, die sich um mich kümmern." Interessierte sie das überhaupt? Läge ihr wirklich am Herzen, zu wissen, was aus mir geworden war, dann hätte sie ja in mein Büro kommen können. Oder wenigstens anrufen. Aber was hätte sie sagen sollen? Guten Tag, mein Kind, es ist eine Affenschande, daß du mich allein gelassen hast… Das konnte sie nicht, denn sie hatte mich praktisch dazu gezwungen. Sie wollte das Baby nicht, also konnte ich nicht bleiben.

Sie hätte sich entschuldigen müssen. Sie hätte sagen müssen: Es tut mir leid, daß ich so engherzig war, komm zurück, wir werden es gemeinsam schaffen. Sie war doch geübt in der Formulierung von Entschuldigungen. Wann immer sie mein Vater verletzt hatte, mußte sie sich bei ihm entschuldigen. Andernfalls sprach er überhaupt nicht mehr mit ihr oder kam tagelang nicht nach Hause. Sie hatte sich jahrelang vor ihm gedemütigt für ein freundliches Wort, für eine flüchtige Zärtlichkeit. Aber ihre Opfer waren am Ende doch umsonst gewesen. Vielleicht tat sie es deshalb nicht mehr? Vielleicht war ihr die Fähigkeit zur Versöhnung abhanden gekommen aus Furcht vor neuen sinnlosen Demütigungen?

Ich sah sie plötzlich in einem anderen Licht. Nein, eine richtige Mutter war sie mir nicht gewesen. Aber sie war doch ein Mensch, ein armer, zerbrochener, bedauernswerter Mensch. Nie hatte ich mir die Mühe gemacht, über sie nachzudenken oder ihr gar Verständnis entgegenzubringen. Dabei war sie meines Mitleids und meines Verständnisses viel bedürftiger als etwa die Knattern oder Marina Maaß.

Ich brachte die Füllfeder in Ordnung und schrieb weiter. „In ein paar Tagen ist es nun soweit. Ich hoffe sehr, daß es ein

Junge wird, denn ich glaube, Jungens sind freundlicher zu ihren Müttern als Mädchen. Wenn alles überstanden ist, rufe ich Dich gleich an. Sei nicht mehr traurig. Mutter, versuche wenigstens, Dich mit mir zu freuen. Wir beide haben bestimmt vieles falsch gemacht, aber bald gibt es einen Menschen, der das Glück hat, ganz von vorn anzufangen und es vielleicht vernünftiger anzufangen. Wir wollen ihm dabei helfen. Viele Grüße, Deine Brigitte."

Als ich den Brief noch einmal durchlas, kam er mir doch eine Spur zu sentimental vor. Deshalb schrieb ich noch ein Postskriptum darunter: „Wenn Du kommst, vergiß nicht, daß mein Kind viele Großmütter hat."

27

„Es wird ein Sonntagskind, ein richtiges Sonntagskind! Bitte entschuldigen Sie mich, meine Überraschung ist noch nicht ganz fertig. Ein paar Stiche noch, und dann die Bändchen. Huch, jetzt habe ich mich beinahe verraten!" Das Gnu hüpfte in meinem Zimmer herum, klatschte fortwährend wie ein kleines Mädchen in die Hände und verschwand endlich.

Meine Klucken war schrecklich nervös. „Nu fummelt se schon wochenlang an det Sonnenhütchen für unsern Kleenen und denkt, keener hat et jemerkt. Dabei kann et der Bengel sowieso erst nächsten Sommer uffsetzen, falls sich det Ding überhaupt uffsetzen läßt. Erna, du doofe Nuß, die Kleene darf doch jetzt keenen Kaffee mehr trinken! Wie fühlste dir denn, mein Kind?"

Ich fühlte mich ganz munter, jedenfalls zwischen den Wehen. Sie kamen jetzt alle fünfzehn Minuten und ließen sich durchaus ertragen. Ich rannte dann wie ein Marathonläufer durch die Stube, verfolgt von den ängstlichen Blicken der Witwen Klucke und Knatter. Gottlob verschonten sie mich wenigstens während der Wehen mit ihren gutgemeinten Ratschlägen.

Wir hatten den einundzwanzigsten Februar, genau den Tag, den der Fürsorgearzt als mutmaßlichen Entbindungstermin genannt hatte. „Ein ordentliches Kind", sagte Doris Regler, während sie meine Schuhe blank putzte, „mit dem werden wir wenig Ärger haben."

Marina Maaß lächelte maliziös. „Ein deutsches Kind verspürt offenbar schon im Mutterleib den Drang zur Pünktlichkeit. Meine Söhne sind alle zu spät eingetrudelt."

Mir wäre das auch lieber gewesen; dann hätten nämlich die berufstätigen Mieter unseres Hauses keine Zeit gehabt, mir den letzten Rest meiner Nerven zu stehlen. Ich versuchte krampfhaft, mich an die Bauch- und Hechelatmung zu erinnern, aber es gelang mir nur schlecht, weil ich dauernd Auskunft über mein Befinden geben mußte. Marina versicherte mir alle fünf Minuten, ich brauche überhaupt keine Angst zu haben, bis ich schließlich doch ein wenig ängstlich wurde. Aber ich war außerstande, die guten Seelen rauszuschmeißen. Alle waren so lieb und herzlich, sie freuten sich so sehr auf mein Sonntagskind, daß ich ihnen diese Freude einfach nicht nehmen konnte.

Gott sei Dank war wenigstens Joachim Regler verhindert. Seine Frau hatte ihn gleich morgens mit Franki und Dirk in den Tierpark geschickt, und in letzter Minute kam Marina Maaß auf die Idee, ihm ihre Sprößlinge ebenfalls anzuvertrauen. So waren wir Frauen ganz unter uns, und alle stellten sich an, als sollte der Messias geboren werden. Es klingelte wieder. Die Klucken ging öffnen und kam mit Frau Hartmann herein. Sie trug einen Thermosbehälter in der Hand, um den ein blaues Schleifchen kunstvoll gewunden war, und überreichte ihn mir feierlich. „Meine liebe Brigitte, dies ist eine Originalwochensuppe, wie man sie in keinem Krankenhaus kriegt. Mein Fisch-Fritze ist nämlich Taubenzüchter, und weil ich seine beste Kundin bin, hat er mir ein Täubchen verkauft, welches sich in diesem Topp befindet. Das ißte, wenn alles überstanden ist, damit du wieder zu Kräften kommst."

Ich war so gerührt, daß es mich beinahe umschmiß, denn die nächste Wehe kam früher als erwartet. „Nun wird's Zeit", sagte Frau Engel, die die ganze Zeit stumm in der Ecke gesessen hatte, „nun könnte der Krankenwagen kommen."

„Hat denn einer das Gnu gebeten, den Wagen zu bestellen?" fragte Doris.

Die Klucken schlug sich entsetzt vor die Stirn. „Meine Fresse, det hab ick verjessen! Wejen die ihr ewijet Sonnenhütchen hab ick janich mehr dranne jedacht. Aber vielleicht isse alleene uff die Idee jekommen, so schlau wird se doch wohl sind."

„Ich geh mal fragen", erbot sich Frau Engel.

Nach zehn Minuten kam sie zurück. Die Wehen wiederholten sich jetzt schon in kurzen Abständen, und ich atmete hingebungsvoll wie eine Opernsängerin.

„Na, wat is, Engeln", sagte die Klucken schlotternd, „hat det olle Gnu telefoniert?"

„Wolfgang ist unten", entgegnete Frau Engel stolz.

Die Klucken geriet außer sich. „Wo dein Wolfjang is, is im Moment janz piepe. Ick will wissen, ob die Gnuschewsky det Rettungsamt anjerufen hat!"

Frau Engel ließ sich nicht aus der Ruhe bringen. „Wolfgang ist unten, deshalb brauchen wir keinen Krankenwagen. Er hat nämlich eine Taxe besorgt!"

In fliegender Hast ergriff die Klucken meine Tasche und rannte los. Doris zog mir die Schuhe an, was für mich wirklich nahezu unmöglich gewesen wäre, und die Knattern hielt mir dienstfertig den Mantel hin. Frau Hartmann nahm den bebänderten Thermosbehälter, den ich in der Aufregung vergessen hatte, und wir gingen gemeinsam hinunter. Auf der Treppe überfiel mich eine so heftige Wehe, daß ich mich einen Augenblick am Geländer festhalten mußte. „Mut, nur Mut", murmelte Marina Maaß.

Vor dem Haus wartete ein Taxi, und daneben stand Wolfgang Engel, dessen Ohren weithin leuchteten. Während die Klucken meine Tasche im Wagen verstaute und dem Fahrer einschärfte, er möge ja vorsichtig fahren, kam das Gnu aus ihrem Laden gestürzt. „Es ist fertig", jubelte sie, „na, wie finden Sie das Hütchen, Fräulein Brigitte? Es heißt ‚Sonnenschein'!" Ich nahm den blumenbestickten Sonnenschein an mich und verzichtete darauf, mich zu bedanken, da ich schon wieder mit der Bauchatmung beschäftigt war.

Der Klucken standen die Tränen in den Augen. Sie drückte mich noch einmal an sich, sprechen konnte sie nicht.

„Nur Mut", sagte Marina Maaß zum hundertsten Mal, „es ist gar nicht so schlimm."

„Und daß Sie ja gleich anrufen lassen", verlangte das Gnu.

Frau Hartmann schob mir den Thermosbehälter auf den Schoß, „Guten Appetit und viel, viel Glück!"

Der Fahrer, dem das Getue offenbar zu lange dauerte, ließ den Motor aufheulen. Die Klucken, die Knattern, Frau Hartmann, Frau Engel, Frau Maaß und Frau Regler zogen sich einen Schritt zurück und begannen zu winken.

Jetzt stand nur noch Wolfgang an der Wagentür. Er überreichte mir einen winzigen Maiglöckchenstrauß, den er bis dahin verborgen hatte. Über und über rot, flüsterte er: „Wenn alles überstanden ist, gibt's Rosen. Darf ich kommen?"

Ich nickte und war auf einmal so glücklich wie noch nie zuvor. Wolfgang schloß vorsichtig die Tür und warf mir eine Kußhand zu. Der Wagen fuhr ab.

„Na, junge Frau, nach diesen jroßen Bahnhof dürften Sie det Schwerste überstanden haben", sagte der Taxifahrer. „Der Vater in spe war ja wirklich stolz wie'n Spanier. Nu machen Sie ihm keene Schande, so schlimm is det nämlich allet janich!"

Ich lächelte und roch an den zerdrückten Maiglöckchen. Nein, so schlimm war das alles gar nicht.

GRAFFUNDA
RÄUMT AUF *

Wie ist es möglich, daß Frauen charmant, liebenswürdig und attraktiv bleiben, wo sie doch dem Stumpfsinn täglicher Hausarbeit ausgeliefert sind? Warum entfällt bei den feierlichen Ordensverleihungen nie auch nur die kleinste Medaille auf eine gewöhnliche Hausfrau? Ich glaube, es liegt daran, daß die Dekorationen fast immer von Männern vorgenommen werden. Und welcher Mann hat schon eine Ahnung von dem Unmaß an Arbeit, das in einem normalen Haushalt täglich bewältigt werden muß?

Bestenfalls ich.

Ich heiße Graffunda, und jeder, der mich kennt, wird zugeben, daß ich ein fleißiger und gewissenhafter Mensch bin. Deshalb hatte ich auch keinerlei Befürchtungen, ich könnte den Posten eines Hausangestellten etwa nicht ausfüllen. Seit drei Wochen betreibe ich diesen ungewöhnlichen Beruf, und ich muß sagen, ich kann auf stolze Anfangserfolge zurückblikken. Aber heute ist so ein Tag, da könnte ich alles hinschmeißen. Lieber Astronaut sein oder Bergmann oder Perlentaucher als diese eintönige Plackerei.

Es fing schon heute morgen an. Auf meinem Plan stand große Wäsche, wie jeden Freitag. Wir haben nämlich drei Kinder und zwei Erwachsene im Haus, und die machen allerhand Dreck.

Die Großen, also das Ehepaar und die zwölfjährige Tochter, waren gerade gegangen, das Wasser in der Waschmaschine begann zu sieden, da schrie das Baby wie am Spieß. Ich hatte gehofft, es würde noch ein Stündchen schlafen, aber der Dreijährige probte Chingachgook, die große Schlange, und das hätte sogar Tote aufgeweckt. Tote schreien wenigstens nicht, dachte ich in einem nie gekannten Anflug von Zynismus und schaltete die Waschmaschine wieder aus.

Haben Sie schon mal einen sechzehnpfündigen Säugling gebadet und gefüttert, wenn ein wildgewordener Dreijähriger das Kriegsbeil schwingt? Es erspart jedenfalls einen Gang in die Sauna.

Als beide endlich satt und beruhigt waren, hatte sich die Lauge auf Handwärme abgekühlt. Aber ich wäre jetzt auch gar nicht mehr zum Waschen gekommen, weil uns hintereinander der Gasmann, der Zeitungsfritze und die Versicherungskassiererin besuchten. In jedem Büro muß sich jeder Besucher vorher anmelden. Hausfrauen dürfen ohne Vorwarnung überfallen und von der Arbeit abgehalten werden. Schließlich gehören sie zur nichtwerktätigen Bevölkerung.

Mittlerweile schlug die Uhr elf, und ich mußte das Mittagessen vorbereiten. Gemüse, Fleisch, Kartoffeln – alles war vorhanden, nur Salz hatte ich tags zuvor vergessen. Kann ja jedem mal passieren. Also mußte ich den Dreijährigen suchen. Er hockte im Garten unter einem Kirschbaum und sah aus, als hätte er die Masern. Nach einer halben Stunde ähnelte er wieder einem gesunden Lebewesen.

Im Konsum war's voll, es gab Bananen. Als wir zurückkamen, empfing uns die Zwölfjährige. Sie hatte Hunger und in einer Stunde Pionierversammlung. Also machte ich ihr schnell ein Spiegelei. Der Dreijährige wollte auch Spiegelei, obwohl es nicht gesund für ihn ist. Ich argumentierte pädagogisch, und er brüllte wie am Marterpfahl. Mit Rücksicht auf das schlafende Baby bekam er sein Spiegelei. Dann entrichtete ich den obligaten Wucherpreis für seinen Mittagsschlaf: drei Märchen und ein Schlaflied.

Ich fühlte mich schon so erschöpft, als hätte ich zehn Festmeter Holz gehackt. Trotzdem mußte ich Betten machen, Staub wischen, abwaschen und die Waschmaschine wieder in Gang setzen. Als das erste Laken auf der Leine hing, wurden die lieben Kleinen wach. Ich schleppte Töpfchen, wechselte Windeln, kochte Fläschchen, schmierte Stullen und hörte russische Vokabeln ab, weil die Große morgen ein Diktat schreibt. Die Wäsche wird mir meinen freien Sonnabend versüßen, denn jetzt ist das werktätige Ehepaar nach Hause gekommen und schreit nach Abendbrot.

Wenn ich mir nicht geschworen hätte, das faule Leben einer Hausfrau bis zur Neige auszukosten, wäre das heute mein letzter Arbeitstag gewesen. Aber eins weiß ich genau: Ein Mann ist den Anforderungen des Haushalts und der Kinderbetreuung weder physisch noch psychisch auf die Dauer gewachsen. Das schafft höchstens eine Frau.

Die Gemeinde Kleinbabelow soll in grauer Vorzeit ein ganz gewöhnliches Kuhdorf gewesen sein. Natürlich gibt es in Kleinbabelow auch heutzutage noch Kühe, aber die sind nicht nur in jeder veterinärmedizinischen Hinsicht keimfrei, sondern auch vom Stallmief vergangener Zeiten befreit. In Boxen, elegant wie Junggesellenappartements, verbringen sie ihre faulen Tage. Die Milch liefern sie nahezu vollautomatisch im Fischgrätenmelkstand ab, so daß ihr Kontakt mit den menschlichen Angehörigen der LPG „Meister Falk“ weitgehend vermieden wird. So ein Leben haben hier die Kühe!

Im übrigen aber ist Kleinbabelow ein ausgesprochen kultureller Marktflecken. In den gepflegten Einfamilienhäusern wohnen vornehmlich Schriftsteller, Schauspieler, Regisseure und ähnliche Kulturmenschen, die dem Ort ein völlig undörfliches Fluidum verleihen. Das hat seine Vorteile, und die weiß vor allem Bürgermeister Kotschmann zu schätzen.

Wenn bei den Sitzungen im Rat des Kreises der Tagesordnungspunkt Kultur erreicht ist, richtet sich Kotschmann innerlich und äußerlich auf und blickt erwartungsvoll in die Runde. Er weiß, was jetzt kommt, und seine anderen Kollegen Bürgermeister aus den anderen Gemeinden wissen es auch, und das alles erfüllt ihn mit einer tiefen und moralisch nicht ganz astreinen Freude.

„Kollegen und Genossen", sagt der Kreisratsvorsitzende, „wir kommen jetzt zu dieser leidigen Kultur, die unser aller Leben bereichern und verschönern soll. Stadt und Land, Hand in Hand, das schöne Dorf und die Höhen der Kultur – gut gesagt. Aber wie sieht's denn mal aus? In den Dorfklubs wird rege gesoffen, sonnabends wird getanzt, und in der restlichen Zeit ist Sense. Nur beim Kollegen Kotschmann in Kleinbabelow, da haben wir alles, wie's im Buche steht: Schriftstellerlesungen, Diskussionsabende, Lichtbildervorträge, Zimmertheater, Literaturball. Das klappt, das haut hin, da ist Niveau drin. Bravo, Kollege Kotschmann!" An dieser Stelle wäre Kotschmann bereit, zu schwören, daß es nichts Beglückenderes auf der Welt gibt, als Bürgermeister von Kleinbabelow zu sein. Ihm ist natürlich völlig klar, daß er diese stolzen Erfolge allein seinem speziellen Einwohnergefüge verdankt, aber damit er es auch ja nicht vergißt, schmieren es ihm seine vom Schicksal weniger begünstigten Kollegen alle noch einmal auf die Stulle. Trotzdem läßt der berechtigte Neid keine echte Feindschaft aufkommen, dazu ist Kotschmann viel zu wertvoll. Wer könnte auch sonst so interessante Histörchen und Anekdoten über prominente Leute erzählen wie er? Kein fünfteiliger Toelcke-Krimi ist für die geplagten Bürgermeister von Ober- und Unterpölkau, von Witzbach und Schnitzbach, von Bruchhausen und Sumpfhausen so spannend wie Details aus dem Privatleben des Schlagersängers Teddy Lemonte, der in Wahrheit Helmut Lehmann heißt. Kotschmann muß es schließlich wissen! Auch das reichhaltige Liebesleben der DEFA-Diva Jeannete Fiedler bietet nie versiegenden Stoff für außerparlamentarische Debatten. Außerdem würden schon die Bürgermeister-Kinder gegen ein Zerwürfnis ihrer Väter mit dem beneidenswerten Kotschmann protestieren, denn durch ihn gelangen sie auf dem denkbar kürzesten Wege zu den begehrten Künstlerautogrammen, wobei die Unterschrift des in Kleinbabelow ansässigen Fernsehkomikers Günter Piesoldt den höchsten Tauschhandelswert besitzt. Daß Kotschmann die Piesoldt-Postkarten durch Vermittlung seiner Tochter Jutta erhält, welche die Busenfreundin der zwölfjährigen Piesoldt-Tochter Gabriele ist, wissen die anderen natürlich nicht. Und Kotschmann wiederum hat keine Ahnung, daß die graphologisch begabte Gaby die Unterschrift ihres Vaters vollendet fälscht.

Überhaupt, wenn Kotschmann an die Familie Piesoldt denkt, dann kommt ihm der Posten eines Bürgermeisters von Kleinbabelow doch nicht mehr so verlockend vor. Für diese komplizierten Künstlermenschen muß man ja schon studierter Psychologe sein! Und ein Zauberer obendrein. Ist es vielleicht die Schuld des Bürgermeisters, wenn auch in Kleinbabelow die Kindergartenplätze knapp sind?

„Wenn wir in diesem Herbst keinen Platz für unseren Daniel kriegen", sagte der dreifache Vater Günter Piesoldt, „dann schieß ich deinen ganzen Gemeinderat auf den Mond." Niemand wäre in diesem Augenblick auf die Idee gekommen, dieser Mann sei die berühmte Humorbombe, bei deren Späßen sich Millionen Fernsehzuschauer in Lachkrämpfen winden.

Kotschmann versuchte es mit sachlichen Argumenten. „Nun sei doch mal vernünftig, Genosse Piesoldt. Drei Plätze werden in unserem Kindergarten frei, und genau drei Kinder kommen aus der Krippe 'raus. Bleibt also nullkommagarnichts übrig. Was glaubst du, was ich mir für politische Diskussionen auf den Hals lade, wenn ich euch bevorzuge und ein Krippenkind zurückweise! Außerdem habt ihr doch eine Hausangestellte."

Günter Piesoldt zog wieder ab, kündigte aber, hinterhältig grinsend, den Besuch seiner Frau an.

Acht Tage später wehte Gudrun Piesoldt ins Bürgermeisterzimmer – eine erstklassige Soubrette, wie Kotschmann als Freund des Operettentheaters wußte. „Verflixt hübsches Persönchen!" dachte er.

Frau Piesoldt war klein, zart und energisch. Das Stakkato

ihrer Absätze auf den schadhaften Dielen hätte Kotschmann eigentlich warnen müssen. Allein – der Bürgermeister war viel zu beschäftigt, hingerissen zu lächeln, den einzig verfügbaren Sessel seines Amtszimmers herbeizuschleppen und fieberhaft an einem Kompliment zu drechseln.

Leider ignorierte die Sängerin all seine schönen Bemühungen. Kotschmann zuckte nervös zusammen, als ihre zarte Hand einen Brief auf den Schreibtisch schleuderte, und zwar ausgesprochen unzart.

„Hier ist ein Schreiben meiner Intendanz“, zwitscherte die unfaire Lady mit eisgekühlter Stimme. „Und wenn mein Sohn jetzt nicht ganz schnell in den Kindergarten kommt, dürfen Sie mal beim Kulturministerium vorsingen!“

Kotschmann rang nach Fassung. „Aber Sie haben doch eine...“

„Ich *hatte* eine Hausangestellte“, konterte Gudrun Piesoldt, „leider war ihre Vorliebe für meinen Mann weit stärker entwickelt als die für Ännchens Windeln und Daniels zerrissene Hosen. Wenn Sie mir zu einer neuen, aber möglichst echten Perle verhelfen könnten, will ich den Kindergartenplatz vorläufig vergessen.“

Kotschmann sah ein, daß die Piesoldts in der Bredouille waren. Das Haus und die Kinder, das jüngste erst acht Monate alt, wollten versorgt sein. Gudrun hatte vormittags Probe und abends meistens Auftritt, und Günter verbrachte die Hälfte seines Lebens auf Tourneen oder in den hauptstädtischen Funkgebäuden. Das war vielleicht kein sehr familienfördernder, aber nun mal ihr erlernter Beruf, der vom dreijährigen Daniel Piesoldt so charakterisiert wurde: „Mutti hopst immer 'rum und singt, und Vati macht Quatsch.“

Also, ein dienstbarer Geist mußte her. Aber woher? In Kleinbabelow selbst waren die Chancen gering. Alle Frauen aus der sogenannten nichtwerktätigen Bevölkerung, die für den Posten in Frage kamen, hatten ihn auch schon einmal inne. Da war zum Beispiel die lustige Witwe Murlemann, eine Frau in den erstbesten Jahren, die seit dem Tod ihres Mannes das Gefühl nicht los wurde, sie müsse die Versäumnisse der Jugend nachholen. Sie machte zwar ihre Arbeit ordentlich und kümmerte sich um die Kinder, aber bei Piesoldts ging es seit Frau Murlemanns Dienstantritt nicht mehr mit rechten Dingen zu. Fernsehstar Günter wunderte sich monatelang über den rapiden Schwund seiner Hausbar, denn weder er noch seine Gattin litten an Trunksucht. Das Geheimnis konnte erst entschleiert werden, als eines Tages die prachtvolle hellgelbe Couch unauslöschliche schwarze Flecken aufwies.

Die lustige Witwe hatte sich als neuesten Gespielen einen Kohlenträger auserwählt, der zwischen seinen Touren immer mal in Frau Murlemanns Wirkungsstätte Rast machte, Piesoldts exquisiten Alkoholika freudig zusprach und sich bei solcher Gelegenheit zu einem kurzen Nickerchen auf der gelben Couch niederließ. Die Witwe wurde zwangsweise entfernt und stieg auf einen ledigen Bäckergesellen um, der genügend Brötchen verdiente, um ihr ein arbeitsloses Dasein zu ermöglichen.

Danach kam die Frau des Kleinbabelower Klempnermeisters Hasert ins Haus. Sie hatte selbst fünf Kinder, und niemand verstand, warum sie neben dieser abendfüllenden Beschäftigung noch das Engagement bei Piesoldts übernahm. Auch denen war die Sache ein wenig unheimlich, aber sie waren doch froh, überhaupt jemanden gefunden zu haben. Der Pferdefuß zeigte sich bald: Frau Hasert war bis an die Ohren von schnöder Raffgier erfüllt. Sie konnte alles gebrauchen: ausgewachsene Kindersachen, ausgelesene Zeitschriften oder leicht vergilbte Oberhemden. Aus allem schlug sie Gewinn für ihre reichhaltige, aber durch den klempnernden Gatten ohnehin wohlgestellte Familie. Die großzügigen Piesoldts gaben Frau Hasert, was sich nur entbehren ließ. Um so größer war ihre Erschütterung, als sich ihre Putzfee eines Tages als simple Stehldiebin erwies. Gaby Piesoldt kam dazu, wie Frau Hasert gerade einen Teil des sündhaft teuren französischen Parfüms der Soubrette Gudrun in ein leeres Binofläschchen umfüllte. Die Überraschung in flagranti machte die diebische Elster so wütend, daß sie fristlos kündigte.

Der nächste Versuch wurde mit einer niedlichen, wenn auch nicht gerade übermäßig intelligenten Achtzehnjährigen gemacht, die auf Logis im Hause bestand, offenbar, damit sie jede Minute im Dunstkreis des von ihr vergötterten Stars verbringen konnte. Nun war das Maß der Piesoldtschen Verehrungsempfänglichkeit voll und die Putzfrauenstelle wieder einmal unbesetzt.

Kotschmann überlegte hin und her, wie dem Ehepaar zu helfen sei. Schließlich fiel ihm nichts Besseres ein, als ein Zeitungsinserat zu empfehlen.

Das Ergebnis war niederschmetternd. Es bewarb sich eine durchgefallene Schauspielschülerin, die weniger an Günter Piesoldts Hausarbeit als vielmehr an seiner Protektion beim Fernsehfunk interessiert schien. Sie wurde ebensowenig in die engere Wahl gezogen wie eine ehemalige Operettendiva, die von ihrer glanzvollen, allerdings schon Jahrzehnte zurückliegenden Karriere im Stadttheater Borna berichtete. Dabei wäre sie, mangels besserer Angebote, durchaus in Frage gekommen, hätte nicht ihre Offerte entschieden zu exaltiert geklungen.

„Und so verzehre ich mich danach", schrieb sie, „bald wieder die so lang entbehrte Bühnenluft einatmen zu dürfen, und sei es auch nur durch den Kontakt mit dem verehrungswürdigen Medium Gudrun Piesoldt. Ihre Stimme, Meisterin, bringt die Geigen in meiner Seele zum Jubilieren. Ich freue mich auf die Stunden, in denen wir miteinander arbeiten werden, denn ich will die Schätze aus dem Born meiner künstlerischen Erfahrungen gern und uneigennützig an Sie weitervermitteln. Als Lohn für meine Mühe würde mir die Möglichkeit, bei jeder Premiere in Ihrer Nähe sein zu dürfen, vollauf genügen."

„Das genügt wirklich vollauf", sagt Günter Piesoldt, „was haben wir denn sonst noch?"

Seine Frau zuckte die Achseln. „Zappenduster. Es ist nur

noch ein einziges Angebot gekommen, aber das kann ich beim besten Willen nicht ernst nehmen."

Das Bewerbungsschreiben stammte von einem jungen Mann. Er hieß Erwin Graffunda, war achtundzwanzig Jahre alt, ledig und Inhaber eines Junggesellenappartements. Er sei gelernter Hüttenwerker und infolge eines Bandscheibenschadens seinem schweren Beruf nicht mehr gewachsen. Hausarbeit und Kinderpflege kämen von allen für ihn möglichen neuen Tätigkeiten am ehesten in Betracht, da er auf diesem Gebiet als Ältester von sechs Geschwistern reiche Erfahrungen gesammelt habe. Bei der Armee sei ihm ausreichend Unterricht im Bettenbauen und Hosenbügeln zuteil geworden, und seine Schulzeugnisse würden Auskunft über seine hervorragenden Talente in der Nadelarbeit geben. Er hoffe auf baldigen und positiven Bescheid.

Günter Piesoldt war sehr amüsiert und überlegte, wie er den Fall aphoristisch für seine Fernsehconférencen ausbeuten könne. Seine Frau jedoch holte ihn auf den nicht mehr ganz staubfreien Boden der Tatsachen zurück. „Was meinst du, ob der uns veräppeln will?"

„Der Brief macht einen durchaus seriösen Eindruck. Ich weiß nicht recht, vielleicht sollte man sich den komischen Vogel wenigstens einmal angucken."

Und so geschah es, daß Erwin Graffunda für den nächsten Sonntagnachmittag zur Kaffeezeit bei den Piesoldts eingeladen wurde.

Erwin Graffunda sah so aus, daß ihn selbst der mit allen Abschminkwassern gewaschene Günter Piesoldt sekundenlang verblüfft anstarrte. Er war groß, breitschultrig, schmalhüftig, dunkeläugig...

Lieber Himmel! dachte Piesoldt sorgenvoll. Das ist ja ein ausgemachter Schönling! Und so was will bei uns den Besen schwingen. Wenn ich Talent zur Eifersucht hätte... „Guten Tag, Herr Piesoldt, mein Name ist Graffunda", sagte der Besucher mit angenehm tiefer Stimme und in dialektfreiem Hochdeutsch.

„Sie – Sie kennen mich?" stotterte Günter Piesoldt. Graffunda lächelte. „Selbstverständlich! Ich habe doch einen Fernsehapparat."

Piesoldt fühlte sich ruckartig in die Wirklichkeit zurückversetzt. Natürlich mußte ihn dieser junge Mann kennen. Jeder kannte ihn. Er war eigentlich so an diese angenehme Tatsache gewöhnt, daß ihm der Besitzer eines kleinen Dorfgasthauses, in dem zu übernachten er genötigt war, wie das achte Weltwunder erschienen war. Jener fragte ihn nicht nur nach dem Namen, sondern wollte ihn sogar buchstabiert wissen. Und als sei es noch nicht genug der Ignoranz, erkundigte er sich nach dem Beruf.

Piesoldt, der sich immer viel darauf zugute hielt, daß ihm sein Ruhm nicht zu Kopf gestiegen sei, fühlte sich damals tief gedemütigt. Heute hatte ihn eine momentane Verwirrung wirklich bescheiden gemacht.

„Treten Sie näher, Herr Graffunda. Wenn Sie gestatten, gehe ich voraus."

Gudrun Piesoldt saß mit Daniel und Gaby am gedeckten Kaffeetisch. In der Mitte des geräumigen Wohnzimmers krabbelte das Baby Anne im Laufställchen. Alle, selbst das Baby, blickten gebannt auf Graffunda. Der kleine Daniel faßte sich als erster. „Tach, Onkel! Spielste mit mir, oder mußte gleich aufräumen?"

Graffunda lachte und streichelte Daniel über den Kopf. „Zuerst möchte ich die Damen begrüßen." Er machte zwei vollendete Verbeugungen und überreichte Frau Piesoldt einen Tulpenstrauß. Ehe sie sich noch bedanken konnte, fing Ännchen an zu brüllen.

„Erlauben Sie?" fragte Graffunda höflich und nahm die Kleine aus dem Laufstall. Sie war augenblicklich still und fuhr dem netten Onkel begeistert in die Haare. Er schäkerte ein bißchen mit ihr und äußerte dann die Vermutung, Ännchen fühle sich unbehaglich, weil ihre Hosen naß seien. Gudrun Piesoldt sprang auf, als habe man sie bei einer schwerwiegenden Unterlassungssünde ertappt. „Darf ich das tun?"

bat Graffunda. Frau Piesoldt wehrte verlegen ab, öffnete aber die Tür zum Kinderzimmer.

Nach wenigen Minuten kam sie ins Wohnzimmer zurück und erklärte ihrer gespannt dreinblickenden Familie: „Es ist nicht zu glauben! Er hat Ännchen saubergemacht, gepudert und neu verpackt. Jetzt spült er im Bad die Windeln aus." Verwirrt griff sie nach einer Zigarette.

„Mutti, den behalten wir", entschied Gaby. „Graffunda ist das reine Wundertier. Außerdem sieht er enorm fetzig aus."

„Gaby", sagte Herr Piesoldt streng, „wenn wir diesen sympathischen jungen Mann wirklich engagieren sollen, müßtest du dich wohl einer anderen Ausdrucksweise befleißigen. Ich glaube nicht, daß er deinen Halbstarkenjargon schätzt. Und, nebenbei bemerkt, es handelt sich um *Herrn* Graffunda, verstanden?"

„Für mich ist er ein Graf", sagte Gaby schwärmerisch, „ich nenne ihn einfach Graf Funda, das ist das Beste, was man aus diesem komischen Namen basteln kann." Graffunda machte an diesem Nachmittag noch ein gutes Stündchen Konversation mit den Piesoldts. Sie sprachen über das Fernsehprogramm, die Außenpolitik und das Niveau der Allgemeinbildenden Polytechnischen Oberschulen. Er erwies sich als gut informiert, sicher im Urteil und ungewöhnlich tolerant. Den Piesoldts war nicht ganz wohl bei dem Gedanken, diesen hochintelligenten Menschen für etwas so Unqualifiziertes wie Hausarbeit mißbrauchen zu sollen. Dies war das einzige Mal, wo sie von Graffunda zurechtgewiesen wurden. „Die Arbeit der Hausfrau birgt mindestens ein Dutzend Berufe in sich, die üblicherweise ein Studium oder wenigstens eine mehrjährige Lehre erfordern. Ich begreife nicht, woher diese allgemeine Unterschätzung rührt. Denken Sie nur, wieviel Sorgfalt und pädagogische Kenntnis allein die Kindererziehung verlangt! Und das Kochen nach moderner, gesundheitsfördernder Methode ist schon eine Wissenschaft für sich. Wirklich, Sie sollten in Ihren Ansprüchen weniger bescheiden sein!"

Piesoldts waren beschämt und überglücklich. Der Vertrag

mit Graffunda wurde perfekt, er nannte das Gehalt großzügig und versprach, sein Bestes dafür zu leisten. Der nächste Tag war der erste Juli und Graffundas Arbeitsbeginn.

Als Graffunda Punkt acht Uhr erschien, lag bei Piesoldts noch alles in den Betten. Trotzdem war das Haus nicht gerade von friedvoller Ruhe erfüllt, denn das Baby krähte und rappelte mit beachtlichen Kräften an den Gitterstäben seines Schlafkäfigs, und Daniel, der fanatische Amateurrennfahrer, ließ ein Dutzend Spielzeugautos Berg- und Talfahrten durch die Kissen machen, wobei er mit aufgeblasenen Backen und aus voller Lunge die Motorengeräusche erzeugte. Obwohl Gabys Zimmer nicht unmittelbar neben dem der kleineren Geschwister lag, mußte sie sich doch, um in Ruhe lesen zu können, beide Ohren zuhalten. Allein das Ehepaar Piesoldt schlummerte in fester Ruh. Offenbar war er schon aus Berufsgründen gegen Lärm jeder Art und Stärke immun.

„Wieso bist du noch nicht in der Schule?" fragte Graffunda.

„Montags immer zwei Stunden später", entgegnete Gaby schniefelnd. Sie las gerade „Ditte Menschenkind", und ihr war zum Heulen traurig.

Graffunda begriff, daß er augenblicklich das Heft in die Hand nehmen mußte, wenn er diese chaotische Familie um einen harmonischen Frühstückstisch versammeln wollte. Er entwand Gaby den Andersen-Nexö und lächelte sie dabei so liebenswürdig an, daß sie zu protestieren vergaß. „Hör zu, meine Dame", sagte er charmant, „du bist im Moment das dienstälteste Familienmitglied und wirst mir einige Auskünfte geben. Wann wird Ännchen gebadet?"

„Bei Frau Murlemann morgens, bei Frau Hasert abends, bei der Jungschen nie und bei Mutti, wenn sie mal Zeit hat."

„Also jetzt", entschied Graffunda. „Du stehst sofort auf, packst deine Schulsachen und bringst dein Zimmer in Ordnung. Betten mach' ich selbst. Wenn ich mit dem Baby fertig bin, kannst du ins Bad."

Gaby machte ein Gesicht, als hätte sie Essiggemüse gefrühstückt. Da sagte Graffunda mit sehr weicher Stimme: „Ich freue mich über dein Entgegenkommen. Du kannst dir sicherlich vorstellen, daß ich ganz schönes Lampenfieber habe, schließlich ist das heute meine Premiere." Mit einem Satz sprang Gaby aus dem Bett, und Graffunda verließ lächelnd das Zimmer.

Um neun waren beide Kinderzimmer in Ordnung gebracht, das Baby lag gebadet und friedlich schlafend in seinem Bett, Gaby und Daniel saßen gestiefelt und gespornt am Frühstückstisch. Da erschien, mit Morgenrock bekleidet und ungeniert gähnend, Gudrun Piesoldt. Als sie der gepflegten Familienidylle ansichtig wurde, schrie sie wie ein hysterischer Regisseur: „Ich werde wahnsinnig, mich trifft der Schlag!"

Ihr Geschrei lockte auch den Herrn und Meister aller Witzklassen aus den Federn. O Wunder der Desillusionierung, dacht Graffunda, als er den verkaterten, griesgrämig dreinblickenden und plötzlich mit einer kleinen Glatze behafteten Günter Piesoldt sah. Daß er in restauriertem Zustand höchstens wie Mitte dreißig wirkte, war also auf ein kunstvolles Toupet zurückzuführen. Jetzt hätte selbst ein geübter Menschenkenner geglaubt, er habe einen von Bilanzsorgen zermürbten Buchhalter vor sich.

Die Herrschaften setzten sich zu ihren Kindern an den Tisch, und Graffunda goß Kaffee ein. „Frische Schrippen", stöhnte Frau Piesoldt, „Graffunda, Sie machen noch das reine Luxusweib aus mir!"

Dann wurden die Tagespläne besprochen. Günter Piesoldt mußte gegen elf zu einer Beratung in der Unterhaltungsabteilung des Fernsehfunks sein. Vorher wollte er seine Frau zur Probe im Theater absetzen. Nachmittags hatte er eine Sitzung bei der Gewerkschaft Kunst und Gudrun ein Rendezvous mit ihrer Schneiderin. Um drei war Gabys Schulschluß, und um fünf sollte die Familie wieder komplett und Graffunda für heute entlassen sein.

„Wenn Sie inzwischen vielleicht eine Kleinigkeit einkaufen würden?" fragte Frau Piesoldt fast schüchtern. „Wir brauchen etwas zum Abendbrot, und Ännchens Babykost ist auch alle.

Gegen eins müßte sie ihren Brei haben. Können Sie das alles bewältigen?"

Graffunda mußte grinsen. Er malte sich aus, das verhinderte Luxusweib Gudrun Piesoldt sei an Stelle seiner Mutter gewesen. Sie hatte sechs Kinder gehabt, ein Häuschen auf dem Dorf ohne jeden Komfort, einen Stall mit Viehzeug und ein bißchen Landwirtschaft. Aber dann wies er sich selber zurecht. Graffunda, sei nicht spießig! Gudrun Piesoldt hat jahrelang Musik studiert, ihr Beruf ist hart, anstrengend und voller Konkurrenz. Von Hausarbeit hat sie keinen Schimmer, aber dafür wußte meine Mutter auch nicht, was eine Kadenz ist und daß Heiserkeit zu den fürchterlichsten Schrecken dieser Welt gehören kann.

„Ich werd's schon schaffen, Frau Piesoldt", sagte er freundlich.

„Ganz bestimmt, er *ist* ein Graf!" trumpfte Kotschmanns Tochter Jutta auf. „Er hat sich das ‚von' nur abgeschminkt, weil sich das in einem sozialistischen Staat nicht gehört. Er ist noch schöner als Jean Marais, und Gaby glaubt, er kann reiten und fechten..."

„Schere!" unterbrach ihre Mutter sie trockenen Tones. Frau Kotschmann, im weißen Kittel, über den sie eine ebenfalls weiße Gummischürze gebunden hatte, stand am Küchentisch, hoch aufgerichtet, mit feierlicher Miene, als vollführe sie eine heilige Handlung, die kein wie immer gearteter Graf stören durfte. Sie nahm ein Huhn aus. Ab und zu streckte sie, ohne den Blick vom Geflügel zu heben, gebieterisch die Hand zur Seite und erteilte ihre Tochter kurze Kommandos: Messer! Schale! Schere...

Jutta schnaufte unwillig und reichte ihr die Geflügelschere. Wenn Mutter ihren chirurgischen Tag hatte, war schwer mit ihr zu reden. Und sie brannte doch so darauf, ihre Neuigkeiten loszuwerden. Vielleicht sollte sie etwas schwereres Geschütz auffahren? In diesem Augenblick betrat der Bürgermeister die Küche. Jutta krähte erfreut: „Du, Vati, der Graf Funda kommt jeden Morgen in Gabys Zimmer. Er zieht ihr die Zudecke weg und sagt ‚meine Dame' zu ihr. Schau, wa?!"

Das hatte gezündet. Frau Kotschmann fuhr herum und sah ihren Mann entgeistert an. „Also, ich weiß nicht, Heinrich. Aber das geht ja wohl entschieden zu weit. Immerhin wird Gaby in diesem Jahr dreizehn."

Jutta verdrehte entrüstet die Augen. „Was du gleich wieder denkst, Mutti! Graffunda ist ein hochanständiger Mann, und außerdem ist er viel zu alt für Gaby. Die ist ja noch mitten in der Pubertät."

„Jut-ta!" kreischte Frau Kotschmann.

Der Bürgermeister mußte sich das Lachen verbeißen. So eine altkluge Göre! Er überlegte, wie er dem Gespräch eine unverfängliche Wendung geben könnte. Immerhin wollte er zu gern mehr über diesen Graffunda erfahren, der seit einiger Zeit Thema Nummer eins von Kleinbabelow war.

„Hoffentlich kommt er als Mann auch mit dem Säugling zurecht?" erkundigte er sich.

Jutta blähte sich im Vollgefühl ihrer Rolle als Informantin. „Gaby sagt, er müßte mindestens einen Kursus Säuglingspflege hinter sich haben. Er versteht alles zehnmal besser als die ganzen Weiber, die vor ihm waren."

Frau Kotschmann sank auf einen Stuhl.

„Na ja! Stimmt doch! Für Danny ist er auch der reine Segen, sagt Gaby. Wie durch ein Wunder pullert der Bengel nicht mehr in die Hosen. Und Gaby sagt, Mathe macht ihr jetzt gar nichts mehr aus, weil Graffunda alles so prima erklären kann. So gut möchte man's auch mal haben."

„Wir haben es Gott sei Dank nicht nötig, unseren Haushalt von anderen Leuten besorgen zu lassen", sagt Frau Kotschmann spitz. „Ich habe meine Chirurgie geopfert, damit ihr ein gepflegtes Heim habt. Aber so was wird ja nicht anerkannt."

Ach du lieber Himmel, dachten Kotschmann und seine Tochter gleichzeitig, jetzt geht das schon wieder los! Die Mut-

ter ließ keine Gelegenheit aus, sich als Märtyrerin aufzuspielen, weil sie ihren OP-Schwesternkittel vor Juttas Geburt an den Nagel gehängt hatte. Dabei war ihr Opfer schon seit Jahren völlig überflüssig, denn der kleine Haushalt florierte dank der guterzogenen Jutta und des sehr häuslichen Bürgermeisters wie von selbst. „Jedenfalls", bemerkte Jutta abschließend, „haben die Piesoldts das große Los gezogen. Graffunda ist einfach 'ne Bombe!"
Jutta Kotschmann sollte recht behalten: Gaffunda war eine Bombe. Und zwar eine, die etappenweise explodierte. Zunächst waren es nur die notorischen Klatschweiber von Kleinbabelow, die dem jungen Mann ihre ungeteilte Aufmerksamkeit schenkten. Wenn Graffunda mit Daniel an der Hand in den Konsum kam, erstarb jedes Gespräch. Die perfektesten Hausfrauen vergaßen, was sie hier eigentlich wollten. Sie hatten keinen Blick mehr für den Käse- oder Konservenstand, weil sie jede Bewegung Graffundas beobachteten. Der schien als einziger das allgemeine Interesse nicht zu bemerken. Er wählte die Waren bedachtsam aus und sprach freundlich mit Daniel, der neben ihm hertrottete. „Er hat den Kleinen völlig eingeschüchtert", tuschelten die Damen einander zu, „wißt ihr noch, was das früher für ein lebhaftes Kind war? Nicht eine Minuten konnte der Bengel Ruhe geben. So eine Wandlung kommt ja nicht von ungefähr."

Aber als sich Daniel einmal erlaubte, in einem unbewachten Moment fünf Tafeln Schokolade in Graffundas Körbchen zu legen, schlug die Stimmung um. „Das sollte sich meiner mal trauen, dem würde ich..." – „Übers Knie legen, den Lümmel!" – „Das sind die Früchte der Männererziehung!" – „So fängt's an. Die nächste Station heißt Ladendiebstahl!" Graffunda stellte sich taub. „Aber Danny", sagte er, „wir machen doch noch keine Weihnachtseinkäufe! Leg die Schokolade schnell wieder zurück und zähl nach, wieviel Tafeln es sind."

Daniel nahm Tafel für Tafel aus dem Körbchen, schichtete sie sorgfältig auf den Süßwarenständer und zählte dabei laut und deutlich bis fünf. „Das hast du fein gemacht“, lobte Graffunda, „aber selber einkaufen darfst du erst, wenn du bis hundert zählen kannst.“

Am Abend dieses Tages gab es keinen Kleinbabelower Haushalt, in dem die unerhörte Begebenheit nicht diskutiert wurde. Die ehrbaren Hausfrauen waren einhellig empört über Graffundas Erziehungsmethoden. Nur der renommierte Kinderschriftsteller Klosterberg beschloß, die Episode in seine nächste Erzählung einzubauen. „Gutes Beispiel für lebensnahe Vorschulerziehung“, notierte er sich.

Der Klatsch über Graffunda erhielt täglich neue Nahrung. Wenn er den Vorgarten harkte oder die Fenster putzte, wurde die kleine Nebenstraße, in der sich Piesoldts Haus befand, zur Hauptverkehrsader von Kleinbabelow. Die völlig überlasteten Frauen hatten plötzlich Zeit zu einem Schwätzchen über Kochrezepte und Krankheiten, und es war wohl der reine Zufall, daß sie dabei das Piesoldtsche Anwesen und seinen gepflegten Raumpfleger genau beobachten konnten.

Ein Höhepunkt wurde der Tag, an dem Graffunda mit Baby Ännchen in der Mütterberatungsstelle zum Impfen erschien. Normalerweise nahm natürlich Frau Piesoldt solche Termine wahr, aber diesmal fuhr sie mit dem Theater auf eine Gastspielreise ins Ausland. Graffundas Entschluß, während der fraglichen vierzehn Tage in ihrem Haus zu wohnen, hatte sie mit tiefer Dankbarkeit erfüllt.

Graffunda merkte, daß man auch Spießruten sitzen kann. Er hatte Ännchen auf dem Schoß und wartete, daß eine der Boxen frei würde, in der die Babys ausgekleidet werden. Aber heute hatte es keine Mutter eilig, mit ihrem plärrenden Liebling den überfüllten Raum wieder zu verlassen. Alle beglotzten den seltsamen Mann, der einen Säugling im Arm wiegte und dabei völlig unbefangen und sicher wirkte. „Meiner würde das nie über sich bringen“, flüsterte eine junge Frau ihrer Box-Nachbarin zu. Diese beeilte sich zu erklären: „Aber es ist ja gar nicht mal sein eigenes.“

„Wer weiß!“ Die beiden inhaltsschweren, wenn auch halblaut gesprochenen Worte kamen von einer Frau, die in Kleinbabelow nicht den allerbesten Ruf genoß. Ihr Mann arbeitete als Aufnahmeleiter bei einem DEFA-Regisseur, der weit häufiger in den wildwestähnlichen Gebieten von Jugoslawien weilte als in der heimatlichen Gemeinde. Trotzdem hütete seine Gattin fast alljährlich das Wochenbett. Von den vier Kindern, die sie bereits zur Welt gebracht hatte, wies keines eine Spur Ähnlichkeit mit dem anderen auf. Das konnte Zufall sein, aber es wurden die wildesten Vermutungen daran geknüpft. Die verschiedenartigen Kinder verband allerdings eine Gemeinsamkeit. Sie waren samt und sonders ungepflegt und schmuddelig. Selbst das Baby hob sich mit seinen vergrauten Jäckchen und Windeln vom allgemeinen strahlenden Weiß ab.

Aber diese offenbar kompetente Frau hatte etwas gesagt, das die Affäre Graffunda plötzlich in ein anderes, wesentlich ungünstigeres Licht rückte. Verfügte die kleine Anne Piesoldt nicht über einen auffallend schwarzen Schopf? Ihr berühmter Vater war blond, das wußte jeder. Die Sache mit dem Toupet war bisher unentdeckt geblieben. Über Gudrun Piesoldts Haarfarbe hätte niemand glaubwürdige Angaben machen können. Ihre Skala bewegte sich kontinuierlich zwischen tizianrot und maisgelb. Anne jedenfalls war schwarz wie der Teufel. Und Graffunda ebenfalls. Eine unerhörte Spannung lag in der Luft und schien auf die Babys überzugreifen, die wie auf Befehl ihr Konzert einstellten. Allein Graffunda tat völlig ungerührt. Als der Name Piesoldt aufgerufen wurde, erhob er sich gelassen.

Der alte Medizinalrat saß gebeugt hinter seinem Schreibtisch und studierte eine Karteikarte. „Anne Piesoldt, 8520 Gramm. Ganz schöner Pummel für ihr Alter. Wie lange haben Sie denn gestillt?“

Er hob seinen Blick erst, als er schon beim Fragezeichen angelangt war. Nach einem winzigen Moment der Verblüffung begannen beide Männer dermaßen an zu lachen, daß dem Arzt die Brille von der Nase und Graffunda fast das ungestillte Baby aus dem Arm fiel. Das war kein Gelächter mehr, das war schon eine Eruption. „Hören Sie auf“, japste die Fürsorgerin, der die hellen Tränen übers Gesicht liefen, „wie soll ich denn dabei eine Spritze aufziehen?“ Aber der alte Doktor war so begeistert von seinem unfreiwilligen Spaß, daß er ihn bis zur Neige auskosten wollte: „War's eine schwere Entbindung? Beim nächsten Mal kommen Sie zu mir. Ich mache Ihnen einen feinen Kaiserschnitt!“

Seine eigene harmlose Alberei hatte den sonst so brummigen Medizinalrat in strahlende Laune versetzt. Er begleitete Graffunda aus seinem Zimmer, reichte ihm freundschaftlich die Hand und sagte, zu den sensationslüstern wartenden Damen gewandt: „Was könnte das für ein angenehmer Beruf sein, wenn's nur noch männliche Mütter gäbe!“

Daß Gudrun Piesoldt und Graffunda in so peinlichen und schwerwiegenden Verdacht geraten konnten, verdankten sie ihrer Nachbarin, der neugierkranken Lehrerswitwe Amalie Henkel. Seit ihr von preußischen Erziehungsidealen durchdrungener Gatte dahingegangen war, fühlte sich Frau Henkel als Zaungast des Lebens. Auch die Damen ihres Kaffeekränzchens hatte sie im Lauf der Jahre allesamt auf den Kleinbabelower Dorffriedhof begleitet und jedesmal seufzend bedauert, daß Gott der Herr ihren letzten Gang leider noch immer nicht beschlossen habe. Nun lebte sie in ihrem langsam zerfallenden Häuschen in stolzer Trauer und selbstgewählter Einsamkeit, doch voll schaudernder Begierde, möglichst viel von den skandalösen Begebenheiten ihrer unmittelbaren Umwelt zu erhaschen.

Zu diesem Zweck gestaltete sie sich ein Fernsehprogramm eigener Art. Mit einem Opernglas lag sie Tag für Tag hinter ihrem Wohnzimmerfenster auf der Lauer. Kein Passant entging ihren lupenverstärkten Luchsaugen, sie studierte aus sicherer Entfernung das Mienenspiel jedes Vorübergehenden und zog ihre Schlüsse daraus. Am interessantesten für die Witwe Henkel war allerdings das Nachbarhaus. Ihr Fensterplatz bot ihr weitgehenden Einblick in Piesoldts Schlaf- und Badezimmer, welchem Umstand sie schon die exquisitesten Erlebnisse zu verdanken hatte.

Natürlich wußte die Witwe, daß ihre Augenschnüffeleien in argem Mißverhältnis zu den Prinzipien ihres seligen Gatten standen. Deshalb ließ sie jede erdenkliche Vorsicht walten; denn als wirklich schmachvoll empfand sie den Skandal, nicht die Tat. Nur einmal, jenes bewußte eine Mal, konnte sie nicht schweigen. Zu Ungeheuerliches hatte sie hinter dem weit geöffneten Piesoldtschen Badezimmerfenster erblickt...

Der erste Mensch, den Amalie Henkel wenige Minuten nach ihrer Entdeckung sah, war die Versicherungskassiererin Haubold. Die geschäftige, abgearbeitete Frau nahm am großen Wohnzimmertisch Platz und packte ihre Utensilien aus. Hausrats- und Sterbeversicherung waren fällig, ein kleiner Betrag, aber Frau Haubold war froh, wenn sie überhaupt jemanden antraf, der willens und imstande war zu zahlen. Da die Witwe nervös im Zimmer auf und ab lief, statt wie sonst ruhig in ihrem Ohrensessel zu sitzen, fragte Frau Haubold schließlich: „Was haben Sie denn? Ist Ihnen nicht wohl?"

Froh über diese Aufforderung zu reden, legte Amalie Henkel los: „Sie haben recht, ich fühle mich nicht wohl. Genauer gesagt, ich bin in einer fürchterlichen Zwangslage. Was würden Sie tun, wenn Sie wüßten, daß ein ehrenwerter, allseits geachteter Mitbürger von seiner Frau auf das schändlichste hintergangen wird? Daß er den Nebenbuhler Tag für Tag um sich hat, ohne das geringste zu ahnen?"

„Ich würde ihn dusselig sterben lassen", sagte Frau Haubold. „Geschieht so einem ganz recht. Sonst sind's doch immer die Kerle, die sich ein Liebchen halten. Ich frage mich, wozu wir die Gleichberechtigung haben, wenn die Frauen nicht auch mal fremdgehen dürfen." „Nun, ich weiß nicht recht", sagte die Witwe Henkel mokant lächelnd, obwohl sie wie jedermann in Kleinbabelow über die Eskapaden des notorisch treulosen Herrn Haubold informiert war, „ich weiß nicht, ob Sie noch der gleichen Meinung sind, wenn Sie wissen, daß die Frau mit beiden Männern unter einem Dach lebt?“ Das schockierte Frau Haubold denn doch ein wenig. „Wie war das, alle drei wohnen zusammen? Und das sollte der Ehemann nicht gemerkt haben? Sagen Sie mal, Sie wollen mich wohl für dumm verkaufen!“

Frau Henkel sah, daß sie jetzt die ganze Geschichte erzählen mußte. „Wollen Sie mir versprechen zu schweigen?“ fragte sie fast flüsternd. „Es handelt sich nämlich um meine Nachbarsleute, und Herr Piesoldt ist immerhin in der Partei.“

„Da war ich eben kassieren“, sagte Frau Haubold, „der nette junge Mann hat mich reingelassen, dieser Herr – Herr – was?! Herr Graffunda und Frau Piesoldt haben ein Verhältnis? Das darf doch nicht wahr sein!“ „Pst, nicht so laut“, zischte die Witwe, deren Wangen sich vor Erregung gerötet hatten. „Gewiß, es dürfte nicht wahr sein, und doch habe ich es selbst beobachtet. Wie ich vorhin zufällig aus meinem Fenster schaue, bemerke ich die beiden – jawohl, Frau Piesoldt und Herrn Graffunda – im Badezimmer. Sehen Sie selbst“ – die Witwe lüftete ihren Vorhang ein wenig –, „dieses schmale, noch immer geöffnete Fenster gehört zum Bad. Also, die beiden standen ganz dicht beieinander, auf Tuchfühlung, wie man so sagt, und sie hielt ihre linke Hand an seine rechte Wange und streichelte mit ihrer rechten Hand seine linke. Also, seine linke Wange, nicht seine linke Hand.“

Frau Haubold versuchte verzweifelt, den komplizierten Ausführungen zu folgen. Schließlich resümierte sie einfach: „Sie hat ihn also gestreichelt. Im Gesicht?“

„Im Gesicht“, sagte Amalie Henkel mit Nachdruck, „und es war knallrot, und seine Augen standen voll Tränen!“

„Na, na“, wehrte Frau Haubold ab, „das werden Sie ja nun auf die Entfernung nicht gesehen haben, das stammt wohl eher aus dem Reich der Phantasie. Aber wenn sie ihn gestreichelt hat...“ Meineidig versichernd, sie werde schweigen wie ein Grab, machte sich Frau Haubold davon. Sie ahnte nicht, daß sie der lustvollen Witwe bitter Unrecht getan hatte, denn die tränenden Augen Graffundas waren mit Hilfe des Opernglases zu sehen gewesen. Aber so mitteilungsbedürftig war Amalie Henkel nun wieder nicht.

Zu Kleinbabelows Hautevolee gehörte auch Max Möhlmeyer, der länger als ein Jahrzehnt die Unterhaltungsprogramme in Funk und Fernsehen beherrscht hatte. Kein Bunter Abend, keine Schlagersendung, keine Festveranstaltung ohne Max Möhlmeyer!

Möhlmeyer wurde mit den Jahren immer dicker und die Qualität seines Repertoires immer dünner. Trotzdem blieb er auf vorgeschobenem Conférencier-Posten. Er war zu einer Institution geworden, und Beifall verdiente eigentlich nur noch sein Talent, mit dem er die Intendanzen von seiner Unentbehrlichkeit überzeugte. Der erste große Einbruch in seine beispiellose Karriere war das Auftauchen Günter Piesoldts. Der hatte als Charakterkomiker im Stadttheater Dresden Triumphe gefeiert und durfte durch eine Verkettung zufälliger Umstände in einer Fernsehaufzeichnung für Möhlmeyer einspringen. Der hochbegabte, fernsehneue und demzufolge ideenreiche Piesoldt riß nicht nur die Zuschauer, sondern auch die Kritik zu Begeisterungsstürmen hin. An diesem Abend war die Ära Möhlmeyer praktisch beendet.

Und seit diesem Abend hatte Günter Piesoldt einen eingeschworenen Feind. Max Möhlmeyer war durchaus kein dummer Mann. Er wußte, daß er seine Starrolle vorläufig an Günter Piesoldt verloren hatte. Aber er wollte doch beweisen, was ein alter Hase auf dem steinigen Feld der Unterhaltungskunst zu leisten imstande ist. Also übernahm er die undankbarsten Sendereihen im Rundfunk, zog monatelang mit einem geschickt zusammengestellten Tourneeprogramm in die ländlichen Bezirke, wo er rauschende Erfolge feiern konnte, und gehörte in Kleinbabelow selbst zu den wackersten ehrenamtlichen Kulturschaffenden, die Bürgermeister Kotschmanns ganzes Glück bedeuteten. Als er von den Gerüchten über Piesoldts männliches Hausmädchen hörte, schlug sein Herz schneller. „Hochmut kommt vor dem Fall", orakelte er beim Abendessen mit seiner Frau, einer kaum beschäftigten Chargendarstellerin, die ihre im Überfluß vorhandene Freizeit an einen vertrottelten alten Boxerhund und zwei aufgeputzte Pekinesen verschwendete. Sie war glücklich, ihrem Mann von Gudrun Piesoldts Fehltritt berichten zu können, der für sie schon eine unumstößliche Tatsache darstellte. Immerhin erzählte sich alle Welt seit einiger Zeit von orgiastischen Badezimmerintimitäten.

„Sei vorsichtig mit solchem Gerede", warnte Möhlmeyer, „ich will keine Verleumdungsklage am Hals haben, und schon gar keine von diesem Scharlatan Piesoldt."

Trotzdem sagte ihm sein Instinkt, daß sich hier ein unerhörter Skandal zusammenbraute. Nun, ihm sollte es recht sein.

An einem der nächsten Abende im Kleinbabelower Dorfklub sagte er ganz beiläufig, als von seinem verhaßten Rivalen die Rede war: „Piesoldt – Piesoldt... Ist das nicht der Brötchengeber des berühmten Mädchenkillers Graffunda?"

Das brausende Gelächter erinnerte ihn an seine stolze Anfangszeit auf der Bühne. Max Möhlmeyer war so strahlender Laune, daß er eine Stubenlage Sekt spendierte.

In diesem Augenblick betrat Günter Piesoldt den Klub. Aller Augen wandten sich ihm zu, Gespräche und Geräusche verstummten ruckartig. Selbst der Wirt war für eine Zehntelsekunde so betroffen, daß er auf die Flasche in seiner Hand nicht achtgab. Der Knall des Sektkorkens wirkte wie eine Erlösung. Die Klubgäste versuchten durch lautes, scheinbar unbefangenes Reden und Gelächter von der Peinlichkeit der Situation abzulenken, aber Piesoldt hatte sehr genau begriffen, daß er der Gegenstand irgendeiner unangenehmen Sache gewesen war. Als er Möhlmeyer erblickte, ging er ohne zu zögern auf ihn zu und packte ihn am Kragen. „'raus mit der

Sprache, was wird hier gespielt? Mit welchem Dreck hast du mich diesmal beworfen?“

Max Möhlmeyer gehörte gewiß nicht zu den mutigsten Vertretern seines Geschlechtes, aber wenn er frontal angegriffen wurde, drückte er sich nicht vor dem Kampf. „Hände weg, du Fatzke“, donnerte er und stieß in bühnenreifer Pose den Rivalen von sich. „Überleg dir, was du sagst, mein Anwalt ist ohnehin völlig überlastet. Im übrigen hättest du Grund genug, ganz kleine Brötchen zu backen, du Witzblattfigur von einem Gehörnten!“

Piesoldt setzte zu einem olympiareifen Sprung an, dem Möhlmeyers Jackenärmel nicht gewachsen waren. Nun sah sich der Wirt zu einem Eingriff genötigt. Er warf sich zwischen die wutschäumenden Conférenciers und hielt beide auf Armeslänge auseinander. „Mietet euch von mir aus einen Kultursaal und murkst euch gegenseitig ab, das Publikum wird dankbar sein. Aber in meinem Lokal herrscht Ordnung, verstanden?“ Der Wirt war im gleichen Moment zutiefst erschrocken über seinen eigenen Wagemut. Immerhin putzte er hier zwei seiner prominentesten Gäste und Klubratsmitglieder herunter wie dumme Schuljungen.

„Er hat mich angegriffen“, keifte Möhlmeyer, der entsetzt seine zerrissenen Ärmel betastete, „er hat mich angegriffen, ihr habt es alle gesehen. Ihr seid meine Zeugen!“ Mit diesen Worten verließ er geschlagen, aber aufrecht den Klub.

„Den Sekt setze ich auf Ihre Rechnung, Herr Möhlmeyer“, rief ihm der Wirt umsatzbeflissen hinterher.

Piesoldt ließ sich auf einem Stuhl nieder und vergrub das Gesicht in den Händen. Am Tisch saßen zwei Dramaturgen und eine Schnittmeisterin, die den ebenfalls Geschlagenen mitleidig musterten. Der Wirt brachte vier Gläser Sekt. „Trink, Piesoldt“, sagte er freundlich, „du kannst es gebrauchen.“ Piesoldt nickte dankbar und kippte das edle Getränk wie Limonade. Er verschluckte sich und brauchte ziemlich lange, bis er wieder bei Stimme war. Dann sagte er kleinlaut: „Nun klärt mich endlich auf, Leute!“

Als Günter Piesoldt in dieser Nacht nach Hause kam, hatte er einen Promillegehalt, der für eine mittlere Alkoholvergiftung ausgereicht hätte. Aber der Zorn, der in ihm fraß, war offenbar stärker als die Wirkung des Alkohols. Piesoldt rannte wild entschlossen ins Schlafzimmer und ließ seine Faust mit gewaltiger Kraft auf die Glasplatte des Nachttisches sausen. Seine Frau fuhr entsetzt aus dem Schlaf. „Bist du wahnsinnig? Die Kinder – nimm doch Rücksicht!"

„Rücksicht?" Piesoldt rollte das R und die Augen wie ein Eleve beim Vorsprechen. „Ich soll Rücksicht nehmen? Nimmst du denn Rücksicht, du Schlange? Ganz Kleinbabelow lacht sich krumm und zeigt mit den Fingern auf mich, den gutgläubigsten aller Idioten, und du redest von Rücksicht!"

„Leg dich ins Bett", sagte Gudrun Piesoldt sanft, „wir reden morgen über deinen Kummer."

Vor Wut und Trunkenheit verlor Piesoldt die Balance. Er torkelte gegen den Schrank, riß ein Kleid herunter und bekam einen Bügel zu fassen, den er wie ein Rächerschwert schwenkte. „Jetzt werd' ich dir mal Kummer machen, du schamloses Weib, und reden müssen wir dann höchstens noch vor Gericht!"

„Du bist ja besoffen", sagte Gudrun milde.

„Allerdings, und das ist dein Glück! Aber wenn uns dein Geliebter morgen früh die Schrippen serviert, dann wird er mich bei vollem Bewußtsein erleben. Versuch nicht, ihn zu warnen, sonst geht's dir auch an den Kragen." Piesoldt ließ sich ins Bett fallen und begann plötzlich zu weinen. „Oh, ich Trottel! War ich denn blind? Wie oft warst du mit ihm allein, während ich auf der Bühne gestanden habe, mit den Gedanken bei dir! Für dich hab' ich geschuftet, für dich alle Strapazen ertragen, für dich, alles für dich... O Gott!"

„Nun mach's halblang", beschwichtigte ihn seine Frau, „ich verdiene schließlich selber Geld. Aber was ist denn um Himmels willen geschehen? Sprichst du eigentlich von Graffunda?"

Piesoldt hob langsam den Kopf und sah Gudrun aus rotumränderten, tränennassen Augen an. „Wie nennst du ihn, wenn ihr allein seid? Welche Kosenamen hattest du im Badezimmer für ihn, als du ihn gestreichelt hast, deinen wunderbaren Graffunda?"

Frau Piesoldt war sekundenlang völlig starr. Dann begann sie zu lachen, so lange und schrill, bis ihr Gelächter in einen hysterischen Weinkrampf überging.

„Du gestehst also", brüllte Piesoldt, „du brauchst mir nichts mehr zu sagen, deine Tränen sagen alles?"

„Was ist denn hier los?" fragte Gaby, die schlaftrunken auf der Türschwelle stand. „Könnt ihr euch nicht leiser zanken? Wie die kleinen Kinder!" Kopfschüttelnd und entrüstet marschierte die junge Dame wieder ins Bett. Der Auftritt ihrer Tochter hatte beide Piesoldts fühlbar ernüchtert. Gudrun schnaubte sich ausführlich die Nase. „Nun mal der Reihe nach, was hat man dir erzählt?"

Ihr Mann bemühte sich, den Augenzeugenbericht der Witwe Henkel, der ihm aus vierter Hand in erweiterter Form zugegangen war, so sachlich wie möglich wiederzugeben. Es dauerte lange, bis sich Gudrun einen Reim auf die absurde Geschichte machen konnte.

„Günter", sagte sie schließlich, sich mühsam beherrschend, „ich kann den Skandal sofort aufklären, aber ich fürchte, du wirst mir trotzdem böse sein. Es stimmt, ich habe mich an Graffunda herangemacht. Aber er hatte auch einen so schönen Mitesser auf der Wange, daß ich einfach nicht widerstehen konnte."

„Ich glaube, ich werde auf der Stelle wahnsinnig", sagte Piesoldt schwach, „könntest du dich nicht etwas deutlicher ausdrücken?"

„Jawohl, ausdrücken! Darum eben ging es. Ich wollte ihm dieses Biest von einem Mitesser ausdrücken, und er hat sich angestellt wie eine Primadonna. Dabei hatte der Mensch einfach Angst, es könnte weh tun. Graffunda ist nämlich genauso feige wie du."

„Danke“, sagte Piesoldt.

„Also, er wollte nicht, und ich wollte so gern, und endlich hatte ich ihn davon überzeugt, daß er keine Blutvergiftung kriegt, weil ich ein geübter Mitesserausdrücker bin, wie man an meinem makellosen Antlitz sieht. Aber leider hat er eine Haut wie ein Baby. Er fing plötzlich an zu bluten, und als er es merkte, wäre er vor Schreck fast gestorben, so daß ich zur Ersten Hilfe schreiten mußte. Also sind wir ins Badezimmer abgegangen, und ich habe ihm die tödliche Wunde mit Jod abgetupft. Das war's.“

„Das war was?“ fragte Piesoldt schwerfällig.

„Das war alles“, sagte Gudrun, „mehr ist nicht geschehen, mehr kann weder Gott noch Amalie Henkel beobachtet haben.“

Günter Piesoldt sah seine Frau lange an. Dann gähnte er herzzerreißend. „Ach, laß mich doch in Ruhe“, muffelte er, „ich bin todmüde und will ins Bett. Im übrigen glaube ich dir kein Wort.“

Das Frühstück am nächsten Morgen verlief ziemlich einsilbig. Günter Piesoldt war verkatert und schlechter Laune. Alle Versuche seiner Frau, ihn aufzumuntern, ignorierte er. Er behandelte sie überhaupt mit so schneidender Kälte, daß es sogar dem kleinen Daniel auffiel. Gott sei Dank war Sonntag, so daß Graffunda nicht Zeuge der Familienfehde wurde, an der er, wenn auch unbewußt, mitschuldig war. Gaby, die den nächtlichen Zwischenfall durchaus nicht vergessen hatte, bemühte sich ebenfalls, ihren Vater aufzuheitern. Sie erzählte allerhand Streiche aus der Schule, die sonst nie ihre Wirkung verfehlten. Heute aber ließ sich Piesoldt nicht einmal durch die schöne Geschichte vom Harzer Käse beeindrucken. „Weißt du noch Vati, wie wir mal den alten Chemiepauker fertiggemacht haben?“ sagte Gaby. Sie hatte die Sache zwar schon öfter zum besten gegeben, und wenigstens ihrem Vater war sie noch nie über geworden. Er war insgeheim sogar stolz darauf gewesen, daß seine Tochter eine so originelle Form des individuellen Lehrer-Terrors eingefallen war. Sie hatte dem überstrengen Chemielehrer eine Stange Harzer Käse unter das Pult genagelt, und die penetranten Düfte waren dem alten Herrn tagelang unangenehm in die Nase gestiegen, ohne daß er die Ursache des Übels herausgefunden hatte.

Als die Käsestory erfolglos verpuffte, fiel Gaby buchstäblich nichts mehr ein, womit sie die Atmosphäre hätte reinigen können. Deshalb kam sie schließlich auf ihr Lieblingsthema: „Also, ich muß schon sagen, unser Herr Graf hat mich ja schwer enttäuscht. Weißt du noch, Mutti, was der wegen dem kleinen Mitesser für ein bolschoi Theater aufgeführt hatte? Ich dachte immer, den kann überhaupt nichts umschmeißen, der läßt sich sogar bei vollem Bewußtsein ein Bein absägen. Aber als auf einmal ein winziges Tröpfchen Blut in seinem Gesicht war, da fing er beinah an zu heulen, die olle Memme."

Günter Piesoldt richtete sich auf. „Das ist interessant! Erzähl mal, Gaby, wieso hat er geblutet?"

Gaby berichtete ausführlich, wobei sie übrigens schamlos übertrieb. Ihrer Zeugenaussage zufolge hätte Gudrun Piesoldt mindestens wegen versuchten Totschlags angeklagt werden können. Gaby hatte keine Ahnung, wie wichtig und segensreich diese Schauergeschichte für den Ehefrieden ihrer Eltern war. Immerhin bemerkte sie entzückt, daß sie ihren Vater wieder in den gewohnten Zustand der Fröhlichkeit versetzt hatte. Als er nach beendetem Frühstück seiner Frau galant die Hand küßte und sich für das lukullische Mahl überschwenglich bedankte, hatte der ahnungslose Max Möhlmeyer wieder eine Niederlage erlitten.

Graffunda war drauf und dran, den in Kleinbabelow ansässigen Berühmtheiten die Show zu stehlen. Daß der international preisgekrönte Filmregisseur Marberg sich von seiner fünfundzwanzigjährigen Gattin – der vierten übrigens – scheiden ließ, um diesmal einem noch jüngeren Ballettmädchen die Ehre einer lebenslangen Verbindung zu erweisen, hätte früher die Gemüter monatelang in Wallung gehalten. Jetzt wurde der Fall auf geradezu kränkende Weise wie eine Lappalie behandelt. Auch die neue Liaison der Diva Fiedler mit einem ausländischen Zirkusclown riß niemanden vom Stuhl. Graffunda konzentrierte das gesamte öffentliche Interesse auf sich. Wer war eigentlich dieser Erwin Graffunda? Die Zahl derer, die trotz aller Gerüchte noch ernstlich an seine uneheliche Vaterschaft glaubten, wurde merklich kleiner, zumal Ännchens Nase immer mehr Ähnlichkeit mit dem hervorragenden Riechkolben Günter Piesoldts aufwies. Doch warum sonst ließ sich der junge Mann herbei, den Piesoldtschen Dreck wegzuräumen?

Die Mär vom Bandscheibenschaden, dessentwegen er seinen Beruf aufgegeben habe, überzeugte niemanden. „Dann hätte ihn sein Betrieb auf einen Schonplatz gesetzt“, sinnierte Bürgermeister Kotschmann, den der Fall Graffunda genauso beschäftigte wie jeden anderen Kleinbabelower. „Für einen so intelligenten jungen Mann gibt’s in einem großen Werk immer Arbeit, das kann mir niemand ausreden.“

„Und mir kann niemand einreden, daß der überhaupt Hüttenwerker war“, trumpfte Kotschmanns Nachbar, der Schriftsteller Herbert Schmidt-Flöha, auf. „Hast du mal seine Hände gesehen? Kein Hüttenwerker auf der ganzen Welt hat solche Weiberhände. Ich kenn’ mich da aus!“ Seit der ersten Bitterfelder Konferenz wies Schmidt-Flöha bei jeder sich bietenden Gelegenheit darauf hin, daß er in sämtlichen Großbetrieben zu Hause sei. Er wußte über die Produktionsvorgänge der Süßwarenindustrie genausogut Bescheid wie über die der Halbzeugwerke oder der Datenverarbeitung. Trotzdem erntete er keine schriftstellerischen Lorbeeren, denn sein Talent stand leider im umgekehrten Verhältnis zu seiner Bereitschaft, das Neue zu studieren.

Wer also war Graffunda? Von den Piesoldts konnte niemand etwas Definitives erfahren. „Graffunda ist der fleißigste, zuverlässigste, ehrlichste, aufgeschlossenste Mensch, den wir je kennengelernt haben“, sagten Gudrun und Günter, wenn sie gefragt wurden. Er war die erträumte Perle für Haus und Kinder. Alles andere ging sie nichts an.

Gaby Piesoldt gar trieb einen wahren Graffunda-Kult. In den Pausen schwärmte sie ihren Mitschülerinnen vor, wie segensreich sich Graffunda auf ihr Familienleben ausgewirkt habe. Er sei nicht nur ein Genie im Erklären von Mathe, Physik und russischer Grammatik – wovon Gabys Zensuren buchstäblich Zeugnis ablegten –, er helfe sogar ihrem Vater bei der Ausarbeitung neuer Conférencen. Das war nun allerdings maßlos übertrieben. Graffunda hatte einmal eine kleine aphoristische Bemerkung gemacht, die sich Günter Piesoldt entzückt notiert hatte und, mit Graffundas Erlaubnis, gelegentlich verwenden wollte. Dankbar sagte der zum Überschwang neigende Piesoldt: „Was täten wir nur ohne Sie! Jetzt schreiben Sie mir auch noch die Conférencen.“ Für Gaby war Graffunda seither unfehlbar. Sie steckte ihre Mitschülerinnen mit ihrer Begeisterung dermaßen an, daß Graffunda zum Idol der ganzen Klasse wurde. Die alten Favoriten Otto Mellies, Frank Schöbel und Gerard Barray verblaßten neben dem neuen Star, der Windeln wusch, Essen kochte und Teppiche absaugte.

Allerdings gab gerade die Schwärmerei der Zwölf- bis Dreizehnjährigen immer neuen Anlaß zu Gerüchten. „Er hat's auf kleine Mädchen abgesehen“, tuschelten die ärgsten Klatschmäuler. „Oder ist es vielleicht normal, daß ein gutaussehender Mann von Ende Zwanzig keine Freundin hat? Er sollte längst verheiratet sein!“ Diese Meinung wurde vorwiegend von Müttern heiratsfähiger Töchter kolportiert. Wie, wenn Graffunda nicht ganz in Ordnung war? Wenn er am Ende gar erpreßt wurde?

Derlei Gespräche wurden natürlich nur hinter vorgehaltener Hand geführt. Und Max Möhlmeyer, der schlaue Fuchs, warnte den Schlagersänger Teddy Lemonte: „Hüten Sie Ihre Zunge! Solche Sachen sind heutzutage nicht mehr strafbar, aber auf üble Nachrede steht immer noch allerhand."

Der geistig nicht gerade überbelichtete Lemonte bekam einen tiefen Schreck sowie eine große Hochachtung vor dem korrekten, edel denkenden Möhlmeyer. Aber eine Kleinigkeit von all dem Gerede blieb hängen, und einiges davon wurde auch den Piesoldts tropfenweise hinterbracht.

Graffundas Arbeitszeit richtete sich nach den Verpflichtungen der Piesoldts. Wenn Gudrun keine Probe hatte oder Günter nicht zum Fernsehfunk mußte, kam Graffunda erst nachmittags. Er blieb dann so lange, bis die Kleinen eingeschlafen waren. An einem solchen Abend bat ihn Günter Piesoldt, verlegen die Hände reibend, um ein Gespräch unter vier Augen. Die beiden gingen ins Arbeitszimmer, und der Hausherr öffnete umständlich eine Flasche Wodka.

„Zuerst ein Schluck für harte Männer", sagte er kichernd. Dann goß er gleich noch einen zweiten ein, weil er nicht wußte, wie er beginnen sollte. Graffunda beobachtete lächelnd die nervöse Geschäftigkeit seines Brotherrn. Ganz gegen seine Gewohnheit kam er diesmal nicht zu Hilfe.

„Ja, also", stotterte Piesoldt und betrachtete intensiv seine Hände, „das ist nun so eine Sache. Eine saublöde Sache, wenn Sie mich fragen, außerordentlich saublöd."

„Interessant", entgegnete Graffunda gelassen.

Piesoldt war irritiert. „Mann Gottes, nun machen Sie mir's doch nicht so schwer! Kleinbabelow, ein unbedeutender Vorort von Groß-Berlin, wird als bedeutendstes Klatschnest in die deutsche Geschichte eingehen. Hier hat man die Nase in allen Betten, allen Kleiderschränken und allen Kontoauszügen. Jeder ist jedem ausgeliefert. Und diesmal sind Sie dran."

„Interessant", sagte Graffunda wieder, aber er lächelte nicht mehr.

„Ja, schrecklich interessant“, entrüstete sich Piesoldt, „und wenn die ganze Bagage nicht so dämlich wäre, sollte man sie geschlossen vor den Kadi bringen. Um es kurz zu machen: Kleinbabelow verlangt einen Beweis Ihrer Männlichkeit.“

Graffunda guckte wie ein Schaf. „Wie bitte? Was ist los?“ fragte er voll ungläubigen Staunens.

Piesoldt wollte sich aufgeregt in die Haare fahren, dachte aber rechtzeitig an das Toupet und rieb statt dessen seine malträtierten Hände. „Sie sollen zeigen, daß Sie ein Kerl sind! Sie machen hier bei uns eine Weiberarbeit, und Sie verführen keine einzige dieser liebebedürftigen Berufsgattinnen. Haben Sie nicht wenigstens in Berlin eine Freundin?“

„Selbstverständlich“, sagte Graffunda, „sie studiert allerdings noch bis zum Semesterende in Dresden. In drei Wochen hat sie übrigens Ferien und kommt nach Hause.“

„Graffunda“, schrie Günter Piesoldt beglückt, „Mensch, Graffunda, das ist ja großartig! Es versteht sich, daß Sie auch Urlaub kriegen, aber vorher kommen Sie uns mit Ihrer Braut besuchen. Dann spazieren wir ganz langsam durch Kleinbabelow, vor jedem Haus geben Sie der jungen Dame einen Kuß, und dann gießen wir uns im Dorfklub kräftig einen auf die Nase. Sie werden sehen, was die Klatschtüten für dumme Gesichter machen. Es wird die reine Galavorstellung!“

„Ich weiß nicht“, sagte Graffunda sehr ruhig, „ob Marianne und ich die geeigneten Akteure für eine solche Veranstaltung sind. Meinen Sie nicht, es genügt, daß ich meine Arbeit tue?“

Piesoldt wurde schon wieder kribbelig. „Gottverdammich, es genügt eben nicht. Schließlich tun Sie eine sehr ungewöhnliche Arbeit, für einen Mann wenigstens. Wer von der allgemein üblichen Norm abweicht, steht nun einmal im Mittelpunkt des Interesses. Da muß man schon Konzessionen machen.“

Graffunda trank seinen Wodka aus. „Finden Sie das nicht ein bißchen spießig, Herr Piesoldt?“ fragte er freundlich.

Diesmal sorgte Piesoldt selbst dafür, daß die Existenz von Graffundas Freundin Marianne den Kleinbabelowern bekannt wurde. Er fügte sogar aus eigenem Ermessen hinzu, die beiden würden nach bestandenem Examen der Braut sofort heiraten.

Das hätte er aber lieber nicht tun sollen, denn nun war Graffunda dem allgemeinen Spott preisgegeben.

„Schlau sind die Akademikerinnen heutzutage", sagte die Gemüseverkäuferin im Konsum, „sie brauchen nur noch die Kinder zu kriegen und das Geld zu verdienen, alles andere erledigt der Haustrottel. Ich sag's ja immer: Männer gehören ins Bett und an den Kochtopf!"

Die vorwiegend weibliche Kundschaft drohte vor Lachen fast zu ersticken. Was fanden die jungen Mädchen an diesem Graffunda eigentlich so anziehend? Ein Fatzke! Verkroch sich in der Küche und ließ seine Frau für sich arbeiten, pfui Deibel! Für so einen Heini würde man sich bedanken.

Wenn Gudrun Piesoldt einmal Zeit hatte, besuchte sie gern die DFD-Nachmittage. Sie war der Stolz ihrer Gruppe und erfreute sich achtungsvoller Beliebtheit. An diesem Donnerstag jedoch hätte sie sich ohrfeigen können, weil sie nicht zu Hause geblieben war.

„Liebe Freundin Piesoldt", sagte die Vorsitzende, eine füllige ältere Dame und Kleinbabelows Bibliothekarin, „wir wissen durchaus, daß Sie in großer Verlegenheit wegen einer Hausangestellten waren. Jede von uns vermag zu ahnen, wie sehr Sie durch berufliche und gesellschaftliche Verpflichtungen eingespannt sind. Da bedarf es schon für das tägliche Allerlei einer helfenden Hand. Aber mußte dies ausgerechnet eine Männerhand sein?"

Gudrun Piesoldt ärgerte sich. „Von Ihnen war leider niemand so liebenswürdig."

„Aber ich bitte Sie", sagte die Vorsitzende mütterlich, „wir haben doch alle unser gerüttelt Maß Arbeit, ebenso wie Sie, meine Liebe. Und die meisten von uns können sich keine Raumpflegerin leisten."

So, das saß! Frau Piesoldt war heftig errötet und ärgerte sich darüber noch mehr. „Das ist ja nun mal alles Quatsch“, polterte das DFD-Mitglied Gisela Schneider los. Sie war Rinderpflegerin in der LPG „Meister Falk“ und hob sich durch ihre gerade, aufrichtige Art wohltuend von der feinen Distinktion der Vorsitzenden ab.

„Also, meiner Ansicht nach ist es Quatsch, wenn wir uns mit einer Künstlerin vergleichen wollen, die im allgemeinen keinen geregelten Achtstundentag kennt. Wenn wir unsere Kinder ins Bett legen, steht sie auf der Bühne. Also muß jemand anders ihre Kinder ins Bett bringen, das ist klar. Und wenn sich dieser Graffunda nun mal darauf versteht, weiß ich gar nicht, was es da zu lachen gibt. Ich wünschte, mein Alter würde sich mal ’ne Scheibe Graffunda abschneiden.“

„Trotzdem“, sagte die Bundesfreundin Kotschmann, in dem Gefühl, besonders diplomatisch und taktvoll vorzugehen, „müssen wir bei allem, was wir tun, immer bedenken: Wem nützt es? Und dieser Graffunda, das muß ich Ihnen leider sagen, Frau Piesoldt, schadet Ihnen ungemein.“

„Wie bitte?“ Gudrun Piesoldt war wie vor den Kopf geschlagen. „Graffunda soll mir schaden? Sie machen vielleicht Witze! Zum erstenmal kann ich beruhigt aus dem Haus gehen, alles klappt wie am Schnürchen, die Kinder sind folgsam, ja, sie lieben ihn geradezu!“

„Aber Ihr Ruf!“ rief die Bürgermeistersgattin. „Denken Sie doch an Ihren guten Ruf! Für seine Familie muß man eben Opfer bringen, das weiß niemand besser als ich. Schließlich habe ich die Chirurgie an den Nagel gehängt.“

Gudrun Piesoldt stand auf und nahm ihren Mantel. „Ehrlich gesagt, das ist mir einfach zu blöd. Guten Abend.“

In die sekundenlange peinliche Stille sagte die Vorsitzende streng: „Ich fürchte, Freundin Kotschmann, Sie haben einen schwerwiegenden politischen Fehler gemacht.“

An Schulen und Theatern gab's Ferien, und Frau Piesoldt fuhr mit ihren Kindern an die Ostsee. Günter Piesoldt hatte noch eine Fernsehunterhaltungssendung zu absolvieren, für die ein Probenaufwand betrieben wurde, mit dem Felsenstein drei Gala-Premieren inszeniert hätte. Das Haus war also leer, und Graffunda konnte in Berlin ungestörte Wochen mit seiner heimgekehrten Freundin Marianne verbringen. Er erzählte ihr von seinen Kleinbabelower Abenteuern, und beide amüsierten sich wie Bolle auf dem Milchwagen.

„Ich mag die Piesoldts wirklich gern", sagte Graffunda, „und vor allem hab' ich regelrechte Hochachtung vor ihrer schweren Arbeit bekommen. Dagegen sind wir manchmal die reinen Faultiere."

„Schön und gut", räumte Marianne ein, „aber wie lange willst du das noch machen?"

„Bis sie jemand anderen gefunden haben. Versteh doch, ich kann sie nicht einfach im Stich lassen, das wäre schändlich. Die Trennung von den Kindern wird mir ohnehin schwer genug fallen."

„Also, konkret", sagte Marianne, eine neue Hausangestellte muß her. Ein völlig unwissenschaftliches Problem, das mir dennoch unlösbar erscheint."

„Wenn Graffunda und die Piesoldts geglaubt hatten, die Kleinbabelower würden sich inzwischen einem interessanteren Gesprächsstoff zuwenden, so irrten sie sich. Etwas vergleichsweise Sensationelles war eben nicht geschehen. Neben der fortdauernden Affäre Graffunda ging selbst die Tatsache unter, daß Teddy Lemonte nicht mehr Schlager sang. Ihm war infolge mangelhafter Begabung und dito Ausbildung der Berufsausweis entzogen worden. Das bedeutete, daß er von der Konzert- und Gastspieldirektion nicht einmal mehr für die müdeste Dorfkirmes verpflichtet werden konnte. Da besann sich Lemonte auf seinen erlernten Beruf und seinen ehrlichen Namen. Nun gab es in Kleinbabelow wieder den schlichten Maurer Helmut Lehmann.

Was die Leute weit mehr bewegte als die Schadenfreude

über das ruhmlose Ende der Heulboje Lemonte, war die letzte Fernsehunterhaltungssendung. Günter Piesoldt hatte in dem Programm einen Kraftakt anzukündigen, bei dem eine verhältnismäßig schlanke Frau als Untermann drei ausgewachsene Artisten herumschleppte. Er ging in seiner Conférence auf die vielfältigen Fähigkeiten der Frauen ein, die auf fast allen, früher nur den Männern vorbehaltenen Gebieten Erstaunliches leisten. Er plauderte über ihre Intelligenz, ihre Diplomatie, ihr schnelles Reaktionsvermögen und ihre – wie die Artistin bewies – Bärenkräfte.

„Es bleibt uns Männer nur noch ein Ort, an dem wir uns behaupten können", sagte er charmant, „und das ist der Haushalt. Dem stupiden täglichen Einerlei sind wir rational denkenden, organisatorisch befähigten ehemaligen Schöpfungskronsöhne viel besser gewachsen als das Geschlecht siegreicher Suffragetten. Das Schlimme ist nur, sie lassen uns nicht! Ja, abtrocknen dürfen wir, Kohlen aus dem Keller holen und gelegentlich mal Staubwischen – also schnöde Handlangerdienste leisten. Aber die Haushaltszügel behalten die Damen eisern in der Hand, um so das Maß ihrer weiblichen Überlegenheit langsam zum Überlaufen zu bringen."

Diese Worte hatten zahllose Fernsehzuschauer zum Schmunzeln gebracht, allein in Kleinbabelow lösten sie einen Sturm aus. „Auf die Tour will er uns sein undurchsichtiges Küchenwunder schmackhaft machen", schimpften die einen. Und die anderen sagten gar: „Der denkt wohl, wir sind bescheuert! Jeder weiß, daß dieser Graffunda und seine saubere Gnädige Dreck am Stecken haben. Und wenn Piesoldt nun vor der ganzen Republik versucht, seine Ehe-Aushilfskraft reinzuwaschen, dann muß der Fall ja schon ganz schön weite Kreise gezogen haben."

Frau Kotschmann erklärte ihrem Mann zornbebend: „Das richtet sich ausschließlich gegen mich! Was denkst du, wie diese Piesoldt geguckt hat, als ich sie an ihre Pflichten als Hausfrau und Mutter erinnert habe. Ich meine, Beruf ist Beruf, und ehe man eine gute OP-Schwester ist, vergehen auch

Jahre. Aber ich habe damals eben gewußt, wo mein Platz ist."

„Hör auf, Mutter", stöhnte Bürgermeister Kotschmann, „ich kann's nicht mehr hören. Dann geh doch um alles in der Welt wieder in dein Krankenhaus, hier langweilst du dich doch sowieso den halben Tag zu Tode."

„Das ist ja allerhand", begehrte sie weinerlich auf. Und nach einer kleinen Pause: „Übrigens bin ich dazu schon viel zu lange 'raus. Heute gibt es doch ganz andere Operationsmethoden. Nein, dieser Traum ist endgültig ausgeträumt."

„Dann red gefälligst nicht mehr darüber", verlangte Kotschmann. „Und vielleicht versuchst du sogar mal, andere Frauen zu verstehen, die auch nicht umsonst studiert haben wollen."

Trotzdem lag gerade Kotschmann der Fall Graffunda quer im Magen. Auf jeder Gemeinderatssitzung wurden die neuesten Gerüchte zum besten gegeben, und Kotschmann mußte einige Ratsmitglieder ein paarmal energisch ersuchen, seinem Genossen Piesoldt nicht hinterrücks die Ehre abzuschneiden.

„Dann soll sich der Genosse Piesoldt nicht auf so komische Sachen einlassen", konterte der LPG-Vorsitzende, „ich denk' mir die Graffunda-Geschichten jedenfalls nicht aus."

Am meisten ärgerte Kotschmann, daß die Angelegenheit schon bis zum Rat des Kreises vorgedrungen war. Zunächst machten sich nur die Bürgermeister aus den kulturell zurückgebliebenen Gemeinden einen Jux daraus, ihren Kollegen auf den Arm zu nehmen. „Na, hast du dir auch schon ein Hausmännchen zugelegt?" fragten sie ihn. „Es ist wirklich schön, wenn einer nur Künstler in der Gemeinde hat, da kommt doch Leben in die Bude! Habt ihr schon eine Entbindungsklinik für Männer eingeplant?" – „Haut's noch gut hin mit deinen niveauvollen Klubabenden? Wenn der Fernseh-Piesoldt einen Bunten Abend macht, kann er ja ganz beruhigt sein. Sein kleines Frauchen wird daheim von einem niedlichen, gesunden Hausdrachen bewacht!"

Die Bürgermeister hielten sich die Bäuche vor Lachen. Endlich konnten sie einmal über ihren bessergestellten Kollegen triumphieren.

Nach Schluß der Sitzung bat der Kreisratsvorsitzende Kotschmann noch für eine kurze Unterredung in sein Zimmer. „Weißt du, Genosse Kotschmann“, sagte er freundlich, nachdem sie beide in den Besuchersesseln Platz genommen hatten, „es geht uns ja nichts an, was deine Kulturmenschen privat treiben. Hauptsache, sie machen eine gute Kulturpolitik, die uns weiterhilft. Aber du mußt bedenken, daß Günter Piesoldt eine öffentliche Persönlichkeit und noch dazu Genosse ist, und wir dürfen nicht dulden, daß unsere Leute Gegenstand dreckiger Witze sind.“

Kotschmann wurde ungeheuer wütend. „Verdammt noch mal“, brauste er auf, „jetzt hab' ich aber die Faxen dicke! Was ist denn überhaupt passiert? Die Piesoldts brauchten eine Hausangestellte und haben eine Annonce aufgegeben. Drauf haben sich die unmöglichsten Weiber gemeldet und ein normaler, fleißiger junger Mann. Was sollten sie machen? Die Wohnung verdrecken und den Säugling verhungern lassen, wenn sie abends arbeiten? Sie haben ihn also genommen, das hättest du an ihrer Stelle auch getan. Und was geschah? Dieser Graffunda arbeitet tipptopp, hält die Kinder in Schuß, versteht was von Erziehung und ist überhaupt nicht mit Geld zu bezahlen. Darüber zerreißt sich die Bande von Kleinbürgern seit Monaten die Mäuler, und was das schönste ist, du tutest in dasselbe Horn!“

„Moment, Moment!“, unterbrach ihn der Kreisratsvorsitzende, „das mag ja alles sein, und von Gerüchten lassen wir uns nicht leiten. Aber bedenke mal, wo wir leben. Überall werden junge, fleißige, intelligente Leute gebraucht, um das Land vorwärtszubringen, und da gibt's nun so ein Musterexemplar, und das verkraucht sich ausgerechnet in einen Haushalt. Da fragt man sich doch selbst als aufgeklärter Materialist: Was soll das?“

„Und was soll dein Gerede?“ fragte Kotschmann, der sich wieder beruhigt hatte. „Ich kann den Piesoldts doch keine anständige Raumpflegerin backen!“

Der Kreisvorsitzende lachte. „Tja, das ist nun wirklich dein

Bier. Mit ein bißchen Umsicht läßt sich in Kleinbabelow oder einer Nachbargemeinde bestimmt eine Frau finden, die tüchtig und bereit ist, den Piesoldts aus der Klemme zu helfen. Sieh zu, wie du das machst. Die Gerüchte jedenfalls sind unserer Sache schädlicher, als du vielleicht ahnst."

Als Kotschmann an diesem Abend nach Hause fuhr, verfluchte er den Tag, an dem man ihn zum Bürgermeister von Kleinbabelow gewählt hatte.

Graffunda war bedrückt. Wie sag' ich's nur den Kindern, grübelte er, und wie ihren Eltern? Sie werden enttäuscht, wenn nicht gar wütend sein.

Vielleicht war das Ganze doch eine Schnapsidee gewesen.

Die Piesoldts hatten das Brautpaar gebeten, sie unbedingt noch vor Mariannes Abreise an einem spielfreien Sonntagabend zu besuchen. Die Einladung kam ihnen wirklich von Herzen, erstens aus Sympathie für Graffunda, und zweitens natürlich auch aus Neugier. Sie wußten, daß Marianne Philosophie studierte und danach an der Humboldt-Universität in die Aspirantur gehen wollte. Wie würde die junge Wissenschaftlerin sein, die sich einen so ungewöhnlichen, nun, also, gewissermaßen doch nicht recht standesgemäßen Mann erwählt hatte? War sie vielleicht ein häßlicher Blaustrumpf? Oder umwitterte diese Verbindung irgendein dunkles Geheimnis? Die Piesoldts waren jedenfalls maßlos gespannt.

Graffunda hatte seiner Freundin versprochen, noch vor ihrem Besuch klare Verhältnisse zu schaffen. „Wenn es wirklich so angenehme Leute sind, wie du behauptest", sagte Marianne, „dann werden sie dich verstehen. Du kannst ja noch so lange bleiben, bis sie Ersatz gefunden haben. Das Geld können wir auf alle Fälle gut gebrauchen!

Wie sie sich das vorstellte! Er war hilflos wie ein Kind. „Herr Graf sind ungnädig?" fragte die alberne Gaby, die aus der Schule nach Hause gekommen war. „Haben Sie Vertrauen zu mir, Hochwohlgeboren, ich werde Sie überall raushauen!"

„Laß doch den Quatsch", sagte Graffunda, dem nicht nach Lachen zumute war. „Nimm lieber das Handtuch und trockne ab."

„Aha, dicke Luft im gräflichen Schloß!" Gaby zog eine Grimasse, machte sich aber eilfertig an die Arbeit.

„Sag mal, Gaby", begann Graffunda vorsichtig, „wär's nicht wirklich besser, ihr würdet statt meiner eine Frau engagieren? Ich muß dir ehrlich sagen, die dummen Gesichter der Leute gehen mir langsam auf die Nerven."

„Das ist doch hoffentlich nur Spaß", sagte Gaby entgeistert. „Wenn Sie mir das antun, gehe ich ins Wasser, Ehrenwort! Noch eine von diesen alten Ziegen kann ich nämlich nicht mehr aushalten. Und wenn's mal 'ne Junge ist, mit der sich vielleicht reden läßt, ist sie garantiert in Vati verknallt. Nein, nein, Graffunda, Sie müssen unbedingt bleiben! Denken Sie doch nur mal an Ännchen, so ein kleines Kind kriegt ja einen Schock, wenn es sich dauernd an andere Leute gewöhnen muß." Gegen seinen Willen war Graffunda gerührt. Ich muß erst mit den Eltern reden, dachte er, sollen die zusehen, wie sie es den Kindern beibringen. Aber sehr wohl war ihm bei dem Gedanken nicht.

Bürgermeister Kotschmann sah sich veranlaßt, sein Problem auf der nächsten Gemeinderatssitzung zu diskutieren. Schließlich waren sie ein Kollektiv, und sieben wissen mehr als einer.

„Dumme Geschichte", sagte der FDJ-Sekretär von Kleinbabelow, „aber wir müssen etwas tun, das geht klar."

„Schlauberger", brummte Kotschmann, „weißt du noch mehr solche Sprüche?"

„Ich hab' eine Tante in Großbabelow, die führt ihrer Tochter und dem Schwiegersohn den Haushalt. Die haben keine

Kinder, also ein paar Stunden am Tag wäre sie schon abkömmlich."

„Das nützt gar nichts", sagte Kotschmann, „die Piesoldts brauchen eine ständige Kraft, die möglichst unabhängig ist. Das macht die Sache ja eben so schwierig!"

Die Gemeindemitglieder dachten angestrengt nach. Jeder ließ zweitausend Kleinbabelower Seelen und alle ihm bekannten der umliegenden Ortschaften vor seinem geistigen Auge paradieren. „Wie wär's mit der alten Nowald aus Bruchhausen?" fragte der Kommissionshändler Wagner.

„Gott schütze die Gemeinde!" schrie der LPG-Vorsitzende. „Die haben sie doch aus der Bruchhausener LPG rausgeschmissen, weil das Weibsstück schon am hellen Tage besoffen ist. Abgelehnt!"

Das dumpfe Brüten der Ratsmitglieder wurde hin und wieder durch einen zaghaft ausgesprochenen Namen und ein mehrstimmiges „Abgelehnt!" unterbrochen. Entweder wohnten die vorgeschlagenen Kandidatinnen zu weit entfernt, oder sie hatten selbst kleine Kinder, oder ihr Gesundheitszustand ließ sie für den Posten nicht in Frage kommen.

Plötzlich sagte in das angestrengte Schweigen die Gemeindesekretärin: „Es geht mich ja nichts an, aber wie wär's denn mit Ihrer Frau, Herr Kotschmann?"

Kotschmann schluckte. Also, das war ja... Das war ja gar nicht so schlecht!

Die Vorstellung, daß möglicherweise dieser verdammte Singsang vom geopferten Beruf aufhören würde, erfüllte ihn mit tiefer Freude. Außerdem... Er mußte feixen, wenn er sich das Gesicht der Humorrakete Piesoldt vorstellte, falls Küchenfee Kotschmann seiner Sonntagsgans à la Chefchirurg mit dem Skalpell zu Leibe ging. Im übrigen war seine Erna wirklich kinderlieb und hätte dann endlich wieder eine lohnende Aufgabe. Kotschmann blickte in die Runde. „Was sagt ihr dazu?"

„Soweit ich mir ein Urteil erlauben kann, ist deine Erna eine pikobello Hausfrau", sagte der LPG-Vorsitzende. Jetzt sprachen alle durcheinander. „Alles was recht ist!“ – „Da hätten die Piesoldts einen prima Fang gemacht!“ – „Zuverlässig ist sie, die Erna!“ – „Und wirtschaftlich!“ – „Eine ordentliche Person, die weiß, was sie will!“ Kotschmann fühlte sich von dieser Sympathiekundgebung direkt ein wenig in Verlegenheit gebracht. Sieh mal einer an, so einen guten Ruf hat unsere Mutter, dachte er stolz.

„Aber sie wird nicht wollen, fürchte ich“, sagte die Gemeindesekretärin, die bis dahin geschwiegen hatte. „Das laßt nur meine Sorge sein“, erklärte Bürgermeister Kotschmann großspurig und fühlte sich auf einmal sehr erleichtert.

Gudrun Piesoldt entsprach eigentlich nicht im geringsten den Klischeevorstellungen von einer Schauspielerin oder gar einer Operndiva. Sie war immer heiter und ausgeglichen, selbstsicher, ohne eine Spur von Überheblichkeit und freundlich zu jedermann. Auch am Theater war sie beliebt, denn sie zeigte weder Starallüren noch Neigung zu Intrigen. Deshalb glaubte Graffunda Augen und Ohren nicht zu trauen, als er sie eines Morgens in völlig derangiertem Zustand antraf. Mit aufgelösten Haaren und verschmiertem Make-up rannte sie durchs Zimmer – ganz das Meisterstück einer vom Maskenbildner ersonnenen Furie. Auf dem Teppich lag eine zerfetzte Zeitung, in welcher gestanden hatte, daß die Tänzerin Frigga Massani die Titelrolle des Musicals „Annie Get Your Gun“ singen werde.

„Diese abgetingelte Huppdohle“, schluchzte Frau Piesoldt, „da greifen ja selbst die Logenschließerinnen zum Gewehr! So was von Knötchen in den Stimmbändern kann sich ja nicht mal ’ne Kabarettistin leisten. Und die will meine Annie singen! Jawohl, *meine* Annie, das war fest versprochen!“ Sie trat mit Wucht gegen ein Sesselbein, als gehöre es ihrer Kollegin Frigga Massani.

Hoffentlich wird das Baby nicht wach, dachte Graffunda

besorgt. Gaby und Daniel waren baden gefahren, so daß wenigstens ihnen der Anblick ihrer tobenden Mutter erspart blieb. Aber auch Graffunda fühlte sich zum Heulen elend. Er hatte sich praktisch diese letzte Gelegenheit aufgespart, um mit Gudrun Piesoldt zu sprechen. So schonend wie möglich wollte er ihr beibringen, daß er nicht bleiben könne, die ganze Wahrheit wollte er ihr ehrlich beichten. Heute war Donnerstag. Gudrun brauchte nicht ins Theater zu fahren, und Günter kam erst am Wochenende von einer Abstechertournee zurück. Die Piesoldts hatten das junge Brautpaar für Sonnabend eingeladen, und Graffunda mußte seiner Marianne in die Hand versprechen, daß er bis dahin alles aufklären würde.

Und ausgerechnet jetzt war Gudrun Piesoldt in dieser Verfassung! Die blutjunge Frigga Massani – Graffunda gestand sich ein, daß auch ihm ihr Künstlername höchst albern vorkam – war bisher erste Solotänzerin gewesen. Da ihr der Intendant des Hauses sehr eindeutig sein Wohlwollen entgegenbrachte, hatte sie einen neuen Vertrag als Schauspielerin und Sängerin erhalten und war ursprünglich als zweite Besetzung für Gudrun Piesoldt in der Rolle der Annie vorgesehen. Nun fand der Intendant plötzlich, Frau Piesoldt sei ohnehin überbesetzt und habe gewiß nichts dagegen, wenn der Debütantin Massani die Chance ihres Lebens geboten würde. Der Regisseur meldete zwar Bedenken wegen des Risikos an, befand sich aber gerade damit in einer höchst unglücklichen Position, denn nun konnte der Intendant wunderbar mit Begriffen wie Jugendförderung, Ablehnung des Starkults und Herstellung echten Ensemblegeistes argumentieren.

„Ich bin die letzte, die einer jungen Kollegin den Weg verbauen würde", tobte Frau Piesoldt, deren Gesicht mit zerheulter Wimperntusche verschmiert war, „aber dann muß es sich auch um ein wirkliches Talent handeln und nicht um ein total unbegabtes Protektionskind vom Chef. So was kann ich schon als bewußter Staatsbürger nicht dulden. Ich denke, wir machen sozialistisches Theater!"

Wenn sie wenigstens mit dem privaten Zimmertheater aufhören würde, betete Graffunda. Aber es war ihm bereits völlig klar, daß er ihr nach der erlittenen Enttäuschung nicht eine weitere bereiten konnte. Sie war mit ihren Nerven wirklich am Ende, und er empfand für sie ein Gemisch aus väterlichen und mütterlichen Gefühlen. „Wie wär's damit", sagte er freundschaftlich, „ich koch' uns einen anständigen Kaffee, und dann beraten wir in aller Ruhe, wie wir das Fräulein Sarassani vom hohen Roß stürzen."

Gudrun Piesoldt lachte über den bescheidenen Scherz länger, als er es verdiente. Schon die Gewißheit, in Graffunda einen Mitkämpfer gegen die Ungerechtigkeit des Theaterlebens gefunden zu haben, gab ihr neues Selbstvertrauen. Während sie Kaffee tranken, entwickelte er seinen Plan. „Zunächst", schlug er vor, „hören Sie auf zu weinen, zu schimpfen und sich als Opfer einer Intrige zu fühlen. Stellen Sie sich auf den naiven Standpunkt, daß es hier wirklich mit arbeitsrechtlichen Dingen zugeht. Und dann lernen Sie die Rolle. Gehen Sie zu jeder Probe und warten Sie gelassen ab. Ich vermute stark, daß weder der Intendant noch der Regisseur taub sind. Sie werden also trotz der besten Voreingenommenheit das Klirren eines Blecheimers vom Klang einer außergewöhnlich schönen und noch dazu geschulten Stimme unterscheiden können. Und an dieser Stelle gehen Sie gemessenen Schritts auf die Bühne und machen der Fregatte Frigga vor, wie man die Partie singen muß. Na?"

„Graffunda", schniefelte Gudrun Piesoldt, die nun auch der restlichen Wimperntusche nicht mehr Herr wurde, „das werde ich Ihnen nie vergessen! So spricht nicht nur ein Freund schlechthin, so kann nur ein Freund wahrhaft guten Theaters sprechen. Versprechen Sie mir, daß Sie uns nie, niemals verlassen!" Und sie streckte ihm die Hand mit einer so emphatischen Geste entgegen, daß er sie einfach nicht ausschlagen konnte. Gott und Marianne mögen mir verzeihen, dachte er gequält, aber dies war einfach nicht der Moment für Geständnisse.

Zur gleichen Stunde wackelte auch bei Kotschmanns die

Wand. Die Hochstimmung des Bürgermeisters über den guten Leumund seiner Frau war verflogen. Als er ihr den Beschluß des Gemeinderates mitteilte, gebärdete sich Frau Kotschmann, als sollte sie zum Richtblock geführt werden. „Ich“, schrie sie und verdrehte die Augen, „ich – ausgerechnet ich? Ja, stürzt denn der Himmel ein? Du wagst es, mir so etwas anzubieten, mir, deiner Frau und Mutter deines einzigen Kindes? Einer Frau, die einmal die rechte Hand des berühmten Chirurgen Dautz-Schmausing war? Zu der Oberschwestern, jawohl, *Ober*schwestern in Verehrung aufgeblickt haben? Ich soll irgendwelchen windigen Künstlern den Dreck wegklauben? Mann, du bist nicht mehr bei Troste, ich koch' dir einen Kamillentee!“

„Das stell' ich mir lustig vor“, sagte Jutta, die vom Ausbruch ihrer Mutter lediglich amüsiert war, „wenn du für Gaby Piesoldt Tee und Kuchen servierst. Das hat Graffunda nämlich eingeführt, und zwar als Lohn für jede Eins, die Gaby in Mathe geschrieben hat. Für 'ne Zwei gibt's nur Tee. Er nannte das einen ökonomisch-pädagogischen Hebel.“

„Hier hast du einen pädagogischen Hebel“, kreischte Frau Kotschmann und verpaßte ihrer Tochter eine schallende Ohrfeige. „Das ist das Ende allen Familienlebens, wenn man seine eigene Mutter verhöhnen darf. Und das habe ich dem Bürgermeister zu verdanken, der die Würde der ersten Bürgerin von Kleinbabelow schamlos in den Schmutz tritt!“

„Jetzt reicht's mir aber“, donnerte Kotschman, „wenn hier einer nicht bei Troste ist, dann dürfte es sich wohl um dich handeln. Sag mal, was bildest du dir eigentlich ein? Was glaubst denn du, wer du bist? Soraya oder Gräfin Koks? Ich würde dir dringend raten, etwas Dampf abzulassen, Bürgerin Kotschmann! Entweder begibst du dich ab sofort wieder in deinen verdammten Operationssaal und kochst die Instrumente aus, oder du wäschst bei Piesoldts Windeln. Andernfalls bist du nämlich ein arbeitsscheues Element, das nicht in unsere Zeit paßt.“

Frau Kotschmann griff sich schreckgeweiteten Auges in die

Gegend, wo das Herz ist, öffnete den verzerrten Mund, dem kein Ton mehr entwich, und sank schließlich aufschluchzend in einen Sessel. Ihr Weinen war so jammervoll, daß es Kotschmann im Grund seiner Seele berührte.

„Das hättest du nicht sagen sollen, Papa", flüsterte Jutta, die vor Mitleid die Knallschote verschmerzt hatte.

Sie hockte sich neben die Mutter und streichelte ihren zitternden Arm. Auch Kotschmann kam schuldbewußt näher und nahm den anderen Arm der Delinquentin in persönliche Pflege. „Es tut mir leid, Erna, ich hab's nicht so gemeint", sagte er hüstelnd. „Es ist mir rausgerutscht, weil ich das Wort Chirurgie nicht mehr hören kann. Sieh mal, wir sind doch in einer Zwangslage. Ich hab' allerhöchste Anweisung, diesen Graffunda zu entfernen, und als Ersatz kommt nur eine kluge, ehrliche, tüchtige Frau mit dem allerbesten Ruf in Frage. Und der Gemeinderat hat einstimmig rausgefunden, daß es in ganz Kleinbabelow nur eine Person mit diesen Eigenschaften gibt: dich!"

Erna Kotschmann nahm die ihr angetraute Hand von ihrem Arm und kramte nach einem Taschentuch, in das sie ihr verheultes Gesicht einwickelte. Nach einer ausführlichen Schnaubpause erklärte sie mit wieder gefestigter Stimme: „Nicht, daß ich nicht arbeiten gehen will. Aber wie sieht denn das aus, wenn die Frau des Bürgermeisters anderer Leute Dreck fegt?"

„Erna", sagte Kotschmann feierlich, „wenn dir wirklich was dran liegt, daß ich Bürgermeister bleibe, dann wirst du mir dieses Opfer bringen müssen. Das ist leider so gut wie amtlich."

Nach einer schlaflosen Nacht stand Frau Kotschmann auf und straffte sich. „Wilhelm, wir haben uns vor fünfzehn Jahren gelobt, in Freud und Leid zusammenzuhalten. An mir soll es nicht fehlen, ich bin zur Stelle, so hart es mich auch ankommen mag. Meine Hand darauf!"

Nach diesen historischen Händedrücken war Frieden in zwei Kleinbabelower Häusern eingekehrt. Gudrun Piesoldt probte bis zur Trommelfellreizung ihrer Familie das Musical „Annie Get Your Gun“, und Erna Kotschmann verspürte ein völlig neues Ehegefühl. Das entsagungsvolle Lächeln der erniedrigten OP-Schwester war der entschlossenen Miene einer kämpfenden Gattin gewichen, die den dräuenden Wolken über der Bürgermeisterei mit Schrubber und Besen entgegenzutreten bereit war.

Am Sonnabendnachmittag glühte die Spätsommersonne so heiß, wie sie es, den Berechnungen der Potsdamer Wettermännchen zufolge, seit dem Jahre 1822 nicht mehr getan hatte. Graffunda hatte seiner Freundin Marianne soeben gestanden, daß sie ihre Gastgeber so ahnungslos wie neugeborene Kinder antreffen würde. Die S-Bahn hielt gerade in Schöneweide, und Marianne machte Anstalten auszusteigen. Mit einer flehenden Gebärde hielt Graffunda sie zurück.

„Du Feigling“, schimpfte sie, „jetzt soll ich wohl die Suppe auslöffeln. Aber da hast du dich geschnitten, mein Lieber! Ich stelle mich ganz dumm und lass' dich in deinem Lügentopf schmoren. Vergiß nicht, daß ich von Anfang an größte Bedenken gegen diese Idee hatte. Nun sieh zu, wie du damit fertig wirst!“

„Versteh doch, sie war so verzweifelt wegen der Rolle! Du hast ja keine Ahnung, mit welchen Schwierigkeiten diese Künstler zu kämpfen haben. Ich wette, auch du mit deiner praktischen Vernunft hättest kein Wort über die Lippen gebracht!“

„Ach hör doch auf, es war ja wirklich lange genug Zeit, mit den Piesoldts zu reden. Ihnen in letzter Sekunde die Pistole auf die Brust zu setzen, finde ich einfach unfair. Aber du mußt ja selbst wissen, wie du deine Arbeit schaffen willst. Ich gehe jedenfalls als harmloser Gast Kaffee trinken, alles andere ist deine Sache.“

Graffunda schwitzte wie ein Hochofenarbeiter, als sie bei Piesoldts eintrafen. Die Familie war im Garten versammelt, der Kaffeetisch wurde in Windeseile von Mutter und Tochter gedeckt, und die Gäste mußten die Ehrenplätze auf der Hollywoodschaukel einnehmen. Günter Piesoldt servierte eisgekühlten Aperitif, und alle waren so strahlender Laune, daß Marianne beinahe Verständnis für die Hemmungen ihres Freundes aufbrachte.

„Denken Sie nur, Graffunda“, sagte Gudrun Piesoldt, während sie den Kaffee eingoß, „ich singe die Annie! Als ich gestern zufällig in den Probenraum kam, küßte mir der Regisseur die Hand und bat mich inständig, auch im Namen des Chefs, den dummen Zwischenfall zu vergessen. Er wollte sogar die Premiere verschieben, damit mir genügend Zeit zum Rollenstudium bleibt. Aber das ist ja dank Ihrer guten Ratschläge gar nicht nötig!“

Günter Piesoldt erhob sein Glas. „Trinken wir auf unseren Hauspsychiater Graffunda! Sagen Sie selbst, Fräulein Marianne, sind wir nicht zu beneiden?“

Noch bevor sie etwas erwidern konnte, fragte Graffunda schnell: „Wie ist denn das passiert, Frau Piesoldt, hatte die Massani etwa einen Anfall von Selbstkritik?“ Gudrun lachte. „Keineswegs! Aber zur ersten Stellprobe erschien plötzlich die Gattin unseres lieben Intendanten und machte pausenlos Inszenierungsvorschläge. Als sie der Massani auch noch mütterlich auf die Schultern klopfte und sagte, es sei durchaus eine Ehre, als zweite Besetzung der großen Gudrun Piesoldt anzufangen – bitte, Günter, es waren ihre Worte, frag den Regisseur! –, da drehte das arme Mädchen durch. Sie hat einen solchen Skandal gemacht, daß sie der Chef höchstpersönlich rausschmeißen mußte. Jetzt will das Schäfchen die Angelegenheit vor die Konfliktkommission bringen. Hoffentlich hat der Chef bis dahin wenigstens seinen Ehekonflikt gelöst!“

„Jedenfalls singen Sie die Annie“, sagte Graffunda erlöst, „und darüber freut sich niemand mehr als ich.“ „Oder ich“, fügte Frau Piesoldt mit verklärtem Lächeln hinzu.

Marianne räusperte sich. „Unter diesen Umständen ist es vielleicht nicht so schlimm, wenn in den Freudenbecher ein kleiner Wermutstropfen..."

„Schon eingetropft", tuschelte Gaby und deutete verstohlen zur Gartentür, vor der das Ehepaar Kotschmann stand. Günter Piesoldt begrüßte den Bürgermeister und seine Frau mit lauter Herzlichkeit und wies Gaby an, sofort zwei frische Gedecke herbeizuschaffen. „Danke, danke", wehrte Kotschmann verlegen ab, „wir wollten nicht stören..."

„Unsinn", sagte Gudrun Piesoldt, die das Bedürfnis hatte, die ganze Welt zu umarmen, „nehmen Sie bitte Platz und seien Sie willkommen in unserer frohen Runde!"

„Eine Affenhitze heute", stöhnte Kotschmann. Er saß im Schatten des Sonnenschirms und schwitzte Blut und Wasser. Sein ganzer Mut war dahin. Nein, in Graffundas Gegenwart konnte er auf gar keinen Fall über die fatale Angelegenheit reden. Seine Frau hatte inzwischen das Baby aus dem Wagen genommen und wiegte es auf ihren mütterlichen Armen.

„Ich mach' schnell das Fläschchen zurecht." Graffunda erhob sich.

„Was füttern Sie denn?" fragte Frau Kotschmann. „Ich muß mich ja erst wieder dran gewöhnen."

Gudrun Piesoldt schlug entzückt in die Hände. „Ist es die Möglichkeit, Sie kriegen was Kleines? Das finde ich ja wunderbar!"

Frau Kotschmann errötete heftig. „Aber nein", stotterte sie, „wo denken Sie hin, dazu bin ich doch schon viel zu alt. Ich dachte nur, wenn ich jetzt mit Ihrer Tochter, ich meine, wenn ich auch das Baby betreuen soll..."

Bürgermeister Kotschmann hätte seine Frau in diesem Augenblick am liebsten narkotisiert. Aber nun half alles nichts mehr, er mußte Farbe bekennen. Seltsamerweise hatte er die größte Furcht vor Graffundas Freundin.

Intellektuelle Frauen versetzten ihn stets in einen Zustand höchst unangenehmer Erregung. Mühsam seine Komplexe niederkämpfend, begann er: „Liebe Familie Piesoldt, liebes

Brautpaar Graffunda!" Himmlischer Vater, dachte er bibbernd, das hört sich ja an wie die Predigt bei einer sozialistischen Hochzeit! Er räusperte sich ausführlich und fuhr fort: „Also, die Sache ist die, daß der Rat der Gemeinde sowie der Rat des Kreises zu der Einschätzung gelangt sind, daß in Ihrem Hause ein Wandel erfolgen muß. Also, gewissermaßen, ein außergewöhnlich befähigter junger Mann wie unser Freund Erwin Graffunda wird an anderer Stelle unseres Aufbaus dringender gebraucht als ausgerechnet im Haushalt. Um dir, lieber Günter, und deiner Gattin schnell und unbürokratisch zu helfen, hat der Rat der Gemeinde beschlossen, daß meine Frau in die Bresche springt. Ich verbürge mich dafür, daß sie ihre Arbeit zu vollster Zufriedenheit erledigen wird, so daß wieder Ruhe einkehren kann in Kleinbabelow." Kotschmann drehte sein durchnäßtes Taschentuch wie einen Strick in den Händen und überlegte krampfhaft, was er noch sagen könnte. Aber es fiel ihm einfach nichts mehr ein. Die erste Bewegung am Tisch entstand, als Gaby laut weinend aufsprang und ins Haus rannte. Jetzt erst begriffen auch die anderen, was sie da gehört hatten. Der kleine Daniel rutschte von seinem Stuhl und klammerte sich an Graffundas Hosenbein fest. Gudrun entriß Frau Kotschmann ihr Baby, als müsse sie es vor gemeinen Kidnappern behüten. Günter Piesoldt goß sich ein großes Glas Wermut ein, den er unverdünnt austrank. Dann erhob er sich. „Genosse Kotschmann", sagte er eiskalt, „für mich bist du soeben als Bürgermeister einer sozialistischen Gemeinde gestorben. Nur meine gute Erziehung verbietet mir, dir die Tür zu zeigen."

Frau Kotschmann wurde knallrot. „Komm, Wilhelm", sagte sie zornbebend. „laß uns, bitte, gehen!"

Aber Kotschmann war ein ganzer Mann. Diese Sache mußte er jetzt schon aus Prestigegründen durchstehen. Fast schüchtern bedeutete er Günter Piesoldt, der noch immer wie ein Rache-Monument am Tisch stand, er möge sich wieder hinsetzen „Günter", sagte er, „versuch doch mal, dich in meine Lage zu versetzen! Ich hab doch mit dem ganzen Blödsinn im Grunde nichts zu tun. Diesem elenden Klatsch bin ich monatelang energisch entgegengetreten, ohne Rücksicht auf meine eigene Position. Aber als mir der Kreisratsvorsitzende zu verstehen gab, daß er nicht ungestraft den guten Ruf eines Künstlers und Genossen in den Dreck ziehen läßt, da konnte ich nicht anders. Ich mußte den Fall dem Gemeinderat vortragen."

„Hör auf", brüllte Piesoldt unbeherrscht, „da kommt einem ja der Kaffee hoch! So was von widerlicher Heuchelei sollte unter Strafe gestellt werden. Wo war denn dein Gemeinderat, und wo war deine Frau, als wir in der Tinte saßen? Haben wir euch da auch nur für einen Sechser interessiert? Und um welchen ‚Fall' geht's denn eigentlich?" fügte er höhnisch hinzu. „Ist es für euch schon ein ‚Fall', wenn bei uns alles klargeht? Wenn wir ohne eure hochherzige Hilfe einen zuverlässigen Menschen gefunden haben, dem wir bedenkenlos Haus und Kinder anvertrauen können?"

Kotschmann seufzte verzweifelt. „Der Mensch ist aber ein Mann, noch dazu einer, wie man ihn nicht alle Tage findet. Er könnte ganz andere Aufgaben erfüllen."

„Er hat nun aber gerade Spaß daran, eine Aufgabe bei uns zu erfüllen", sagte Gudrun Piesoldt. „Oder ist das etwa verboten? Dann zeigen Sie uns mal das entsprechende Gesetz!"

„Genau", pflichtete ihr Mann bei, „wenn du uns so kommst, dann bitte juristisch korrekt. Nur weil sich eine Herde Spießer mit dir als Leithammel aufregt, lassen wir uns noch lange nicht aufs Kreuz legen. Graffunda bleibt, verstanden?"

Graffunda lächelte. Er strahlte geradezu.

„Was amüsiert Sie denn so an diesem Schwachsinn?" fragte Frau Piesoldt gekränkt.

Graffunda gab sich einen Ruck. „Entschuldigen Sie bitte, aber ich freue mich einfach, daß sich alle Probleme in Wohlgefallen auflösen. Und ich gratuliere Ihnen aufrichtig zu meiner Nachfolgerin. Eine so seriöse Kraft hätte ich Ihnen bestimmt nicht besorgen können, und mir lag die Sorge wie ein Stein auf der Seele, daß die Kinder vielleicht ..."

„Erwin“, unterbrach ihn Marianne scharf, „willst du nicht endlich die Katze aus dem Sack lassen? Oder glaubst du, irgend jemand kann mit deinem Gefasel etwas anfangen?“ Erst jetzt bemerkte Graffunda, daß die Piesoldts völlig versteinert waren. Aber seine Freude über die glückliche Wendung, die alles genommen hatte, konnte durch nichts getrübt werden. Unbefangen fuhr er fort: „Sie haben sicherlich längst den Verdacht gehegt, daß ich nicht aus ganz uneigennützigen Motiven zu Ihnen gekommen bin. Ich habe Ihnen geholfen, und Sie haben mir eine Hilfe erwiesen, für die ich Ihnen eine Menge Dank schuldig bleibe. Natürlich mußte ich Sie ein bißchen beschwindeln, sonst hätte die Sache nicht geklappt.

Daß ich gelernter Hüttenwerker bin, stimmt allerdings, nur habe ich nicht wegen eines Bandscheibenschadens aufgehört, sondern wegen meiner Delegierung zur Universität. Die schönsten Jahre meines Lebens verbrachte ich damit, Soziologie zu studieren, und da es der Himmel und die Alma mater gut mit mir meinten, lernte ich Marianne kennen und bestand das Staatsexamen mit Auszeichnung. Danach ging ich sofort in die Aspirantur, bekam einen freundlichen Doktorvater und ein ziemlich ulkiges Dissertationsthema: ‚Die Praktizierung der Gleichberechtigung und ihre Anwendung bei der Bewältigung der Hausarbeiten‘. Es gelang mir zwar, das stilistische Wunderwerk ins Deutsche zu übersetzen, aber mehr wußte ich damit auch nicht anzufangen. Bis mir Ihr Inserat ins Auge fiel. Ich dachte, so könnte es vielleicht gehen. Hunderte gelehrter Arbeiten sind darüber verfaßt worden, wie die Frau einen beruflich und gesellschaftlich gleichberechtigten Status neben dem Mann erobert hat. Wie aber steht's mit dem typischen Frauenberuf der Haushälterin? Kann ihn ein Mann nicht bewältigen? Oder will er es nicht? Wie verhält sich die Gesellschaft zu diesem Problem?“

Graffundas rhetorischer Schwung erlahmte, weil ihm der Hals ausgetrocknet war. Er mixte sich einen gewaltigen Drink und zwinkerte Marianne zu.

Piesoldts dagegen saßen starr und sprachlos wie die Ölgötzen. Auch Kotschmanns rührten sich nicht. Sie hatten das fatale Gefühl, ungebetene Zeugen eines Familienkrachs geworden zu sein. Trotzdem atmete der Bürgermeister insgeheim auf. Eine günstigere Lösung des Falles Graffunda ließ sich gar nicht ausdenken! Jetzt sollte der Kreisvorsitzende noch mal seine geschwollenen Vorträge halten! In Kleinbabelow stand alles zum besten. Unter seiner, Kotschmanns, Leitung gedieh hier nicht nur die Kultur, sondern auch die Wissenschaft. Schadenfroh dachte er an seine Kollegen Bürgermeister aus den Nachbargemeinden. Sollten sie platzen, die Banausen, die bestenfalls was von der Landwirtschaft verstanden!

Die Schweigeminute wurde von Günter Piesoldts schneidendkalter Stimme beendet. „So ist das also! Der feine Herr haben sich das Vergnügen gemacht, uns in seinem Promovierstübchen zu verkosten. Das ist wirklich ganz reizend! Und wir Hornochsen sind auf einen Betrüger hereingefallen. Im allgemeinen ist es doch wohl üblich, daß ein Student sein Praktikum kostenlos ableistet, aber der gerissene Herr Graffunda wußte das Angenehme mit dem Nützlichen zu verbinden. Wirklich, ein großer Charakter!"

„Moment", sagte Marianne, die sehr blaß geworden war, „ich glaube, jetzt gehen Sie zu weit, Herr Piesoldt. Sind Sie wirklich betrogen worden? Erwin hat gute Arbeit geleistet, und Sie haben gut dafür bezahlt. Das ist ein reeller Vorgang. Es handelte sich auch nicht um Schwarzarbeit, denn alles war ordnungsgemäß angemeldet, und der Staat bekam seine Steuern. Und jetzt, wo Sie eine neue Arbeitskraft haben, wird Ihnen mein Verlobter ordnungsgemäß kündigen. Es hat also niemand Schaden erlitten."

Günter Piesoldt versank in brütendes Schweigen. Seine Frau streichelte das Baby, als habe ihm jemand weh getan. Der kleine Daniel fand sich als erster mit der neuen Situation ab. „Aber du kommst uns doch immerzu besuchen, ja, Onkel Graffunda? Dann brauchst du auch nie mehr aufzuräumen!"

„Und wenn mit Mathe was ist, kann ich ja auch zu Ihnen

kommen“, sagte Gaby tapfer. „Ich möchte sowieso gern mal sehen, wie Sie’s zu Hause haben.“

Graffunda drückte die Kinder an sich. „Von mir aus gern. Aber leider hat mich euer Vater in Acht und Bann getan.“

Piesoldt starrte noch eine Weile ins Leere. Dann erhob er sich und klopfte feierlich an sein Glas. „Werte Anwesende, ich vermittle Ihnen jetzt die kurze Zusammenfassung eines längeren inneren Monologs. Da ich gerade die neue Fernsehsendung mit dem wegweisenden Titel ‚Laßt das mal den Vati machen‘ vorbereite, habe ich ohnehin keine Muße für privaten Ärger. Also, ich bin bereit, Frau Kotschmann in den Schoß der Familie aufzunehmen und Graffunda zu verzeihen, aber nur unter einer Bedingung: Graffunda und Fräulein Marianne müssen in meiner Sendung mitwirken.“

„Einverstanden“, sagte Graffunda aufatmend.

Im Fernsehstudio herrschte schreckliche Aufregung. Kameraleute, Kabelhalter, Regieassistenten, Aufnahmeleiter und die Mitspieler der Sendung „Laßt das mal den Vati machen“ rannten wie aufgescheuchte Hühner durcheinander. Der Witz des Unternehmens lag darin, daß sich echte Ehepaare vor der Kamera wie zu Hause fühlen sollten. Zuerst mußte die Frau gewisse Haushaltsarbeiten nach einem vorher festgelegten Plan verrichten. Der jeweilige Gatte wurde solange hinter der Bühne unter Verschluß gehalten, denn er hatte danach die gleichen Arbeiten zu absolvieren, und das Publikum sollte entscheiden, ob Vati oder Mutti die Sache besser bewerkstelligt hatte.

Auf diese Idee war Piesoldt nur durch die Bekanntschaft mit Graffunda gekommen. Leider fiel es ihm furchtbar schwer, genügend Ehepaare zu finden, die sich für das Spiel zur Verfügung stellten. Deshalb hatte er an jenem denkwürdigen Nachmittag darauf bestanden, daß Graffunda zwecks Erlangung Piesoldtscher Absolution mit von der Partie war. Ihn und Marianne als Ehepaar auszugeben stellte keine Schwierigkeit dar. Und die Tatsache, daß der im Haushalt perfekte Graffunda ohne Zweifel den Sieg nicht nur über seine Braut, sondern auch über die anderen Kandidaten davontragen würde, kam Piesoldts Intentionen sehr entgegen.

Eine direkte Probe mit den quizbereiten Paaren wurde natürlich nicht gemacht. Die Regieassistentin informierte sie lediglich über die Reihenfolge und den Ablauf des Programms. Als erstes mußten ein Frühstück zubereitet und der Frühstückstisch gedeckt werden. Alle Zutaten, wie Eier, Käse, Aufschnitt, Schrippen, kochendes Wasser, gemahlener Kaffee und Milch, waren vorhanden. Nun galt es schnell und geschickt zu arbeiten. Als Zeitnehmer fungierten zwei Aufnahmeleiter mit Stoppuhren. Danach sollte eine lebensgroße Babypuppe gebadet, gewickelt und angezogen werden. Und in der dritten Runde waren Betten zu machen und noch ein völlig verschmutztes Fenster zu putzen.

Mariannes Augen wurden bei den Worten der Regieassistentin immer größer. „Aber ich hab' doch noch nie ein Baby gebadet", flüsterte sie ihrem Verlobten zu, „kannst du mir nicht schnell ein paar Tips aus deiner Praxis geben?"

„Mit einer Puppe ist das doch lächerlich einfach", sagte Graffunda barsch. Er war auffallend bleich. „Denk lieber ans Fensterputzen, das ist eine Wissenschaft für sich. Ich empfehle Wasser, Seife und Zeitungspapier zum Nachpolieren."

Günter Piesoldt kam zu den beiden. Er wirkte so ruhig und ausgeglichen, daß niemand auf die Idee gekommen wäre, er habe in einer halben Stunde eine Live-Sendung zu überstehen. „Grämen Sie sich nicht, Fräulein Marianne, wenn Sie den Siegerkranz ihrem Verlobten überlassen müssen. Schließlich wollen wir ja gerade den wackeren deutschen Hausfrauen beweisen, daß wir Männer auch in den geheiligten vier Wänden bestehen können."

Graffunda indes stand schlotternd und verloren da. „Könnte ich wohl einen großen Schnaps bekommen?" bat er mit brüchiger Stimme.

„Lampenfieber", konstatierte Piesoldt, „das ist völlig normal, mein Freund. Natürlich kriegen Sie einen Schnaps, der bläst die Hemmungen weg."

Ehe die Sache richtig losging, hatte Graffunda die Hemmungen noch zweimal weggeblasen und zeigte sich nun so selbstsicher wie eh und je. Vielleicht war er eine Spur zu laut, denn die Regieassistentin deutete immer wieder mit mahnendem Zeigefinger auf das Schild mit der Leuchtschrift „Ruhe! Sendung läuft!" Graffunda saß unter Obhut der jungen Dame in einem kleinen Raum hinter dem Studio, während Marianne mit dem Gesicht einer Märtyrerin vor die Kamera schritt. Gelegentlich war von fern Applaus zu hören, und die Assistentin versicherte, er müsse sehr stark sein, um all die gepolsterten Türen zu durchdringen. Aber Graffunda brauchte gar keinen Trost, denn sein Lampenfieber war wirklich wie weggeblasen, zumal er die halbleere Flasche Wodka hinter einer Kulisse entdeckt und kurzerhand ausgetrunken hatte. Er führte der ziemlich nervösen Assistentin pantomimisch vor, wie er das Gummibaby baden werde, und gestand ihr, bei der Armee den Ehrentitel „Verdienter Bettenbaumeister" erworben zu haben.

Endlich verkündete ein aufblitzendes Lämpchen, daß Mariannes Arbeit beendet war. Die Assistentin zerrt den vor Vergnügen kichernden Graffunda zum Studio, wo er von allerherzlichstem Beifall empfangen wurde. Der ging aber ganz offenbar noch auf das Konto seiner vermeintlichen Gattin Marianne. Und dann legte Graffunda los.

Er breitete die Arme aus, als wollte er das Publikum umfangen, und schmetterte in strahlendem Tenor: „O what a beautiful morning!" Gelächter und Dacapo-Rufe wurden laut.

Aber Graffunda winkte mit einer charmanten Geste ab und sah sich erst einmal ausführlich die Vorräte an. Er kostete ein Stückchen Camembert und warf der Käseplatte voll emphatischer Begeisterung eine Kußhand zu. Dann nahm er von der Obstschale zwei Kirschengehänge, und da sie künstlich und deshalb ungenießbar waren, hängte er sie über seine Ohren. Der Beifall wurde frenetisch.

Die beiden Aufnahmeleiter zeigten mit allen Anzeichen des Entsetzens auf ihre Stoppuhren, worauf Graffunda liebenswürdig erklärte: „Meine Herren, es ist mit dem Gongschlag zwanzig Uhr dreiunddreißig!“

Günter Piesoldt, der am Rande der Bühne zu sterben drohte, hauchte ein gequältes „Hahaha“ ins Mikrofon. „Herr Graffunda will offenbar beweisen, daß auch in der Küche mit Humor alles besser geht. Recht so! Aber wie wär's mit einem Eierfrühstück?“

Graffunda riß die Tischdecke herunter und legte sie sich wie eine Serviette über den Arm. „Bitte sehr, bitte gleich“, rief er beflissen wie ein Oberkellner. Dann nahm er ein Ei, zertrümmerte es auf seinem Kopf und versuchte den Inhalt durch heftiges Kopfschütteln in die Pfanne zu bugsieren. Das Publikum schrie dermaßen, daß der Tonmeister in seiner Kabine verzweifelt mit den Armen fuchtelte und die Achseln zuckte. Aber auch der Regisseur wußte keinen Rat. Piesoldt raffte sich zusammen. „Meine Damen und Herren“, sagte er mit gepreßter Stimme, „Kandidat Graffunda hat nunmehr die Rekordzeit seiner Gattin um das Dreifache überschritten. Ich denke, daß wir weitere Beweise seines dramatischen Talents nicht brauchen und ihm die restlichen Spielrunden erlassen.“

„Nein“, schrie das Publikum. „Weitermachen, weitermachen!“ Eine keifende Frauenstimme verstieg sich sogar zu der Behauptung: „Schiebung! Piesoldt ans Telefon!“

Es half also nichts, Graffunda wurde zu der himmelblauen Babybadewanne geführt, in welcher er die Gummipuppe sogleich ertränkte. Er benutzte den mit Wasser gefüllten Rumpf als Feuerwehrspritze und löschte imaginäre Bühnenbrände. Die Studiogäste johlten vor Wonne. Graffunda verbeugte sich wie eine Balletteuse und entflatterte schließlich als sterbender Schwan in die Dekoration. Dort harrte die berühmte Schlagersängerin Mabel Kampfinger, eine pummelige Matrone in

Silberlamé, die der Regisseur als Keil zwischen Graffunda und das Publikum zu treiben gedachte. Aber dazu sollte es nicht mehr kommen, denn die Ovationen für Graffunda verschlangen die restlichen Sendeminuten. Günter Piesoldt, weder Herr der Situation noch seiner eigenen Nerven, verkündete mit brüchiger Stimme, der Sieger nach Punkten heiße Marianne Graffunda, und er sei darüber sehr, sehr traurig. Dann war alles vorüber.

Als die Scheinwerfer ausgeschaltet, die Kameras weggefahren und die Kulissen beiseite geräumt wurden, kam Graffunda langsam zur Besinnung. Ein Blick auf den erloschenen Piesoldt machte ihm bewußt, was er angerichtet hatte. Aber noch ehe er ein Wort der Reue über die Lippen brachte, stürzte Marianne auf ihn zu, fiel ihm um den Hals und rief glückstrahlend: „Erwin, mein Engel, du warst wundervoll! Ich hab' mich noch nie im Leben dermaßen kaputt gelacht!"

„Sehr richtig, gnädige Frau", sagte eine respekteinflößende Stimme, „und aus eben diesem Grunde würde ich gern ein paar Worte mit Ihrem Gatten wechseln."

Günter Piesoldt war wie eine Rakete aus seinem Stuhl geschossen und hatte auf geheimnisvolle Weise sein altes selbstbewußtes Conferencierlächeln wiedergefunden. Er beeilte sich, die Herrschaften miteinander bekannt zu machen. „Gestatten Sie, Herr Intendant, daß ich Ihnen meinen Freund Erwin Graffunda vorstelle. Ein studierter Mann, der sich trotz seines akademischen Grades nicht scheute, die in unserem Hause vakante Stelle als Raumpfleger anzunehmen. Ihm haben wir gewissermaßen die Idee für unsere so erfolgreich begonnene Sendereihe ‚Laßt das mal den Vati machen' zu verdanken."

„Schön, schön", sagte der Intendant huldvoll, „und daß Sie studiert haben, ist noch besser. Gerade im Bereich der heiteren Muse ist ein hohes Bildungsniveau unerläßlich. Ich möchte Sie ohne Umschweife fragen: Haben Sie nicht Lust, bei uns zu bleiben? Über Ihre Eigenschaften als Stimmungskanone ist Ihnen bestimmt schon viel Schmeichelhaftes gesagt worden. Und auf diesem Gebiet hat der Fernsehfunk ein bißchen frisches Blut bitter nötig. Na, wie wär's? Überlegen Sie sich die Sache, beraten Sie mit Ihrer Gattin und rufen Sie mich dann an. Auf meinem Direktapparat. Falls Sie Ärger mit einer Freistellung oder dergleichen haben, machen Sie sich keine Kopfschmerzen. Ich verfüge über einen heißen Draht, der jedes Eis schmilzt."

Graffunda war starr und sprachlos vor Staunen. Marianne sah ihn verwirrt an. „Ja, aber deine Dissertation", stotterte sie, „du bist doch noch gar nicht ganz fertig. Und wenn man dir eine Dozentur anbietet..."

Günter Piesoldt hatte sich indes schrecklich verändert. Sein von den Anstrengungen der Sendung bleiches Gesicht war jetzt mit hektischen roten Flecken bedeckt. Er verkrampfte seine Hände und suchte mühsam nach Worten. „Graffunda, Sie sollten sich beim Herrn Intendanten kniefällig bedanken. Statt Ihnen Vorwürfe zu machen wegen Ihres ungebührlichen Betragens im Studio, bietet er Ihnen diese einmalige Chance. Und dies, obwohl Sie ein Laie sind in unserem Beruf, der gewiß das Letzte fordert. Nicht immer kommt man mit ein paar Schnäpsen über die Runden, im Gegenteil. Es ist eine harte Arbeit, eine verdammt harte Arbeit, das können Sie mir glauben. Einmal herauskommen und Erfolg haben, das ist noch gar nichts. Aber immer wieder die Angst überwinden, die Leute in den Griff kriegen, daß sie einem vertrauen, daß sie schon lachen, wenn man nur erscheint, das ist die Kunst. Da nützt einem kein Studium und kein Titel, da muß man schon – dazu braucht man..."

Piesoldts Erregung hatte sich so gesteigert, daß sich seine Stimme überschlug. Geistesabwesend zog er sein Ziertüchlein aus dem Jackett und tupfte sich die Stirn ab. Er hatte jede Sicherheit verloren, und seine Verzweiflung war so kindhaft echt, daß Marianne inständig hoffte, er möge nicht zu weinen beginnen.

„Bitte, beruhigen Sie sich doch", sagte der Intendant väterlich, „es war gewiß ein bißchen viel für Sie, und Herr Graffunda hat Sie ganz schön schwitzen lassen während der Sendung. Aber schließlich kommt es uns doch auf den Effekt an, und ich bin sicher, einen solchen Spaß hatten die Leute schon lange nicht mehr. Ein bißchen schönes Wetter bei der Kritik kann uns auch nicht schaden. Also, Herr Graffunda, mein Angebot bleibt bestehen. Guten Abend."

Der Intendant entfernte sich. Graffunda mußte mehrere Anläufe nehmen, bis er wieder bei Stimme war. Mit herzlicher Gebärde reichte er dem Bild des Jammers, das bisher jeden Saal zum Wackeln gebracht hatte, die Hand. „Bitte, verzeihen Sie mir ein zweites und letztes Mal, Herr Piesoldt. Ich habe mich benommen wie ein betrunkener Primaner. Vielleicht verstehe ich etwas von Soziologie und von Hausarbeit, aber das Show-Geschäft überlasse ich Leuten mit besserer Konstitution. Ich glaube, heute abend gab es nur einen wirklichen Sieger: Sie, Herr Piesoldt! Ich an Ihrer Stelle hätte mich auf offener Szene erschossen."

Günter Piesoldts Zittern hatte merklich nachgelassen. Er konnte schon wieder mit fast normaler Stimme sprechen. „Vergessen wir das alles, Graffunda. Wollen Sie und Fräulein Marianne mir die Freude machen, zu einem kleinen Umtrunk mit allen Beteiligten der Sendung in die Kantine zu kommen?"

Graffunda lächelte dankbar. „Das ist sehr nett von Ihnen, aber ein Kater pro Abend genügt mir. Ich habe nur noch einen Wunsch – schnell ins Bett!"

Als die beiden das Gelände des Fernsehfunks verließen, sagte Graffunda versonnen: „Der arme Piesoldt! Heute ist ihm zum erstenmal bewußt geworden, was Möhlmeyer ausgestanden haben muß."

Erwin Graffunda ist heute ein glücklicher Mann. Bei der Verteidigung seiner Dissertation erntete er nicht nur wissenschaftliche Anerkennung, das hochgelehrte Publikum brach sogar mehrmals in feierlich-gedämpftes Gelächter aus. Der Lohn für alle Mühen in und um Kleinbabelow war das Summa cum laude.

Günter Piesoldt hatte es sich nicht nehmen lassen, das große Ereignis mit einer kleinen Feier in seinem Hause zu krönen. Schließlich verdanke er seinem lieben alten Freund Graffunda mehr, als sich jemals mit Worten ausdrücken lasse.

Natürlich war auch die Bürgermeisterfamilie eingeladen. Frau Kotschmann servierte das Essen und bemühte sich, in Graffundas Gegenwart alles so pefekt wie möglich zu machen. Vielleicht war gerade dies der Grund, daß ihr zuerst eine Suppenterrine und dann ein Teller aus der Hand fielen. „Ich danke Ihnen für Ihre Aufmerksamkeit", sagte Graffunda, gewandt wie immer, „und bitte alle Anwesenden, auf unseren Polterabend anzustoßen. Marianne und ich werden morgen in aller Stille heiraten."

Wirklich, Graffundas Glück war vollkommen. Er hatte eine Dozentur erhalten, Marianne schrieb an den letzten Seiten ihrer Examensarbeit, und das Junggesellenappartement konnte günstig gegen eine hübsche Zweizimmerwohnung getauscht werden.

„Es war gewiß ein aufregendes Jahr", sagte Graffunda zu seiner lieben Gattin, „aber hat es sich nicht gelohnt?"

„Du hast recht, Liebster", entgegnete Marianne, „und ich bin auch sehr glücklich. Aber wie wäre es, wenn du mir ausnahmsweise mal in der Küche helfen würdest?"

„Tut mir leid", brummte er, „ich muß mich auf die Vorlesung vorbereiten."

Natürlich gehört Graffunda nicht zu dieser Kategorie überlebter Hauspaschas, die er in seiner Doktorarbeit vernichtend geschlagen hat. Deshalb beschloß er, gleich morgen ein Inserat aufzugeben: Akademiker-Ehepaar sucht dringend tüchtige Hausangestellte...

KLINGENSCHMIDTS
WITWEN

Die Morgensonne hatte schon Stunden damit zugebracht, das Chaos auf dem Wohnzimmertisch zu bescheinen: leere und halbgefüllte Gläser, umgeworfene Flaschen, abgegessene Teller und überfüllte Aschenbecher. Das triste Bild wurde von pfeifenden Schnarchtönen akustisch untermalt. Sie kamen von einer schmalen Liege, auf der Friedbert Klingenschmidt schlief. Die Feierlichkeit mußte sich bis zu einer totalen physischen Erschöpfung hingezogen haben, denn es war ihm nicht einmal gelungen, sich seiner Kleider zu entledigen. Er lag da in weißem, reichlich beflecktem Hemd und schwarzer Hose, die sich an Hosenträgern festhielt. Die Füße steckten in Lackschuhen, aber eine letzte Regung von Ordnungsliebe hatte ihn veranlaßt, ein Exemplar des Familienblattes Wochenpost darunterzulegen.

Ein besonders intensiver Sonnenstrahl war vom Bowlengefäß über den Mayonnaisensalat bis zu Klingenschmidts Lagerstatt gewandert. Der Schläfer fühlte seinen Schnarchrhythmus durch Kitzeln in der Nase gestört. Ein kräftiger Nieser versetzte ihn endgültig in den Tag.

Friedbert Klingenschmidt brauchte einige Zeit, bis sein Erinnerungsvermögen wieder funktionierte. Als er begriffen hatte, daß er sich im eigenen Wohnzimmer befand, sprang er mit einem fröhlichen Satz von der Liege. Sein Kreislauf reagierte auf den Überraschungseffekt zunächst ungehalten, aber Klingenschmidt wartete geduldig ab, bis der kleine Schwindelanfall vorüber war. Danach fühlte er sich großartig.

Er ging ins Badezimmer und ließ heißes Wasser in die

Wanne. Dann begann er, den Wohnzimmertisch abzuräumen. Während er die Aschenbecher in den Mülleimer leerte, sagte er im Brustton tiefster Befriedigung: „Mindestens dreißig hab ich geraucht, Antonia! Vom Nachmittag an gerechnet." Ein gewaltiger Hustenanfall bestätigte seine Angabe. Als er, hochroten Gesichts, wieder bei Atem war, setzte er trotzig hinzu: „Und jetzt geh ich baden. Mitten in der Woche!"

Wie ein Sieger schritt er ins Bad. Antonia sah ihm aus zu kleinen und entschieden unfreundlichen Augen nach. Ihr Bild hing an der Wand über dem Küchentisch. Um seine rechte untere Ecke spannte sich ein Trauerflor.

Friedbert Klingenschmidt ließ schon zum zweitenmal heißes Wasser nach. Mein Gott, wie oft hatte er sich das gewünscht: an einem beliebigen Tag zu beliebiger Zeit so lange in der Badewanne zu liegen, wie es ihm gefiel. Derlei hätte für Antonia den Anstrich des Lasterhaften, wenn nicht gar des Abartigen gehabt. Daß es ihm überhaupt gelungen war, sie zum Einbau einer Badeeinrichtung in der alten Abstellkammer zu überreden, wunderte ihn heute noch. „Wozu?" hatte sie immer wieder gefragt. „Dreißig Jahre ist es ohne diesen neumodischen Kram gegangen. Ist dir die Zinkwanne nicht mehr gut genug?"

Nein, sie war ihm nicht mehr gut genug gewesen. Vor allem war es ihm zu anstrengend, jeden Freitagnachmittag das unhandliche Gefäß aus dem Schuppen in die Küche zu schleppen, eine Wäscheleine durch den Raum zu ziehen und die Sofadecke als Schutz gegen unerwünschte Blicke daran zu befestigen. Auch Antonia hatte oft über die Plackerei mit den heißen Wassertöpfen gestöhnt. Aus Sparsamkeit war sie anschließend in Klingenschmidts Badewasser gestiegen. Bis sie die Wanne schließlich geleert, die bespritzte Küche aufgewischt und die übliche Ordnung wiederhergestellt hatte, war sie so erschöpft und verschwitzt gewesen, daß sie eigentlich ein neues Bad nötig gehabt hätte. Aber diese sachlichen Erwägungen verfingen bei ihr nicht. Es war einfach schnöder Geiz, der sie die Installation eines Badezimmers scheuen ließ. Daß sie dies nicht zugab, sondern immer nur gegen den neumodischen Kram wetterte, hatte Klingenschmidt eines Tages auf die rettende Idee gebracht.

„Du hast recht, Antonia“, hatte er scheinheilig gesagt, „wir wollen uns nicht über die Tradition erheben, sondern genauso leben wie schon meine Eltern und meine Großeltern in diesem Hause gelebt haben. Gleich morgen trage ich die Flimmerkiste in die Abstellkammer. Vielleicht können wir sie günstig verkaufen.“

Antonia hatte sich verfärbt und ruckartig jeden Widerstand aufgegeben. Die Vorstellung, Willi Schwabe und Kojak nie wiederzusehen, auf den Kessel Buntes und die rauchenden Colts verzichten zu müssen, hatte sie fast um den Verstand gebracht. Fünf Jahre war es nun her, daß Klingenschmidt die Gunst dieser Schrecksekunde genutzt hatte. Doch auch nachdem die alte Abstellkammer in ein hochmodernes, himmelblau gekacheltes Badezimmer verwandelt war, hatte Antonia nur an den Feiertagen ein Bad erlaubt.

Klingenschmidt aalte sich im schaumgekrönten Wasser und beschloß, sich solchen Luxus ab sofort täglich zu gönnen. Überhaupt wollte er nun all das tun, was ihm Antonia in ihrer fünfunddreißigjährigen Ehe nicht gestattet hatte. Zum Beispiel am Wochenende im Bett frühstücken. Oder am hellen Tage ein Bier trinken. Oder an Himmelfahrt nicht mit dem Kirchenchor ins Grüne, sondern allein ins Oberhofer Panorama-Hotel fahren und die Puppen tanzen lassen. Jawohl, das wollte er tun! Und er *konnte* es jetzt auch tun. Seit gestern…

Klingenschmidt war sich seiner schlimmen Empfindungen durchaus bewußt. Gestern, als er am offenen Grabe seiner Frau gestanden hatte und ihm die Worte des Pfarrers in der beabsichtigten Weise zu Herzen gegangen waren, hätte er schwören können, daß er die Dahingegangene betrauern würde. Eine Zeitlang jedenfalls. Aber heute, im Licht der späten Morgensonne, sahen die Dinge nun einmal anders aus.

Vielleicht lag es an der ausgiebigen und wie üblich von viel Alkohol begleiteten Leichenfeier mit den Verwandten. Gewiß hätte er sich anders gefühlt, wenn Käthe und Christian noch ein paar Tage geblieben wären. Aber die Tochter wurde dringend in der Drogerie des Kreisstädtchens gebraucht, in die sie zu Antonias ganzer Freude eingeheiratet hatte, und Christian, Direktor eines kybernetischen Rechenbetriebs, war wirklich nicht länger als einen Tag abkömmlich gewesen. Außerdem, erinnerte sich Klingenschmidt, waren die Kinder auf bewundernswerte Art gefaßt gewesen. Das letzte Mal hatten sie die Mutter vor einem halben Jahr, zu ihrem sechzigsten Geburtstag gesehen. Keiner hätte geglaubt, daß der kleinen, zähen, mit einem eisernen Willen ausgestatteten Antonia nur noch so wenig Zeit zugemessen war. Dennoch hatte die Kinder kein unbändiger Schmerz befallen, als sie erfuhren, Mutter sei mitten in ihrer Lieblings-Quizsendung im Sessel eingeschlummert und auch nach den letzten Nachrichten nicht mehr erwacht. Käthe und Christian versicherten dem Vater, er könne froh sein, daß sie ein so gutes, friedliches Ende genommen hätte. Offenbar gäbe es doch ein höheres Wesen, das seine Getreuesten, wenn es soweit sei, mit einem sanften Tod belohne. Deshalb solle er nicht mit dem Schicksal hadern, sondern seinem Leben einen neuen Sinn geben.

„Bei Gott!" dachte Klingenschmidt. „Ich werde mir schon nichts entgehen lassen!" Während der schönsten Jahre seines Lebens hatte er nur gearbeitet und nach Antonias Pfeife getanzt. Aber noch fühlte er sich keineswegs alt. Niemand sah ihm seine zweiundsechzig an. Es kam sogar vor, daß man ihm glatte zehn Jahre weniger gab. Auch mit der Gesundheit stand alles zum besten, wenn er von einem gelegentlichen Hexenschuß einmal absah.

Reisen wollte er, vor allem reisen. Als er jung war, hatten Armut, Krieg und erneute Armut keinen Gedanken an solche Extratouren zugelassen. Nachdem die Kinder längst aus dem Haus waren, hatte Klingenschmidt seine Frau ein einziges Mal zu einem FDGB-Urlaub in der Sächsischen Schweiz überreden können. An diese vierzehn Tage erinnerte er sich nur mit Schaudern. Antonia war einfach nicht imstande gewesen, die Ferien zu genießen. Ständig grübelte sie, ob zu Hause auch alles seine Ordnung habe, ob der Nachbar zuverlässig die Kaninchen versorge und das Begießen der Gemüsebeete nicht vergesse. Sie beklagte sich über das feuchtwarme Klima und den Dialekt der Einheimischen, die ihrerseits Mühe hatten, Antonias lupenreines Südthüringisch zu verstehen. Das Essen behagte ihr so wenig wie das Wasser, das zu ihrem Entsetzen nicht klaren Bergquellen, sondern dem Wasserwerk entsprang. Kurzum, Antonia hatte ihm nicht nur die Reise verleidet, sondern auch den Wunsch nach jeder weiteren. Ihr Dörfchen verließen sie fortan höchstens in Begleitung des Kirchenchors, in dem Antonia als erster Sopran und Klingenschmidt als Baß-Bariton unentbehrlich waren. Auf diese Weise hatten sie außer der näheren Umgebung noch Erfurt, Eisenach und Suhl kennengelernt. Alles Leben und Treiben jenseits des Thüringer Waldes hatte Antonia als fragwürdig und nicht gottgefällig empfunden. Außerdem war ihr Bedarf nach Exotik voll durch das Fernsehen gedeckt worden.

Klingenschmidt zog den Stöpsel aus der Wanne und begann zu duschen, abwechselnd heiß und kalt. Die extremen Temperaturen möbelten ihn kolossal auf, so daß er vor Vergnügen einen Schlager pfiff. Als ihm das Unpassende solcher Lebensäußerung bewußt wurde, stieg er schnell aus der Wanne und frottierte sich ab.

Vor dem Schlafzimmerschrank überlegte er lange, was er anziehen sollte. Da er nicht vorhatte, heute zu arbeiten, kam der blaue Overall nicht in Frage. Am liebsten hätte er zu Jeans und einem karierten Sporthemd gegriffen, aber in solchem Aufzug durfte er nicht gesehen werden. Immerhin war er seit einigen Tagen Witwer, und ob ihn dieser Zustand nun mit Kummer oder Erleichterung erfüllte, den Trauerfall mußte er zumindest äußerlich sichtbar machen. Zum schwarzen Anzug konnte er sich jedoch nicht entschließen, zumal der auch noch Spuren der gestern genossenen Speisen und

Getränke aufwies. Er entschied sich für eine dunkelgraue Kombination und befestigte am Jackenärmel einen Trauerflor. Ein frisches weißes Hemd und eine schwarze Krawatte vervollständigten den würdigen Eindruck.

Klingenschmidt ging wieder ins Wohnzimmer. Er setzte sich in seinen Sessel und überlegte, was er nun tun könne. Plötzlich fielen ihm die Kaninchen ein. Gestern nachmittag, unmittelbar nach der Rückkehr vom Friedhof, hatte er die armen Viecher zum letzten Mal gefüttert. Aber sie hockten noch puppenlustig in ihren Ställen. Er legte ihnen frisches Grünfutter und einige Mohrrüben vor und beschloß, sie in den nächsten Tagen zu verkaufen. Antonia würde sich wegen dieser Rohheit zwar im Grabe umdrehen, aber mit ihr war schließlich der einzige Konsument der langohrigen Festtagsbraten dahingegangen. Wenn Klingenschmidt an die unzähligen Gläser mit eingewecktem Kaninchenfleisch dachte, die seit Jahren in der Speisekammer standen und sich ständig vermehrt hatten wie die Karnickel, wurde ihm übel. Sofern die Kinder nicht interessiert waren, wollte er die Bestände dem Altersheim zur Verfügung stellen.

Das Wohnzimmer kam Klingenschmidt merkwürdig ungemütlich vor. In der Badewanne hatte er sich frei und unabhängig gefühlt, aber hier war ihm, als könne Antonia jederzeit hereinkommen, über den verheerenden Einfluß des Zigarettenrauchs auf die Dederongardinen jammern und das Fernsehgerät einschalten. Um die noch ganz von ihr beherrschte Atmosphäre zu reinigen, räumte er einen lächelnden Porzellan-Amor von der Anrichte. Zusammen mit einigen Kristallvasen und einer keksgefüllten blauweißen Kaffeedose der Firma Jakobs verschloß er alles in den Schrank. Seltsamerweise wagte er nicht, den silbernen Ständer mit dem halbvergilbten Hochzeitsfoto vom Ehrenplatz auf dem Fernsehapparat zu entfernen. Schon damals hatte Antonia diesen lauernden, unfreundlichen Blick gehabt. Warum war ihm das eigentlich nicht aufgefallen?

Er zog Jackett und Schuhe aus, griff nach der Wochenpost

und legte sich auf die Couch. Er blätterte die Zeitschrift durch und erinnerte sich, warum Antonia ausgerechnet dieses Blatt abonniert hatte. Erstens weil es so billig war, und zweitens wegen der Heiratsannoncen. Sie schienen ihr von der Verderbtheit der Welt da draußen zu künden. Daß Menschen schamlos ihre Vorzüge anpriesen und in aller Offenheit von dem dringenden Verlangen nach einem Partner sprachen, hatte sie mit nie erlahmendem Abscheu erfüllt.

Klingenschmidt schlug die entsprechenden Seiten auf und las: „Witwe, Anf. 60, jg. ausseh., gepfl. Eigh. und auskömml. Rente, Int. f. Theat., Lit. u. ernste Mus., su. gleichges. Part. m. Fahrerl. DEWAG Halberstadt." Er mußte grinsen. Die erwünschte Fahrerlaubnis bedeutete offenbar, daß sich nur motorisierte Herren im gepflegten Eigenheim der jünger aussehenden Witwe vorzustellen brauchten. Klingenschmidt dachte an seinen wenig gefahrenen Trabant und an seine Vorliebe für Halberstädter Würstchen.

Die nächste Anzeige gefiel ihm noch besser. Sie kam, zumindest in der fettgedruckten Dachzeile, ohne Abkürzungen aus. „Welcher lebensfrohe Herr besucht mich übers Wochenende?"

„Na, ich natürlich", sagte Klingenschmidt laut und erschrak. Aber da außer dem Summen einer verirrten Fliege nichts zu hören war, beruhigte er sich wieder. Die Dame mit der Wochenendeinladung wohnte in Leipzig. „Bin 59, Frohn., oh. Anh., künstl. Ber., aufgeschl. f. a. Gu. u. Schö., doch des Alleins. müde", gestand die sächsische Frohnatur.

Klingenschmidt war hochgradig amüsiert. Was für einen künstlerischen Beruf mochte die mutige Dame haben? Tänzerin kam wegen ihres fortgeschrittenen Alters wohl nicht in Frage. Vielleicht Schauspielerin? Nein, dann hätte sie an den Wochenenden gewiß keine Zeit. Also was sonst? Er gestand sich, daß seine Kenntnisse von der Vielzahl künstlerischer Berufe zu gering für Spekulationen seien. Aber interessiert hätte ihn schon, warum sich ein Mensch mit extravaganter Profession, noch dazu in einer Großstadt, an den Wochenenden einsam fühlte. Und in Leipzig war er auch noch nicht gewesen.

Von der Kirchturmuhr schlug es zwölf. Klingenschmidt ging in die Küche, holte die von gestern übriggebliebenen Salatschüsseln aus dem Kühlschrank und aß lustlos ein paar Happen. Antonia sah ihm unfreundlich zu. „Ja, ich weiß schon“, brummte er die trauerumflorte Fotografie an, „man ißt nicht mit dem Vorlegelöffel aus der Schüssel. Man tut alles mögliche nicht. Aber wenn es einem trotzdem Spaß macht? Siehst du, da kannst du dich auf den Kopf stellen!“

Antonia sah ihn unverwandt an. Klingenschmidt wurde kribbelig. Zu ihren Lebzeiten hätte er solche Töne niemals riskiert, nicht aus Feigheit, sondern weil er seine Ruhe haben wollte. Antonia hatte so beharrlich auf einer Sache herumreiten können, bis einem der Schädel brummte. Also hatte er lieber gleich getan, was sie anordnete oder doch mit Sicherheit anordnen würde. Daß er jetzt gegen eine Tote patzig wurde, erfüllte ihn mit Scham und Ärger. Und das erhöhte seine Wut auf Antonia.

„Jetzt ist Schluß!“ rief er. „Ich bin kein dummer Junge mehr. Bei mir ist höchste Eisenbahn, wenn ich noch was vom Leben haben will. Du hältst mich jedenfalls nicht mehr zurück!“ Mit einem Ruck öffnete er den Kühlschrank, nahm die Kornflasche heraus und goß sich ein Wasserglas voll. Dann ging er entschlossenen Schrittes ins Wohnzimmer und nahm die Mappe mit Schreibpapier aus einer Schublade.

Klingenschmidt hatte schon drei Zigaretten geraucht und das große Glas fast geleert, bevor auch nur die Anrede auf dem Papier stand. „Sehr geehrte unbekannte Freundin!“ Diese Formulierung war das Ergebnis langen Nachdenkens. Er hatte geschwankt zwischen „Werte Dame“ und „Sehr verehrte gnädige Frau“, aber das erste war ihm zu kühl und das zweite unzeitgemäß vorgekommen. Mit einer großstädtischen Künstlerin durfte man gewiß ein wenig forsch reden. Vielleicht erwartete sie das sogar. Auch wenn er auf dem Dorf lebte, mußte er ja nicht unbedingt ein Tölpel sein. Schließlich hatte er viel gelesen und nachgedacht. Von seiner donnerstäglichen Canasta-Runde im Wirtshaus wurde er jedenfalls als

Mann von Bildung geschätzt. Selbst Alex Eckstein, der pensionierte Provisor, der die größte Privatbibliothek des Ortes sein eigen nannte, lobte ihn häufig für seine universellen Kenntnisse. Nun, das war übertrieben, aber daß er originelle und interessante Briefe schreiben konnte, hatten ihm nicht nur Käthe und Christian, sondern auch seine Schwiegertochter Gerda bestätigt. Und die war immerhin Oberstudienrätin.

„Sehr geehrte unbekannte Freundin!" las er laut, um sein Gehirn wieder in Schwung zu bringen. „Ihre Annonce hat mich berührt wie ein warmer, herzlicher Händedruck. Wie gern käme ich zu Ihnen in Ihre aufregende, von internationalen Ereignissen erfüllte Stadt. Auch ich, ein Witwer der gleichen Generation, fühle mich einsam, besonders, wenn eine arbeitsreiche Woche sich neigt und die Zeit der Muße erst durch einen gleichgestimmten Gesprächspartner Sinn und Inhalt gewinnt. Wollen Sie, obwohl gewiß bedeutenderen Umgang gewöhnt, einen Versuch mit mir wagen? Wenn ja, schreiben Sie mir hauptpostlagernd nach Suhl. In hoffnungsvoller Verehrung, Ihr Friedbert Klingenschmidt."

Sein erster Impuls, nachdem er den Brief noch einmal gelesen hatte, war, das Blatt wegzuschmeißen. Ihm fiel auf, daß er über sich selbst nichts als seine Witwerschaft mitgeteilt hatte. Aber warum sollte er auch? War dem persönlichen Eindruck nicht eher zu trauen als einem Brief, in dem man sich hinter den Worten verstecken konnte? Wenn sie so intelligent war, wie er hoffte, würde sie das begreifen. Nur die Bitte um hauptpostlagernde Antwort wollte er ihr noch in einem Postskriptum erklären. Seine Adresse wurde ja erst wichtig, wenn sie an dauernden Kontakt mit im dachte. War dies aber nicht der Fall, so brauchte sie auch keine genauen Angaben über einen einsamen Wochenpost-Leser aus dem Thüringer Wald.

An dieser Stelle seiner Überlegungen fiel ihm ein, daß er den Brief unmöglich in einen der drei Dorf-Briefkästen stekken konnte. Nicht nur, weil der Poststempel verräterisch gewesen wäre, sondern vor allem wegen der Schnecke. Hinter diesem Spitznamen verbarg sich die Postangestellte Emma

Rocktäschl, die ihre Amtsgeschäfte auf höchst individuelle Weise versah. Zum Beispiel trug sie Zeitungen, Briefe und Pakete nur dann aus, wenn sie Lust auf einen Spaziergang hatte, also weder bei Regen noch bei Schneefall, Tauwetter, Sturm oder zu starker Hitze. Aus den gleichen Gründen leerte sie auch die Briefkästen nicht täglich um 18 Uhr, wie die daran befestigten Schilder behaupteten, sondern ausschließlich bei günstiger Witterung. Wenn sie dann auf ihrem über und über bepackten Fahrrad angerollt kam, riefen die Kinder vergnügt: „Die Schneckenpost ist da, die Schneckenpost ist da!" Die Schnecke empfand derlei Redensarten nicht als Verunglimpfung. Offenbar war sie von ihrer vorgesetzten Kreisbehörde weit herbere Töne gewöhnt. Aber aus Mangel an einer anderen geeigneten Kraft blieb sie trotz aller Kritik im Post-Amte.

Klingenschmidt wollte auf keinen Fall, daß die Schnecke aus seinem Absender (Suhl hauptpostlagernd) am Ende gar richtige Schlüsse zöge. Er war ja der Sache selbst noch nicht sicher. Vielleicht fand die künstlerisch tätige Frohnatur so viele Interessenten, daß er mit einer Antwort gar nicht zu rechnen brauchte. Trotzdem machte er sich reisefertig für den 17-Uhr-Bus nach Suhl.

Obwohl alle Fenster und auch die Tür offenstanden, war die Hitze in der kleinen Werkstatt kaum zu ertragen. Zum erstenmal seit Jahren nahm Klingenschmidt wahr, welch abscheulichen Lärm die Fräsmaschine verursachte. Er stellte das Gerät ab und gönnte sich eine Pause. Doch nach wenigen Minuten ging ihm die Stille auf die Nerven. Vielleicht wäre es doch besser, im Kombinat zu arbeiten? Eine Pause war eigentlich erst richtig erholsam, wenn sie von einem kleinen Schwatz begleitet wurde. Andererseits schätzte es Klingenschmidt über alles, sein eigener Herr zu sein, selbst entscheiden zu können, wann er mit der Arbeit beginnen und wann er aufhören wollte. Gewiß, die Norm mußte geschafft werden, aber in welcher Zeit er sie schaffte, blieb ihm allein überlassen.

Seufzend schaltete er die Maschine wieder an, spannte einen Rohling in den Feilkloben und fräste die Wendel, bis ein blitzblanker, mit schöner Spitze versehener Korkenzieher fertig war. Das erforderte Fingerspitzengefühl und Präzision. Klingenschmidt wurde nicht müde, anderen gegenüber die Wichtigkeit solcher Eigenschaften zu betonen. Aber er war längst so routiniert, daß ihm der Vorgang des Fräsens keinerlei Aufmerksamkeit mehr abnötigte. Genaugenommen langweilte ihn das Ganze. Das hätte er allerdings keinem Dritten eingestanden. Im Gegenteil, er renommierte bei jeder sich bietenden Gelegenheit mit der Exklusivität seiner Arbeit. Immerhin war das Kombinat, in dessen Dienst er zu Hause, in der Werkstatt seiner Vorväter, die immer gleichen Rohlinge fräste, der einzige Korkenzieher-Produzent der gesamten Republik.

„Strenggenommen sind wir die wichtigsten Vermittler von Lebensfreude", pflegte er im Wirtshaus zu protzen. „Stellt euch vor, es gäbe uns nicht! Ihr würdet vor vollen Schnapsflaschen sitzen und greinend wie die Babys Milch trinken."

„Das wäre angesichts des steigenden Alkoholkonsums gar kein schlechter Gedanke", sagte der pensionierte Provisor Eckstein regelmäßig. „Die Abschaffung der Korkenzieherindustrie könnte vom Gesundheitsministerium glatt als Neuerervorschlag honoriert werden."

Aber die restlichen Mitglieder der Canasta-Runde, Konsum-Verkaufsstellenleiter Friedmann und Friseurmeister Wiedenthal, protestierten gegen solche Einschränkung ihrer heiligsten Menschenrechte. Nur Gitti, die appetitlich-dralle Seele des Bier-Geschäfts, fürchtete nichts für ihr Gewerbe. „Wenn es keine Korkenzieher mehr gibt, schlagen wir eben wieder die Flaschenhälse ab, wie die alten Germanen. Oder wir veranstalten sportliche Wettkämpfe im Korkeneindrükken. Da wüßte man wenigstens, wer von den Großmäulern noch Mumm in den Knochen hat."

Dieses Thema war Gittis neuralgischer Punkt. Als elternloses Kind war sie mit einem Umsiedlertreck ins Dorf gekommen und vom Gastwirtsehepaar Enderlein aufgenommen worden. Nach Beendigung der Schule blieb sie selbstverständlich im Haus, um die kränkliche Frau Enderlein zu entlasten und gelegentlich in der Gaststube auszuhelfen. Das freundliche, hübsche Mädchen mit dem schlesischen Akzent war von allen wohlgelitten und belebte den Umsatz merklich. Junge Burschen auf heranwachsenden Freiersfüßen hatten allerdings wenig Glück, denn die Enderleins bewachten die Tugend ihrer Pflegetochter eifersüchtig. Als Frau Enderlein ein Opfer ihrer kranken Lungen geworden war, verschärfte sich die Wachsamkeit des noch nicht vierzigjährigen Gastwirts. In diesem Fall sollten die Klatschtanten des Dorfes einmal recht behalten, denn unmittelbar nach Ablauf des Trauerjahres führte Enderlein die mehr als zwanzig Jahre jüngere Gitti zum Altar. Inzwischen befand sich die Wirtin auf dem Höhepunkt ihrer vollreifen Fraulichkeit, während Enderlein sichtlich abbaute. Seither behütete er seinen Schatz zunehmend mißtrauischer. Ob Ortsansässiger oder Tourist, keiner wagte in seiner Gegenwart, mit Gittis einladenden Augen Blicke zu wechseln. Mochte der alte Enderlein auch nicht der Prototyp des klassischen Würgers sein – gut Kirschenessen war mit dem dörflichen Othello gewiß nicht.

Es ging schon auf Mittag zu. Klingenschmidt beschloß, noch zehn Rohlinge zu fräsen. Dann hätte er vierhundert Stück geschafft, genau die Hälfte der Tagesnorm. Der Lärm der Fräsmaschine verschluckte jedes Nebengeräusch. Klingenschmidt bemerkte Gitti Enderlein erst, als sie ihm die Hand auf die Schulter legte.

„Ich hab was für dich", sagte sie geheimnisvoll lächelnd, nachdem er den Motor abgestellt hatte. Sie reichte ihm einen Brief.

Klingenschmidt lief dunkelrot an. „Wie kommst du dazu", fuhr er auf, „wer gibt dir das Recht..."

Gitti tätschelte ihm beruhigend den Arm. „Reg dich nicht auf, Friedbert. Ich hab in Suhl Einkäufe gemacht und war auf einen Sprung bei meiner Schwägerin im Postamt. Du kennst sie doch, sie war mal im Urlaub bei uns. Eigentlich sollte ich dir nur Bescheid sagen, daß der Brief schon seit einer Woche auf dich wartet. Um dir den Weg zu ersparen, hab ich sie überredet, mir das Ding mitzugeben. Nun brauchst du ihr nur noch eine Vollmacht zu schicken, damit alles seine Ordnung hat."

Eigentlich wollte Klingenschmidt seinem Zorn gewaltig Luft machen, aber ihm wurde klar, daß er sich gerade damit verdächtig machte. „Halb so wild", lenkte er ein. „Ich hab nämlich auf eine Auto-Annonce geschrieben. Wenn die Angebote günstig sind, verkauf ich vielleicht meinen Trabbi."

Gitti ereiferte sich: „Und warum machst du das außerhalb? Den wirst du doch im Dorf reißend los!"

„Das schon", gab Klingenschmidt mit gut gespielter Verlegenheit zu, „aber hier müßte ich mich anstandshalber an den Taxpreis halten, verstehst du? Wenn du mir einen Gefallen tun willst, halt den Mund über die Sache." Gitti fand den Vorgang trotzdem empörend. Sie beruhigte sich erst, als Klingenschmidt versicherte, er werde den Wagen doch lieber behalten. Es sei eine spontane, vom Schmerz um die Verstorbene beeinflußte Handlung gewesen, die er längst bereut und schon fast wieder vergessen habe. Was ja wohl eindeutig durch die Tatsache bewiesen sei, daß er in Suhl gar nicht nach Post gefragt habe. Als Gitti endlich unter Zurücklassung ihres feierlichen Ehrenwortes abgezogen war, begab sich Klingenschmidt eilig mit dem Brief ins Haus.

Die Leipziger Frohnatur hieß Eleonore Kleinert und wohnte in Markkleeberg. Klingenschmidt nahm sich nicht einmal die Zeit zum Händewaschen, riß mit zitternden Fingern das Kuvert auf und las: „Mein lieber Herr Klingenschmidt! Unter all den vielen Antwortschreiben auf mein Inserat hat mich das Ihre am tiefsten beeindruckt. Wenn mich meine Menschenkenntnis nicht trügt, so müssen Sie ein bescheidener und überaus sensibler Mann sein. Wie gern vermißte ich in Ihren wohlgesetzten, von einem warmen Herzen diktierten Zeilen jenen Snobismus, der die Herren innerhalb meines beruflichen Bereichs (Theater) auf eine so frustrierende Weise auszeichnet. Nein, zu jenen Typen, die die Nase höher tragen, als es ihr kleiner Erfolg zuläßt, gehören Sie gewiß nicht. So wie Sie schreibt nur ein einfacher, aber dennoch kultivierter Mann des Volkes. Dies soll, wie Sie mich hoffentlich recht verstehen, keine Abwertung sein. Im Gegenteil, lieber Freund! Sie können mir glauben, daß ich nach vierzigjähriger Theaterzugehörigkeit weiß, wovon ich spreche: Jeder feinsinnige Mann mit einem normalen, und sei es auch simplen Beruf ist mir lieber als einer dieser hochnäsigen Lackaffen vom Bau. Ich bitte Sie, mir meine Erregung zu verzeihen, aber nochmals: Ich weiß, wovon ich spreche! Nun aber konkret: Wie wäre es mit dem Wochenende vom 17. zum 18. Juni? Sind Sie noch frei? Wenn ich Sie zu einigen gemütlichen Plauderstündchen erwarten darf, genügt ein Telegramm.

Es grüßt Sie freundlich Ihre Eleonore Kleinert."

Klingenschmidt war so verwirrt, daß er auf dem Mülleimer Platz nahm, ohne es zu merken. Während er mit seiner schmutzigen Rechten das rasend klopfende Herz zu beruhigen versuchte, fiel sein Blick auf den Wandkalender. Heute war Dienstag, der 13. Juni. Zu spät, dachte er verzweifelt. Eine Künstlerin vom Format der Eleonore Kleinert hatte es gewiß nicht nötig, so lange auf Antwort zu warten. Nun hätte er sich doch ohrfeigen können, daß er nach den ersten vergeblichen Nachfragen auf dem Suhler Postamt den Mut verloren hatte. Das Ganze war ihm plötzlich als eine Schnapsidee erschienen, unwürdig eines seriösen Witwers und dreifachen Großvaters.

Aber nun, nachdem ihn die Künstlerin Kleinert in geradezu erhebenden Worten all den „hochnäsigen Lackaffen vom Bau" vorgezogen hatte, sah er die Dinge wieder in anderem Licht, obwohl ihm die Passage mit dem „simplen Beruf" nicht recht schmeckte. Was sollte das heißen? Erhob sich Madame etwa über körperliche Arbeit, nur weil sie in wallenden Roben über die Bühne rauschte? Sie wäre gewiß nicht imstande, eine ordentliche Spitze an einen Korkenzieherrohling zu fräsen! Trotzdem nahm er sich insgeheim vor, nicht gleich mit der Tür ins Haus zu fallen. Daß er einen durchaus nicht unwichtigen Posten im Metallwaren-Kombinat innehatte, konnte sie ja zur Not erfahren. Aber Einzelheiten wollte er doch erst nach genauer Prüfung der Dinge preisgeben.

Nachdem er geduscht und sich umgezogen hatte, holte Klingenschmidt seinen Trabbi aus der Garage und fuhr in die Kreisstadt. Unterwegs formulierte er den Telegrammtext: „Aus Krankheitsgründen Antwort leider erst jetzt möglich. Eintreffe 17.5., 17 Uhr. Herzliche Grüße, Friedbert Klingenschmidt." Wie gut, dachte er fröhlich, daß er nicht in der großen Werkhalle des Kombinats arbeitete. Für Mittwoch oder Donnerstag strich er seine geliebten Nachmittags-Kaffeepausen. Mochte ihn die Künstlerin Kleinert auch in Verwirrung stürzen und vorübergehend aus dem Schaffensprozeß herausreißen, die vierhundert Rohlinge, die am heutigen Soll fehlten, würde er noch zu ordentlichen Korkenziehern machen.

Seit einer halben Stunde saß Eleonore Kleinert am Fenster und spähte durch einen Gardinenspalt auf die Straße. Der Tisch war gedeckt, und auf dem Herd in der Küche summte der Teekessel. Die gute Stube erinnerte, wie seine Bewohnerin, an ein Museum. Die Altersangabe im Inserat (59) war eine charmante Untertreibung, während die Sache mit dem künstlerischen Beruf eher den Tatbestand der Hochstapelei erfüllte. Gewiß, der Weg zum Theater war von Eleonore einst in der Hoffnung beschritten worden, einmal als gefeierte Heroine auf den sprichwörtlichen Brettern zu stehen. In jungen Jahren waren ihr auch noch einige tragende Rollen zugefallen, das heißt, sie durfte als Mitglied der Statisterie gelegentlich ein Tablett über die Bühne tragen.

Als ihre jugendliche Anmut den Weg alles Vergänglichen genommen hatte, blieb ihr allein der original Leipziger Tonfall. Trotz aufwendigen Sprechunterrichts haftete das Übel an ihr wie ein Muttermal. Selbst die von der mitleidigen Intendanz gebotene Chance, als Souffleuse einzuspringen, scheiterte an Eleonores hartnäckiger Dialektfärbung. Schauspieler nichtsächsischer Herkunft verstanden ihre geflüsterten Textpassagen einfach nicht oder verloren vor Lachen den Faden. Da aber unverdünntes Theaterblut im Kleinertschen Busen pulsierte, behielt man sie schließlich als Garderobiere.

Ein bißchen bange war ihr schon bei dem Gedanken, jenem Herrn Klingenschmidt die ganze Wahrheit beichten zu müssen. Natürlich wollte sie ihn zunächst testen, erst einmal herausfinden, ob er ihres Vertrauens überhaupt würdig war. Sollte er sich als ebenso borniert erweisen wie die Herren von der Edelkomparserie, die sich zuzeiten in ihrem Leben und ihrer guten Stube breitgemacht hatten, würde sie die Beziehung wie üblich nicht über das Wochenende ausdehnen.

Frau Kleinert schrak zusammen, als das Glockenwerk ihrer alten Pendeluhr die sechste Stunde schlug. Im selben Augenblick läutete es an der Wohnungstür. Da sie niemanden auf der Straße hatte kommen sehen, erschien ihr der Vorgang rätselhaft. Sie raffte alle Kraft zusammen, ordnete vor dem Garderobenspiegel im Korridor ihre Haare und öffnete die Tür.

„Ach, du bists, Albert“, sagte sie mit unverhohlener Enttäuschung und im schlimmsten Sächsisch.

Albert Lehner, verwitweter Oberpostsekretär und Eleonores Wohnungsnachbar zur Rechten, fragte amüsiert: „Wen hast du denn erwartet, Lorchen? Hamlets Geist oder den Vetter aus Dingsda?“

Aber Frau Kleinert war nicht zum Scherzen aufgelegt. „Sag schon, was du willst, aber fasse dich kurz. Ich erwarte nämlich wirklich Besuch. Herrenbesuch, wenns beliebt!“

Albert drohte mit dem Finger. „Lorchen, Lorchen, fängst du schon wieder an? Du weißt doch, daß das nicht gut geht mit deinen Annoncen-Heinis. Na, wenigstens weiß ich, daß ich dich ab Montag wieder trösten darf. Hoffentlich frißt der Neue nicht die ganze Sachertorte auf. Die macht dir nämlich auf der ganzen Welt keiner nach, meine Gutste!“

Eleonore Kleinert verspürte plötzlich einen unbändigen Kaffeedurst. Er war stärker als alle Erwartung kommender

Bekanntschaft mit jenem thüringischen Friedbert, von dem sie außer seinem klingenden Namen nichts wußte. Albert Lehner hingegen war ihr seit Jahren vertraut, und seine Begeisterung für ihre Sachertorte ging ihr durchaus unter die Haut.

„Komm schon rein", sagte sie großmütig, „das Kaffeewasser kocht gerade." Sie beschloß, Herrn Klingenschmidt, falls er überhaupt noch käme, ein paar Bemmen zu schmieren.

Um diese Zeit stand für Friedbert Klingenschmidt längst fest, daß er die Künstlerin Kleinert niemals kennenlernen würde. Mittlerweile verursachte ihm dieser Gedanke auch keinerlei Nervosität oder Schuldgefühl mehr. Er war im Gegenteil über alle Maßen froh, daß ihn seine Fahrt gar nicht bis Leipzig geführt hatte. Nicht einmal bis zur Autobahn war er gekommen.

In einem winzigen Nest, etliche Kilometer vor dem Hermsdorfer Kreuz, hatte plötzlich eine elegante Dame mitten auf der Straße gestanden und ihn mit fuchtelnden Armen zum Halten gezwungen. Doch nicht ein Unfall, wie er zuerst glaubte, war der Grund ihrer tollkühnen Attacke gewesen, sondern ein Mißgeschick von eher komischen als tragischen Ausmaßen. Die Dame, sie hieß übrigens Steffi Gregor und erinnerte in ihrer üppigen Schönheit an die Schauspielerin Marianne Wünscher, war Gast einer Hochzeitsfeier, deren Zustandekommen durch den einfachen Umstand gefährdet war, daß der Standesbeamte fehlte. Die Trauung sollte vom Bürgermeister der Nachbargemeinde durchgeführt werden, und dieser hatte sich beim Einsteigen ins Auto den rechten Fuß so heftig verstaucht, daß er weder einen Schritt laufen noch das Gaspedal bedienen konnte. Trotz seiner Schmerzen war der Staatsdiener bereit, das junge Paar zu trauen, vorausgesetzt, es erschiene bei ihm zu Hause. Die Sache scheiterte nun daran, daß kein Gast und kein Bewohner des nur wenige Häuser umfassenden Ortsteils ein Auto steuern konnte. Natürlich war mindestens ein Drittel von ihnen im Besitz einer gültigen Fahrerlaubnis, aber der erst vor einigen Stunden beendete Polterabend hatte ihre Fahrtüchtigkeit auf ein Minimum reduziert.

Diese vertrackte Geschichte erzählte Steffi Gregor nun schon zum wiederholten Male und daher bereits in höchstmöglicher Verknappung. Friedbert Klingenschmidt aber war der erste Autofahrer, der sie sich geduldig und verständnisvoll anhörte. Er gab zwar zu bedenken, daß auch er in Eile sei, aber Frau Gregor schwor, die Angelegenheit werde nur Minuten beanspruchen. Mit Rücksicht auf den schmerzgeplagten Bürgermeister wolle das Brautpaar auf jede Zeremonie verzichten, sich also lediglich zusammenschreiben lassen, um dann als reguläres Ehepaar das Motiv zur Fortsetzung der Festivität zu liefern. Schließlich seien Verwandte aus allen Teilen der Republik angereist, die man unmöglich unverrichteter Freude wieder nach Hause schicken könne.

Klingenschmidt wollte nicht ungefällig sein. Außerdem war er überzeugt davon, daß keiner seiner Canasta-Gefährten je so etwas erlebt hatte. Er freute sich schon auf ihre verblüfften Gesichter, wenn er von seinen Heldentaten als Kavalier der Landstraße berichten würde. Also lud er den leicht schwankenden Bräutigam und die vor Aufregung zitternde Braut in seinen Trabbi, bestand aber darauf, daß die sympathische Anhalterin Steffi Gregor neben ihm Platz nahm.

Der Bürgermeister lag auf dem Sofa in seiner Wohnküche, den geschwollenen Fuß auf mehreren Kissen hochgelagert. Schmerzverzerrten Gesichts stellte er den beiden Beteiligten die obligatorische Frage nach dem Ja-Wort, worauf nicht sehr feierlich, aber korrekt die standesamtlichen Urkunden unterschrieben wurden. Es waren nicht mehr als fünf Minuten vergangen, bis die komische kleine Gesellschaft wieder in Klingenschmidts Trabbi saß.

Vor dem Haus der Brauteltern wurden sie mit lautstarken Glückwünschen, alkoholisierten Sprechchören und zahllosen Hochrufen auf den edlen Ritter Klingenschmidt empfangen. Jener sah ein, daß er die Gesetze der Gastfreundschaft auf unverzeihliche Art verletzen würde, wenn er die Einladung zu Kaffee und Kuchen ausschlug. Seine letzten Bedenken verflogen im lauen Sommerwind, als sich Steffi Gregor zur Bittstellerin machte. Den vom Brautvater diskret zugesteckten Geldschein wies er allerdings energisch zurück. Die kleine Hilfeleistung sei ein Geschenk für das junge Paar, auf das er außerdem Gottes Segen herabwünsche. Diese Rede hatte neuen Jubel zur Folge. Ferner wurde entschieden, daß ein so hochherziger Schenker auch Gast des Festes bleiben und demzufolge mit dem Brautpaar anstoßen müsse. Klingenschmidt erinnerte sich der wartenden Frohnatur aus Markkleeberg und wehrte mit Händen und Füßen ab. Wieder war es Steffi Gregors Charme, der seine Widerstandskraft zum Erlahmen brachte.

Klingenschmidt konnte sich nicht erinnern, je im Leben eine so fröhliche Hochzeitsfeier mitgemacht zu haben, einschließlich seiner eigenen. Er war in den Kreis der riesigen Familie aufgenommen worden, als habe er schon immer dazugehört. Das junge Paar mit Namen Alexander und Ramona bat um die Gunst, mit ihm Brüderschaft trinken zu dürfen. In ihrer Seligkeit tauften sie ihn um zu Friedbert Glücksschmied. Wenn er wirklich ein solcher sei, sagte Steffi Gregor mit glänzenden Augen, dann müsse er sich auch mit ihr augenblicklich auf den Duzfuß stellen.

Klingenschmidt errötete wie ein Jüngling und brachte keinen Ton heraus. Als sie seinen Mund mit ihren Lippen berührte, setzte für einige Sekunden sein Herzschlag aus. Er saß ganz still und genoß doch das himmlische Gefühl des Schwebens. Nachdem er wieder auf den Boden der lautstarken Feierlichkeit zurückgekehrt war, prüfte er mit ängstlichen Blicken, ob vielleicht jemand seinen Zustand momentaner Entrückung bemerkt habe. Aber alle ringsum waren vollauf mit Singen, Schunkeln, Schwatzen und Trinken beschäftigt. Noch einmal krampfte sich sein Herz zusammen: Steffi, die Schöne, Einzigartige, war verschwunden.

Klingenschmidt hatte das ursprüngliche Ziel seiner Reise

nahezu vergessen, zumindest dachte er in den folgenden Stunden nicht mehr daran. Auch die vom Alkohol zu fröhlichster Ausgelassenheit stimulierten Gäste fragten nicht danach. Für sie war er einfach ein feiner Kerl, ein Mordskumpel, eben einer von ihnen. Sie feierten ihn, und er feierte mit ihnen. Doch trotz aller enthemmenden Schlucke, die er sich nun bedenkenlos anbieten ließ, da man ihn über Nacht eingeladen hatte, behielt er jeden Meter Raum im Auge. Er sah so oft zur Tür, bis es ihm selber peinlich wurde. „Mein Gott!" dachte er. „Wenn einer aus dem Dorf oder gar ein Mitglied des Kirchenchors wüßte, wie ich mich kurze Zeit nach der Beerdigung der guten Antonia aufführe, er würde die Hände über dem Kopf zusammenschlagen." Da Steffi nach einer nicht enden wollenden halben Stunde immer noch nicht aufgetaucht war, ertrug er es nicht länger in der lärmenden Menge.

Als er vors Haus trat, sah er sie sofort. Sie saß auf der Bank unter der dicken Linde und schien auf ihn gewartet zu haben.

„Na endlich", sagte sie aufatmend. „Ist es dir so schwergefallen, dich von den anderen loszureißen?"

Anstelle einer Antwort ergriff er ihre Hand und preßte sie an sein erhitztes Gesicht. Im gleichen Augenblick hätte er aufschreien mögen, denn ein gewaltiger Rubin, dessen Funkeln ihn schon vor Stunden fasziniert hatte, drückte sich schmerzhaft in seine Wange. Steffi zog sofort die Hand zurück und begann Klingenschmidts leicht verzerrtes Gesicht zu streicheln und zu liebkosen, als habe sie ihm eine schwere Verletzung zugefügt. Er rührte sich nicht, in der Hoffnung, sie möge sich noch lange in so berauschender Weise an ihm zu schaffen machen. Aber als sie vorsichtig-zarte Küsse auf die gerötete Stelle plazierte, konnte er nicht mehr an sich halten. Mit unverbrauchter Leidenschaft nahm er sie in die Arme und ließ dem scheuen und doch so erregenden Bruderschaftskuß von vorhin eine Serie folgen, die alles andere als brüderlich war.

Beide brauchten im Anschluß an diese unerwartete Aufwallung ihres Blutes Minuten, bis sie sich wieder gefangen hatten. „Großer Gott“, sagte Steffi, während sie schweratmend und mit bebenden Händen ihr Haar in Ordnung brachte. „Großer Gott“, wiederholte sie, „du hast ja mehr Feuer als ein Jüngling! Das hätte ich nicht zu träumen gewagt.“

„Ich habs mir erträumt“, sagte er, „gleich als ich dich auf der Straße stehen sah. Ich wußte genau, daß du es bist: die Frau, die ich mir ein Leben lang gewünscht habe.“

„Großer Gott“, sagte sie wieder und kicherte dabei wie ein Backfisch. Sie nahm sich übel, daß ihr nichts Vernünftigeres einfiel, aber Klingenschmidt war zu glücklich, um irgend etwas albern zu finden. „Ich weiß gar nichts über dich“, sagte er, „erzähl mir alles.“

So erfuhr er zu seinem Schrecken, daß sie gar keine Hiesige war, sondern in Coburg wohnte. Die Erkenntnis, daß zwischen ihm und seiner gerade erst entdeckten Liebe eine Ländergrenze lag, schnitt ihm ins Herz. Steffi redete munter drauflos von ihrer Eigentumswohnung, die das letzte, durch richterlichen Schuldspruch erzwungene Präsent ihres geschiedenen Mannes gewesen sei, von ihren beiden erwachsenen Töchtern, die gute Partien gemacht hätten, und von dem kleinen Weißwarengeschäft, in dem sie als erste Verkäuferin ein respektables Einkommen erziele. Klingenschmidt ertappte sich dabei, daß er ihr gar nicht recht zuhörte. Das soeben noch empfundene Hochgefühl drohte in tiefer Niedergeschlagenheit zu versinken. Da lief ihm nun eine Frau über den Weg, die innerhalb weniger Stunden sein Innerstes umkrempelte, sein tristes, schon fast zu Ende gelebtes Leben wieder mit Licht und Wärme erfüllte, und er sollte sie nicht behalten dürfen. Nicht einmal sehen können, wann es ihm beliebte!

„Denk doch jetzt nicht daran“, sagte sie beschwörend, als er ihr seinen Kummer offenbarte, „kommt Zeit, kommt Rat. Willst du uns den schönen Abend mit Grübeleien verderben?“

Nein, das wollte er nicht. Wieder preßte er sie an sich, um keine der kostbaren Minuten ungenutzt verstreichen zu lassen. Als es ihr einmal gelang, ihren Mund von dem seinen zu lösen, flüsterte sie: „Ich hab das Mansardenzimmer. Laß mich jetzt gehen und komm, sobald du kannst."

Klingenschmidt brauchte einige Zeit, bis er genügend Kraft fühlte, sich wieder unter die feiernde Meute zu mischen. Doch die Befürchtung, man könne ihm seinen Zustand vom Gesicht ablesen, erwies sich als grundlos. Die Hochzeitsgesellschaft war ihrerseits in einem Zustand, der feines Unterscheidungsvermögen nicht mehr zuließ. Seine Bitten an das Brautpaar, ihm nunmehr das versprochene Nachtlager anzuweisen, nahm keiner ernst. Was ein richtiger Glücksschmied sei, so wurde ihm unter Stößen herzlichen Gelächters erklärt, der brauche überhaupt keinen Schlaf, sondern schmiede das Glück, solange es heiß sei. Da sich aber wenigstens die Brautmutter noch einen Rest ihres nüchternen Verstandes bewahrt hatte, wurde Klingenschmidt schließlich in die kleine Mädchenkammer im obersten Stockwerk verfrachtet.

Kurze Zeit später klopfte er leise an die Mansardentür. Steffi öffnete ihm so schnell, als hätte sie dahinter gewartet. Während er den Schlüssel vorsichtig umdrehte, schlüpfte sie wieder ins Bett. Er konnte gerade noch sehen, daß sie ein cremefarbenes Flatterhemd trug, welches ihre üppigen Formen mehr als ahnen ließ.

Im selben Moment spürte Klingenschmidt deutlich, daß er den Wünschen der heißblütigen Steffi nicht würde entsprechen können. Seine Gefühle für sie waren unverändert, er hatte das Bedürfnis, sie mit Zärtlichkeiten zu überschütten und ihr all die töricht-schönen Sätze zu sagen, die ihm in den letzten Jahren nur noch auf dem Papier, in den Werken der Dichter begegnet waren. Aber es wäre ihm lieber gewesen, er hätte das auf der Bank unter der Linde tun dürfen. Hier, im Licht der abgedunkelten Nachttischlampe und vor dem breiten Bauernbett, in dem Steffi mit hektisch geröteten Wangen auf ihn wartete, fühlte er sich hilflos.

„Zieh dich aus", sagte sie bittend, „ich schau solange weg."

Er kam sich vor wie ein Delinquent. Nie im Leben war es ihm so schwergefallen, einen Schlipsknoten zu lösen. Auch die Schnürsenkel stellten eine unüberwindliche Hürde dar, so daß er die Schuhe schließlich ungeöffnet von den Füßen streifte. Als er endlich bis auf die Unterhose aller Kleidungsstücke ledig war, genierte er sich wegen seines vom regelmäßigen Biergenuß wohlgerundeten Bauches. Ihm war klar, daß er keinerlei erhebenden Anblick bot.

Voll zitternder Furcht kroch er zu Steffi ins Bett, die sogleich aufjuchzte, weil er sie mit seinem eiskalten Fuß berührte. Unter dem Vorwand, ihn erwärmen zu wollen, begann sie ihn zu streicheln. Nach einer Weile drehte er sich in tiefer Verzweiflung zur Wand. „Gibt dir keine Mühe, Steffi", flüsterte er mit belegter Stimme, „ich fürchte, ich bin ein Versager."

Sie versicherte ihm, dies habe überhaupt nichts zu bedeuten, der Tatbestand sei weder peinlich noch ungewöhnlich, sondern völlig normal. Schließlich seien sie beide erwachsene Menschen und wüßten von den Unbilden physischer Erschöpfung, denen auch ein noch so williger Geist nicht immer beikommen könne. Der Tag sei aufregend gewesen, und er habe vielleicht auch ein bißchen viel getrunken. Dabei begann sie wieder zu kichern, was ihn diesmal doch ein wenig störte.

Sie sprachen noch lange. Klingenschmidt berichtete von seinem kleinen Häuschen mit der Werkstatt, vom geliebten Thüringer Wald und von den fünfunddreißig vertanen Jahren mit Antonia. Als er beim Kirchenchor und der wöchentlichen Canasta-Runde angelangt war, bemerkte er, daß Steffi fest schlief. Zärtlich fuhr er mit den Fingerspitzen über die Bögen ihrer Augenbrauen und küßte noch einmal ganz sanft ihren Mund. Dann stand er vorsichtig auf und zog sich an. Im Dunkeln tastete er sich die nur mäßig knarrenden Stufen hinunter und verließ das Haus. Bevor er den Trabbi startete, schickte er einen letzten wehmütigen Blick hinauf zu dem kleinen Mansardenfenster.

In der kleinen Gaststube war wenig Betrieb. Von den Urlaubern, die regelmäßig zum Abendbrot kamen, saßen nur noch zwei Ehepaare und ein einzelner Naturfreund an drei verschiedenen Tischen. Gitti Enderlein beobachtete aus den Augenwinkeln, wann die Bier- oder Schnapsgläser zur Neige gingen. Dann fragte sie ebenso freundlich wie geschäftstüchtig, ob an eine neue Bestellung gedacht sei. In der übrigen Zeit nahm sie am Stammtisch Platz und guckte beim Canasta zu.

Klingenschmidt verlor schon die dritte Runde haushoch. Während er seine miesen Punkte zusammenzählte, begab sich Gitti unaufgefordert an den Tresen, um das übliche Gedeck auf Kosten des Verlierers zusammenzustellen: einen Kiwi für Provisor Eckstein, Rhöntropfen für Friseurmeister Wiedenthal, einen Schoppen Rotwein für Verkaufsstellenleiter Friedmann, einen großen Klaren für Klingenschmidt und einen Kaffeelikör für sich selbst. Der alte Enderlein sah es zwar nicht gern, wenn seine Frau von den Gästen eingeladen wurde, aber heute hatte ihn sein Rheuma frühzeitig ins Bett getrieben. Gitti füllte noch drei Biergläser und brachte ihr Tablett an den Stammtisch.

„Was ist nur mit dir los, Friedbert“, fragte sie, „sonst bist du doch der große Abräumer, der die anderen zu nichts kommen läßt. Fühlst du dich nicht wohl?“

„Pech im Spiel, Glück in der Liebe“, flachste Wiedenthal. Er mußte sonst immer die saftigsten Rechnungen bezahlen, weil er sich nie merken konnte, welche Karten im Haufen lagen.

Provisor Eckstein fand Wiedenthals Bemerkung geschmacklos. Er deutete verstohlen auf Klingenschmidts Trauerflor und zeigte dem Friseurmeister einen Vogel.

Klingenschmidt nahm nichts von alledem zur Kenntnis. Er trank den Klaren auf einen Ruck aus, ohne sich um die anderen zu kümmern. Dann stierte er wieder in sein Bierglas.

„Zehn Uhr“, sagte Eckstein, „ich für mein Teil geh jetzt nachgucken, ob die Apotheke noch steht.“ Friedmann wollte den späten Fernsehkrimi nicht verpassen. Auch Wiedenthal erhob sich. „Was ist, Friedbert, kommst du mit, oder bist du als Aufpasser angestellt?"

Gitti knuffte den Friseur grinsend in die Seite. Dann machte sie den Urlaubern, die sich ebenfalls zum Aufbruch animiert fühlten, die Rechnung. Als alle das Lokal verlassen hatten, setzte sie sich wieder zu dem verbissen vor sich hin starrenden Klingenschmidt.

„Nun rück schon raus mit der Sprache", sagte sie. „Daß dir eine Laus über die Leber gelaufen ist, seh ich noch im Dunkeln. Mir kannst du dich anvertrauen, das weißt du hoffentlich."

Klingenschmidt seufzte. „Ach, Gitti, es gibt Sachen, da kann einem keiner helfen. Damit muß man allein fertig werden."

„Unsinn! Nun hör mir mal zu, mein Lieber! Es gibt überhaupt nichts, worüber man nicht reden könnte. Und manches wird schon dadurch leichter, daß man nur drüber spricht."

Er lachte bitter auf. „In meinem Fall wird durch Reden gar nichts gebessert. Im Gegenteil. Sag mal", fügte er nach einer Weile hinzu, „hältst du mich eigentlich für einen Mann?"

Gitti sah ihn forschend an. Als sie glaubte, begriffen zu haben, sagte sie: „Du machst dir völlig unnötig Sorgen, Friedbert. Gewiß, wenn man so lange wie du verheiratet war, und dann steht man plötzlich allein, können einem schon mal dumme Gedanken kommen. Aber laß nur erst die Trauerzeit vergangen sein, und du wirst sehen, du kannst dich vor liebebedürftigen Weibern kaum retten."

„Du verstehst mich nicht!" Klingenschmidt griff in seiner Seelennot nach Gittis Hand. Diese Geste ließ seine hoffnungslose Sehnsucht nach Steffi Gregor zu körperlichem Schmerz werden. „Ich meine", flüsterte er, obwohl sie allein in der Gaststube waren, „ob du mich für zu alt hältst. Für die Liebe, meine ich."

Gitti lachte laut und herzlich. „Du willst wissen, ob ich dich für impotent halte? Das käme auf einen Versuch an, mein Lieber!"

„Wenn dein Mann solche Töne hört, kannst du deine Knochen numerieren", sagte Klingenschmidt ungehalten.

Sie erschrank und stellte sich einen Moment lauschend an die Tür. Als sich in den oberen Etagen nichts regte, ging sie zum Tresen und schenkte einen Klaren und einen Kaffeelikör ein. „Meine Lage!" sagte sie und stellte die Gläser auf den Tisch. „Sei mir nicht böse, Friedbert."

Klingenschmidt prostete ihr zu. „Schon gut! Es ist nur so, daß ich Zweifel hege. Berechtigte Zweifel, wenn du verstehst, was ich meine. Nun überlege ich, ob ich vielleicht mal zu einem Arzt gehe."

„Das mach ruhig", sagte sie bissig, „immer geh zu einem Arzt! Wärst nicht der erste, bei dem es nichts nützt." Sie sah dabei zur Stubenecke, also zumindest in die Richtung, in der sich ihr Mann befand. „Nein, Friedbert. Wenns dich wirklich interessiert, ich meine, wenn du selber noch gern willst, dann ist es keinesfalls ein Arzt, der dir helfen kann."

„Sondern?" fragte Klingenschmidt mit abgewandtem Gesicht.

Gitti Enderlein stand auf, stellte sich hinter seinen Stuhl und legte ihm ihre kräftigen Arme um die Schultern. Dann schmiegte sie ihren Kopf an den seinen und flüsterte ihm ins Ohr: „Sondern nur eine richtige Frau!"

Obwohl er jeden Stein in der Umgebung seines Dorfes kannte, fühlte sich Klingenschmidt bei seinem nächtlichen Ausflug unsicher. Alle paar Minuten schlug ihm ein tiefhängender Zweig ins Gesicht, oder er stolperte über eine Wurzel. Gewiß, er hatte im Laufe des Abends einiges zu sich genommen, und nachdem Gittis unerhörtes Angebot bis in sein Bewußtsein gedrungen war, hatte er auf den Schreck gleich einen vierstöckigen Klaren hinuntergekippt. Dennoch kam er sich nicht betrunken vor. Es war wohl mehr die Aufregung, die ihn gelegentlich fehltreten ließ.

Als er endlich den Wald hinter sich gelassen hatte und den steilen Wiesenweg nach oben kraxelte, sah er im Mondlicht schon die Konturen des Enderleinschen Bungalows. Während der Schulferien wurde er an eine Berliner Familie vermietet, aber jetzt war zum Glück noch Juni. Klingenschmidt verschnaufte ein wenig. Er brauchte sich nicht zu beeilen. Wenn Gitti auch den kürzeren Weg über die Äcker nahm, so würde es doch noch ein Weilchen dauern, ehe sie von zu Hause fortkam. Sie hatte sich zwar gleich nach ihrer Verabredung davon überzeugt, daß ihr Mann fest schlief, aber erst mußte sie noch die Gläser spülen und die Gaststube aufräumen, ehe sie das Haus auf leisen Sohlen verlassen konnte.

Klingenschmidt war angelangt. Er setzte sich auf die aus Birkenstämmchen gezimmerte Bank vor dem Bungalow und blickte ins dunkle, vom Mondlich nur matt erleuchtete Tal. Er fühlte den Schlüssel in seiner Tasche, beschloß aber, lieber auf Gitti zu warten.

Wenige Minuten später traf sie außer Atem ein. Sie trug eine Taschenlampe und eine Flasche Sekt bei sich. „Ich dachte", sagte sie, mühsam nach Luft ringend, „du hättest inzwischen schon den Kamin in Gang gesetzt."

„Na, du bist gut", entrüstete er sich, „und wenn doch ein einsamer Wanderer des Weges kommt und den Lichtschein sieht?"

Gitti lachte auf. „Dann wollen wir aber auch keine Zeit mehr verplempern!"

Klingenschmidt war noch nie in dem Bungalow gewesen, in den der alte Enderlein schon vor Jahren seine letzten Kräfte und viel Geld investiert hatte. Deshalb bestaunte er jetzt die holzgetäfelten Wände, den stilvollen Kamin und die rustikale Einrichtung. Gitti nahm seine Komplimente für die gelungene Innenarchitektur nur beiläufig zur Kenntnis. Mit geübten Griffen zauberte sie aus zwei Sesseln eine bequeme Lagerstatt und holte aus einer bemalten Bauerntruhe Kissen, Steppdecken und Bettwäsche. Während ihrer hausfraulichen Verrichtungen leuchtete Klingenschmidt mit der Taschenlampe. Nun standen sie einander gegenüber, ein wenig verlegen alle beide.

Sie schob ihn mitsamt der Taschenlampe in die kleine Küche. „Mach die Flasche am besten hier auf. Im Schrank sind Gläser."

Klingenschmidt war froh, daß er sich für kurze Zeit zu schaffen machen konnte. Er fand sogar ein Tablett, auf das er die gefüllten Gläser und die Flasche stellte. Als er wieder ins Kaminzimmer kam, lag Gitti im Bett. Sie hatte das Fenster geöffnet, und ein Schimmer des Mondes fiel auf ihre nackte weiße Schulter. Er reichte ihr ein Glas und stieß sanft mit dem seinen dagegen. Dann trank er, bis kein Tropfen mehr darin war. Ehe er sein neugefülltes Glas ein zweites Mal leeren konnte, richtete sie sich halb auf, zog seinen Kopf an ihre große weiche Brust und sagte mit der beruhigenden Stimme einer Krankenschwester: „Nun wollen wir doch mal sehen, ob der Baum noch lebt."

Gitti Enderlein war in den entbehrungsreichen Jahren an der Seite ihres alternden und kränkelnden Mannes immer mal wieder ein kleiner Ausbruch ins erotische Niemandsland gelungen. Sie hatte ihre Eskapaden allerdings mit Geschick und Delikatesse betrieben. Obwohl jeder wußte, daß sie ganz und gar kein Talent zur Nonne besaß, war es nie zu einem Skandal gekommen. Selbst jene fatalen Typen, die sich sonst mit jeder Eroberung in der Öffentlichkeit brüsten, hatten im Fall Gitti Enderlein absolute Diskretion gewahrt. Vielleicht ein wenig aus Angst vor dem unberechenbaren Zorn des Gehörnten, ganz gewiß aber auch aus aufrichtigem Respekt vor Gitti. Denn sie war nicht nur eine Frau von vulkanischem Temperament, in ihr war auch viel ungenutzte Mütterlichkeit und Güte. Und gerade diese mütterliche Güte nahm Klingenschmidt die Hemmungen. Es gelang ihm nicht nur, die Erinnerung an Steffi Gregor in die hinterste Kammer seines Gehirns zu verdrängen, er war auch ehrlich bereit, Gittis Lokkungen zu trostreichen Aufmunterungen zu folgen. Ja, er war bereit und sogar hochgradig animiert, aber sein physisches Vermögen ließ ihn permanent im Stich. Er fühlte sich von Panik erfaßt. Wie war das nur möglich? Mit Antonia, seiner reichlich reizlosen und längst nicht mehr geliebten Frau hatte er ein gewiß nicht aufregendes, aber doch normales Eheleben geführt. Sein Versagen war ihm unerklärlich.

Damit wenigstens seine Kehle nicht verdorrte, erhob er sich, um nach dem Sektglas zu greifen. Plötzlich erstarrte er, wie vom Blitz getroffen, mitten in der Bewegung. In der Hoffnung, er könne das Opfer einer Halluzination sein, kniff er die Augen zusammen und öffnete sie vorsichtig wieder. Aber der Spuk blieb.

„Was ist denn los, Friedbert?" fragte Gitti verwundert. Im gleichen Augenblick schrie sie hysterisch auf und verschwand mit dem Kopf unter der Bettdecke.

Durch das kleine Fenster guckte mit stieren, dummen Augen eine Kuh. Es war eine ausgewachsene braune Milchkuh, die, angelockt vom leuchtenden Rot und Grün der Geranien in den Blumenkästen, an das niedrigliegende Fenster getrottet war und nun malmend, speicheltriefend und stumm vor Blödheit ins Innere glotzte.

Klingenschmit hatte mit einiger Anstrengung seine Fassung wiedergewonnen und zog sich schnell an. Während er noch sein Hemd zuknöpfte, stieß er die Kuh mehrmals energisch vor den Kopf und schloß das Fenster. „Bleib ganz ruhig", sagte er zu Gitti, die zentimeterweise aus ihrem Versteck kroch, „ich seh mal nach, was draußen los ist."

Ein Blick aus dem Türspalt bewies ihm, daß die neugierige Fensterguckerin nicht allein war. Eine ganze, offenbar versprengte Kuhherde war auf der Wiese vor dem Bungalow versammelt und weidete muhend das Gras ab. Klingenschmidt bewaffnete sich mit einem Besenstiel und versuchte, die Herde von Enderleins Grundstück zu vertreiben. Ihre sture Bockbeinigkeit machte ihn so wütend, daß er seine Angst vor eventuellen nächtlichen Spaziergängern vergaß und immer wieder brüllte: „Ihr verdammten dämlichen Rindviecher, ihr!"

Endlich hatte er das Leittier herausgefunden. Als es ihm unter Anwendung vieler Stockschläge und Flüche gelungen war, es auf den Weg außerhalb der niedrigen Umzäunung zu treiben, folgte die ganze Herde langsam nach.

Gitti hatte das Kaminzimmer des Bungalows inzwischen wieder in seinen ursprünglichen Zustand versetzt. Sogar die beiden Sektgläser standen abgewaschen im Schrank. Klingenschmidt, erschöpft und verschwitzt, setzte die Flasche an den Mund und trank in langen, durstigen Zügen. Dann schwang er sie wie eine Keule und schleuderte sie den Abhang hinunter.

Beim Verlassen des Grundstücks sprachen die beiden kein Wort. Auch als Gitti in einen der zahllosen Kuhfladen trat, half ihr Klingenschmidt schweigend den Schuh auszuziehen und, von ihm gestützt, aus der Katastrophenzone herauszuhumpeln. Am Wiesenrain setzte sie sich auf einen Feldstein, und er säuberte den Schuh an der nächsten Quelle.

Kurz vor dem Dorfeingang trennten sie sich, um auf verschiedenen Wegen nach Hause zu gelangen. Gitti umarmte ihn noch einmal heftig. „Du kannst nichts dafür", sagte sie eindringlich, „eine Kuh im Fenster ist mindestens so ernüchternd wie die Schwiegermutter hinterm Schlüsselloch."

Klingenschmidt streichelte ihr liebevoll übers Haar.

„Du bist eine wunderbare Frau, Gitti", sagte er leise, „wenn es dir nicht zuwenig ist, möchte ich gern dein Freund sein."

Dann wandte er sich eilig ab und ging mit hängenden Schultern ins Dorf.

Obwohl er nach den Aufregungen der vergangenen Nacht keine Minute geschlafen hatte, stand Klingenschmidt Punkt sieben an seiner Fräsmaschine. Er arbeitete in einem Tempo, als habe er den persönlichen Ehrgeiz, den Korkenzieherbestand Europas zu verdoppeln. In Wahrheit vollzogen sich seine Verrichtungen rein mechanisch. Je intensiver er nachdachte, um so flotter reagierten seine Hände.

Klingenschmidts Gemütslage hatte sich nach dem erlittenen Schock der neuen Situation fast übergangslos angepaßt. Steffi Gregor, noch vor vierundzwanzig Stunden Mittelpunkt all seiner Gedanken, stellte nur noch einen Posten seiner Erinnerung dar, mehr nicht. Er dankte Gott für sein glückliches Naturell, das ihn verlorenes Glück verschmerzen ließ wie einen abhanden gekommenen Gegenstand. Das Unabänderliche verlangte jedoch keinesfalls die Aufgabe aller Träume.

Klingenschmidt warf den Feilkloben mit dem soeben eingespannten Rohling spontan auf die Werkbank und stellte den Motor der Maschine ab. Dann ging er entschlossen ins Haus.

Nachdem er ausgiebig gebadet hatte, verspürte er einen Bärenhunger. Er briet sich vier Eier und aß sie unter Antonias mißbilligendem Blick gleich aus der Pfanne. Dabei blätterte er in der Zeitung, eine Unsitte, die seine Frau ebenfalls nie geduldet hätte. Sein Blick fiel wie von ungefähr auf die Heiratsanzeigen. Diesmal waren es ausschließlich junge Frauen, die „auf diesem nicht mehr ungewöhnlichen Wege" an den Mann zu kommen hofften. Ein Inserat mit der fettgedruckten Behauptung „Keine Regel ohne Ausnahme!" mutete ihn derart grotesk an, daß er in schallendes Gelächter ausbrach. Eine Vierundvierzigjährige (HSA, oh. Anh.), die sich selbst Intelligenz, Bildung, Schönheit, Charme und Esprit attestierte und gleichzeitig vorgab, liebenswert, bescheiden und zurückhaltend zu sein, suchte einen kühnen, unkonventionellen Mann ab dreiunddreißig Jahren. „Allmächtiger", dachte Klingenschmidt, „wer sich darauf einläßt, der ist nicht nur kühn, sondern geradezu tollkühn."

Bei der Gelegenheit fiel ihm die sächsische Frohnatur Eleonore Kleinert wieder ein. Eigentlich war es ganz gut, daß er sie nicht kennengelernt hatte. Wußte er denn, ob sie ihm überhaupt gefallen hätte? Vielleicht war sie eine aufgetakelte Fregatte mit zentimeterdickem Make-up. Oder, was ihm noch scheußlicher vorkam, eine ungepflegte Schlampe. Solche Überraschungen konnte man natürlich immer erleben, wenn man den durchweg schönfärberischen Inseraten vertraute. Nein, besser war schon, man erhielt erst einmal ein Foto der betreffenden Dame. Nicht umsonst baten die meisten um

Bildzuschriften, deren Rücksendung in Klammern garantiert wurde.

Trotz seines Handikaps merkte Klingenschmidt voller Verblüffung, daß sein Interesse an Frauen keineswegs erlahmt war. Zu oft hatte er sich in den Jahren mit Antonia vorgestellt, wie belebend und reizvoll die Bekanntschaft mit all den vielen interessanten weiblichen Wesen sein mußte, die es außerhalb seines Dorfes gab. Und war denn jener gewisse Bereich zwischenmenschlicher Beziehungen von einem bestimmten Alter an überhaupt noch dominierend? Natur, Kunst und gepflegte Häuslichkeit boten doch genügend Anregung. Klingenschmidt aber merkte, daß er schon in der Annoncen-Sprache dachte. Aber das störte ihn nicht. Er war im Gegenteil davon überzeugt, daß er dieses weite Feld noch gründlich beackern würde.

In seinem Kopf war ein Plan gereift, dessen Ausführung er keine Minute länger aufschieben wollte. Also holte er die Briefmappe aus dem Wohnzimmerschrank und schrieb ohne Anstrengung einen Text für die Spalte HEIRATEN/männlich. „Rüst. Witwer, Anf. 60, jg. aussh., handwerkl. vers. u. aufgeschl. für die Schönheiten des Lebens, möchte gleichaltr. und gleichges. Dame verwöhnen. Nur ernstgem. Bildzuschriften (gar. zur.)."

Kein Bürger Magdeburgs, zumindest keiner von denen, die die Sauna oder andere medizinische Bäder regelmäßig benutzen, hätte für glaubhaft gehalten, daß Charlotte Bartus einem wildfremden Heiratswilligen Avancen machen könnte. Die langjährige Witwe des früheren Besitzers dieser gesundheiterhaltenden Einrichtung wirkte wie die personifizierte Askese. Wenn sie – ein Obelisk deutscher Disziplin und Ordnungsliebe – hinter ihrem Tresen stand, Spindschlüssel und Badekappen auslieh, ärztliche Verschreibungen abstempelte und militärisch-knappe Anweisungen erteilte, wäre niemand auf die Idee gekommen, unter dieser flachen Brust könne ein weites, liebebedürftiges Herz schlagen. Auch Charlotte selbst hätte noch vor einem Vierteljahr dergleichen weit von sich gewiesen. Ihr Leben war tagsüber ausgefüllt mit der Verantwortung für die nunmehr staatlichen medizinischen Badeeinrichtungen. Die Feierabende und Feiertage gehörten seit dem allzu frühen Heimgang des Bademeisters Bartus ausschließlich ihrer Wohnungsnachbarin und Freundin Gertrud Steinke. Diese sanguinische Mittsechzigerin wirkte in ihrer rosigen Rundlichkeit wie ein lebendes Kontrastprogramm zu Charlotte Bartus. Doch die keineswegs nur äußerliche Verschiedenheit machte aus den beiden Damen ein sympathisches Ganzes. Zumindest Charlotte entbehrte nichts, bis auf das, was sie seit dem Tode ihres Mannes nicht mehr zu entbehren glaubte.

Diese Idylle wurde eines Tages empfindlich gestört. Gertrud, die an ihrer früheren Wirkungsstätte, dem Postzeitungsvertrieb, noch gelegentlich aushalf, hatte sich eines Treuebruchs schuldig gemacht, indem sie ohne Wissen der Freundin auf ein Heiratsinserat antwortete. Als ihr heimliches Brieflein eine Korrespondenz auslöste und diese gar ein Rendezvous mußte Charlotte zwangsläufig eingeweiht werden. Ihre erste Erbitterung wich der Neugier, denn Gertrud bestand darauf, von der Freundin begleitet zu werden. Sie maß der Angelegenheit nicht mehr Gewicht bei als einem jener albernen Jungmädchenspäße, an welchen gerade ältere Damen von der Gemütsart Gertrud Steinkes ihre helle Freude haben. Charlotte konnte zwar einen Ausdruck spöttischer Überlegenheit nicht zurückhalten, war aber zu gutmütig, der Freundin das harmlose Vergnügen zu verderben. Also begaben sich beide zum verabredeten Zeitpunkt ins verabredete Café.

Dem distinguierten Herrn mit dem unverkennbaren Air des feinnervigen Intellektuellen, der kurz darauf mit der vereinbarten Chrysantheme in der Hand das Lokal betrat, war auf der Stelle und völlig überraschend doppelter Erfolg beschieden. Der Blitzstrahl der Erkenntnis traf sowohl die auf das Abenteuer eingestimmte Gertrud als auch die moralisch distanzierte Charlotte. Kurzum, beide Damen, schon lange und ohne sonderliche Schwierigkeiten mit dem letzten Lebensdrittel beschäftigt, standen gleichermaßen in Flammen. Nur wenige Sätze des pensionierten Schuldirektors Hubert Matterstock hatten genügt, die innig verbundenen Freundinnen in erbitterte Konkurrenz zu treiben. Die disziplinierte, beherrschte Charlotte wurde sich dieser Tatsache als erste bewußt. In dem Augenblick nämlich, als ein menschliches Bedürfnis sie ankam, welches sie jedoch mit aller Kraft unterdrückte, um Gertrud nicht mit Hubert Matterstock allein am Tisch zurückzulassen. Das Schlachtfeld gehörte ihnen beiden, und mit Fairneß durfte bei solchem Kampf nicht gerechnet werden.

Dieser ersten und so unerwartet verlaufenen Dreierbegegnung im Café folgte ein gemeinsames sonntägliches Mittagessen in Gertruds Wohnung. Hubert Matterstock machte der Gastgeberin und exzellenten Köchin so starke Komplimente, daß Charlotte von sich steigernder Erregung befallen wurde. Es gelang ihr, einige interessierte Fragen zum Thema Astronomie, dem Steckenpferd des ehemaligen Schuldirektors, zu stellen und damit einen speziell ihr entgegenströmenden Redefluß auszulösen. Gertrud durchschaute das Manöver lächelnd und brachte sich mit einem traumhaften Vanillesoufflé wieder in den Mittelpunkt Matterstockscher Aufmerksamkeit.

Das gnadenlose, wenn auch durch keinen hörbaren Mißton getrübte Gerangel um den eindrucksvollen Heiratskandidaten währte noch einige Wochen. Dann gab Charlotte auf. Sie hatte einsehen müssen, daß Hubert Matterstock weniger auf geistige Partnerschaft aus war als auf einfache, greifbare Genüsse des Lebens. Ihm sagte eben die ausgeglichene, praktische Natur einer mehr von wohlansehnlichen Rundungen als von übermäßiger Bildung behafteten Gertrud Steinke mehr zu als ein noch so interessanter Disput mit dem durchtrainierten Drahtverhau Charlotte Bartus. Diese Erkenntnis war zwar schmerzhaft, konnte aber die langjährige Freundschaft der beiden Frauen nicht ernstlich gefährden. Nicht ohne Wehmut verließ Charlotte die Arena.

Ihre Stellung zum Leben hatte sich nun allerdings grundlegend geändert. Da sie die Freundin zumindest für einen Großteil der arbeitsfreien Zeit, vor allem aber an den Fest- und Feiertagen entbehren mußte, sehnte sich Charlotte nach einem Äquivalent. Und da sie alle Dinge plötzlich in anderem Lichte sah, sollte das Äquivalent durchaus männlichen Geschlechts sein. Also begann sie, ein wenig verschämt zwar und nicht vor den Augen dritter Personen, die Heiratsanzeigen zu studieren. Dabei stieß sie auf Friedbert Klingenschmidt.

Charlottes Zuschrift war die erste, die Klingenschmidt seinem allein zu diesen Zweck gemieteten Postschließfach entnahm. Da er noch nie in Magdeburg gewesen war und auch medizinische Badeeinrichtungen nur vom Hörensagen kannte, kündigte er seinen Besuch fürs Wochenende an. Charlotte quittierte den Wunsch postwendend. Es war ihr sogar gelungen, ein Interhotelzimmer für Klingenschmidt zu buchen.

Charlotte hatte ihre Freundin Gertrud anstandshalber gebeten, bei der ersten Begegnung zugegen zu sein. Doch Gertrud wehrte entschieden ab. Nicht, weil sie fürchtete, es könne wieder zu einer Übereinstimmung der Gefühle kommen. Dieses gewiß nicht, denn Gertruds Leben war mit der Persönlichkeit Hubert Matterstock bis zum Rande ausgefüllt. Sie hoffte einfach für die in ihrem Selbstbewußtsein angeschlagene Freundin auf eine ähnlich glückliche Fügung.

„Nein, Charlotte", sagte sie nachdrücklich, „das mußt du schon allein bewältigen. Aber wenn ich dir vielleicht mit einem guten Essen unter die Arme greifen darf..."

Also kochte Gertrud für ihre auf diesem Gebiet nicht sonderlich begabte Freundin ein lukullisches Mahl, das seine positive Wirkung auf Klingenschmidt nicht verfehlen sollte.

Der klingelte pünktlich an Charlottes Wohnungstür. Einem momentanen Schwächegefühl konnte er sich nicht hingeben, weil ihm sonst seine Liebesgaben aus der Hand gerutscht wären. Es handelte sich um eine Flasche Krim-Sekt und eine durchsichtige, mit einer lila Schleife umwundene Schachtel, die eine weiße Orchidee enthielt. Diese Kostbarkeiten halfen Charlotte und ihrem weitgereisten Gast über die ersten Minuten der Verlegenheit hinweg. Charlotte konnte sich nicht entschließen, die Orchidee aus der dekorativen Schachtel zu nehmen, aber Klingenschmidt plädierte dafür, der Blume den lebensnotwendigen Sauerstoff nicht vorzuenthalten. Über solchem Allerweltsgeschwätz fanden beide ihre Sicherheit wieder und konnten sich endlich entspannt zu Tisch begeben.

Klingenschmidt war ehrlichen Lobes voll über die butterzarten Rouladen, den Rotkohl und das Früchte-Dessert aus Waldhimbeeren. Charlottes geradliniger Charakter erlaubte ihr nicht, sich mit fremden Federn zu schmücken. Sie gestand, daß sich ihre eigene Kochkunst in Grenzen halte, und nannte die wahre Schöpferin der eßbaren Gedichte. Klingenschmidt bat, seinen aufrichtigen Dank weiterzuleiten. Ein paar höfliche Fragen nach der hilfsbereiten Freundin lösten Charlottes Zunge.

Sie berichtete ausführlich über Gertrud Steinke und auch über deren spätes Glück mit Hubert Matterstock, den jene ebenfalls über den völlig zu Unrecht verpönten Annoncenweg kennengelernt hätte. Hubert Matterstock, das merkte Klingenschmidt bald, war Charlottes Idol. Sie schwärmte von seiner Bildung, seinen Erfolgen als Lehrer für Biologie und Astronomie, in welchen Funktionen er nicht einmal entbehrlich war, als er längst auf dem Direktorstuhl saß und den ehrenvollen Titel „Verdienter Lehrer des Volkes“ trug. Obwohl sich Klingenschmidt mehrmals nach dem dahingegangenen Bademeister Bartus erkundigte, kam Charlotte immer wieder auf den außergewöhnlichen Menschen Hubert Matterstock zu sprechen. Selbst Berichte über ihr eigenes Leben und die innere Beschaffenheit einer medizinischen Badeeinrichtung endeten auf verteufelte Weise immer beim alles überschattenden Thema Hubert Matterstock. Klingenschmidt wurde das fatale Gefühl nicht los, das ein Schauspieler haben mag, wenn er im Kostüm des Nathan auf die Bühne geht und nach einer Weile bemerkt, daß man den Faust spielt.

Später beim Kaffee begann Charlotte immerhin zu ahnen, daß sie ihren Gast vernachlässigte. Sie entschuldigte sich wortreich für ihre Geschwätzigkeit und wollte nun unbedingt Näheres über Klingenschmidts Biografie erfahren. Dieser aber war sicher, sein so eintönig verlaufenes Leben sei nicht erzählenswert, halte zumindest keinem Vergleich mit Hubert Matterstocks Karriere stand. Wollte er seine Gastgeberin nicht ebenso langweilen, wie sie es ihm schon seit Stunden zumutete, so mußte die simple Wahrheit durch Dichtung ersetzt werden. Klingenschmidt, von seinen Stammtischgenossen seit jeher als phantasiebegabter Münchhausen geschätzt, fühlte seinen Ehrgeiz angestachelt. Während er die Sektflasche öffnete und die Gläser füllte, hatte er genügend Zeit, sich eine haarsträubende Räuberpistole auszudenken.

„Eigentlich, meine liebe Frau Bartus“, sagte er mit dem unschuldigsten Augenaufschlag, „eigentlich hatte ich mich auf die Stunden mit Ihnen gefreut, weil sie mich all das Schwere in meinem Leben endlich einmal vergessen lassen sollten. Aber nun beharren Sie darauf, und ich gestehe, es ist Ihr gutes Recht, etwas über mich zu erfahren. Es ist wohl wirklich so, daß es keine Zukunft geben kann ohne die Bewältigung der Vergangenheit.“

Er verstand es, soviel Bitterkeit in seinen Blick zu legen, daß Charlottes Interesse in uferlose Neugier umschlug. Sie vergaß sogar, eine der üblichen Matterstock-Sentenzen zu zitieren. „Ich will Sie nicht quälen“, sagte sie mit schlecht verhohlener Sensationsgier, „oder gar alte Wunden aufreißen. Wenn Sie mich aber Ihres Vertrauens für würdig halten, will ich Sie gewiß nicht enttäuschen.“

Für einen Moment wurde sich Klingenschmidt der Unhaltbarkeit der Situation bewußt. Schließlich hatte er die weite Autoreise von Thüringen nach Magdeburg angetreten, um mit einer sympathischen Fremden ein angenehmes Wochenende zu verbringen. Natürlich war ihm vorher klar gewesen, daß die Sache schiefgehen konnte. Aber diese Charlotte widersprach seinen Wunschvorstellungen so hochgradig, daß er ihr wenigstens einen Streich spielen wollte. Zwei Seelen kämpften in seiner Brust, und die bessere unterlag binnen kurzem. Wer hat schon einen blütenweißen Charakter, dachte er, sich selbst entschuldigend. Und dann ging es auch schon mit ihm durch.

„Meine Geschichte ist nahezu vom Ausmaß einer klassischen Tragödie", hob Klingenschmidt an. „Ich hatte einen Freund. Von Kindesbeinen bis ins Mannesalter waren wir – mit Ausnahme des Krieges und der Gefangenschaft – niemals getrennt. Wir unternahmen alles gemeinsam, gingen füreinander durch dick und dünn, jeder konnte sich auf den anderen verlassen wie auf sich selbst. Es war eben eine Freundschaft, wie sie meiner Ansicht nach nur unter Männern möglich ist. Nur eines bereitete uns ständigen Verdruß: Meine Frau war dagegen. Es paßte ihr nicht, daß mein Freund Junggeselle war, obwohl oder gerade weil er gut aussah, ordentlich verdiente und in gutem Ruf stand. Auch daß er ganz gern einmal im Wirtshaus saß und keinen Spaß verschmähte, gefiel ihr nicht. Kurz gesagt, er konnte ihr nichts recht machen, sie verlangte sogar, ich solle mit ihm brechen. Aber uns brachte nichts und niemand auseinander, bis zu seinem Ende nicht..."

„O Gott", stieß Charlotte mit glänzenden Augen hervor und leerte ein volles Sektglas in einem Zuge.

Klingenschmidt fuhr sich mit dem Taschentuch über die Stirn und betupfte sich sogar die Augen. „Eines Tages", setzte er, mühsam ein Grinsen beherrschend, fort, „trafen wir uns zu einem kleinen Abendschoppen im Wirtshaus. Da setzt sich ungebeten ein großstädtischer Urlauber an unseren Tisch und haut ganz furchtbar auf die Pauke. Er habe Bärenkräfte und einen eisernen Magen. Er gehe jede Wette ein, daß er mehr zu essen und zu trinken imstande sei als jedermann im Saal. Erst lachten wir ihn aus, aber der Angeber wurde immer aufdringlicher. Plötzlich packte meinen Freund der Zorn. Gut, sagte er, dann solle eine Wette steigen. Er, mein Freund, sei bereit, hintereinander fünfzig Eier zu essen. Der Großmäulige nahm die Herausforderung sofort an und schlug fünfzig Mark Prämie für den Gewinner vor. Ich beschwor meinen Freund, den Unsinn zu unterlassen. Aber der war wild entschlossen, dem Fremden eine Lektion zu erteilen. Das Reglement sah vor, daß sich jeder der beiden die Eier nach Belieben zubereiten lassen könne, wichtig war nur, daß sie hintereinander verspeist wurden. Der Angeber ließ sich alle fünfzig Stück weichkochen, mein Freund entschied sich für hartgekochte Eier. Mir wurde angst und bange. Doch während der Fremde schon begann, die ersten Exemplare in den Mund zu schieben, machte sich mein Freund daran, alle fünfzig Stück in dünne Scheiben zu schneiden. Dann bat er die Wirtin, ihm diese unter Aufsicht einer Gruppe unparteiischer Beobachter zu braten. Übrig blieb ein randvoll gefüllter Teller, den mein Freund ohne Schwierigkeiten leerte. Sein Konkurrent mußte nach dem zwölften Ei passen, das heißt, sein angeblich eiserner Magen zwang ihn auf natürliche Weise zur Aufgabe."

„Das ist wirklich eine komische Geschichte", sagte Charlotte Bartus leicht enttäuscht, „ich sehe nur nicht, was daran tragisch ist."

„Sie werden es gleich begreifen", entgegnete Klingenschmidt mit Grabesstimme. „Mein Freund aß also alles auf und bestellte für das gewonnene Geld eine Lokalrunde. Plötzlich krümmte er sich und schrie vor Schmerz wie ein Tier. Es dauerte keine halbe Stunde, bis wir ihn ins Kreiskrankenhaus gebracht hatten. Jedoch", Klingenschmidt schluckte heftig, „es war zu spät. Magendurchbruch. Ich hatte meinen besten Freund verloren, wegen einer albernen, blödsinnigen Wette. In meiner tiefen Verzweiflung erhoffte ich mir Trost von meiner Frau. Doch was jetzt geschah…"

Klingenschmidt fühlte sich auf einmal wirklich hundeelend. Nein, dachte er, das geht zu weit, das kann man nicht machen. Diese Frau glaubte ihm ja wirklich jedes Wort. Er überlegte fieberhaft, wie er der selbstverschuldeten Situation und bei der Gelegenheit auch der Dame Bartus entrinnen könne. Aber da hatte ihn diese schon an den Schultern gepackt. „Weiter“, drängte sie zitternd, „um Himmels willen, erzählen Sie weiter! Was war mit Ihrer Frau?“

Klingenschmidt riß sich zusammen. Wer A sagt, muß auch bis zum Z durchbuchstabieren, das war schon die Devise seines Vaters gewesen. „Meine Frau reagierte wie eine Wahnsinnige. Statt mich zu trösten, schrie und tobte sie, warf alles Greifbare an die Wand und schloß sich schließlich in der Küche ein. Als sie nach endlos langer Zeit nicht einmal mehr weinte, glaubte ich, das Schlimmste sei überstanden. Aber ich mußte die Küchentür mit Gewalt öffnen. Ich fand meine Frau tot am Boden liegend, inmitten eines riesigen Berges Eierschalen. Auf dem Küchentisch lag ein Brief für mich. Ich las, daß sie seit Jahren die Geliebte meines Freundes gewesen sei und diesem nun auf die gleiche Weise zu folgen gedenke. Ich... bitte...“

Klingenschmidt war von seiner eigenen Schauermär so übel geworden, daß er nun, ohne Rücksicht auf sein Image, den makabren Streich eingestehen wollte. Aber noch ehe er den Mund öffnen konnte, sank Charlotte Bartus vor seinem Stuhl auf die Knie. „O Gott, mein Ärmster“, schluchzte sie, „was müssen Sie gelitten haben! Einem Manne von solcher seelischen Widerstandskraft kann nicht mal ein Hubert Matterstock das Wasser reichen. Wenn es eine Möglichkeit geben sollte, Ihnen über dieses schwere Schicksal hinwegzuhelfen, so werde ich sie finden, das verspreche ich feierlich!“

Klingenschmidt stand ruckartig auf. „Verzeihen Sie mir“, sagte er ehrlich bestürzt, „daß ich mich habe hinreißen lassen. Wenn Sie gestatten, möchte ich jetzt gehen.“

„Aber natürlich, mein Lieber“, sagte Charlotte verständnisvoll, „gehen Sie ins Hotel und versuchen Sie, die Erinnerung an all das Schreckliche zu verdrängen. Und wenn Sie sich in der Lage fühlen, kommen Sie zurück.“

Wie von Furien gehetzt, verließ Klingenschmidt das Haus, bezahlte an der Rezeption des Interhotels sein unbenutztes

Zimmer und fuhr mit seinem Trabant schuldbewußt, aber von einem Alpdruck befreit, zurück in den friedlichen Thüringer Wald.

Die Schneckenpostzustellerin Emma Rocktäschl hatte sich erst einen ausgiebigen Mittagsschlaf gegönnt, bevor sie sich auf den Dienstweg machte. Trotzdem war sie schon wieder so erschöpft, daß sie sich in Klingenschmidts Werkstatt sogleich einen Rastplatz suchte. Sodann überreichte sie einen dicken Brief.

„Er ist von Käthe", sagte sie vertraulich, „wird ja auch Zeit, daß sie sich um ihren alten Vater kümmert. Oder willst du behaupten, daß du die letzten Wochenenden bei deiner Tochter zugebracht hast?"

„Wieso?" fragte Klingenschmidt und bemerkte mit aufsteigender Wut, daß er rot wurde. „Geht dich das überhaupt was an, du elendes Tratschweib?"

Die Schnecke lachte ohne jede Spur von Gekränktheit. „Jetzt siehst du aus wie ein ertappter Sünder! Ich sags ja immer: je öller, je döller. Kaum ist die Katze aus dem Haus, tanzen die Mäuse auf dem Tisch."

Aus Klingenschmidts Gesicht wich jede Farbe. Mühsam beherrscht stieß er hervor: „Wetz deine Schandschnauze, wo du willst, aber nicht in einem Trauerhaus."

Die Schnecke war ehrlich betroffen. „Entschuldige, Friedbert, es tut mir leid, das hätte ich wirklich nicht sagen dürfen."

Nachdem sie unter zahllosen Selbstvorwürfen endlich gegangen war, las Klingenschmidt den Brief seiner Tochter. Käthe machte sich Sorgen um den Vater, der seit einem Monat kein Lebenszeichen mehr von sich gegeben hatte. Sie vermutete, die Einsamkeit könne ihm mehr als erwartet zu schaffen machen, und lud ihn dringend für das nächste Wochenende ein. Klingenschmidt verspürte Rührung und starke Sehnsucht nach seiner Großen, die weit eher nach ihm als nach Antonia geraten war. Auch seine beiden Enkelchen hatte er so lange nicht mehr gesehen, daß ihm ganz bange nach ihnen wurde. Plötzlich kamen ihm seine amourösen Ausflüge peinlich vor. Was hatte er sich, ein würdiger, lebenserfahrener Großvater, nur dabei gedacht? Er beschloß, diese Geschichten sofort und ein für allemal zu vergessen. Natürlich würde er Käthes Einladung folgen und das Wochenende ruhig und beschaulich im Kreise seiner Familie verbringen.

Froh, endlich eine vernünftige Entscheidung getroffen zu haben, machte er sich wieder an seine Arbeit. Das Schließfach würde er einfach aufkündigen. Aber was geschah, wenn noch weitere Antwortbriefe eintrafen? Nein, es war wohl doch besser abzuwarten, bis seine Annonce keine Reaktionen mehr hervorrief.

Gegen Abend, als er sich eigentlich noch ein wenig im Garten zu schaffen machen wollte, ertrug er die Ungewißheit nicht länger. Er fuhr mit dem Auto zum Hauptpostamt. Was er befürchtet hatte, war geschehen, im Schließfach lagen mehrere Briefe. Einer kam sogar aus Berlin und trug den seltsamen Absender „Die lustige Lolott aus Paulchens Ballhaus".

Klingenschmidt atmete erleichtert auf. In diesem Falle war er also, selbst wenn er wollte, gar nicht in der Lage zu antworten. Schließlich konnte er einen Brief nicht einfach an eine dubiose Lolott in irgendeinem Vergnügungsschuppen adressieren. Was mochte das überhaupt für eine sein? Ein abgetakeltes Amüsiermädchen, eine Kokotte außer Dienst, die es magisch an den Ort einstiger zweifelhafter Erfolge zurücktrieb? Na Hilfe! Auf so eine war er nicht erpicht.

Er warf den Packen Briefe ins Handschuhfach und fuhr los. Unterwegs mußte er grinsen. Diese hauptstädtischen Luder aber auch! Was könnte eine, die in obskuren Lokalen verkehrte, wohl an einem seriösen Witwer vom Lande interessieren? Daß er mit seinem schlichten, keineswegs ausschweifend formulierten Inserat die Neugier einer Lebedame geweckt hatte, fand er eigentlich gar nicht so unoriginell. Wenn das Antonia noch erlebt hätte! Der Schlag hätte sie getroffen.

Wenige hundert Meter vor seinem Dorf bog Klingenschmidt in einen Waldweg ein und hielt an. Erst nachdem er sich vergewissert hatte, daß es weit und breit keinen Augenzeugen gab, öffnete er den Brief der geheimnisvollen Berlinerin. Ein Foto fiel heraus, von welchem ihm fünf fröhliche und wohlansehnliche Damen unbestimmten Alters entgegenlachten. Auf der Rückseite stand: „Gruppenfoto mit Damen“. Und darunter: „Die netteste davon bin ich. Wenn Sie mich auf Anhieb herausfinden, kann aus uns was werden.“

Klingenschmidt war ebenso erheitert wie irritiert. Er besah das Foto nun gründlicher, unterzog gewissermaßen jede der lachenden Damen einer eingehenden Musterung, um die netteste herauszufinden. Eigentlich gefielen ihm alle fünf. Aber am meisten vielleicht doch die kleine, leicht pummelige Brünette mit den lustigen Löckchen und den großen, offenbar braunen Augen. Sie wirkte warmherzig, intelligent und zu jeder fröhlichen Schandtat bereit. Vor allem hatte sie nicht die geringste Ähnlichkeit mit Antonia.

Doch nun las er erst einmal den Brief. „Mein lieber Scholli“, lautete die saloppe Anrede. „Das war mein erster Gedanke, als ich Ihre Anzeige in der Zeitung las. Und der zweite war ein Stoßgebet zum Himmel, daß mir hoffentlich noch keine andere den handwerklich versierten Witwer weggeschnappt hat. So was ist ja heutzutage direkt eine Gottesgabe! Sollten Sie mich einmal in meiner Altbauwohnung besuchen, werden Sie verstehen, was ich meine. Aber Ernst beiseite, es geht mir natürlich nicht nur um den Handwerker. Nach langjährigem Alleinsein möchte ich nämlich auch wieder einmal jemanden verwöhnen und das Leben zu zweit genießen. Geteilte Freude ist bekanntlich doppelte Freude, und davon kann ich überhaupt nicht genug kriegen. Ich hoffe doch sehr, daß Sie Humor haben und so gerne lachen wie ich, andernfalls brauchen wir uns gar nicht kennenzulernen. Wenn Sie aber der Richtige sind, dann wird Sie mein Vorschlag nicht schockieren. Kommen Sie am Sonnabend, dem 14. Juli, in Paulchens Ballhaus. (Jeder Taxifahrer befördert Sie sicher ans Ziel.) Sie werden mich erkennen, weil Sie ja das

Foto haben, und ich werde Sie an dem Foto in Ihrer Hand erkennen. Bis Sonnabend! Ihre fröhliche Lolott (die natürlich ganz anders heißt)."

Klingenschmidt war fassungslos. Daß es solche Frauen gab, hätte er nicht für möglich gehalten. Andererseits gefiel ihm diese Art Draufgängertum nicht schlecht. Er fühlte sich direkt ein bißchen geschmeichelt, daß eine so selbstbewußte Person ausgerechnet ihn kennenlernen wollte. Ohne es zu bemerken, schüttelte er fortgesetzt den Kopf. Fast mechanisch öffnete er nun auch die anderen Briefe. Eine Witwe aus Bitterfeld erkundigte sich angelegentlich nach seinen Wohnverhältnissen: ob er wohl Häuschen und Garten sein eigen nenne und ob die Luft des Thüringer Waldes immer noch so rein und wohltuend für die Lungen sei. Offenbar wollte sie um jeden Preis ihrer verschmutzten Umwelt entkommen. Zwei Zuschriften aus sächsischen Landgemeinden verrieten vor allem, daß die Verfasserinnen mit der deutschen Sprache auf dem Kriegsfuß standen, was Klingenschmidt erheblich abstieß. Eine geschiedene Fischverarbeiterin aus Saßnitz behelligte ihn mit seitenlangen Haßtiraden auf ihren verflossenen Mann, während eine Rentnerin aus Halle ausführlichst über ihre erfolgreiche ehrenamtliche Tätigkeit im DFD berichtete, die sie auch im Falle einer Wiederverheiratung nicht aufzugeben bereit sei. Klingenschmidt hoffte stark, keine dieser Damen möge ihm auch nur im Traum begegnen.

Obwohl er doch fest entschlossen war, sich nicht mehr auf irgendwelche Abenteuer einzulassen, las er den Brief der fröhlichen Lolott ein zweites Mal. Mit dieser lustigen Nudel konnte man bestimmt Pferde stehlen. Schade eigentlich, daß er auf das Vergnügen ihrer Bekanntschaft verzichten mußte, denn für den 14. Juli war er ja schon zu seiner Tochter eingeladen. Andererseits lief ihm Käthe schließlich nicht davon. Sein Besuch bei ihr ließ sich ohne weiteres auf das nächste Wochenende verschieben.

Klingenschmidt war plötzlich wieder voll Elan und Tatendrang. Was ging ihn das Gerede der Leute an? Sollten sie sich doch die Mäuler zerreißen! Was er tat oder unterließ, hatte er ausschließlich vor seinem eigenen Gewissen zu verantworten.

Und dies befahl ihm nachdrücklich, eine gewisse Lolott in einem gewissen Ballhaus keineswegs vergeblich warten zu lassen.

Manche Tage sind ganz einfach Glückstage. Die Sonne scheint, kein Wölkchen trübt den Himmel und keines die Stimmung. Die Menschen sind freundlich und hilfsbereit, man bekommt, was man braucht, kurz, die Welt ist in Ordnung.

Der 14. Juli war ein solcher Tag. Jedenfalls für Friedbert Klingenschmidt. Früh um sechs, als das Dorf noch im Schlummer lag, hatte er sich in sein Auto gesetzt und die weite Reise in die Hauptstadt angetreten. Die Autobahn war noch fast leer, nicht einmal Polizisten mochten sich davon überzeugen, daß ein gutgepflegter Trabant mehr als hundert Kilometer in der Stunde bewältigte. In einer sauberen Raststätte servierte eine liebenswürdige Kellnerin einen Kaffee, von dem sie mit Stolz und Recht behauptete, daß er sogar von ungarischen Touristen getrunken werde. An der Tankstelle putzte ein junges Mädchen die Scheiben und bedankte sich höflich für das Trinkgeld. In Jena aß Klingenschmidt in einem erstklassigen Restaurant ein erstklassiges Steak, und als er nach einer Stunde reibungsloser Fahrt Berlin erreichte, wurde ihm der Weg in die Innenstadt weder durch Umleitungen noch durch Verkehrsstauungen erschwert. In der Nähe des Alexanderplatzes fand er auf Anhieb einen Parkplatz sowie einen freundlich dreinschauenden Schutzmann. Diesen befragte er nach dem nächstgelegenen Hotel.

„Det kann ick Ihnen jerne sagen“, sagte der Polizist und deutete dabei auf den Wolkenkratzer mit der Aufschrift HOTEL INTERNATIONAL, „aber wennse vielleicht eine Unterkunft brauchen, könnse sich jenausojut beit Wohnungsamt anmelden. Ville länger dauerts da ooch nich.“

Klingenschmidt verstand ihn nicht recht, hielt aber für

möglich, soeben den ersten Zusammenstoß mit dem berühmten Berliner Witz erlebt zu haben. Er begab sich über den großen Platz zu dem großen Haus und unterbreitete einer traumhaft schönen Rezeptionsdame sein Anliegen. Die Schönheit schenkte dem mit auffallendem Akzent sprechenden Gast ein verklärtes Lächeln und fragte: „Sind Sie aus Oberhof?"

„Nicht direkt", antwortete Klingenschmidt, „aber mein Dorf liegt ganz in der Nähe."

„Himmlisch", jubelte die Maid. Es stellte sich heraus, daß ihre vorjährige Urlaubsliebe nicht nur Oberkellner im Oberhofer Panorama-Hotel war, sondern auch der Sohn eines Klingenschmidtschen Sangesbruders aus der Nachbargemeinde. Ein kleiner Schwatz über die Wonnen einsamer Waldspaziergänge auf den Oberhofer Höhen brachte verwandte Seelen zum Klingen. Selbstverständlich war ein freies Apartment vorhanden, und die reizende Panorama-Braut erledigte sogar das für Klingenschmidt ungewohnte Ausfüllen des Meldezettels. Währenddessen mußte sie mehrere Telefonate führen, die alle in dem Satz gipfelten, das Hotel könne Zimmerbestellungen erst wieder für Mitte des nächsten Jahres annehmen. Seltsames Berlin, dachte Klingenschmidt.

Nach einem ausgiebigen Stadtbummel und einem opulenten Abendessen ließ er sich, wie von der fröhlichen Lolott empfohlen, per Taxi zu Paulchens Ballhaus bringen. Hier erwartete ihn die erste Enttäuschung dieses so überaus gelungenen Tages. Ein massiver Türhüter, dem man den ehemaligen Boxer an der eingedrückten Nasenspitze ansah, versuchte einem guten Dutzend amüsierwilliger Leute klarzumachen, daß sein Etablissement wegen Überfüllung geschlossen sei. Er befragte die dennoch standhaft Wartenden, ob sie vielleicht etwas am Wirsing oder aber einen Sprung in der Schüssel hätten, denn anders könne er sich nicht erklären, daß jemand kurz nach acht noch Einlaß bei Paulchen verlange. „Bei uns wird wie nach alle juten Sachen anjestanden", polterte er, „und det jefälligst rechtzeitig. Kommse morjen jejen sechse wieder, da könnse das Ende der Schlange am Horizont besichtigen."

Klingenschmidt war unglücklich. Erst jetzt spürte er, wie sehr er sich auf diesen Abend gefreut hatte. Die Neugier auf die fröhliche Lolott war wie eine Verjüngungskur gewesen. War es nicht geradezu gefährlich, derlei so abrupt abzubrechen? Er nahm all seinen Mut zusammen und ging zu dem gewaltigen Türhüter. „Entschuldigen Sie", sagte er halblaut, „ich bin mit einer Dame verabredet. Kann ich nicht schnell einmal hineingehen und sie suchen?"

„Der Trick verfängt nich, Justav", raunzte der Plattnasige, „ne Verabredung jüldet nur, wenn eine Karte an die Kasse hintalegt is. Jisela", brüllte er plötzlich in die einen Spalt breit geöffnete Tür, „hat bei dir jemand ne Karte für ein Lustmolch aus de Provinz reservieren lassen?"

„Det könnte sind", tönte es von innen, „Lolott hat mir uffjetragen, wenn een einzelner Herr aus Thüringen nach se frägt, soll ick ihm det Billjet hier jeben."

Klingenschmidt wurde über und über rot. Obwohl ihm der Vorgang außerordentlich peinlich war, erklärte er schnell: „Das hat seine Richtigkeit, ich bin mit Frau Lolott verabredet."

Diese Mitteilung veränderte das Benehmen des Türhüters schlagartig. „Das war mir nicht bekannt gewesen", sagte er in bemühtem Hochdeutsch, „entschuldigen der Herr und viel Vergnügen in unserem Hause." Dienernd öffnete er die Tür nun ganz und verwies Klingenschmidt an die Kasse. Sodann nahm er seinen alten Standort wieder ein und setzte seine Schimpfkanonade fort.

Auch die Kassiererin war von ausgesuchter Höflichkeit. Sie weigerte sich, Geld für die Karte zu nehmen. „Die ist schon bezahlt, mein Herr, und Trinkgeld nehmen wir nicht. Jedenfalls nicht, wenn Sie ein Freund von unserer Lolott sind."

Klingenschmidt war einen Augenblick versucht, die Kassiererin über die geheimnisvolle Frau auszufragen, die hier offenbar in höchster Gunst stand. Aber er unterließ es lieber, weil er damit den wahren Sachverhalt preisgegeben hätte. Außerdem wollte er sich an die Spielregeln halten und die fröhliche Lolott wirklich mit Hilfe des Fotos finden. Bevor er den großen Saal betrat, studierte er es noch einmal genau. Hoffenlich dachte er, ist es die Kleine mit den großen Augen. Dann holte er tief Luft und stürzte sich, aufgeregt wie ein Tanzstundenjüngling, ins lautstarke Getümmel.

Zunächst war er geblendet. Bunte Lichtreflexe, die ein von verschiedenfarbigen Scheinwerfern angestrahlter riesiger Kronleuchter abgab, machten die tanzenden Paare zu gesichtslosen Schemen. Er schlängelte sich an ihren vorbei zur Bar. Nachdem er einen Kognak bestellt hatte, zog er das Foto erneut aus der Tasche.

„Ihre Familie?" fragte die üppige Barfrau und beugte sich neugierig über den Tresen.

Klingenschmidt steckte das Foto schnell wieder ein. „Ganz recht, meine Gnädigste! Es handelt sich um eine Gruppenaufnahme meiner verblichenen Ehefrauen. Wenn ich mich vorstellen darf: Ritter Blaubart." Während er der lachenden Barfrau den Kognak bezahlte, fühlte er sich schon fast wie ein Berliner.

Die Kapelle hatte gerade eine Pause eingelegt. Der Saal war ausreichend, aber nicht allzu hell beleuchtet. Klingenschmidt begriff, daß diese Maßnahme mit Rücksicht auf die vielen älteren Semester unter den Gästen getroffen worden war. An manchen der Vierer- oder Sechsertische saßen ausschließlich betagte Leute, gemütliche Muttchen in altmodischen Brokat- oder Seidenkleidern und, nicht ganz so zahlreich, eisgraue Männlein, deren Anzüge den Glanz vergangener Jahre aufwiesen. So sie nicht schon paarweise beieinander hockten, hielten sie, teils ungeniert, teils verstohlen, Ausschau nach einem passenden Partner für die nächste Tanzrunde. Dies war beileibe kein Jahrmarkt der Eitelkeiten, und auch der Gedanke an erotische Ausschweifungen kam niemandem in den Sinn. Etwas von der Einsamkeit alter Menschen wurde spürbar, das Bedürfnis, den schalltoten Raum ihrer Isolation zu durchbrechen, und sei es nur für einen glitzernd-bunten Abend in fremder, aber gleichgestimmter Gesellschaft.

Klingenschmidt, der langsam, wie auf der Suche nach einem freien Stuhl, durch die Tischreihen wanderte, empfand die Atmosphäre dieses Ballhauses als ebenso exotisch wie anheimelnd. Wenn in seinem Heimatdorf oder in der Umgegend Kirmes war, mengten sich in den Wirtshäusern und Tanzsälen die Älteren auch unter das junge Volk. Aber eigentlich mehr als Zaungäste. Manche kommentierten nicht ohne Häme die angebliche Verderbtheit heutiger Jugend, andere erinnerten sich mit nostalgischer Wehmut längst vergangener Zeiten. Aber keiner von ihnen hätte gewagt, was sich hier in der Anonymität der Großstadt so leicht bewerkstelligen ließ, nämlich Anspruch zu erheben auf eigene Lebensfreude, auf neue Bekanntschaften und, im günstigsten Fall, vielleicht noch auf ein Zipfelchen Glück.

Die mittleren Jahrgänge, unter denen Klingenschmidt seine fröhliche Lolott zu finden hoffte, saßen mit den jüngeren und ganz jungen bunt gemischt. An einem Tisch, auf dem mehrere Sektkühler standen, ging es besonders hoch her. Als Klingenschmidt den Schritt verhielt, wurde er von einer nicht mehr ganz nüchternen Endvierzigerin lauthals und mit eindeutig thüringischer Dialektfärbung zum Sitzen genötigt. Er fand Platz zwischen zwei fatal kurzhaarigen Soldaten, die sich jeweils um ein langmähniges Mädchen herumrankten. Die Uniformierten feierten ihren ersten Urlaub an altvertrauter Stätte, und die Thüringerin, die in Klingenschmidt zu ihrem Entzücken einen Landsmann erkannte, klärte ihn über die anderen Umstände der Festivität auf. Sie stamme aus Saalfeld, sei Schlafwagenschaffnerin auf internationalen Strecken und verbringe seit Menschengedenken ihre freien Berliner Nächte in Paulchens Ballhaus. Nirgendwo auf der Welt, und in jener kenne sie sich weitgehend aus, sei es so schön, so gemütlich, so familiär und so preiswert. Hier habe sie vor zwanzig Jahren ihren Mann kennengelernt, und hier sei sie den Schweinehund vor zehn Jahren an eine Jüngere wieder losgeworden.

Dieses Doppeljubiläum könne nur mit Sekt begossen werden, auf daß sie ihr drittes Jahrzehnt bei Paulchen mit einem neuen Heiratskandidaten würdig einläute. Sie erhob ihr Glas und zwinkerte ihrem Tischherrn, einem schüchtern wirkenden Glatzkopf, liebevoll zu. Der stieß sein Glas an das ihre und sagte in unverfälschtem Sächsisch: „Wie dus dir wünschen dust, mein gudes Grisdelchen, so solls gommen."

Klingenschmidt trank auf das Wohl aller drei hoffnungsvollen Paare und entschuldigte sich mit der Erklärung, nun sei er auf den Geschmack gekommen und wolle augenblicklich herausfinden, ob sich bei Paulchen auch für ihn etwas Passendes finden lasse. Man entließ ihn unter herzlichem Gelächter und mit der Auflage, daß er eventuelle Beute zur Begutachtung an den Tisch bringen müsse.

Der Tanz hatte nun wieder begonnen, und Klingenschmidt bezog, das Gruppenbild mit Damen in der Hand, am Rande des Parketts Position. Es konnte ja sein, daß die fröhliche Lolott an ihm vorübertanzte. Während er angestrengt vergleichende Studien anstellte, spürte er deutlich, daß er seinerseits beobachtet wurde. Von einem Tisch, an dem drei fremdländisch aussehende Männer mit aufgetakelten Frauen saßen, durchbohrten ihn fragend-ängstliche Blicke. Ihm wurde unbehaglich, und er begab sich betont lässig außer Sichtweite. Wieder auf das Foto blickend, fühlte Klingenschmidt plötzlich eine Hand auf seiner Schulter. Er drehte sich ruckartig um und sah sich Auge in Auge mit einem Kellner, der ein riesiges Tablett mit leeren Gläsern in einer Hand balancierte. „Kripo, wa? Wenn ich Sie behilflich sein dürfte", flüsterte der Kellner und brachte das Foto mit einem raschen Griff an sich.

Trotz des Überrumpelungsmanövers reagierte Klingenschmidt spontan. Nun hatte er zwar das Bild zurück, bevor es der Kellner auch nur ansehen konnte, aber dem war vor Schreck das Tablett aus der Hand gefallen. Das Gepolter und der Scherbenhaufen erregten großes Aufsehen. Alle Umstehenden vermuteten in Klingenschmidt einen Randalierer und schrien sowohl nach der Geschäftsleitung als auch nach der Polizei.

In diesem Augenblick wurde die Menge von einer resoluten kleinen Person geteilt. Sie ging mit ausgebreiteten Armen auf Klingenschmidt zu und sagte mit bezwingender Herzlichkeit: „Da bist du ja endlich, mein Lieber! Hast mich ganz schön lange warten lassen." Und zum Kellner gewandt, fügte sie hinzu: „Du sollst doch nicht soviel Gläser auf ein Tablett stellen, Helmut! Entweder hebst du dir einen Bruch, oder du machst welchen." Der Kellner zuckte schuldbewußt die Achseln und begann sogleich mit den Aufräumungsarbeiten. Alle anderen begaben sich wieder auf ihre Plätze oder aufs Tanzparkett.

Klingenschmidt fühlte sich wie in Trance. Sein Kopf faßte nur einen Gedanken: Sie war es! Die kleine Brünette mit den lustigen Löckchen. Und ihre Augen waren wirklich braun. Willenlos und selig ließ er sich von ihr an der Hand führen, bis sie in der äußersten, von ihm noch nicht entdeckten Ecke des Saales zu einem reservierten Tisch für zwei Personen kamen. Er nahm Platz, sprang aber sofort wieder auf, um ihr den Stuhl zurechtzurücken. Dann machte er eine Verbeugung und sagte mit belegter Stimme: „Klingenschmidt mein Name, Friedbert Klingenschmidt."

Sie nickte ihm lächelnd zu. „Ich heiße Irmgard Burdak. Aber da Irmgard wohl der allerabscheulichste Name von der Welt ist, nennen mich meine Freunde Lolott."

Nun fiel ihm überhaupt nichts mehr ein. Er starrte sie an wie eine Erscheinung. Mein Gott, wie jung sie war! Anfang oder Mitte vierzig höchstens. Warum schrieb eine so junge, gutaussehende Frau auf eine Heiratsannonce? Wie konnte sie behaupten, „Jahre des Alleinseins" hinter sich zu haben?

„Trinken Sie ein Glas Wein mit mir?" unterbrach sie seine wirren Gedanken. Er nickte, und wie auf geheimes Kommando eilte ein Kellner an den Tisch. Lolott wartete, bis er bedient und sich entfernt hatte. Dann wollte sie zu einer Erklärung ansetzen, wurde aber plötzlich von einem so herzhaften Gelächter gepackt, daß ihr die Worte im Halse steckenblieben. Klingenschmidts anfänglicher Schreck verflüchtigte sich schnell. Er fühlte im Gegenteil, wie sich sein innerer Kampf löste. Er genoß die Komik der Situation und ließ sich von dem befreienden Lachen anstecken. Minutenlang konnten sie sich kaum beruhigen. Erst als Lolott das Taschentuch brauchte, um ihr von Lachtränen nasses Gesicht zu trocknen, kamen beide wieder zu Atem.

„Mein lieber Herr Klingenschmidt", sagte sie, nun wieder im Vollbesitz ihrer Selbstsicherheit, „ich muß mich bei Ihnen für meinen Ausbruch entschuldigen. Aber das alles war wirklich zu komisch. Ich habe Sie nämlich schon beobachtet, seit Sie an der Bar waren. Die Bardame gab mir einen Wink, als Sie das Foto betrachteten."

„Wieso, warum?" fragte Klingenschmidt verwirrt.

„Sie ist eine gute Bekannte von mir. Ich habe sie eingeweiht."

„Aber warum haben Sie sich dann nicht gleich bemerkbar gemacht?"

„Ich wollte erst mal sehen, wie Sie sich verhalten würden. Daß Christel Sie nicht an ihrem Tisch festhalten konnte, ließ mich hoffen."

„Christel?"

„Die Schlafwagenschaffnerin aus Saalfeld. Ein Wasserfall ist, verglichen mit ihrem Redefluß, ein müdes Rinnsal."

„Wie es scheint, kennen Sie hier jedes Inventarstück", sagte Klingenschmidt leicht pikiert.

Lolott lachte gutmütig. „Das kann man wohl sagen! Erstens habe ich jahrelang bei Paulchen gearbeitet, und zweitens besitze ich ein ausgesprochenes Talent zur Treue. Ich verliere nicht gerne Menschen, verstehen Sie?"

„Gewiß, natürlich." Klingenschmidt verstand überhaupt nichts. „Sie haben hier gearbeitet? Was denn?"

„Ich war Bardame. Es ist schon lange her. Damals war ich noch jung und, wie mein Chefredakteur behauptete, in angemessenen Grenzen hübsch und nicht auf den Mund gefallen. Deshalb bekam ich eines Tages den Auftrag, eine Reportage zu schreiben ‚Bardame für eine Nacht'. Sie wurde nie geschrieben, aber die Bardame blieb."

Klingenschmidt starrte sein Gegenüber mit offenem Mund an. Was ihm diese Lolott mit fröhlicher Unbekümmertheit erzählte, überstieg sein Begriffsvermögen. Er trank sein Glas aus und füllte es in der Erregung sogleich aufs neue.

Lolott tätschelte beruhigend seine Hand. „Ich muß es Ihnen der Reihe nach erklären, dann ist alles ganz einfach. Von Hause aus bin ich Juristin. Das heißt, ich habe Jura studiert. Während meiner Praktikantenzeit bei Gericht besuchte ich viele Prozesse. Bei dieser Gelegenheit lernte ich einige Gerichtsreporter kennen, sympathische Leute, deren Arbeit mich faszinierte. Eigentlich fand ich es viel interessanter, über die Straffälligen, ihre Motive und ihre Psyche zu schreiben, als über sie zu richten. Einer der Gerichtsreporter verschaffte mir eine Chance bei einer Zeitung. Also wurde ich ebenfalls Gerichtsreporter."

„Ja, aber... warum sind sie es dann nicht geblieben?" stotterte Klingenschmidt.

Lolott sah in eine verblichene Ferne. „Ich hatte Angst davor, ihn wiederzusehen. Diesen Gerichtsreporter, verstehen Sie? Ich war ihm zu selbständig geworden und damit zu anstrengend. Er suchte sich ein neues, jüngeres Erziehungsobjekt. Aber es gab ja soviel zu tun bei der Zeitung. Außerdem beschäftigte mich das Studium. Ich absolvierte nämlich ein Zusatzstudium als Journalistin."

„Und danach wurden Sie Barfrau?" fragte Klingenschmidt ungläubig.

Lolott zeigte keinerlei Verlegenheit. „Sie glauben gar nicht, was das für ein interessanter Beruf ist! Die Zeit hinter der Bar hat mir ein ganzes Psychologiestudium ersetzt. Zumal ich mich sofort als praktizierender Seelenarzt bewähren mußte. Wirklich, hochinteressant! Und das Einkommen ist auch nicht übel. Von solchen Summen kann der fleißigste Journalist nicht einmal träumen. Trotzdem habe ich mit der Zeitungsschreiberei nicht gänzlich aufgehört. Auch zu Gerichtsverhandlungen gehe ich noch manchmal, jetzt allerdings nur noch als Zuhörer."

„Es scheint, Sie interessieren sich für eine Menge Sachen."

„Ja", sagte Lolott. „Menschen interessieren mich brennend. Und ich kann mich so schwer wieder von ihnen trennen. Meine Freunde behaupten, ich sei ausgesprochen menschensüchtig."

„Klingt wie eine Krankheit", sagte Klingenschmidt mit unbeabsichtigter Schärfe. „Entschuldigen Sie, aber ist es nicht normaler, sich auf wenige Menschen und auf einen ganz besonders zu konzentrieren?"

Lolotts fröhliches Gesicht erstarrte ganz plötzlich. Sie trank schweigend von ihrem Wein und sah an Klingenschmidt vorbei.

Der begann verlegen auf seinem Stuhl hin- und herzurutschen und verwünschte seine Grobheit. Warum mußte er dieser Frau weh tun? Nur weil sie ungewöhnlich war, anders als alle anderen, die er kannte? Diese Intoleranz hätte zu Antonia gepaßt. Du bist eben ein Provinzler, dachte er selbstquälerisch, Antonia hat dir ihren Stempel aufgedrückt.

Nach ein paar Minuten hatte sich Lolott wieder gefangen. Mit einem Blick auf die Kapelle, die soeben zu einer neuen Tanzserie ansetzte, fragte sie fast schüchtern: „Wollen wir es einmal miteinander versuchen?"

Klingenschmidt atmete auf. Einen Moment lang war er besorgt, er müsse nun in dieser neumodischen Art herumhampeln, ohne sich an seiner Partnerin festhalten zu können. Aber ein langsamer Walzer hatte so viele Paare auf das Parkett gelockt, daß für derlei Eskapaden zum Glück kein Platz blieb. Lolott wurde dicht an seine Brust gepreßt, was er keineswegs als unangenehm empfand. Irgendwie hatte er das Gefühl, als müsse er dieses kleine, so eigenwillige Persönchen beschützen. Er wußte nicht recht, wovor, denn in diesem Hause zumindest schien sie nur Freunde zu haben.

„Wie kommt es eigentlich", fragte er mit der für den Lärm

erforderlichen Lautstärke, „daß Sie von allen Leuten hier fast wie eine Heilige verehrt werden?"

Sie lachte. „Das dürfte reichlich übertrieben sein. Aber ich habe mich immer bemüht, eine gute Kollegin zu sein. Hilfsbereitschaft zahlt sich überall aus. Und ich konnte schon öfter mal jemandem helfen, ob es mit einem juristischen Rat oder mit der Formulierung einer Scheidungsklage war oder eines besonders wichtigen Briefes. Gelegentlich bin ich auch für Kollegen, die Familie haben, eingesprungen, besonders an den Feiertagen. So was vergessen die nicht. Im Gaststättengewerbe herrscht Solidarität, fast wie bei den Artisten."

„Wollen Sie damit sagen, daß Sie auch beim Zirkus waren?" erkundigte sich Klingenschmidt.

„Das würde Sie wohl mächtig erschrecken", entgegnete Lolott in einem Tonfall, der ihn erröten ließ. Aber sie war gleich wieder von der alten Freundlichkeit. „Ich kenne genügend Artisten, um zu wissen, wie hart ihr Leben ist. Interessant schon, aber für mich zu hart. Außerdem muß man mit einem solchen Beruf schon als Kind beginnen."

„Ihre Kindheit liegt ja noch nicht sehr weit hinter Ihnen." Sein Versuch, galant zu sein, kam ihm sehr plump vor.

„Reden Sie nicht solchen Unsinn, Friedbert, immerhin bin ich in fünf Jahren grenzmündig."

Klingenschmidt blieb mitten auf der Tanzfläche stehen. „Was soll denn das nun wieder heißen?"

„Das soll heißen, daß ich genau fünfundfünfzig Jahre alt bin", antwortete sie lächelnd. „Ich weiß, man sieht es mir nicht an. Vielleicht hält mich mein aufregendes Leben im Altersheim jung."

„Nein", sagte Klingenschmidt, „jetzt kann ich nicht mehr." Er wischte sich den Schweiß von der Stirn und ging, Lolott im Schlepptau, an den Tisch zurück. Der Kellner hatte inzwischen eine neue Flasche Wein serviert und die Gläser gefüllt. Klingenschmidt sah seiner Dame in die abgrundtief braunen Augen und räusperte sich mehrmals.

„Ehe ich endgültig den Verstand verliere", begann er seine

Rede, „versuche ich kurz zusammenzufassen. Sie sind also eine juristisch vorgebildete Journalistin, die eine Karriere als Barfrau hinter sich hat. Sie sammeln Menschen wie andere Leute Briefmarken. Sie sehen phantastisch jung aus und werden mit dem Leben offenbar spielend fertig, und trotzdem sind Sie lange vor der Zeit in einem Altersheim gelandet. Liebe Frau Burdak, oder wie immer Sie heißen mögen, wenn Sie mich hierher bestellt haben, um sich über einen einfachen Mann aus dem Volk lustig zu machen, dann muß ich schon sagen ..."

Lolott hob beide Hände, als wolle sie sich einer feindlichen Übermacht ergeben. „Sagen Sie nichts mehr, lieber Freund, und vor allem, nennen Sie mich nicht beim Zunamen. Ich begreife Ihren Unmut, aber mit Ihrem Verdacht befinden Sie sich im Irrtum. Nichts liegt mir ferner, als mich über jemanden lustig zu machen, schon gar nicht über Sie. Denn daß Sie ein anständiger, bemerkenswert kluger und sympathischer Mensch sind, habe ich sofort erkannt. Doch, doch", beteuerte sie, als er eine abwehrende Geste machte, „ich meine es genau so. Das Gerede vom einfachen Mann aus dem Volk ist pure Koketterie. Aber zur Sache. Natürlich muß Ihnen meine Lebensgeschichte verrückt vorkommen. Vermutlich bin ich selbst ein bißchen verrückt, ganz bestimmt sogar." Sie griff nach ihrem Glas und trank hastig. „Total verrückt, es ist unbestreitbar."

„Schweifen Sie nicht ab", sagte Klingenschmidt streng, denn er fürchtete, sie könne jeden Augenblick in Tränen ausbrechen. „Zunächst möchte ich wissen, warum Sie bei der Zeitung aufgehört haben. Die Geschichte von der Seelenarztpraxis hinter der Bar kaufe ich Ihnen nämlich nicht ab."

Sie sah ihn an wie ein kleines Mädchen, das vom Lehrer beim Abschreiben erwischt worden ist. „Der eigentliche Grund war unser stellvertretender Chefredakteur. Wir liebten uns sehr. Er wollte sich scheiden lassen, jedenfalls hat er es jahrelang versprochen. Schließlich fand er heraus, daß ihm ein Leben an meiner Seite zu aufreibend sei. Das lauwarme

Einerlei mit seiner langweiligen Gattin schien ihm auf die Dauer bekömmlicher. Das Schlimmste war für mich die Erkenntnis, einen Mann geliebt zu haben, den es gar nicht gab."

Bevor sie sich in sentimentalen Erinnerungen verlieren konnte, setzte Klingenschmidt sein Verhör fort. „Und was hat Sie später veranlaßt, Ihre Arbeit in Paulchens Ballhaus aufzukündigen?"

Sie schlug die Augen nieder. „Er war Arzt, Gerontologe. Daß er bei uns Stammgast wurde, hing mit seinem Beruf zusammen. Hier konnte er die alten Leute in einer völlig anderen Situation beobachten als in seinem Krankenhaus. Aber er kam auch meinetwegen. Er fand, mein Temperament und meine Fähigkeit, andere Menschen aufzuschließen, erfrischten und belebten ihn. Doch schon nach einem halben Jahr waren alle Wiederbelebungsversuche vergeblich. In einem Abschiedsbrief schrieb er mir, sechzehn Stunden Klinikdienst seien nicht halb so anstrengend wie ein Abend mit mir. Da er zwar mich, aber nicht das Ballhaus mied, mußte ich gehen."

Klingenschmidt sah sich entsetzt um. „Ist er etwa hier?"

Lolott sah ihn verständnislos an, aber dann lachte sie schallend los. „Ich bitte Sie, Friedbert, die Sache ist vor fünfzehn Jahren geschehen. Inzwischen ist der Gute längst selbst ein Fall für die Gerontologie. Soviel ich weiß, lebt er im Altersheim."

„Er auch?"

„Er ja, ich natürlich nicht. Ich arbeite im Altershheim, als Betreuerin. Auf die Idee kam ich damals, eigentlich durch ihn. Wissen Sie, fast noch interessanter als die Jugendproblematik ist die des alternden Menschen. Einsamkeitskomplexe, Liebebedürfnis, sexuelle Nöte..."

„Sie wollten beim Thema bleiben", schnitt ihr Klingenschmidt das Wort ab.

„Es gibt nicht mehr viel zu erzählen", sagte sie mit einer leisen, kaum spürbaren Müdigkeit in der Stimme. „Ich verrichte meine Arbeit mit großer Freude und einigem Erfolg. So war es schon immer: Was ich anfaßte, gelang. Ich fand Anerkennung und Freunde. Das ist viel, aber es ist nicht alles."

„Ja", sagte Klingenschmidt, „das versteh ich."

Nun begann er zu berichten, von seinem Dorf, seinem Haus, seiner Arbeit. Auch von den fünfunddreißig Jahren mit Antonia, die ihm in der Rückschau schlimmer vorkamen, als sie gewesen sein konnten. Immerhin hatten sie ja die beiden Kinder gehabt, viele Jahre gemeinsam Sorge und Verantwortung für sie getragen und den Stolz auf ihre gute Entwicklung geteilt. Und dann die Freude über die Enkelkinder! Nein, ein geistiger Partner oder gar eine anregende Gefährtin war ihm Antonia nicht gewesen, aber eben doch seine Frau. Er hatte vor dem Altar gelobt, in guten wie in schlechten Tagen zu ihr zu stehen und als Scheidungsrichter nur den Tod anzuerkennen. Ein Bruch dieses Versprechens wäre ihm nie in den Sinn gekommen. Lieber hatte er sich im Lauf der Jahre angepaßt, Antonias Spießigkeit und Tyrannei erduldet und nur gelegentlich mit List zu unterlaufen versucht. Aber er mußte auch eingestehen, daß sie in Notzeiten eine tapfere Kameradin gewesen war, fleißig, zuverlässig und aufopferungsbereit. Wenn er krank lag, pflegte sie ihn hingebungsvoll, während sie Rücksicht auf das eigene Wohl nicht kannte. Am liebsten erinnerte er sich der entbehrungsreichen Nachkriegsjahre; es waren seine besten mit Antonia gewesen. Hätte er sie da in der guten Zeit, die sie offenbar schwerer ertrug, im Stich lassen dürfen?

„Eine Frau für schlechtes Wetter", sagte Lolott nachdenklich. „Eigentlich beneidenswert. Ich habe immer nur Partner für die Sonnentage gefunden."

Es ging auf Mitternacht. Klingenschmidt fühlte sich übergangslos von bleierner Müdigkeit befallen. Die anstrengende Fahrt, der Bummel durch Berlin und dieser ganze aufregende Abend forderten ihren Tribut. Er gähnte verstohlen und überlegte krampfhaft, wie er wohl auf dem schnellsten Wege in sein Hotel gelangen könne. In diesem Augenblick wurde ihr Tisch von einer lärmenden Invasion überrollt. Er erkannte sofort, daß es sich um die vier übrigen Damen vom Gruppenfoto handelte.

„Die Mitternacht zieht näher schon", rief eine beschwörend, „und seit einer Stunde warten wir vergeblich auf das Zeichen. Deshalb haben wir beschlossen, die Offensive spontan zu eröffnen."

Lolott schlug sich entsetzt vor die Stirn. „Großer Gott, das hatte ich wirklich total vergessen!"

„Solches nennt man ein gutes Omen", sagte eine andere und lächelte Klingenschmidt gewinnend zu. „Wenn das Gespräch mit deinem Tischherrn so anregend war, dann haben wir unsere Vorbereitungen nicht umsonst getroffen."

Lolott stand auf. „Lieber Friedbert, dieses sind meine Ihnen schon flüchtig bekannten Freundinnen Berta, Jutta, Helga und Dorothea. Sie haben für den Fall, daß Sie der Richtige sein sollten, eine kleine Mitternachtsparty organisiert. Die Tatsache, daß ich das vereinbarte Zeichen verpaßte, deuteten sie in positivem Sinne." Sie hob die Arme, als wollte sie ihre Freundinnen segnen. „Und daran habt ihr recht getan, Mädels!"

Klingenschmidt war vor Schreck und Müdigkeit wie gelähmt. Er erhob sich mühselig von seinem Stuhl. „Ja, aber", stotterte er, „das geht doch nicht – ich muß doch..."

„Sie müssen keineswegs bezahlen", sagte Lolott, „das ist alles längst erledigt. Sie müssen nur aufstehen und mitkommen. Alles weitere findet sich bei mir zu Hause."

Flucht, war Klingenschmidts einziger Gedanke. Aber er sah keinen Ausweg, denn die gackernde Damenschar hielt ihn eisern umzingelt. Er spürte kaum, daß er auf eigenen Füßen aus dem Saal gelangte. Vor dem Haus warteten zwei Taxis, die der plattnasige Türhüter herbeigezaubert hatte. Er half dem Fahrer des ersten Wagens, einen Pappkarton im Kofferraum zu verstauen. „Befehl ausgeführt", sagte er zu Lolott. „Kadarka läuft."

Lolott tätschelte dem Riesenkerl die hold errötende Wange. „Herbert, du bist der Größte! Wenn du nach Feierabend noch Lust hast – du weißt ja, bei mir ist durchgehend geöffnet."

Klingenschmidt fühlte sich immer elender. Er war hundemüde und wollte ins Bett, weiter nichts. Statt dessen ließ er sich wie ein willenloses Opfer kidnappen. Nein, das ging nun wirklich entschieden zu weit!

Lolott mußte dem Taxifahrer ihre Adresse schon genannt haben, denn als sie einstieg, fuhr er ruckartig und mit großem Tempo los. Ehe Klingenschmidt ein Wort des Protestes über die Lippen brachte, umarmte ihn seine Entführerin mit einer impulsiven Geste. „Ich bin ja so froh, daß Sie keiner von diesen preußischen Trauerklößen sind, die streng nach Plan leben. Manchmal muß man einfach was Verrücktes tun. Ich glaube, wirklich alt wird man erst, wenn man nichts mehr riskiert."

„Da mögen Sie recht haben", hörte sich Klingenschmidt sagen. Dennoch saß ihm die Angst wie ein Kloß in der Kehle.

Nach wenigen Minuten Fahrzeit hielten sie vor einem dieser alten Berliner Bürgerhäuser, die in früheren Zeiten den sogenannten feinen Herrschaften vorbehalten waren. Im Treppenhaus war gedämpfter Lärm zu hören. „Unsere Gäste sind also schon da", sagte Lolott fröhlich.

Das Wohnzimmer hatte die Ausmaße einer mittleren Kneipe, und trotzdem sah Klingenschmidt auf Anhieb keinen freien Platz. Noch ehe Lolott ihre Stimme erheben konnte, um ihren Ehrengast vorzustellen, stürmten mindestens zwanzig Leute auf ihn zu, schüttelten ihm die Hände, hauten ihm freundschaftlich auf die Schultern und hießen ihn in ihrer Mitte willkommen. Er fühlte sich von einem Spuk geäfft, als er mehrere namhafte Schauspieler zu erkennen glaubte. Aber Lolott bestätigte ihm, daß diese mit sich identisch, mit ihr befreundet und extra zu seiner Begrüßungsparty erschienen seien. Ein ausländischer Popsänger, weltberühmt, wie Klingenschmidt durch Presse, Funk und Fernsehen wußte, griff sofort zu seiner Gitarre und sang ein Lied auf die Freundschaft. Danach brachte ein bekannter Fernseh-Nachrichtensprecher einen Toast auf Klingenschmidt aus, wobei er sich unter dem wiehernden Gelächter der anderen immerfort dafür entschuldigte, daß er bei seiner Rede kein Blatt vor den Mund genommen habe.

Lolott wies Klingenschmidt den bequemsten Sessel zu und servierte ihm einen Mokka. Während er versuchte, das Täßchen an den Mund zu führen, wurden ihm unentwegt neue Leute vorgestellt. Es waren Künstler und Kellner, Rechtsanwälte und Rumtreiber, ein buntes Völkchen, das sich vielleicht nur in seiner Sympathie für Lolott einig war. Diese hatte über fast jeden eine Anekdote bei der Hand. Mit zwei berühmten Karikaturisten machte sie ihn so bekannt: „Dies sind die beiden geizigsten Männer Mitteleuropas. Sie können einander nicht ausstehen, aber man trifft sie überall gemeinsam, weil einer dem anderen soviel wie möglich wegtrinken will, wenn es nur ein Dritter bezahlt!"

Klingenschmidt erschrak über diese Taktlosigkeit und fürchtete, es werde sogleich zu einem Eklat kommen. Aber die beiden Geizhälse drückten jeweils einen freundschaftlichen Kuß auf Lolotts Stirn, maßen einander mit giftigen Blicken und begaben sich im Gleichschritt zu der Anrichte, auf der die Flaschen standen.

Klingenschmidt hatte das dringende Bedürfnis, einen Augenblick allein zu sein, um wenigstens einen klaren Gedanken zu fassen. Er ließ sich den Weg zum Badezimmer zeigen und riegelte sich ein. Was sollte er nur tun? Eine Party, die seinetwegen organisiert worden war, sofort wieder zu verlassen, schien ihm ungehörig. Andererseits fürchtete er, Lolott könne ihn bitten, den Rest der Nacht allein mit ihm zu verbringen. O Gott, warum hatte er sich auf all das überhaupt eingelassen! Antonia, dachte er verzweifelt, wenn du dich nicht davongemacht hättest, wäre das nie passiert. Urplötzlich befiel ihn ein solcher Schwächeanfall, daß er sich nicht mehr auf den Beinen halten konnte. Mangels anderer Möglichkeiten ließ er sich mit letzter Kraft in die leere Badewanne gleiten. Er kämpfte aufsteigende Übelkeit nieder und drückte seine heiße Stirn an die kühle Emaille. Es ist gleich vorbei, redete er sich zu, gleich geht es mir wieder besser. Und während er deutlich spürte, daß ihm langsam viel, viel wohler wurde, war er auch schon fest eingeschlafen.

Klingenschmidt brauchte eine ganze Woche, bis er in seinem eigenen Bett wieder richtig schlafen konnte. Alpträume verfolgten ihn, er war beständig auf der Flucht vor einer riesigen Menschenmenge. Doch jedesmal tauchte in letzter Sekunde ein verschleiertes Wesen auf, das sich mit ihm, befreit von aller Erdenschwere, in die Lüfte erhob. Wenn er allerdings hinter den Schleier sehen wollte, um seinen rettenden Engel zu identifizieren, fiel er in den Abgrund und – erwachte.

Das Berliner Abenteuer hatte Klingenschmidt merklich verstört. In seiner Canasta-Runde verlor er wieder einmal eine Partie nach der anderen, was von dem geizigen Provisor Eckstein zunächst freudig, von Verkaufsstellenleiter Friedmann und Friseurmeister Wiedenthal frotzelnd kommentiert wurde. Sie stellten allerlei Vermutungen über die Ursachen seines Versagens an, aber ihre Phantasie reichte nicht aus, um der Wahrheit auch nur im entferntesten nahezukommen. Als sich Klingenschmidt die Chance zu einem reinen Canasta verdarb, indem er zwei fehlende Achten nicht ablegte, sondern auf den Haufen warf, verloren seine Gefährten die Geduld und die Lust am Spiel. Verkaufsstellenleiter Friedmann belegte ihn mit dem übelsten territorialen Schimpfwort „Böhl“. Ein solcher sei bekanntlich die Summe von sieben „Boijassen“, wovon jeder einzelne einen Quadratidioten darstelle. Friseurmeister Wiedenthal warf zornentbrannt sein Blatt auf den Tisch. Solches Ausmaß an Unkonzentriertheit, schnauzte er, erfüllte den Tatbestand von Sabotage. Schließlich sitze man zum Kartenspiel und nicht zum Vergnügen beisammen. Klingenschmidt nahm Wutausbruch und grußlosen Abgang der Gefährten mit geradezu kränkendem Desinteresse hin. Wenn er überhaupt etwas empfand, so war es eine Art gelangweilten Mitleids.

Gitti Enderlein maß ihren Freund mit besorgten Blicken. Leider konnte sie sich nicht gleich um ihn kümmern, denn an mehreren Tischen saßen noch Gäste, die bedient werden wollten. Und seit der alte Enderlein, vom Rheuma halb gelähmt, vor einer Woche ins Kreiskrankenhaus eingeliefert worden war, lastete alle Arbeit auf ihren Schultern. Unaufgefordert brachte sie Klingenschmidt ein neues Gedeck und bat ihn, noch zu bleiben.

Als sich die Gaststube geleert hatte und Gitti zu ihm an den Tisch kam, atmete Klingenschmidt erleichtert auf. Eigentlich war er an diesem Tag nur ins Wirtshaus gegangen, um mit einem Menschen zu reden. Und seit jener denkwürdigen Nacht in der Berghütte war Gitti Enderlein die Rolle seiner engsten, ja einzigen Vertrauten ganz selbstverständlich zugefallen. Auch davon hätte niemand im Dorf etwas erfahren dürfen. Gitti genoß, seit Klingenschmidt sie in seine kühnen Unternehmungen einweihte, das prickelnde Gefühl, ein Doppelleben zu führen.

„Nun red schon", forderte sie ihn auf, „siehst aus, als hättest du ein Wochenende in der Hölle verbracht."

Klingenschmidt fühlte sich ganz plötzlich leicht und froh. Er grinste ein bißchen süffisant. „Also, wenn's in der Hölle so zugeht, würde vielleicht sogar unser Herr Pfarrer auf seine Reservierung in den himmlischen Gefilden verzichten." Und er berichtete über das nervenzerfetzende Nachtleben in der Weltstadt Berlin. Am längsten verweilte er bei der Beschreibung der eigens für ihn arrangierten Party in Lolotts Wohnung. Gittis atemlose Aufmerksamkeit verführte ihn zu einigen kleinen Übertreibungen. So hatte er mindestens hundert der bedeutendsten hauptstädtischen Künstler kennengelernt, stand mit allen auf vertrautem Fuß und konnte auf ihr Wohlwollen rechnen.

Gitti enthielt sich jeden Kommentars, aber ihr Gesichtsausdruck ließ den Schluß zu, daß die geschilderten Ungeheuerlichkeiten ihre Vorstellungskraft überforderten. Dieser Umstand machte Klingenschmidt nicht nur ungemein gesprächig, sondern verlieh seinem Erlebnis im nachhinein den Charakter einer Sensation, die er erst jetzt richtig zu genießen begann. Als er jedoch von dem hocheleganten und sündhaft teuren Apartment im HOTEL INTERNATIONAL erzählte, das er zwar bezahlt, aber nicht bewohnt hatte, konnte Gitti nicht länger an sich halten.

„Ja, bist du denn von allen guten Geistern verlassen?“ fuhr sie auf. „Für solches Geld fahren andere Leute acht Tage an die Ostsee, und du wirfst es einfach zum Fenster hinaus!“

„Das war ja auch gar nicht meine Absicht“, gab Klingenschmidt zu bedenken. „Natürlich wollte ich…“

„Du wolltest, du wolltest, aber du hast nicht“, schimpfte sie. „So was hat die Welt nocht nicht erlebt: Mietet eine Fürstengruft, als wäre er die Prinzessin auf der Erbse, und legt sich dann wie ein Landstreicher in eine wildfremde Badewanne. Friedbert, ich fürchte, du bist nicht ganz richtig im Kopf!“

„Was soll denn das heißen?“ protestierte Klingenschmidt wütend. „Du tust ja gerade so, als hätte ich die ganze Geschichte geplant. Überhaupt, was geht dich das eigentlich an? Ich habe mit meinem ehrlich verdienten Geld bezahlt, und das war mir die Sache wert. Du kannst noch hundert Jahre alt werden und tausend Mark ans Bein binden und wirst nie so etwas Interessantes erleben.“

Gitti Enderlein war blaß geworden. Nach einem Weilchen erhob sie sich schwerfällig und machte sich in der Gaststube zu schaffen. Klingenschmidt wollte schon zu einer einlenkenden Bemerkung ansetzen, als sie ihren Faden weiterspann. „Ich möchte wissen, was daran interessant sein soll, wenn einer einen Wucherpreis für etwas bezahlt, das er nicht einmal in Anspruch nimmt!“

„Donnerwetter!“ Klingenschmidt hatte gegen seinen Vorsatz die Beherrschung verloren und mit aller Kraft auf den Tisch geschlagen. „Du bist ja wirklich keinen Deut besser als Antonia! Geht denn das nicht in euren Kopf, daß es wichtigere Dinge im Leben gibt als Geld? Die Welt ist nämlich bunt, meine Liebe, bunt von den Menschen. Jawohl, das wichtigste im Leben sind Menschen. Sie erweitern deinen Horizont, sie bieten dir Anregung, Freundschaft, Liebe..."

Gitti stand mittlerweile hinter dem Tresen und spülte Gläser. Bei seinen letzten Worten hielt sie abrupt inne. „Und das glaubst du, ja?" fragte sie in einem Tonfall, der ihm ins Herz schnitt. „Ich jedenfalls habe in meinem Leben nichts Beständigeres kennengelernt als Geld."

Klingenschmidt saß einen endlosen Augenblick ganz still. Dann legte er die Zeche auf den Tisch und ging langsam zur Tür. Bevor er den Raum verließ, drehte er sich noch einmal um. „Armes Mädchen", sagte er, „bist noch so jung und hast schon alles verpaßt."

Der Sommer hatte seinen Höhepunkt überschritten, aber es blieb noch bis in die Abendstunden hell und warm. Klingenschmidts Leben verlief wieder im alten Rhythmus. Nach dem Frühstück begab er sich allmorgendlich in seine Werkstatt, schaltete die Fräsmaschine ein und bewältigte bis zum Mittagessen mühelos die halbe Norm. Erst wenn vierhundert Korkenzieher sauber aufgereiht vor ihm lagen, ging er ins Haus, um sich ein Mittagessen zu bereiten. Danach wusch er ab und verrichtete auch alle anderen notwendigen Hausarbeiten. Das tat er nicht nur aus Furcht vor dem Mitleid der Nachbarinnen, die ihm mit entnervender Beharrlichkeit ihre Hilfe antrugen, sondern weil er sich in den Jahren mit Antonia an Ordnung gewöhnt hatte. In den ersten Tagen und Wochen seiner Witwerschaft schienen ihm diese täglichen Verrichtungen nicht wichtig, ja geradezu überflüssig. Aus einem vagen Gefühl inneren Protestes gegen alles, was von Antonia überkommen war, hatte er den Haushalt regelrecht verschlampen lassen. Aber er wußte nun, daß ihm dies eigentlich gegen die Natur ging.

Nach einem ausgiebigen Mittagsschlaf machte sich Klingenschmidt wieder an die Arbeit. Für das Fräsen der restlichen vierhundert Rohlinge ließ er sich mehr Zeit als notwendig. Es gab einfach keinen Grund zur Eile, denn das Tagesende hielt nichts bereit, auf das hinzuarbeiten sich gelohnt hätte. In der Wohnung erwartete ihn niemand, und ins Wirtshaus mochte er nicht gehen, seit ihn Gitti Enderleins seltsamer Ausbruch so enttäuscht hatte. Er dachte lange und mit nahezu analytischer Schärfe darüber nach, ob ihm Antonia nicht vielleicht doch fehle. Immerhin war sie etwas Vertrautes gewesen, etwas, auf das zumindest in seiner Allgegenwärtigkeit Verlaß war. Aber zu Sentimentalität lieferten die heraufbeschworenen Erinnerungen keinen Anlaß. Dazu war Antonia einfach zu mürrisch gewesen, zuwenig imstande, sich über irgend etwas zu freuen oder eine der kleinen Alltagsmißhelligkeiten mit Humor zu nehmen. Nach dem lustlos eingenommenen Abendessen hatte sie entweder das Fernsehgerät eingeschaltet oder zum Abmarsch gedrängt, damit sie beide nur ja pünktlich zur Chorprobe im Gemeindehaus erschienen.

Vom Kirchenchor hatte er sich übrigens seit Antonias Tod beurlauben lassen. Er begründete seinen zwiespältig aufgenommenen Entschluß damit, daß er erst einmal mit sich ins reine kommen und ein paar wichtige Reisen unternehmen müsse. Die Vorstellung, der Herr Pfarrer oder die ehrenwerten Sangesbrüder und -schwestern könnten von Zweck und Ergebnis seiner Reisen erfahren, erfüllte ihn mit diebischem Vergnügen. Aber natürlich durfte es dazu niemals kommen.

In letzter Zeit dachte Klingenschmidt immer häufiger an seinen Besuch in Berlin. Diese Stadt war wirklich schön und erregend. Doch die Hektik, in der ihre Menschen lebten und von der die Luft um sie zu vibrieren schien, wäre ihm auf die Dauer unerträglich gewesen. Auch eine Frau wie Lolott, so charmant und aufregend sie sein mochte, könnte er nicht ständig um sich ertragen. Er brauchte zumindest Phasen der Ruhe, des Sich-Besinnens, eben dieses bißchen Normalität, das jene nicht zu kennen schien. Aber vielleicht war auch Lolott auf der Suche nach einem solchen Rastpunkt in ihrem Leben? Wären sie dann nicht doch eine Möglichkeit füreinander gewesen?

Klingenschmidt zuckte zusammen, denn eine Ungeschicklichkeit hatte ihn die Spitze der Wendel abbrechen lassen. In solchen Fällen von Nervosität half nur eine kurze Pause. Er schaltete die Maschine aus und setzte sich auf eine der Materialkisten. Während er eine Bierflasche öffnete und genüßlich trank, wurde ihm jener fatale Augenblick wieder gegenwärtig, als er in Lolotts Badewanne wach geworden war.

Er wußte nicht mehr genau, ob ihm die infamen Kreuzschmerzen oder das laute Wummern an der Badezimmertür geweckt hatten. Minuten vergingen, bis er seine Situation voll begriff. Es kostete ihn große Anstrengung, die unbequeme Lagerstatt zu verlassen und die Tür zu öffnen. Vor ihm stand, übernächtig und längst nicht mehr so attraktiv wie vor Stunden, eine von Lolotts Freundinnen. Es war Berta, wenn er sich recht erinnerte.

„Sie haben uns ja einen schönen Schrecken eingejagt, lieber Herr Klingenschmidt", sagte sie munter. „Zum Glück verfügt Lolotts Wohnung noch über eine weitere Toilette, so daß größere Katastrophen vermieden werden konnten. Aber wir waren natürlich in Sorge um Ihren Gesundheitszustand. Da wir durch das Schlüsselloch sahen, daß Sie lediglich den Schlaf des Gerechten schliefen, ordnete Lolott an, Sie nicht zu stören." Sie reichte ihm Handtuch, Zahnbürste und einen Elektrorasierer. „Hier ist alles für Ihre Morgentoilette. Ich werde inzwischen das Frühstück bereiten und Lolott wecken. Sie hat sich ein phantastisches Tagesprogramm ausgedacht – nur für Sie beide!"

Berta entfernte sich kichernd in Richtung Küche.

Klingenschmidt wäre am liebsten im Erdboden versunken. Er wußte genau, daß er einer neuerlichen Begegnung mit Lolott nicht standhalten würde. Und Bertas Hinweis auf die geplante Zweisamkeit erfüllte ihn außerdem mit panischer Angst vor dem Unausweichlichen. Lolott zu enttäuschen, ihr gar sein Unvermögen eingestehen zu müssen, ging über seine Kraft. Er wusch und rasierte sich in aller Eile, ohne die sonst übliche Sorgfalt. Dann riß er einen Zettel aus seinem Notizbuch und schrieb, auf dem Badewannenrand sitzend, folgende Zeilen: „Liebe Frau Lolott, Ihre Bekanntschaft gemacht zu haben, gehört zu den bedeutsamsten Ereignissen in meinem Leben. Der Abend mit Ihnen war überwältigend. Bisher glaubte ich, dergleichen gäbe es nur im Film. Aber an meiner physischen Reaktion, für die ich Sie inständig um Verzeihung bitte, haben Sie sicher bemerkt, daß Sie Ihr Interesse und Ihre Gastfreundschaft einem Unwürdigen zuteil werden ließen. Ich schäme mich, nicht der Mann zu sein, den Sie brauchen und verdienen. Sie wissen, daß ich Sie niemals vergessen werde. In aufrichtiger Verehrung, Ihr Friedbert Klingenschmidt."

Als er das Brieflein noch einmal durchgelesen hatte, fühlte er wieder diese Schwäche, die ihn beinahe auf sein emailliertes Nachtlager zurückwarf. Aber er nahm alle Kraft zusammen, straffte sich und verließ auf leisen Sohlen das Badezimmer. Aus der Küche hörte er Berta vergnügt singend mit Geschirr hantieren. Er plazierte seinen Brief gut sichtbar auf einem Garderobenschränkchen in der Diele. Dann schlich er sich wie ein routinierter Einbrecher aus der Wohnung.

Obwohl es in der kleinen Werkstatt gar nicht sonderlich heiß war, trank Klingenschmidt durstig sein Bier aus und wischte sich die Schweißtropfen von der Stirn. Er war sich klar darüber, richtig gehandelt zu haben, und doch verursachte ihm der Gedanke, die fröhliche Lolott niemals wiederzusehen, ein schmerzhaftes Gefühl in der Herzgegend. Reiß dich zusammen, dachte er in Antonias strenger Diktion, schließlich bist du kein ganzer Mann mehr! Das hast du vorher gewußt, also beklag dich nicht! Und nun ist endgültig Schluß mit den Kindereien!

Klingenschmidt stand auf, um sich wieder an seine Arbeit zu begeben. Da klopfte es an die Werkstattür. Herein trat Gertrud Möller, Mitglied der Gewerkschaftsleitung des Kombinats. Obwohl Klingenschmidt nicht den Eindruck hervorzurufen versuchte, er sei von ihrem Besuch besonders entzückt, begrüßte ihn Frau Möller mit ausgesuchter Höflichkeit.

„Was treibt dich denn in die Höhlen des Proletariats?"

Gertrud Möller lachte. „Du wirst es nicht glauben, Friedbert: die Sorge um den Menschen!“

„Um welchen Menschen? Um mich etwa? Fehlanzeige, verehrte Begeella! Mir gehts nämlich, den Umständen entsprechend, ausgesprochen gut.“

„So siehst du aber nicht aus“, erwiderte Frau Möller ernst. „Nun sei mal friedlich und bitte mich in die gute Stube. Ich hab nämlich was Wichtiges mit dir zu besprechen.“

Im Kombinat, vor allem in der Gewerkschaftsleitung, war Klingenschmidts Veränderung nicht unbemerkt geblieben. Es war nichts Faßbares, nichts offenkundig Kritikwürdiges, was den Kollegen auffiel. Er tat seine Arbeit wie früher, lieferte die fertigen Korkenzieher ab und zog sich wieder zurück. Daß er ein wenig schweigsamer geworden war und sich Besuche verbat, war noch zu verstehen. Aber wenn ein Sozialbeauftragter, versehen mit Blumen und erprobten Ratschlägen für unverschuldet von Schicksalsschlägen heimgesuchte Mitarbeiter dennoch am Wochenende an seiner Tür klingelte, war Klingenschmidt nicht zu Hause. Ein vertrauliches Telefonat mit dem Genossen Direktor Klingenschmidt im kybernetischen Institut der Bezirkshauptstadt brachte ans Licht, daß auch der Sohn nicht wußte, was der Vater trieb. Desgleichen vermochte Tochter Käthe keine befriedigende Auskunft zu geben. Da er aber weder bei seinen Kindern noch bei den dafür zuständigen Kollegen Trost und Geselligkeit suchte, konnte etwas nicht in Ordnung sein. Jedenfalls entsprach sein Verhalten nicht dem Erwartungsmuster, das sich seit Jahrzehnten bewährt hatte.

Die Schlußfolgerung war von schlichter sozialistischer Logik: Wer ihm zustehende Hilfe nicht beansprucht, dem muß geholfen werden.

„Wir haben uns gedacht“, sagte Gertrud Möller, als sie mit Klingenschmidt am Wohnzimmertisch saß, „daß dir diese Isolation nicht guttut. Natürlich wollen wir uns nicht in deine Intimsphäre drängen, aber ein bißchen fühlen wir uns auch dafür verantwortlich, wie du jetzt lebst. Gewiß, in einem Fall wie deinem liegt es nahe, sich abzukapseln, niemanden an sich heranzulassen. Aber damit erweist du dir und der Gesellschaft keinen guten Dienst."

Klingenschmidt mußte sich sehr zusammennehmen, um nicht in unpassendes Gelächter auszubrechen. „Sag mal, willst du den Beruf wechseln, Gertrud? Du predigst schon fast so schön wie unser Pfarrer. Weil du mich aber mitten im Produktionsprozeß störst, also der Gesellschaft und mir auch nicht gerade einen guten Dienst leistest, solltest du nun bald zum Thema kommen."

„Immer noch der alte Spötter", sagte Gertrud Möller gutmütig, „dann machen wirs eben kurz: Damit du endlich wieder auf andere Gedanken kommst, verordnet dir die BGL einen Tapetenwechsel. Hiermit überreiche ich dir feierlich einen Ferienscheck für eine Woche Urlaub im schönsten Hotel der DDR."

Klingenschmidt zuckte zusammen. „Und wo", fragte er, wobei er sich mehrmals räuspern mußte, „ich meine, in welcher Stadt befindet sich das schönste Hotel der DDR?"

Gertrud Möller freute sich, daß ihr die Überraschung doch noch gelungen war. „Es handelt sich um das Neptun-Hotel in Warnemünde. Direkt am Ostseestrand. Ich sage dir, das ist einfach eine Wucht! Wellenbad, Swimmingpool auf der Etage, Sauna, Solarium, Bars, Restaurants – du machst dir keinen Begriff von soviel Luxus! Im Westen können sich nur Millionäre Urlaub in so einem Hotel leisten, während bei uns ein einfacher Arbeiter..."

„Spar dir den Polituntericht", unterbrach Klingenschmidt, „bei uns sind die Preise in den Nobel-Schuppen auch ganz schön gepfeffert."

„Nicht für dich", sagte die Kollegin Möller stolz, „du fährst schließlich auf FDGB-Ferienscheck!"

„Woher weißt du denn überhaupt, daß ich fahre?" entgegnete Klingenschmidt heftig. „Vielleicht will ich jetzt gar keinen Urlaub machen, vielleicht hab ich mir längst was Besseres vorgenommen. Kommst daher und verfügst einfach über mich, als wäre ich ein kleines Kind! Und diese Art Bevormundung nennt ihr dann Sorge um den Menschen."

Gertrud Möller starrte ihr Gegenüber fassungslos an. Sie war eine gutherzige Frau und im Kombinat geschätzt als eine, die sich wirklich für die Kollegen einsetzte. Doch offenkundige Ungerechtigkeit machte sie ebenso hilfslos wie Ironie. Da sie nicht ahnen konnte, was in Klingenschmidt vorging, verharrte sie in stummer Verständnislosigkeit, die ihr die Tränen in die Augen trieb.

„Um Gottes Willen, Gertrud!" Klingenschmidt war so betroffen, daß er aufsprang und ihr den Arm um die Schulter legte. „Bitte weine nicht, so hab ichs doch gar nicht gemeint. Es stimmt ja, ich bin ein alter, ungehobelter Trottel. Bitte, verzeih mir, Gertrud! Schiebs auf meinen Kummer."

Er schämte sich ein bißchen seines Tricks, aber zu seiner Erleichterung schien er die Wirkung nicht zu verfehlen. Frau Möller trocknete die Tränen und probierte schon wieder ein kleines Lächeln. Klingenschmidt rannte in die Küche und kam mit einer Flasche Korn und zwei Gläsern zurück.

„Laß uns auf die Versöhnung anstoßen, Gertrud", sagte er herzlich. „Und ich danke dir und den anderen für das großzügige Angebot, obwohl ich es wirklich nicht verdient habe. Wenn du mir nicht mehr böse bist, möchte ich es sehr gern annehmen. Ich war nämlich noch nie am Meer."

Klingenschmidt fühlte sich wie im Märchen. Vom ersten Augenblick an hatte ihn Warnemünde bezaubert: die schönen, gepflegten alten Häuser, die idyllische Promenade am Alten Strom und vor allem das Meer – diese unendliche Weite, die sein Herz gleichzeitig mit Ruhe und einem unstillbaren Fernweh erfüllte. Er war glücklich wie ein Kind, das den Wundern der Welt zum erstenmal begegnet.

Auch das Hotel gefiel ihm über alle Maßen. Der Luxus erschreckte ihn nicht, wie manch anderen Reisegefährten, sondern machte ihn fröhlich und übermütig. So also, dachte er vergnügt, muß sich ein Ölscheich fühlen, für den all solche

Schätze alltäglich sind. Aber so wollte er es gar nicht haben. Über Alltägliches ließ sich ja nicht mehr staunen, und wo blieb dann die Freude?

Gleich am ersten Tag schrieb er eine Karte ans Kombinat, zu Händen der Kollegin Gertrud Möller. Er bedankte sich überschwenglich und warf ihr vor, bei der Beschreibung des Hotels schamlos untertrieben zu haben. Aus einer Regung, die ihn plötzlich und fast schmerzhaft überkam, fügte er hinzu: „Es tut mir in der Seele leid, daß meine Frau niemals so etwas Schönes erleben konnte.“ Er schrieb auch an seine Kinder und an Gitti Enderlein. Inzwischen hatte er Zeit gehabt, ein wenig Klarheit in seinem Kopf zu schaffen. Er wußte jetzt, daß Gittis Reaktion auf seinen stark gefärbten Berliner Bericht nicht auf Spießbürgerlichkeit und Geiz zurückzuführen war, sondern auf ihren Schmerz über ihr eigenes verdorbenes Leben. Deshalb beschwor er sie, dieses schönste Fleckchen Heimat, das es außer dem Thüringer Wald gäbe, um jeden Preis (!) einmal zu besuchen.

Klingenschmidt genoß in vollen Zügen, was ihm geboten wurde. Er machte lange Spaziergänge am Strand, schwamm im Wellenbad, dessen Temperaturen angenehmer waren als die der Ostsee, schwitzte in der Sauna und ließ sich im Solarium braunbrennen. Da er sich geschworen hatte, alle Annehmlichkeiten jetzt und bis ans Ende seiner Tage auszukosten, sah er nicht aufs Geld und leistete sich lukullische Genüsse, von denen die Kellner behaupteten, dergleichen gebe es in China oder Jugoslawien alle Tage. Er lernte sympathische und weniger sympathische Leute kennen und kam zu dem Schluß, Sachsen müsse just in dieser Woche total entvölkert sein.

Leicht bekümmert stellte er fest, daß es kaum alleinreisende Damen gab, zumindest keine, die im Alter zu ihm gepaßt und ihm außerdem zugesagt hätten. Einmal überkam ihn der dringende Wunsch, Lolott anzurufen und sie zu einer Stippvisite in dieses Traumstädtchen zu überreden. Sie hätte wunderbar hierher gepaßt, und mit ihr hätte er ganz gewiß das doppelte Vergnügen an all der Herrlichkeit gehabt. Es gelang ihm sogar, an der Rezeption ein Berliner Telefonbuch auszuleihen und ihre Nummer zu ermitteln. Aber dann verließ ihn der Mut. Sie waren nun mal nicht füreinander geschaffen, damit mußte er sich abfinden.

Daß er ein Zimmer für sich bekommen hatte, war nichts als ein – genaugenommen – unglücklicher Zufall. Ursprünglich sollte er es mit einem alleinstehenden Arbeiter aus Wolfen teilen, aber den hatte ein aktuer Blinddarm ans heimatliche Krankenhaus gefesselt, was Klingenschmidt trotz aller moralischen Skrupel als höchst angenehm empfand. Doch obwohl er nun nicht gezwungen war, auf einen anderen Menschen Rücksicht zu nehmen, fand er in dieser Nacht, der unwiderruflich letzten seiner Urlaubswoche, keinen Schlaf. Nicht allein deshalb, weil ihm der Abschied so schwerfiel, sondern weil seit Stunden das Nebelhorn exakt und nervtötend seinen Dienst versah. Die Zimmerlautstärke des Radios konnte dem dumpfen Geräusch nichts anhaben. Selbst die gründliche Lektüre aller zum Wochenende erschienenen Illustrierten ermüdete Klingenschmidt nicht in der gewohnten Weise.

Plötzlich verspürte er Lust auf Geselligkeit und einen guten Tropfen. Aber es ging schon auf Mitternacht, war also zu spät für einen Restaurantbesuch. Auch gut, dachte er unternehmungslustig, gehe ich eben in die Bar! Bei den Mahlzeiten hatten seine jüngeren Tischgenossen öfter von diesem attraktiven Etablissement im obersten Stockwerk des Hauses geschwärmt. Warum sollte er, der sich immerhin in Paulchens Ballhaus auskannte, nicht auch einmal das Warnemünder Nachtleben studieren?

Vor der Bar befragte ihn ein blasierter Dandy nach seinen Wünschen. Klingenschmidt war ein wenig verärgert über das alberne Ritual. Paulchens plattnasiger Türhüter hatte viel normaler reagiert, aber dergleichen war von einem dienstbaren Geist im Smoking wohl nicht zu erwarten. Also sagte er brav sein Sprüchlein auf und erfuhr, daß kein Platz vorhanden sei. Die Abfuhr wurde in einem Tonfall erteilt, den Klingenschmidt intuitiv richtig zu deuten wußte. Er schob dem Dandy einen Zehnmarkschein hinters Ziertüchlein, worauf jener die Tür öffnete und seinem Gast den Weg durch erlesene schwedische Innenarchitektur bahnte. Klingenschmidt wurde an einen Tisch plaziert, an dem sich zwischen sieben Damen verschiedensten Alters noch ein freier Stuhl befand. Seine höfliche Begrüßung geriet zur Pantomime, denn in diesem Augenblick begann die Kapelle zu spielen. Im Verlauf der nächsten Minuten wurde eine Dame nach der anderen vom Tisch auf die Tanzfläche entführt. Zurück blieb nur eine. Sie war schlank und elegant, und ihr silberweißes Haar, das sich im gedämpften Licht beinahe kostbar ausnahm, ließ die Frage offen, ob hier die Jahre oder ein geschickter Friseur ihr Werk getan hatten.

Im Laufe der Nacht, die Klingenschmidt gleich mit sowjetischem Sekt eröffnet hatte, lernte er seine Tischdamen näher kennen. Es handelte sich um ein Kollektiv von Buchhalterinnen aus dem Rostocker Fischverarbeitungskombinat. Das Motiv für ihr mondänes Ausflugsziel lieferte der einzige Punkt, den sie zwecks Erlangung des Titels „Brigade der sozialistischen Arbeit" noch abzuhaken hatten, nämlich die leidige Kultur.

„Wir hätten natürlich auch ins Theater gehen oder eine Schriftstellerlesung organisieren können", sagte Anita, eine bildhübsche Endzwanzigerin, „aber wir wollten uns ja schließlich amüsieren. Da kam Amanda auf die großartige Idee mit der Neptun-Bar. Hier braucht man sich das Kulturelle wenigstens nicht trocken runterzuwürgen."

Klingenschmidt verstand nicht recht. Die Sache mit den Arbeitsplänen für den Titelkampf war ihm natürlich geläufig, und auch in seinem Kombinat löste der Programmpunkt Kultur mehr Schrecken als Freude aus, denn die Kolleginnen der Gewerkschaftsbibliothek hatten sich seit Jahren auf eine schweißtreibende Quizveranstaltung namens Ökulei eingeschossen. Aber daß auch ein Barbesuch genügen konnte, um kulturelle Aufgeschlossenheit aktenkundig zu machen, war ihm neu. Als er seiner Verwunderung darüber Ausdruck gab, kam plötzlich Leben in die silberweiße Dame.

„Sie sind also auch einer von denen, die der Unterhaltungskunst ablehnend gegenüberstehen", konstatierte sie nicht ohne Schärfe.

Klingenschmidt sperre Mund und Nase auf. Was ihn noch mehr verblüffte als der unverständliche Angriff, war die Tatsache, daß die Dame Amanda in unverkennbar berlinischem Tonfall gesprochen hatte.

„Sie sind Berlinerin?" fragte er interessiert.

„Seit meiner Geburt", antwortete sie, „was dagegen?"

„Gott bewahre – ich liebe Berlin!" Klingenschmidts Emphase stimmt die Silberweiße auf der Stelle friedlich.

„Wenn es so ist und Sie sich in meiner Heimatstadt vielleicht ein bißchen auskennen, sollten Sie eine andere Einstellung zur Unterhaltungskunst haben", sagte sie gnädig. „Bis auf den heutigen Tag gehört der Friedrichstadtpalast mit seinen großen Varietéprogrammen zu den ersten Häusern im europäischen Showbusineß." Bei dem Wort „Showbusineß" maß sie ihre Kolleginnen, die verstohlen zu kichern begannen, mit einem strengen Blick.

„Und wenn man erst an die zwanziger Jahre denkt..." Die blonde Marlies hatte diesen Satz mit den schönsten mecklenburgischen R-Rollern offenbar provokatorisch in den Raum gestellt, aber Amanda setzte ihn ungerührt und sachlich fort: „... dann fallen einem Namen ein wie Wintergarten, Faun, Eden, Kabarett der Komiker. Und so bekannte Artisten wie Grock, Reuter, Fritz Grünbaum, Werner Finck, Lilian Leitzel, die Rastellis, die Codonas und so weiter. Wollen Sie etwa behaupten, deren Arbeit hatte nichts mit Kunst zu tun?"

Klingenschmidt war so verblüfft, daß er kein Wort herausbrachte, schüttelte aber energisch den Kopf. Natürlich wollte er solchen Unsinn nicht behaupten!

„Zum Glück konnte ich auch unseren Direktor davon überzeugen", sagte Amanda stolz. „Da er sich schon selbst gelegentlich an den ausgezeichneten Varietéeinlagen in unseren

Nachtbars erfreut hat, stimmte er unserem Vorschlag schließlich zu."

In diesem Moment intonierte die Kapelle einen Tusch, und ein munterer Conférencier hüpfte, mit einem Mikrofon bewaffnet, auf die Tanzfläche. Er begrüßte die Gäste wie altvertraute Familienmitglieder und überschüttete sie im Schnellsprechertempo mit einer Witzkaskade, wovon Klingenschmidt die politischen am besten gefielen. Dann kündigte er ein Schlangentänzerpaar, einen Magier und mehrere Schlagersänger an, deren wirklich gediegene Arbeit besonders von Amandas frenetischem Beifall unterstützt wurde. Das Programm dauerte eine Stunde und war so gut, daß sich Klingenschmidt vornahm, es den Verantwortlichen für den „Kessel Buntes" brieflich ans Herz zu legen.

Als die Kapelle wieder zum Tanz aufspielte, verbeugte er sich bittend vor Amanda. Sie errötete hold, denn diesmal entschwebte sie als erste aus ihrem Kollektiv aufs Parkett. Schon nach wenigen Schritten spürte Klingenschmidt, daß er eine Meisterin im Arm hielt.

„Sie tanzen nicht schlechter als die Dame mit der Schlange", sagte er galant.

„Nun ja", entgegnete Amanda mit schlecht gespielter Bescheidenheit, „gelernt ist eben gelernt."

„Und Klingenschmidt erfuhr, daß er es mit einer ehemaligen Artistin zu tun hatte. Dabei war sie keineswegs in solchem Milieu aufgewachsen, sondern als zweitältestes von acht Kindern der Familie Scharnowski im Berliner Arbeiterbezirk Kreuzberg geboren worden. Die Not war groß gewesen, denn der Vater hatte über lange Jahre keine Arbeit gehabt, was sein ohnehin cholerisches Temperament negativ beeinflußte, und die Mutter hatte sich als Portiers- und Waschfrau abgemüht, die zehnköpfige Familie am Leben zu erhalten. Ein einziges Mal während ihrer Kindheit, nämlich zu ihrem vierzehnten Geburtstag, hatte Amanda ein richtiges Geschenk erhalten, eine Stehplatzkarte für den Zirkus Busch, der sein Zelt am Kottbuser Damm aufgeschlagen hatte.

Dieses unerhörte Ereignis ließ sie ihre erste eigene und einschneidende Entscheidung fällen: Sie blieb beim Zirkus. So ein glückliches Leben wie diese angestaunten Wesen in der Manege, die in glitzernden Kostümen auf Pferderücken Kunststücke vollbrachten, über ein Seil balancierten oder in der Kuppel am Trapez hingen, wollte sie hinfort auch führen. Nur nicht mehr nach Hause ins Elend des dritten Hinterhofes, ausgeliefert ständigem Hunger und dem unkontrollierbaren Jähzorn des Vaters. Nach Schluß der Vorstellung kämpfte sich das schmächtige kleine Mädchen bis zum Stallmeister durch, der ihrer eisernen Beharrlichkeit schließlich nichts mehr entgegenzuhalten hatte und ihr den Wohnwagen des Direktors zeigte. Auch hier ließ sie sich nicht einmal durch Androhung schlimmster Strafen von ihrem Vorsatz abbringen, lieferte unaufgefordert Kostproben ihres turnerischen Talents, schwor, sie werde noch gleichen Tags die schriftliche Einwilligung der Eltern herbeischaffen, und ließ sich nicht schockieren, von dem, was ihr an künftigen Strapazen prophezeit wurde.

Zu Hause war man froh, einen Esser weniger durchschleppen zu müssen. Aber vor Amanda, die alle Anstrengungen nur unternommen hatte, um der häuslichen Not zu entkommen, lag eine bittere Zeit. Sie bekam selbstverständlich keinen Pfennig Geld und eine so magere Kost, daß sie sich manchmal am Futter für die Tiere vergriff. Sie mußte härter und länger arbeiten, als es selbst damals die Polizei erlaubt hätte, und für jeden Patzer beim Voltigetraining, beim Jonglieren oder dem Üben auf dem Schlappseil setzte es Ohrfeigen. Daß sie durchhielt, war ihrem unbeugsamen Willen und der Gutherzigkeit einiger kinderreicher Artistenfamilien zu danken. Nach drei Jahren endlich durfte sie als Reiterin in einer Pferdegruppe mitmachen. Kurze Zeit später fand sie einen Gönner, der mit ihr eine solistische Nummer als Spitzentänzerin aufbaute und ihr den exklusiven Namen Mandy Schaar verpaßte.

Klingenschmidt hatte seine Eroberung nach dem Ende des

Tanzes an die Bar eingeladen, neuen Sekt bestellt und hingerissen ihrer Geschichte gelauscht. Lolott fiel ihm ein, und er fand es eigentlich folgerichtig, daß die zweite Berlinerin, der er begegnete, vom gleichen Kaliber zu sein schien wie die erste. Welch interessante, außergewöhnliche Schicksale taten sich da vor ihm auf!

„Erzählen Sie", bat er Amanda mit glänzenden Augen, „erzählen Sie von Ihren Reisen in die große, weite Welt!"

„Da gibt es nicht viel zu erzählen", sagte sie. „Ich kam immer auf irgendeinem Bahnhof an, mal in London, mal in Zürich oder Lugano, auch in Moskau und in Riga, in Prag, Paris und Budapest. Dann gings zum Hotel und dann zur Vorstellung. Nach der Vorstellung wieder ins Hotel und immer so weiter."

„Aber all die großen Städte", ereiferte sich Klingenschmidt, „die müssen Sie doch kennengelernt haben!"

„Ich war einfach zu müde." Amanda drehte ihr Glas in den Händen und beobachtete die aufsteigenden Kohlensäurebläschen. „Bedenken Sie, täglich gab es eine Matinee, eine Nachmittags- und eine Abendvorstellung. Danach wollte ich nur noch ins Bett."

Klingenschmidt fühlte sich sekundenlang wie betäubt. „Wollen Sie sagen, daß Sie nichts gesehen haben? Nichts außer Bahnhöfen und Hotels?"

„Es hat mir auch immer leid getan", sagte sie entschuldigend, „aber es ließ sich nicht einrichten. Manchmal habe ich die Touristen im Parkett beneidet. Die meisten hatten Zeit und Kraft für alles, ich nicht."

„Hier steckst du also, du treulose Tomate", riefen plötzlich zwei von Amandas Kolleginnen, die offenbar als Suchtrupp ausgesandt worden waren, „du bist uns vielleicht 'ne Chefin! Komm gefälligst mit deinem Kavalier an den Tisch zurück, damit wir zur kulturellen Auswertung fürs Brigadetagebuch schreiten können."

Am Tisch herrschte fröhlichste Laune. „Na, wie war das Kadergespräch?" rief die hübsche Anita vergnügt. „Hat Ihnen

Amanda erzählt, wie sie in Mailand wegen eines verknacksten Fußes in die Pauke gefallen ist?"

Amanda reagierte ungehalten. „Nun hört schon auf mit dem Unsinn, ihr albernen Gänse. Ab morgen weht wieder ein anderer Wind, das kann ich euch flüstern."

„Glauben wir dir aufs Wort", erwiderte eine Schwarzhaarige, die von allen Mohrchen genannt wurde. „Unsere Amanda", fügte sie, an Klingenschmidt gewandt, hinzu, „ist nämlich Hauptbuchhalterin aus Leidenschaft. Ein schöneres Wort als Bilanz kennt sie nicht. Wenn Sie mich fragen: ein Phänomen!"

„Fragt dich aber keiner", konterte Amanda, „höchstens, warum du deine Arbeit nicht ein bißchen zuverlässiger erledigst."

Mohrchen errötete heftig und sah hilfesuchend zu den anderen. Die jüngeren ihrer Kolleginnen erwiderten den Blick nicht, sondern beschäftigten sich angelegentlich mit ihren Gläsern. Nur eine ruhige, sympathische Frau, etwa in Amandas Alter, das Klingenschmidt auf Mitte bis Ende fünfzig taxierte, sagte besänftigend: „Sei friedlich, Chefin, verdirb uns nicht den schönen Abend. Im Prinzip hast du schon recht, aber die Menschen sind nun mal verschieden."

Obwohl sie bisher nicht geraucht hatte, griff Amanda nervös nach einer Zigarette. „Ohne Ordnung und Disziplin geht es nicht", sagte sie, „in keinem Beruf."

Die Kapelle begann zu spielen, und die sechs Buchhalterinnen waren sichtlich froh, daß sich ihre Tänzer allesamt wieder einfanden. Amanda beschäftigte sich so intensiv mit ihrer Zigarette, als sei auch das Rauchen ein Vorgang, der höchste Präzision erfordere.

„Entschuldigen Sie den kleinen Zwischenfall", sagte sie nach ein paar Minuten des Schweigens, „ich kann es nun mal nicht ertragen, wenn jemand nicht ordentlich arbeitet. Das fängt schon bei der Sauberkeit der Handschrift und der Beschaffenheit des Arbeitsmaterials an. In dieser Hinsicht leisten einige meiner Mädchen noch längst nicht das Optimale."

„Mich bewegt ein anderer Gedanke“, sagte Klingenschmidt, „nämlich wie aus einer Artistin eine Buchhalterin wird.“

„Es war schon immer mein größter Wunsch“, entgegnete sie mit leuchtenden Augen. Die einzige wirkliche Freundin, die sie im Leben gehabt hatte, war Buchhalterin bei der großen Berliner Wäscherei Landrock gewesen. Die beiden hatten sich im Krankenhaus kennengelernt, wo sie mit je einem gebrochenen Bein eine Zeitlang Bett an Bett lagen. Während sich Amanda einsilbig in ihr Schicksal fügte, erzählte die andere ununterbrochen. Sie berichtete von ihrem hübschen, sauberen Büro, das sie mit mehreren Kolleginnen teilte, vom Addieren langer Zahlenkolonnen, in die sich nicht das leiseste Fehlerchen einschleichen durfte, vom frühen Arbeitsbeginn und pünktlichen Feierabend, von gemütlichen Abenden auf dem Balkon oder am warmen Kachelofen und von Wochenenden, die ganz nach Lust und Laune gestaltet werden konnten. Amanda kam solcherart geregelter und überschaubarer Alltag wie eine Gnade vor. Nach der Uhr leben zu dürfen, schon heute zu wissen, was der morgige Tag bringen würde, Hektik gegen beruhigendes, störungsfreies Gleichmaß mit einem Maximum an sozialer Sicherheit eintauschen zu können – das war von nun an ihr Ziel. Daß sie es erreichte, verdankte sie einer Druckwelle, von der sie während einer der letzten Bombennächte gegen einen zerlumpten Feldgrauen geschleudert wurde. Er hielt sie fest, auch als die Gefahr vorüber war, nahm sie mit in seine Heimatstadt Rostock, und im schwiegerelterlichen Fischgeschäft begann ihre eigentliche Traumkarriere Gestalt anzunehmen.

Klingenschmidt dachte wieder an Lolott. Er war nunmehr überzeugt, daß sich alle Berlinerinnen durch ein gewisses Maß an Verrücktheit auszeichneten. Und so interessiert und begierig er ihren Geschichten auch zuhörte, versetzten sie ihn doch in einen seltsamen Zustand geistiger Überanstrengung. Aber vielleicht lag es auch einfach an der späten Stunde.

Amandas Kolleginnen kamen an den Tisch zurück. „Wenn wir den letzten Sputnik noch schaffen wollen, müssen wir uns jetzt auf die Strümpfe machen", sagte Marlies mit dem rollenden R.

„Immer fahrt mal schon", erwiderte Amanda, deren gute Laune wiederhergestellt war, „ich nehm mir bis Lütten-Klein ein Taxi." Während die anderen zahlten, bestellte sie noch eine Flasche Sekt. „Sie leisten mir doch noch ein Stündchen Gesellschaft?" fragte sie Klingenschmidt, dem es gerade noch gelang, einen Gähn- in einen Hustenanfall umzufunktionieren.

Als die anderen verschwunden waren, schien Amanda verändert. Sie redete viel und mit einer gewissen Atemlosigkeit, und ebenso trank sie auch. Klingenschmidt erfuhr, daß sie seit Jahren Witwe sei, daß sie erst, seit sie den wichtigen Posten einer Hauptbuchhalterin bekleide, wieder Interesse am Varieté und der internationalen Unterhaltungskunst überhaupt genommen habe. Und daß heutzutage jeder junge Mensch unseres Landes von Glück reden könne, weil er unter ungleich besseren Bedingungen als einst sie selbst den schweren Artistenberuf erlernen dürfe. Und dabei füllte sie, obwohl Klingenschmidt schon seit einer Weile nicht mehr mittat, ihr Glas immer aufs neue.

„Ich glaube, wir sollten langsam an den Heimweg denken", sagte er vorsichtig.

Amanda sah ihn entrüstet an. „Aber die Flasche ist noch halb voll! Das wäre ja glatte Verschwendung."

Antonia, dachte Klingenschmidt ironisch, diese Nummer hätte von dir sein können! Dabei war ihm völlig klar, daß Antonia nie im Leben in einer teuren Bar Sekt getrunken hätte.

Da Amanda plötzlich verdächtig blaß wurde, suchte Klingenschmidt den Kellner und bezahlte diskret die Rechnung. „Kommen Sie, meine Teuerste", sagte er anzüglich und geleitete Amanda, die sich die Disziplin einer repräsentierenden Königin auferlegte, zum Fahrstuhl. Doch in dem engen Gehäuse verlor sich die königliche Haltung. Mit einem leisen Seufzer lehnte sie sich an Klingenschmidts Schultern und sackte zusammen. Es blieb ihm nichts anderes übrig, als das leblose Bündel in sein Zimmer zu tragen. Nachdem er sie dort auf das zweite Bett gelegt hatte, kam sie wieder zu sich.

„O Gott", lamentierte sie, „es ist mir ja so peinlich! Wie konnte das nur passieren. Glauben Sie mir, dergleichen kenne ich von mir gar nicht. Vielleicht wegen unseres Gesprächs... die Vergangenheit ... all das Schreckliche. Das war es wohl."

„Es war wohl eher der Sekt", sagte er. Die Situation paßte ihm überhaupt nicht. Was sollte er mit dieser Frau in seinem Zimmer anfangen? Wenn sie nun, nach Überwindung des Schwächeanfalls, unverhofft und übertrieben munter würde? Wußte man denn, ob sie alles mit buchhalterischer Genauigkeit nahm? Er griff zum Telefon, um ein Taxi zu bestellen. Aber der Nachtportier machte ihm keinerlei Hoffnung.

„Also gut", sagte Klingenschmidt resignierend, „ruhen Sie sich ein bißchen aus. Die öffentlichen Verkehrsmittel werden ja ihren Betrieb bald wieder aufnehmen." Er löschte das Licht und zog leise die Schuhe aus. Mehr wagte er nicht. Dann kroch er in die äußerste Ecke seines Pfühls und beobachtete im Dämmer des frühen Morgens unter halbgeschlossenen Augen argwöhnisch das gegenüberliegende Bett.

Als er am hellen Vormittag erwachte, war er nicht sicher, ob er das Ganze vielleicht nicht nur geträumt habe. Aber auf seinem Nachttisch lag ein Bogen aus der Hotelbriefmappe. „Lieber, gütiger Zeitgenosse!" stand in pedantischer Buchhalterschrift zu lesen. „Können Sie mir verzeihen, daß ich an Ihrer Ritterlichkeit gezweifelt habe? Ich wagte nicht zu atmen, bis Sie endlich entschlummert waren. Nun aber weiß ich, ich bin dem letzten Gentleman begegnet! Dank, nochmals Dank – Ihre Amanda Klüver-Scharnowski."

Klingenschmidt kam am frühen Sonntagabend von seiner Reise zurück. Nachdem er den Koffer ausgepackt, die Waschmaschine in Gang gesetzt und etwas gegessen hatte, hielt es ihn nicht länger zu Hause. Er freute sich schon auf Gitti Enderleins ungläubiges Staunen, wenn er ihr von seinen Erlebnissen und vor allem von seiner neuen Damenbekanntschaft erzählen würde.

Im Wirtshaus brannte kein Licht, aber an der Tür hing ein Schild: „Wegen Trauerfall geschlossen.“ Klingenschmidt ging um das Haus herum und klopfte gegen ein erleuchtetes Küchenfenster. Es dauerte eine ganze Weile, bis es geöffnet wurde. Das tiefschwarze, hochgeschlossene Kleid ließ Gittis bleiches Gesicht wie eine Totenmaske erscheinen. Sie starrte ihren Besucher an, als hätte sie Mühe, ihn zu erkennen. Dann bedeutet sie ihm, sie werde jetzt die Hintertür öffnen.

Klingenschmidt nahm Gitti in den Arm und streichelte ihr behutsam übers Haar. Er sagte kein Wort, bis sich ihre Erstarrung endlich in Tränen auflöste. Der alte Enderlein war gestorben und tags zuvor beerdigt worden.

„Nun habe ich keinen Menschen mehr“, schluchzte Gitti. „Er war mir immer wie ein Vater. Auch als wir verheiratet waren, behütete und beschützte er mich wie ein Vater. Jetzt bin ich ganz allein.“

„Du bist nicht allein“, sagte Klingenschmidt mit großer Wärme, „du hast mich. Ich bin dein Freund.“

Gitti betupfte sich ihre verquollenen Augen mit einem Taschentuch. „Das ist nicht dasselbe, Friedbert. Er war für mich verantwortlich.“

„Nein“, sagte Klingenschmidt, „verantwortlich ist jeder für sich selbst.“

Sie weinte wieder. „Aber ich kann das nicht. Ich habe es nie gelernt. Was soll jetzt nur werden?“

„Du wirst es eben lernen, für dich selbst verantwortlich zu sein. Wenn man es muß, ist es ganz leicht. Und du wirst sehen, es ist auch schön, über sich selbst zu verfügen, seine eigenen Entscheidungen zu treffen.“

Sie saßen an diesem Abend noch lange beieinander. Es war weniger der Schmerz um den Verlust eines lieben Menschen, der Gittis Verzweiflung ausgelöst hatte, als vielmehr die Furcht vor einer ungewissen Zukunft. Klingenschmidt begriff, daß er sie vorerst nicht allein lassen durfte. Deshalb telefonierte er noch zu später Stunde mit seiner Tochter Käthe, die sich hocherfreut über Vaters angekündigten Besuch zeigte. Er werde eine weitere Woche Urlaub nehmen, um endlich einmal Zeit für seine Große und die Enkelkinder zu haben. Daß er Gitti Enderlein mitbringen wollte, verstand sie sofort; sie hatte die Todesanzeige gelesen.

Als Käthe noch ein kleines Mädchen war, hatte sie zu der zehn Jahre älteren Gitti kein besonders inniges Verhältnis gehabt. Später tolerierten sie einander, auch wenn Käthe nie ganz über die Heirat des ungleichen Paares hinwegkam. Für sie hatte die Sache, obwohl es ja definitiv nicht der Fall war, etwas entschieden Inzestiöses. Aber jetzt sah sie die Dinge anders. Die arme Kriegswaise Gitti hatte durch glücklichen Zufall ein neues Zuhause gefunden, und die Dankbarkeit dafür machte sie abhängig und in gewissem Maße willfährig. Das war nun vorbei. Käthe sah mit Freude, wie sich ihr die noch nicht ganz fünfundvierzigjährige Gitti freundschaftlich und vertrauensvoll zuwandte, wie sie Ratschläge dankbar annahm und ihren Lebensmut sichtbar wiedergewann. Sie wollte das Wirtshaus verkaufen und sich eine Arbeit in der Kreisstadt suchen.

Auf diese Mitteilung reagierte Klingenschmidt betroffen. Erst jetzt wurde ihm bewußt, wieviel ihm die Freundschaft mit Gitti Enderlein bedeutete. Er machte zwar Witze darüber, daß er mit seiner Canasta-Runde künftig heimatlos sei und daß das Dorf mit ihr seine letzte weibliche Sehenswürdigkeit verliere, aber Käthe spürte deutlich, wie nah ihm dies alles ging. An einem Nachmittag, an dem Gitti mit den Kindern einen Ausflug in die nächste Eiskonditorei unternommen hatte, bat Käthe ihren Vater um ein Gespräch unter vier Augen.

„Ich weiß ja nicht, wie du seit Mutters Tod zurechtkommst", sagte sie vorsichtig, „aber eins sehe ich: Du bist einsam."

„Unsinn", fuhr Klingenschmidt auf, „ich habe meine Arbeit, die Kollegen, den Chor. Außerdem habe ich mir einen Wunsch erfüllt, für den eure Mutter nie Verständnis hatte: Reisen."

„Natürlich“, sagte Käthe. „Das mit Warnemünde war großartig, bestimmt. Es ist schade, daß Mutter in dem Punkt so stur war. Und nicht nur in diesem.“

Klingenschmidt runzelte die Stirn. „Über die Toten nichts Schlechtes“, brummte er. Aber er kam sich nicht besonders gescheit vor.

Käthe seufzte. „Ach Vater, machen wir uns doch nichts vor, viel Freude hast du in deiner Ehe nicht gehabt. Gewiß, die Zeiten waren schwer, und ihr habt uns immer ein gutes Elternhaus gegeben. Aber was hattest du eigentlich?“

„Arbeit“, sagte er. „Mein Auskommen. Euch. Und schon über dreißig Jahre Frieden. Das wißt ihr gar nicht zu schätzen.“

Käthe legte ihre Hand auf die des Vaters. „Und was ist mit dem Glück?“ fragte sie leise. „Willst du es nicht noch einmal versuchen?“

„Wie meinst du das?“ Klingenschmidt sah seine Tochter nicht an.

„Es ist nicht gut, daß der Mensch allein sei“, antwortete sie. „Das hätte selbst unsere fromme Mutter unterschrieben. Also, ihren Segen hast du.“

„Wofür?“

Käthe stand auf. „Vater“, sagte sie entschieden, „Christian und ich haben dich immer bewundert, weil du so klug warst und auf alles eine Antwort wußtest. Aber jetzt benimmst du dich wie ein dummer Junge. Donnerwetter, du bist doch noch nicht alt, siehst noch ganz propper aus und hast einen schönen Batzen Geld auf der Kante. Nun mach was aus allem. Leb dein Leben – aber nicht allein.“

„Und wie hast du dir das konkret vorgestellt?“

Sie umarmte ihn spontan und drückte ihm einen Kuß auf die Wange. „Ich hab mir wirklich was Konkretes vorgestellt“, sagte sie aufgeregt, „genauer gesagt, ich hab was unternommen. Aber du darfst mir nicht böse sein. Versprochen?“

„Versprochen!“ er gab ihr feierlich die Hand.

Käthe legte ein großes Kuvert auf den Tisch. „Eine Annonce“, flüsterte sie, als dürfe kein Dritter von der Ungeheuerlichkeit Wind bekommen. „Schon vor Wochen habe ich eine Heiratsannonce für dich aufgegeben, und hier sind die Antworten. Hundertsiebenunddreißig Stück!“

Klingenschmidt war wie chloroformiert. Meine Große, dachte er voll Stolz und Rührung. Gleichzeitig stieg leiser Ärger in ihm auf. Was erlaubte sie sich! Nahm einfach sein Schicksal in die Hand, als sei er nicht selber Manns genug. Dieser Gedanke wiederum erheiterte ihn. Wenn das Mädel wüßte…

Käthe atmete auf, als sie ihren Vater lächeln sah. „Gott sei Dank, du bist mir nicht böse! Es ist ja auch wirklich nichts Schlimmes dabei, zumal du völlig anonym bleibst. Was denkst du, wieviel Leute sich auf diese Weise kennenlernen! Und nun lies die Briefe. Über manche lachst du dich tot.“

Einige Augenblicke stand Käthe abwartend neben ihrem Vater. Dann sah sie auf die Uhr. „Herrjeh, ich muß ja ins Geschäft! Mach’s dir gemütlich, und laß dich nicht stören.“

Als Klingenschmidt allein war, öffnete er das Kuvert. Obenauf lag ein Zeitungsausschnitt mit der Annonce, die Käthe so formuliert hatte: „Ges., selbst. Handwerksmstr. aus dem Thür. Wald, 60/1,78, jg. auss., su. intell., humorvoll. Partnerin pass. Alters m. Interess. für Mus., Lit. und Reisen. Nur ernstgem. Zuschr. erb. unter Chiffre…“

Das ist ja die Höhe, dachte er. Ein paar Schönheitskorrekturen schienen ihr also vonnöten, um den Vater in möglichst günstiges Licht zu setzen. Daß sie ihn zwei Jahre jünger, dafür aber drei Zentimeter größer gemacht hatte, mochte ja noch hingehen, warum aber die Protzerei mit dem „selbständigen“ Handwerksmeister? Sollte ihre Ehe mit dem selbständigen Drogisten eine Art Standesdünkel in ihr geweckt haben? Der Gedanke gefiel ihm gar nicht. Aber jetzt wollte er sich nicht darüber ärgern. Dazu war er viel zu froh über die Duplizität ihrer Ideen.

Die Antwortschreiben waren bündelweise mit Büroklammern zusammengeheftet. Klingenschmidt bemerkte, daß

Käthe die Angebote gewissermaßen geographisch geordnet hatte. Der dickste Packen kam aus den Bezirken Dresden, Leipzig und Karl-Marx-Stadt. Den legte er erst einmal beiseite, um sich den Nordbezirken zuzuwenden. Eine Fleischverkäuferin aus Neustrelitz, seit zwanzig Jahren verwitwet, interessierte sich ausschließlich dafür, ob der Inserent motorisiert sei. Dann nämlich würde sie ihren in Eggesin stationierten Offizierssohn öfter besuchen, um sein leibliches Wohl zu überwachen, das von der Schwiegertochter aufs schändlichste vernachlässigt werde. Eine ledige Bandnudelfließbandarbeiterin aus Waren/Müritz wünschte sich Einheirat in eine große Familie mit vielen Enkelkindern. Aus Rostock hatte sich gar eine Fernsehmitarbeiterin der Serie „Weidmanns Heil" gemeldet. Ihr stand der Sinn nach Waldeseinsamkeit und der Begegnung mit Hirsch, Reh und Förster ohne Maske und Scheinwerferlicht. Keine der Damen wollte Näheres über Klingenschmidt wissen. Ihnen genügte, daß er zu haben sei und möglicherweise ihre Wünsche erfüllen könne.

Aus Berlin waren nur wenige Briefe gekommen. Klingenschmidt las den einer Lehrerin. Sie war fünfundfünfzig Jahre alt und hatte ihren Mann und die einzige Tochter durch einen tragischen Autounfall verloren. Seither lebte sie zurückgezogen und widmete sich ganz der schönen Aufgabe, die Kinder im Reich der Musik heimisch zu machen. „Mit zunehmendem Alter", schrieb sie, „wird die Einsamkeit zu einer Bürde, die mich niederdrückt. Ich brauche kein Abenteuer und keinen Rausch mehr, sondern einen klugen, verständnisvollen Freund, dem auch ich Freund sein kann."

Ja, dachte Klingenschmidt, genau darin besteht das Problem. Er nahm den Briefumschlag, um nachzulesen, in welcher Gegend Berlins die sympathische Lehrerin wohne. Dabei fühlte er, daß der Umschlag noch etwas enthielt. Es war eine Fotografie. Klingenschmidt starrte das Bild minutenlang an. Was ihm da aus zu kleinen, verkniffenen Augen hinter dicken Brillengläsern entgegenblinzelte, wirkte wie eine unzulässig vergröberte Karikatur der seligen Antonia. Er schüttelte den

Kopf, als könne er auf diese Weise den Spuk verscheuchen, aber ein erneuter Blick auf das Foto bewies ihm, daß sich die Natur hier eine Groteske erlaubt hatte. Der Schreck war ihm so in die Glieder gefahren, daß er sich erst einmal einen Kaffee machen mußte.

Klingenschmidts Interesse an den Briefen der heiratslustigen Damen war ruckartig erloschen. Während er die verschiedenen Packen wieder in das große Kuvert schob, wurde er sich endgültig klar darüber, daß er auf diese Weise seinem Leben keinen neuen Inhalt geben konnte. Was er versäumt hatte, war nicht aufzuholen. Das Kapitel Frauen jedenfalls betrachtete er als abgeschlossen.

Ein Brief aus dem sächsischen Bündel hatte sich abgelöst und war vom Tisch gefallen. Klingenschmidt hob ihn auf, wobei er mit einem flüchtigen Blick die Unterschrift wahrnahm: Eleonore Kleinert. Handelte es sich gar um die Künstlerin Kleinert aus Leipzig-Markkleeberg, die er aus zwingenden Gründen versetzt hatte? Waren dergleichen alberne Zufälle denkbar? Zitternd vor Neugier las er: „Lieber Freund aus dem schönen Thüringer Wald! Da ich mir trotz vieljähriger Zugehörigkeit zu einer menschlich so enttäuschenden Institution, wie sie das Theater darstellt, meine Frohnatur bewahrt habe, ist es mir ein Herzensbedürfnis, einen einfachen, aber dennoch kultivierten Mann aus dem Volke kennenzulernen. Gewiß weiß ein selbständiger Handwerksmeister wie Sie noch die wirklichen Werte des Lebens zu schätzen und ist fernab von der Borniertheit und dem Snobismus, durch welche sich meine Herren Kollegen vom Bau ‚auszeichnen'. Glauben Sie mir, ich weiß, wovon ich rede! Sollte ich mich also in Ihnen nicht getäuscht haben, dann darf ich Sie zu einem Plauderstündchen bei Kaffee und Kuchen in meinem bescheidenen Heim erwarten. Hoffnungsvoll grüßt Ihre Eleonore Kleinert."

Kleinschmidt mußte dermaßen lachen, daß er seine Tochter erst bemerkte, als sie sich auf seine Sessellehne hockte. Sie sah ihm über die Schulter und las ebenfalls ein paar Zeilen von der Künstlerin Kleinert. „Die überspannte Schreckschraube kannst du getrost vergessen, Vater“, sagte sie. „Aber es sind auch ein paar ganz vernünftige Zuschriften dabei.“

„Mein Kind“, sagte Klingenschmidt, „du hast es gut gemeint, und dafür danke ich dir. Für viele Leute ist dies gewiß eine Möglichkeit, für mich leider nicht. Ich kann es dir einfach nicht erklären, vielleicht bin ich doch schon zu alt.“

„Ist schon gut, Vater.“ Käthe gab sich Mühe, ihre Enttäuschung zu verbergen. „Wenn ich nur wüßte, was dir wirklich Freude machen könnte, etwa so wie deine schöne Reise nach Warnemünde.“

Klingenschmidt sah seine Tochter lange an. „Ich hätte da schon eine Idee“, sagte er schließlich. „Was hältst du davon, wenn ich mal für ein paar Tage nach Berlin fahre?“

Während der Fahrt auf der Autobahn dachte Klingenschmidt darüber nach, warum es ihn ausgerechnet nach Berlin zog. Er kannte die Stadt kaum, und dennoch verursachte ihm jeder Gedanke an sie ein Gefühl von Heimweh. Das hatte nicht unbedingt mit der fröhlichen Lolott zu tun. Er wußte genau, daß er sie nicht wiedersehen würde. Nicht allein deshalb, weil sie zu jung und zu lebenslustig für ihn war. In ihrer Gegenwart bekam er Komplexe, ihre Überlegenheit beschädigte sein Selbstbewußtsein. Er fühlte deutlich, daß sie voller Ängste war und auf der Suche nach einem, der sie hielt. Aber das mußte ein Mann sein, zu dem sie in Bewunderung aufsehen konnte, nicht er.

Nein, es war die Atmosphäre dieser Stadt, die ihn fasziniert hatte. Die Großzügigkeit, der Charme ihrer Bewohner, der aus ihrem bissigen Witz und ihrer Unrast resultierte, das Unspießige, Weltoffene – all das gefiel ihm so außerordentlich.

Obwohl der Himmel diesig war und sich nur zu immer neuen Wolkenbrüchen öffnete, blieb Klingenschmidts Laune dauerhaft rosig. Daran konnte auch die Tatsache nichts ändern, daß ihm in einer Autobahnraststätte nach endloser Wartezeit ein fast ungenießbares Mittagessen serviert worden war.

Am langwierigsten erschien ihm die Fahrt vom Schönefelder Kreuz bis zum Zentrum der Hauptstadt. Infolge zahlloser Umleitungen gondelte er durch Straßen, die diese Bezeichnung kaum verdienten, aber irgendwann kam er doch auf dem Alexanderplatz an. Der große Parkplatz hinter dem Möbelkaufhaus wies nicht die kleinste Lücke auf. Da er auch in den umliegenden Nebenstraßen keinen Platz für seinen Trabbi fand, stellte er ihn nach ermüdender Irrfahrt auf der Höhe des Kinos „International" in der Karl-Marx-Allee ab. Nach zwanzigminütigem Fußmarsch betrat er durchnäßt und erschöpft die Halle des eleganten HOTEL INTERNATIONAL.

Natürlich hatte er nicht unbedingt damit gerechnet, die schöne Fee von einst wieder an der Rezeption vorzufinden. Aber ein bißchen enttäuscht war er doch, daß die beiden anderen Mannequin-Typen, die den Platz hinter dem Tresen einnahmen, so gar nichts von ihrer herzlichen Art hatten. Seine schüchterne Frage nach einem Zimmer wurde mit hochgezogenen Augenbrauen und einem kühlen „Bedaure" beantwortet. Danach würdigte man ihn überhaupt keines Blickes mehr. Er versuchte, die beiden verhinderten Großfürstinnen für sein Problem zu interessieren, doch die verschwendeten keine Minute ihrer kostbaren Zeit mehr an einen ahnungslosen Hinterwäldler.

„Chotel särr wänig in Bärlin", sagte ein mitleidiger Ausländer. „Sie sollten värsuchen bei Zimmernachweis, Towaristsch." Ehe Klingenschmidt in Erfahrung bringen konnte, wohin er sich dieserhalb wenden müsse, hatte der fremde Herr seinen Zimmerschlüssel erhalten und war im Lift verschwunden.

Es ging zwar erst auf die fünfte Stunde, aber draußen war es schon dämmerig. Klingenschmidt wollte wenigstens eine Tasse Kaffee trinken und eine Kleinigkeit essen, um wieder zu Kräften zu kommen, doch vor sämtlichen Restaurants des Hauses wurde er abgewiesen wie ein lästiger Hausierer. Vor dem Hotel fragte er mehrere Passanten nach dem Weg zum

Zimmernachweis, aber das schien eine weitgehend unbekannte Einrichtung zu sein. Ein Taxifahrer, der exotische Fahrgäste samt Unmengen Gepäcks aus seinem Wagen lud, empfahl ihm, sich an die Berlin-Information zu wenden. Das sei so ein netter kleiner Schuppen hinter dem Hotel BERLINER BÄR, und dort müsse man sich, seiner Meinung nach, von Amts wegen um obdachlose Touristen kümmern. Als Klingenschmidt das Gebäude endlich gefunden hatte, war es bereits geschlossen.

An der Rezeption des Hotels BERLINER BÄR wies man ihn auf die gleiche hochfahrende Weise ab, und auch das Restaurant verbat sich mit Hilfe eines an der Glastür baumelnden Schildes jeden weiteren Gast. „Sauladen", murmelte Klingenschmidt verzweifelt und ließ sich müde auf einen Stuhl neben der Garderobe fallen.

„Solche Töne sind wir in unserem Hause nicht gewöhnt, mein Herr", sagte eine waghalsig dekolletierte Heroine mit mohrrübenfarbenem Haar. Es handelte sich offenkundig um die Garderobenfrau, die wie Phönix der Asche einem dichten Mantelwald entstiegen war. „Wenn Sie nur ein Plätzchen zum Ausruhen suchen, dann gehen Sie doch nach nebenan ins Kino. Die sind froh, wenn überhaupt einer kommt."

Klingenschmidt verließ die ungastliche Stätte mit einem Gefühl dumpfer Wut. Was war aus seinem schönen Berlin geworden, in dem er damals nur hilfsbereiten und originellen Menschen begegnet war? Lag es vielleicht am Wetter, das alle Welt mißlaunig und unfreundlich machte? Oder war man in dieser Stadt als Nichtausländer nur willkommen, wenn man die richtigen Leute kannte?

Als er auf dem hellerleuchteten Parkstreifen der Karl-Marx-Allee zwischen lauter teuren Gefährten seinen bescheidenen Trabbi stehen sah, hatte er das dringende Bedürfnis, auf der Stelle nach Hause zu fahren. Aber er war so müde, hungrig und niedergeschlagen, daß er sich der Strapaze einer so langen Reise einfach nicht gewachsen fühlte.

Hoffnungslos schlenderte er bis zum Filmtheater „Forum".

Er hatte gar nicht gewußt, daß gewöhnliche Kinofilme auch in großen, exklusiven Theatern vorgeführt wurden. Aber vielleicht boten sie hier nur besondere Werke der Leinwandkunst, die wegen ihres technischen Aufwands gar nicht bis in seine heimatliche Kreisspielstelle gelangten.

Hinter der Kasse saß eine freundliche ältere Frau. „Ist vielleicht noch eine Karte für die 18-Uhr-Vorstellung zu haben?“ fragte er unsicher.

Die Kassiererin lachte. „Sie wolln mir wohl uffn Arm nehmen, Männekin! Oder hamse nur uffs falsche Plakat jekiekt? Den französijen Krimi jibts erst um achte, jetzt läuften Rumäne.“

„Heißt das, ich kann noch eine Karte bekommen?“ Klingenschmidt war nicht ganz hinter den Sinn ihrer Worte gestiegen.

„Sie können auch zehn haben“, sagte die Kassiererin, „wejen meiner ooch fuffzig. Wennse druff bestehen, mach ick Ihnen ne Jeschenkpackung draus.“

Trotz seiner momentanen Verwirrung kaufte Klingenschmidt ein Billett. Die Frau am Einlaß sah ihn prüfend an. „Ick hoffe, Sie wissen, wat jespielt wird“, sagte sie in einem Tonfall, als könne sie ihn gegebenenfalls vor einer Dummheit bewahren.

Klingenschmidt hatte plötzlich das Gefühl, als rutschten ihm die Beine weg. „Ich weiß überhaupt nicht mehr, was in dieser Stadt gespielt wird“, murmelte er. Dann wurde ihm schwarz vor den Augen.

Als er wieder zu sich kam, lag er halb inmitten einer wunderbaren, mit Leder bezogenen Sessellandschaft. Neben ihm saß die Frau vom Einlaß und hielt ihm den Becher einer Thermosflasche vor die Nase. „Na also“, sagte sie munter, „das Leben jeht unerbittlich weiter. Nu trinkense mal'n Schluck Kaffe, das bringt Sie im Nu wieder auf die Beine.“

Er trank brav das starke Gebräu, das ihm ohne den Zusatz von Milch und Zucker allerdings wesentlich besser geschmeckt hätte. Dann richtete er sich auf und sah seine Samariterin dankbar an. Sie war etwa in seinem Alter, vielleicht ein wenig jünger, angenehm vollschlank und trug ihr von grauen Strähnen durchzogenes Haar in einem strengen Knoten. „Es tut mir leid", sagte er, „daß ich Ihnen Umstände gemacht habe. Ich werde jetzt..."

„Sie werden jetzt schön auf Muttern hörn", unterbrach sie ihn, „und jefälligst den Kaffe austrinken. Mit viel Milch und Zucker isser die reinste Medizin, während das schwarze Jesöff auf die Pumpe jeht." Seine abwehrende Geste schnitt sie mit dem schroffen Befehl ab: „Los, austrinken!"

Klingenschmidt fügte sich lächelnd und fühlte sich beinahe geborgen. Dann fingerte er sein Portemonnaie aus der Hosentasche. „Wenn ich mich vielleicht für Ihre Hilfsbereitschaft revanchieren dürfte..."

„Nu aasense mal nich so mit dem Jelde rum", schimpfte sie, „so dicke hats unsereener heutzutage nich. War ja ooch nischt wie Christenpflicht. Aber wat is nu, wollnse noch ins Kino, oder jehnse lieber nach Hause?"

„Ich bin nicht von hier", sagte Klingenschmidt, „hört man das nicht?"

Sie verzog maliziös die Mundwinkel. „Wenn man danach jehen wollte, sind die wenigsten von hier. Aber irgendwo wernse doch wohnen, oder?"

Klingenschmidt war unschlüssig. „Ich halte Sie gewiß von der Arbeit ab."

„Bei dem Film?" Sie kicherte. „Unsere fünf Stammrentner sitzen schon im Parkett, und mehr wirds wohl nich werden. Also, wat is nu mit Ihnen?"

Da berichtete Klingenschmidt von seinem Mißgeschick in den Hotels und dem vergeblichen Versuch, den Zimmernachweis zu finden. Unter den Blicken der Frau fühlte er sich wie ein armseliger Jammerlappen. „Meine Herrn", sagte sie schließlich, „Kerle sind doch wahrhaftig zu nischt nutze. Aber nu wird sich Muttern mal kümmern. Sie setzen sich jetzt uffen kleines Nickerchen ins Parkett, und ick häng mich ans Telefon. Einverstanden?"

„Danke", sagte Klingenschmidt erleichtert. Er hatte den Eindruck, jedes weitere Wort sei überflüssig, weil es ihm von dieser resoluten Person sowieso abgeschnitten würde. Er ließ sich von ihr in den großen Kinosaal bringen, wo er im Lichte des Vorfilms wirklich nur fünf Gestalten wahrnahm. Nach wenigen Minuten kam sie zurück und brachte ihm ein kleines Päckchen. „Meine letzte Leberwurschtstulle", sagte sie, „Sie sehen aus, als könntense die besser jebrauchen wie ick. Und denn müßte ick noch den werten Namen wissen, wejen die Zimmerbestellung."

Klingenschmidt sprang auf und erschrak, weil der Sitz laut zurückklappte. „Nu lassense man die Faxen", rügte sie leise, „ick bin übrigens Frau Micklisch, Marjarete Micklisch."

„Friedbert Klingenschmidt", sagte er mit einer leicht verunglückten Verbeugung.

„Anjenehm", flüsterte sie. „Und nu keine Sorje. Wir werden das Kind schon schaukeln."

Klingenschmidt stand wieder vor der Rezeption des HOTEL INTERNATIONAL. Die schöne Braut des Panorama-Oberkellners tat Dienst, aber sie war bleich und ganz in Schwarz gekleidet. Sie überreichte ihm einen Schlüssel und sagte: „Diesmal müssen Sie aber wirklich bei uns wohnen. Die Damen erwarten Sie schon." Ehe Klingenschmidt zur Besinnung kam, wurde ihm von einem Pagen der Koffer entrissen, und sie entschwebten gemeinsam mit dem Lift in die oberen Gefilde. Vor einem Apartment war fürchterlicher Lärm zu hören. „Dies sind Ihre Gemächer", sagte der Page grinsend und schubste Klingenschmidt durch die Tür. Vor seinen entsetzten Augen spielte sich eine Art Damenringkampf ab. Die spindeldürre Charlotte Bartus aus Magdeburg wälzte sich mit der bundesrepublikanischen Steffi Gregor auf dem Teppich, und beide versuchten, einander die Augen auszukratzen und sich die Haare büschelweise auszureißen. Die fröhliche Lolott bewarf indessen die vor Angst schlotternde Ex-Artistin Amanda Klüver-Scharnowski mit allen nur erreichbaren Ge-

genständen, die ihr unter indianischem Kriegsgeschrei von ihren Busenfreundinnen Berta, Jutta, Helga und Dorothea zugereicht wurden. Am Tisch saß ganz allein Gitti Enderlein, eine halb ausgetrunkene Flasche Kaffeelikör in der Hand, und kreischte trunken: „Hört doch auf, ihr dämlichen Ziegen, der Kerl ist doch schon längst jenseits von gut und böse!"

Klingenschmidt war mehr tot als lebendig. Als ihn eine fremde Hand an der Schulter packte, stieß er einen irren Schrei aus.

„Mein Jott, muß det ein schöner Traum jewesen sein", sagte Frau Micklisch. Der Kinosaal war hell erleuchtet und bis auf die beiden völlig leer. Klingenschmidt brauchte einige Minuten, bis er den Alp abgeschüttelt hatte und sich seiner Situation wieder bewußt wurde. Frau Micklisch brachte schlechte Nachricht: Es war kein Zimmer zu haben gewesen. In dem riesigen Berlin gab es nirgendwo eine Bleibe für einen unangemeldeten Gast. Klingenschmidt, noch ganz benommen von seinem schrecklichen Traumerlebnis, war verzagt. „Dann bleibt mir nichts anderes übrig, als die Nacht im Auto zu verbringen", sagte er.

„So ein Quatsch", entrüstete sich Frau Micklisch, „und morjen könnse denn Ihre Knochen einzeln wegschmeißen. Nu werdense mal wieder normal und lassense sich von mir ein Vorschlag machen." Sie war bereit, ihn mit zu sich nach Hause zu nehmen. Sie habe zwar nur anderthalb Zimmer, aber da ihr Sohn außerhalb Berlins auf Montage sei, könne Klingenschmidt in seinem Bett übernachten. Allerdings habe sie jetzt noch Dienst, und beim nächsten Film gäbe es eine Menge zu tun. Ob er also in den folgenden zwei Stunden in ein Restaurant gehen oder bei ihr im Kino bleiben wolle?

Da sich Klingenschmidt einer neuerlichen Begegnung mit der Berliner Gastronomie nicht gewachsen fühlte, entschied er sich für den französischen Krimi. Der Erwerb einer Kinokarte wurde ihm allerdings streng untersagt. „Kost nur unnütz Jeld", entschied Frau Micklisch. „Kommse man, ick bugsiere Ihnen uffen Dienstplatz."

Diesmal schlief Klingenschmidt nicht. Der Aufruhr in seinem Inneren hatte sich gelegt. So negativ sich sein so lang ersehnter Berlinausflug auch angelassen hatte, jetzt befand er sich in Obhut. Zumindest für diese Nacht. Dann wandte er sein Interesse dem wirklich spannenden Krimi zu.

Auf der Fahrt zu Frau Micklischs Wohnung im Stadtbezirk Friedrichshain stellte sie allgemeine Überlegungen zum Thema Benzinverschwendung an, denn mit der Straßenbahn hätte die Tour nur zwanzig Pfennig gekostet. Aber dann genoß sie doch die Bequemlichkeit, direkt bis vor die Haustür gefahren zu werden.

Als sie in der Diele der kleinen Wohnung standen, deutete Frau Micklisch entsetzt auf den Garderobenständer, an dem ein schicker roter Damenmantel und eine dieser lappigen Parka-Kutten hing. „Ich wer verrückt", flüsterte sie, „jetzt ist der Bengel schon früher jekommen. Und nich alleene, wie mir scheint." Auf Zehenspitzen schlich sie zu einer Tür und öffnete sie leise einen Spalt breit. „Nu schlag doch eener lang hin", raunte sie Klingenschmidt zu, „Ihr Bette ist bereits doppelt belegt. Wat denn nu?"

Klingenschmidt stand da wie ein begossener Pudel. Sein ermattetes Gehirn war nicht mehr in der Lage, konstruktive Gedanken zu produzieren. Aber Frau Micklisch ergriff sofort wieder die Initiative. „Denken kann der Mensch nur mit ne Tasse Kaffe inne Hand", sagte sie und schob ihren Gast in die Küche.

Klingenschmidt machte sich dankbar über einen Teller aufgewärmter Kartoffelsuppe her. Als sie das Milchkännchen über seine Kaffeetasse hielt, wollte er höflich abwehren, aber das nahm sie nicht zur Kenntnis. „Milch bindet die Alkaloide", sagte sie. „Sone schlauen Sachen lernt mir mein Junge, der is nämlich auf höhere Schule jegangen. Und nu werfense mal'n Blick in meine jute Stube."

Das kleine Zimmer, in dem zwei schöne alte Schränke, ein Tisch, Stühle, zwei Sessel und ein Fernseher standen, wurde im wesentlichen von großen, bequemen Ehebetten ausgefüllt.

„Die hat mein verstorbener Mann noch selber jetischlert. Ooch wenn mir mein Sohn seit Jahren die Ohren vollbrasselt, ick soll mir sone moderne Lieje zulejen, hab ick mir nich davon trennen können. Dadrinne schläft man nämlich wie in Abrahams Schoß."

„Ja, aber, ich kann doch nich...", stammelte Klingenschmidt.

„Wennse sich lieber in Ihren Schuhkarton uff Rädern pakken wollen, mir solls ejal sein. Im Krieje ham wir noch unter janz andere Umstände kampiert. Aber bitte", fügte sie pikiert hinzu, „ick will mir nich uffdrängeln. Ick dachte nur, in einer Notsituation pfeift auch der feine Herr auf die Etikette."

Klingenschmidt war überwältigt. „Wenn es Ihnen nichts ausmacht, Frau Micklisch, „so will ich Ihr hochherziges Angebot gern annehmen."

„Ach, quatsch nich, Krause", sagte sie, „jeh liebers ins Bad und verbrauch nich det janze warme Wasser."

Kein Herbsttag hatte je solche Farben gehabt. Klingenschmidt wanderte durch die Parkanlagen des Friedrichshains und bestaunte jede Blume und jedes bunte Blatt, als hätte er nie so Schönes gesehen. Vor dem Märchenbrunnen setzte er sich auf eine Bank. Den großen Beutel mit Gemüse stellte er neben sich. Jetzt mußte er nur noch das nächstgelegene Postamt ausfindig machen, um zu telefonieren, denn alle Telefonzellen ringsum waren kaputt. Seinen Namen brauchte er ja nicht unbedingt zu nennen, wenn er dem Direktor des „Forum" mitteilte, daß die Kollegin Micklisch wegen eines plötzlichen Unwohlseins heute nicht zum Dienst erscheinen könne.

Klingenschmidt beobachtete die glitzernden Fontänen und lächelte den spielenden Kindern zu, die ihre Bälle ins flache Wasser des Märchenbrunnens warfen. Sein Herz war erfüllt von Freude und einer tiefen Zufriedenheit. Als er gestern nacht in das herrlich weichgefederte Bett des verstorbenen Tischlers Micklisch gestiegen war, hatte er deutlich gefühlt, wie alle Angst und Unruhe von ihm wichen. Als sei er heimgekehrt von langer Irrfahrt und könne nun getrost den Schlaf erwarten. Aber der hatte es nicht eilig. Wie war das alles nur gekommen? Er schloß die Augen und überließ sich der Erinnerung.

Margarete Micklisch löschte beim Hereinkommen das Licht und schlüpfte ins Bett. „Ich denke, unter diesen einmalig ulkigen Umständen bleiben wir beim Du“, sagte sie nach einer Weile. „Wie war noch gleich dein Vorname?“

„Friedbert“, sagte Klingenschmidt.

Sie lachte ein bißchen. „Na ja, es gibt Schlimmeres. Du kannst Gretchen zu mir sagen.“

Ihm fiel auf, daß sie nicht mehr berlinerte, wenngleich ihr Hochdeutsch so wenig rein war wie das seine. In Gedanken durchlebte er noch einmal diesen Tag, der alles andere als verheißungsvoll begonnen und nun so gut geendet hatte.

„Menschen wie du, Gretchen“, sagte er aus tiefster Überzeugung, „sind das Salz der Erde.“

Sie war ganz still. Plötzlich spürte er ihre Hand auf seinem Arm. „So was Schönes hat mir noch nie einer gesagt“, flüsterte sie. „Aber ich bin froh, daß es mir wenigstens einmal im Leben passiert ist.“

Niemals hätte er genau zu rekonstruieren vermocht, wie sich alles Weitere ergab. Mit ihren Worten hatte sie einen Nerv in ihm getroffen, den er längst tot glaubte. Er beugte sich über sie, streichelte ihr Gesicht und nahm sie in die Arme. Und dann erlebten beide, daß sie noch lange nicht alt waren, noch keineswegs verloren für die innigste Form der Zweisamkeit, deren der Mensch fähig ist.

Als sie sich Stunden später, durch Schockwirkung geweckt, aus der Umarmung lösten, bekam Klingenschmidt eine Ahnung vom Doppelsinn des Wortes Morgengrauen. Die Stubentür war mit Vehemenz aufgerissen worden, und in ihrem Rahmen stand ein ungewöhnlich kräftiger junger Mann. Er starrte auf die beiden wie auf eine überirdische Erscheinung. Margarete Micklisch rieb sich die Augen. „Mach die Klappe wieder zu, Jürgen", herrschte sie ihn an, „und die Düre ooch, aber von außen!"

„Also weeßte, Mutter"? stotterte der Hüne, „du willst mir wohl frühzeitig zum Schlaganfall verhelfen. Wat soll denn Petra von dir denken? Und überhaupt, schämste dir denn janich?"

Trotz seines rasenden Herzklopfens hatte sich Klingenschmidt wieder einigermaßen gefangen. Er setzte sich kerzengerade im Bett auf. „Es gefällt mir nicht, wie Sie mit Ihrer Mutter reden, junger Mann", sagte er mit fester, wenn auch noch belegter Stimme. „Dazu haben Sie erstens kein Recht, und zweitens befinden einzig und allein Margarete und ich darüber, wie wir künftig unser Leben gestalten."

Jürgen Micklisch zuckte die Achseln und zog sich sichtbar verstört zurück. Klingenschmidt saß noch immer in aufrechter Haltung, als sähe er weiteren Angriffen entgegen. Margarete nahm seinen Arm und zog ihn sanft zu sich herüber. „Friedbert", sagte sie mit zitternder Stimme, „weißt du eigentlich, daß du mir gerade einen Heiratsantrag gemacht hast?"

Jürgen Micklisch war wieder abgefahren, ohne Klingenschmidt noch einmal unter die Augen zu kommen. Aber Gretchen versicherte, sie habe mit dem Jungen ein gutes und vernünftiges Gespräch gehabt. Klingenschmidt könne also, solange es ihm beliebe, bei ihr bleiben. Auf sein nachdenkliches Zureden entschloß sie sich sogar, eine Woche Urlaub zu nehmen, obwohl es ihr eigentlich unverantwortlich gegenüber ihren Kolleginnen vorkam. Schließlich spiele man ab Freitag einen amerikanischen Revuefilm, und da sei erfahrungsgemäß jede Hand zum Abreißen der Biletts erforderlich. Doch als Klingenschmidt erklärte, er werde sich dann Abend für Abend in Paulchens Ballhaus amüsieren gehen, gab sie nach. Er wußte nicht genau, ob ihre Entscheidung von Eifersucht diktiert war oder nur von ihrem allgemeinen Widerwillen gegen kostspielige Ausschweifungen.

Für ihren Hang zur Sparsamkeit gab es eine einleuchtende Erklärung. Weder in ihrer Jugend noch in den Kriegs- und

Nachkriegsjahren war ihr ein materiell sorgenfreies Leben vergönnt gewesen, doch obwohl sie seit langem ein eigenes Einkommen hatte und der gutverdienende Sohn sie großzügig unterstützte, konnte sie ihre Gewohnheiten nicht mehr ändern. Klingenschmidts Versicherung, daß die Höhe seines Bankkontos durchaus einige Belastungen verkrafte, ließ sie nicht gelten. Luxus war für sie identisch mit frevelhaftem Leichtsinn, und konnte man sich denn nicht auch so amüsieren? Die Wohnung war gemütlich, und Gretchens Kochkunst stellte zweifellos jede Interhotelküche in den Schatten. Am Tage ließen sich Ausflüge in die Müggelberge unternehmen oder auch einmal eine Dampferfahrt mit der Weißen Flotte durch die Gewässer rund um Berlin, und ein kühles Bier schmeckte noch am besten, wenn man es abends mit ausgestreckten Beinen vor dem Fernsehapparat trank. Klingenschmidt hatte diesen Argumenten keine überzeugenderen entgegenzuhalten, und wenn er sich doch einmal mit einem eigenen Vorschlag durchsetzen wollte, brachte ihn Gretchen mit dem probatesten Mittel, das ihr zu Gebote stand, leicht wieder davon ab. Was sie entschied, wurde getan, und er fühlte, daß es genau so gut und richtig war.

Nicht ohne Furcht dachte er an den Abschied. In zwei Tagen war sein Urlaub abgelaufen, er mußte unwiderruflich zurück in sein Dorf, an seine Arbeit. Er tröstete sich damit, daß man einander schreiben konnte, und über Weihnachten spätestens wollte er sie besuchen. Als er abends mit ihr darüber sprach, sah sie ihn lange und mit einem Ausdruck tiefer Verzweiflung an. Dann verließ sie wortlos das Wohnzimmer und ging in die Küche.

Nach kurzer Zeit folgte er ihr und fand sie weinend über eine Schüssel mit grünen Bohnen gebeugt. Er vermerkte mit leichtem Unbehagen, daß sie sich nicht einmal ihrem Kummer tatenlos hingeben konnte, aber ihre Tränen taten ihm weh. Er hatte es noch nie ertragen, eine Frau weinen zu sehen. „Sei wieder gut“, flehte er, „ich wollte dich nicht kränken, das mußt du mir glauben.“

Sie ließ die Hände sinken und schluckte tapfer. „Ach, Friedbert, vielleicht bin ich eine dumme Pute, aber ich hatte mir das alles so schön vorgestellt. Daß du mich nämlich mitnimmst, daß ich für dich sorgen kann und daß wir bis an unser Ende glücklich sind. Jürgen hätte dann die Wohnung für sich allein und könnte endlich heiraten. Und dein Haus ist doch groß genug für uns beide." Sie schluchzte erneut und lehnte ihren Kopf an seine Hüften.

Klingenschmidt preßte sie an sich wie ein verlorenes und endlich wiedergefundenes Glück. „Du hast recht, Gretchen", sagte er, „wie immer hast du recht. Warum sollen wir allein alt werden, wo es doch zu zweit viel schöner ist?"

Margarete Micklisch verliebte sich auf den ersten Blick in Klingenschmidts Dorf. Gleich nach der Ankunft bestand sie auf einen Spaziergang in den Wald. Von einer Lichtung bot sich eine herrliche Aussicht. Das Dörfchen schmiegte sich in einen Talkessel, den bewaldete Berge umschlossen.

„Wie jemalen", jauchzte das großstadtpflastermüde Gretchen. „Wenn man in soner schönen Gegend wohnt, braucht man ja wahrhaftig nie mehr zu verreisen."

„Nicht mal nach Berlin?" fragte Klingenschmidt erschrokken.

„Na doch, det schon", räumte sie ein, „zum Beispiel, wenn Jürgen Hochzeit macht."

Klingenschmidt wußte, was jetzt kommen würde, und setzte flotten Schritts die Wanderung fort. Aber sie war schon wieder an seiner Seite.

„Hör mal", sagte sie einschmeichelnd, „die Sache mit dem Trauerjahr ist doch Unsinn. Reines Mittelalter. An sone Sitten und Gebräuche hält sich doch heutzutage kein vernünftiger Mensch mehr. Oder bist du ein Spießer, der nicht mit der Zeit geht?"

„Blödsinn!" Klingenschmidt war ärgerlich. „Ich bin kein Spießer, das weißt du genau. Aber auf dem Dorf werden die Dinge nun einmal anders beurteilt. Hier gelten noch Traditionen. Was glaubst du, was die Leute sagen, wenn ich sechs Monate nach dem Tod meiner Frau wieder heirate!"

„Ist mir doch Wurscht, was die Leute reden! Hauptsache, wir sind uns einig und haben Achtung voreinander, oder?"

Klingenschmidt legte ihr versöhnlich den Arm um die Schulter. „Natürlich, Gretchen. Aber ich fürchte, auch der Pfarrer wird Schwierigkeiten machen."

„Also, nu wird doch der Hund inner Fanne varrickt!" Wenn sie sich entrüstete, verfiel sie wieder in ihr drittklassiges Berlinisch. „Menschenskind, ick laß mir doch nich kirchlich trauen! Ick bin nämlich Heide aus Überzeujung, falls du det noch nich jewußt hast."

Das hatte er wirklich nicht gewußt. Aber es erschien ihm auch nicht sonderlich wichtig. Daß Redlichkeit und Nächstenliebe nicht von einem religiösen Bekenntnis abhingen, war schon immer sein Standpunkt gewesen, den Antonia natürlich überhaupt nicht geteilt hatte. „Na gut, Gretchen", sagte er, „wenn es dir nur um den standesamtlichen Akt geht, dann lassen wir uns eben zusammenschreiben."

„Friedbert!" Sie fiel ihm um den Hals und küßte ihn mit einem Feuer, das ihn durchaus nicht kaltließ. Als sie wieder zu Atem gekommen waren, sagte Gretchen bittend: „Aber eine kleine Hochzeitsfeier hätte ich schon gerne. Ohne großen Aufwand, nur im kleinsten Familienkreis. Machst du mir die Freude?"

Er versprach es, worauf sie sofort ins Dorf zurück wollte. Schließlich mußte sie ihrem Sohn ein Telegramm schicken.

Es war wohl ein Hahnenschrei, der Klingenschmidts unruhigen Schlaf in aller Herrgottsfrühe unterbrach. Er hatte erhebliche Mühe, die schmerzenden Lider zu heben und das Brausen in seinem Kopf zu besänftigen. Nachdem er sich gründlich umgesehen und seine wirren Gedanken einigermaßen geordnet hatte, leistete er den stummen Eid, nie wieder einen Schluck Alkohol anzurühren.

Er erinnerte sich, einen Streit mit Gretchen gehabt zu haben, weil er die Ehebetten partout den Damen überlassen wollte. Käthe und seine Schwiegertochter Gerda hatten sich seinen freundlich-trunkenen Anweisungen schließlich gefügt und auch das reichlich vergnatzte Gretchen noch mit in die superbreiten Bauernbetten genommen. Christian schlief in seiner alten Kammer, und in Käthes Bett übernachtete deren Mann. Jürgen Micklisch und seine Braut Petra waren Gitti Enderleins Einladung gefolgt, bei ihr zu wohnen.

Klingenschmidt lag also auf der Couch im Wohnzimmer und bemerkte voll Unbehagen, daß er wieder nicht aus den Kleidern gekommen war. Die Schuhe mußte ihm Gretchen noch ausgezogen haben, aber gewiß nur aus Rücksicht auf das Polster der Couch. Wäre sie wirklich um ihn besorgt gewesen, hätte sie nicht den übervollen Aschenbecher unmittelbar neben das Kopfende gestellt. Daß Klingenschmidt gegen seine sonstige Gewohnheit bei feierlichen Anlässen nicht nur rauchte, sondern geradezu wie ein Fabrikschlot qualmte, war von ihr bis zum Überdruß aller Gäste moniert worden. Sie prophezeite ihm beinahe schadenfroh Lungen- und Kehlkopfkrebs und vergaß auch nicht, die Schädlichkeit des Nikotins für die teuren Dederonstores zu erwähnen. An dieser Stelle hatte Käthe mit ihrem Vater einen Blick gewechselt, der beiden Schauer über den Rücken jagte.

Die Hochzeitsfeier im engsten Kreis war ansonsten recht fröhlich verlaufen. Käthe und Christian waren von Herzen froh, daß der Vater nun wieder in geordneten Verhältnissen lebte. Gretchens burschikose Berliner Art gefiel allen gut, und die Schmackhaftigkeit des Essens veranlaßte ihre Gäste zu euphorischen Trinksprüchen. Daß die neue Frau Klingenschmidt ein wenig eigensinnig war und andere Meinungen nicht unwidersprochen ließ, ging im allgemeinen Trubel unter. Nur Käthe und ihre neue Freundin Gitti, die fortgesetzt miteinander schwatzten, sahen sich gelegentlich besorgt an. Christian und Jürgen waren sich auf Anhieb sympathisch und fachsimpelten stundenlang, zunächst zum Leidwesen ihrer Damen Gisela und Petra, bis diese entzückt herausfanden, daß sie sich beide seit Jahren im Joch der Volksbildung abrakkerten.

Klingenschmidt verspürte rasenden Durst und ging in die Küche. Hier war alles sauber und aufgeräumt, Gretchen hatte offenbar noch in der Nacht abgewaschen. Er nahm sich ein Bier aus dem Kühlschrank und setzte sich auf die Kohlenkiste. „Prost, Antonia!" sagte er augenzwinkernd zu dem traurumflorten Bild an der Wand.

In diesem Moment kam Gretchen in die Küche. „Ja, bist du denn von allen juten Jeistern verlassen", rief sie und riß ihrem Mann die Bierflasche aus der Hand, „für einen ausjewachsenen Kater jibts nischt Besseres wie Milch. Milch entjiftet nämlich, du Schnapsdrossel!" Sie überhörte seinen Protest und drückte ihm ein Glas mit der entgiftenden Flüssigkeit in die Hand. Danach flitzte sie im Feuerwehrtempo ins Bad.

Klingenschmidt überlegte, ob er den verhaßten Babytrank in den Ausguß kippen sollte. Aber sein Durst war wirklich groß, und Gretchen hatte wie immer gewiß recht. Als er das leere Glas auf den Tisch zurückstellte, fiel sein Blick auf Antonias Foto. Ihm war, als hätte er sie für den Bruchteil einer Sekunde grinsen sehen.

INHALT